Rafael Eigner
Globuli und Gummibärchen

AF203833

Das Buch

Der smarte Notfallmediziner Dr. Benny Brandstätter ist nach einigen Umwegen endlich in seinem sonnendurchfluteten Paradies an Costa Ricas Karibikküste angekommen. Mit seiner Patchworkfamilie lebt er das Leben, von dem er immer geträumt hat. *¡Pura vida!*
Das Schicksal scheint Benny mal wieder in trügerischer Sicherheit zu wiegen – bis an Weihnachten ein VW-Bus und eine heimatlose Familie vor seiner Tür stehen.

Außerdem schneit ein skrupelloser Globulijünger in die Postkartenidylle, der das eingespielte Health-Post-Team boykottiert und die Existenz der Station bedroht. Kann der neue Kinderarzt aus Finnland mit der obskuren Vergangenheit helfen, die Klinik unter Palmen zu retten? Und stellt die attraktive Apothekerin mit ihren Risiken und Nebenwirkungen eine ernste Gefahr für Bennys Familienglück dar?

Der Autor

Unter dem Pseudonym Rafael Eigner verarbeitet ein Stuttgarter Notarzt seinen skurrilen Alltag als Mediziner und als ganz normaler Mann im schwäbischen Großstadtdschungel. Mit der romantischen Komödie »Globuli und Gummibärchen« erscheint der vierte Roman über die Abenteuer von Benny Brandstätter.

Rafael Eigner

Globuli und Gummi- bärchen

Roman

Deutsche Erstveröffentlichung bei
Tinte & Feder, Amazon Media EU S.à r.l.
5 Rue Plaetis, L-2338 Luxembourg
Dezember 2018
Copyright © der deutschsprachigen Ausgabe 2018
By Rafael Eigner

Umschlaggestaltung: semper smile, München, www.sempersmile.de
Umschlagmotiv: © vectorgirl / Shutterstock; © TatianaKost49 /
Shutterstock; © Nadin3d / Shutterstock;
© DianaFinch / Shutterstock; © pking4th / Shutterstock; © Yashendra
Singh / Shutterstock
Lektorat: Rainer Schöttle
Korrektorat: Diana Schaumlöffel/DRSVS
Gedruckt durch:
Amazon Distribution GmbH, Amazonstraße 1, 04347 Leipzig /
Canon Deutschland Business Services GmbH, Ferdinand-Jühlke-Str. 7,
99095 Erfurt /
CPI books GmbH, Birkstraße 10, 25917 Leck

ISBN: 978-2-91980-530-3

www.tinte-feder.de

Für Lorenzo, der über vier Bücher meine rechte und linke Hand war.

Das Glück, Menschen zu kennen, die aus dem Nichts auftauchen und in Sekunden ein dichtes Netz knüpfen, das den freien Fall aufhält.

Yes you who must leave everything
That you cannot control.
It begins with your family
But soon it comes round to your soul.
Well, I've been where you're hanging
I think I can see how you're pinned.
When you're not feeling holy
Your loneliness says that you've sinned
(Leonard Cohen)

When you feel your song is orchestrated wrong,
Why should prolong your stay?
When the wind and the weather blow your
dreams sky-high,
Sail away – sail away – sail away!
(Noël Coward)

TEIL 1

DESILLUSION UND DELFINTHERAPIE

It is absurd to divide people
into good and bad.
People are either
charming or tedious.
(Oscar Wilde)

HERZ UND SCHMERZ

WIR STANDEN SEIT einer halben Stunde im OP. Ich saß am Monitor und überwachte eine Armada an Vitalparametern, Perfusoren, Infusionen und Schläuchen. Es lief Nitrolingual, um die Vorlast zu senken, Dobutamin für die Inotropie sowie Noradrenalin für den peripher-vaskulären Widerstand. Für die Kanülierung der Aorta sollte der Blutdruck so niedrig wie möglich sein.

Der Chirurg begann mit dem Anschneiden des Gefäßes und begann zu fluchen. »*Damn*, Benny! Der Druck ist immer noch zu hoch. Die blutet wie auf der Schlachtbank. Ich arbeite hier ganz ohne Sicht.«

»Wenn man operieren kann, blutet das nicht.« Die verbale Spitze der OP-Schwester war nicht gerade hilfreich, um den Blutdruck unseres Starchirurgen zu senken.

Dafür schmierte der Blutdruck der Patientin gerade enorm ab. 40 MAP bei RR systolisch 60 mmHg und diastolisch 30 mmHg.

Dr. Chandler sah die Werte auf dem großen Bildschirm über dem Tisch ebenfalls und bekam einen hysterischen Anfall. Die puterrote Hautfarbe gab dem ansonsten stets blassen Arzt eine interessante Note. »Wie wäre es mit etwas mehr Katecholaminen?«

Da *ich* der Anästhesist war und prinzipiell auf die Meinung von Chirurgen nicht besonders viel Wert legte, ignorierte ich den Vorschlag, behielt aber im Sinne des OP-Friedens meine Erwiderung: »Wer schreit, hat unrecht!« für mich. Warren K. Chandler wäre der erste Chirurg, der zugeben würde, dass der Druckabfall von der Blutung herrührte. Ich erinnerte mich an die Worte von Dr. Lotta Bayer, meiner weisen und überdies sehr attraktiven Lehrerin an der Uniklinik Tübingen: »Nicht der Druck allein ist wichtig, sondern die Perfusion und die Oxygenierung.« In diesem Sinne korrigierte ich zunächst FiO2 auf 1,0, wobei ich insgeheim hoffte, das Herz würde stark genug sein, um es noch unter kontrollierten Bedingungen an die Maschine zu schaffen. Ich regulierte zart das Volumen nach oben und noch zarter erhöhte ich das Noradrenalin. Eventuell müssten die Katecholamine gewechselt werden. Der Druck stieg jedoch, ohne dass ich Dobutamin und Noradrenalin durch Suprarenin ersetzen musste. »MAP ist jetzt 65 mmHg. ZVD von 5 mmHg auf 7 mmHg gestiegen«, sagte ich an.

»Das sehe ich selbst.« Mein Kollege vom schneidenden Fach schien immer noch angepisst.

Ich korrigierte den Beatmungsdruck ein wenig nach unten und die Atemfrequenz leicht nach oben. Die Stimmung im OP verbesserte sich langsam. Warren hatte die Kanülierung trotz der schlechten Sichtverhältnisse erfolgreich durchgeführt; das Blut der Patientin floss nun durch die Herz-Lungen-Maschine. Die Körpertemperatur war auf 28 Grad heruntergekühlt worden – das OP-Team hatte das Herz entnommen. Das unbrauchbar gewordene Organ lag in einer Schale auf der Seite. Eigentlich hätte ich mich jetzt entspannen können, bis der Abgang von der Maschine eingeleitet werden musste und alle gespannt darauf warteten, ob das neue Herz von selbst schlagen würde. Aber ich war, wie der Rest des OP-Teams, nervös. Die Gesichter waren starre Masken, durch das grelle Licht der OP-Lampe blass mit dunklen Augenringen. Der Fahrer, der das Spenderorgan aus dem Hospital in Puerto Limón bringen sollte, wo es dem seit Tagen hirntoten Unfallopfer entnommen worden war, hatte sich verspätet. Dem OP-Team blieb nichts anderes übrig, als Däumchen zu drehen. Über die Lautsprecheranlage sang ein begnadeter Tenor unterstützt von einem stimmgewaltigen Männerchor *Nearer, My God, to Thee.*

Barbra hatte ausgedrückt, was wir alle dachten: »Entschuldigung, dass ich zweifle, aber ist diese Musik nicht etwas sehr zynisch bei einem so riskanten Eingriff, *Dr. Chandler?*« Die Schwester hatte die Gewohnheit, den Namen ihres Chefs stets mit dem gleichen provokanten Unterton auszusprechen.

Der Chirurg sah die OP-Schwester mit diesem angewiderten Blick an, der normalerweise für mit Fleisch belegte Teller reserviert war: »Schwester Kowalski, bleiben wir doch realistisch – die Patientin kann ruhig mitbekommen, wie schlecht es um sie steht. Was sollen wir Ihrer Meinung nach spielen?«

Mir fiel spontan *When the Lights Go Out* von den Black Keys ein, ich sagte aber nichts, weil ich mich bei einem derart massiven Eingriff ungern mit unserem Starchirurgen anlegte. Wie man an dem angesaugten Mundschutz sehen konnte, holte Barbra tief Luft, um eine passende Antwort zu geben. Sie kam jedoch nicht dazu, ihre Meinung kundzutun. Rosa, die den OP vor einigen Minuten verlassen hatte, um nachzuforschen, wo das Spenderorgan blieb, kam soeben wieder zurück. Alle Köpfe drehten sich zu ihr.

»Jesús geht nicht ans Telefon. Das OP-Team in Puerto Limón hat bestätigt, dass er bereits vor einer Stunde weggefahren ist.«

»Verdammt, wir hätten gleich den Helikopter nehmen sollen«, bemerkte der Chirurg.

»*Dr. Chandler,* Sie wissen doch, dass das nicht geht. Damit ist Señor Higuera abgestürzt«, wandte Barbra harsch ein. »Der Health Post hat keinen Hubschrauber mehr zur Verfügung.«

Der asketische Arzt hielt einen Moment inne, wie um sich zu erinnern. »Richtig, ich vergaß. Dann können wir nur abwarten und hoffen, dass dem Fahrer nichts passiert ist.«

Jesús, der das Organ bringen sollte, hatte vor Jahren bereits einen schweren Motorradunfall mit einem Spannungspneumothorax nur knapp überlebt.

»Die Werte sind stabil.«

Es war mir nicht ganz klar, ob das eine Frage oder Feststellung des Kollegen war. Ich warf einen Blick auf die Monitore, um mich ebenfalls noch mal zu überzeugen, ehe ich bestätigte: »Alles im grünen Bereich.«

»*Copy that!*« Der US-Amerikaner konnte seine militärische Vergangenheit nicht leugnen.

Frieso Klokjes, der Leiter der Missionsstation, hatte die OP durch die Trennscheibe von Anfang an verfolgt und meldete sich über die Gegensprechanlage: »Soll ich hereinkommen und ihr die letzte Ölung geben?«

»Señora Müller ist nicht katholisch getauft«, bemerkte Rosa und verdrehte die Augen. »Ich kenne ihre Akte in- und auswendig.«

Jeder im Health Post kannte die Akte von Bertha Müller alias Miss Marple, die uns monatlich mindestens einmal mit einem eingebildeten Leiden heimsuchte, auswendig. In diesem Moment wurde die zweiflüglige OP-Tür aufgestoßen und Jesús Domenico Nuria, unser maximal pigmentierter Motorradpolizist, eilte mit der Kühltasche, in der das Spenderherz lag, schnellen Schrittes herein. Er hatte einen OP-Kittel übergeworfen und trug Mundschutz und Haube. Die verspiegelte Sonnenbrille hatte er nicht abgesetzt, wohl damit wir die Tränen in seinen Augen nicht sehen konnten.

»Hier ist es, Manuels Herz«, stammelte der sonst so toughe Vertreter der Exekutive und schluckte. Er hielt die weiße Kühltasche mit der roten Aufschrift *Human Organ for Transplant* mit beiden Händen weit von sich. Sein Gesicht war schmerzverzerrt, die Kiefer so fest aufeinandergepresst, dass die Wangenmuskulatur deutlich hervortrat. Ich wusste, was es hieß, wenn einem ein geliebter Mensch vom Schicksal jäh genommen wurde. Auch ich musste mit den Tränen kämpfen.

Rosa ging einen Schritt vor, um ihm die Tasche abzunehmen, als die kleine, rundliche Schwester mit Brille und bunt geblümter OP-Haube, die bislang stumm zwischen Warren und Barbra gestanden hatte, einen spitzen Schrei ausstieß: »*¡Madre de Dios!* Wie oft muss ich es noch sagen, dass ich keine Straßenschuhe in meinem OP dulde!«

Unsere Blicke fielen auf Jesús' Beine, die in den schwarzen, kniehohen Motorradstiefeln steckten, ohne die ich den Polizeibeamten noch nie gesehen hatte.

Yoani trat beherzt vom OP-Tisch und komplimentierte Jesús, wild mit den Armen fuchtelnd, vor die Tür: »Du gehst jetzt schön wieder raus und kommst anständig angezogen wieder herein. Wir warten so lange.« Ihre Augen blitzten durch die dicken Brillengläser. »Wo kämen wir denn da hin, wenn wir uns nicht an die einfachsten Hygieneregeln hielten? He?« Die kleine, kompakte *tica* lief aufgeregt zurück an den Tisch und machte kurz davor abrupt halt. Ihr Blick war auf den Boden geheftet. »Was ist das überhaupt für ein Kabel, das hier rumliegt? Das ist doch gefährlich, da kann jeder drüber stolpern und sich den Hals brechen!«

Wir sahen entsetzt zu, wie *La Criada* den Stecker der Herz-Lungen-Maschine zog. Ich starrte fassungslos auf die erlöschenden Monitoranzeigen.

Rosa schrie sehr laut: »*¡No!*«

Ich schlug verstört die Augen auf. Das trübe Licht im Schlafzimmer ließ ahnen, dass heute ein regnerischer Tag mit wenig Sonne werden würde. Ich sah auf die leere Matratze neben mir und das unbewohnte Gitterbettchen in der Zimmerecke und seufzte. Ich war nicht gewohnt, dass das Haus so still und einsam war. Mir fehlte Marias Atmen an meiner Seite, Romys Gebrabbel, wenn sie wie üblich vor uns wach war und sich in Fantasiesprache mit den Stofftieren in ihrem Bett unterhielt, bis einer von uns sie befreite und ins Doppelbett holte, um den Tag mit Kuscheln zu beginnen. Ich vermisste selbst Tobis Trommelexzesse, die mich sonst fliehen ließen. Ich war jedoch heilfroh, dass mein Freund Manuel nicht mit dem Hubschrauber abgestürzt war und wir sein Herz nicht in Bertha Müllers Brustmassiv versenken mussten.

Nachdem ich einen kurzen Pitstopp auf der Toilette eingelegt hatte, lief ich barfuß, nur mit einer Unterhose bekleidet, ins Wohnzimmer.

»Ho, ho, ho!« Die tiefe Bassstimme und die einsetzende, fröhliche Weihnachtsmusik lösten einen Fluchtreflex in mir aus. Der beleibte Weihnachtsmann setzte sich in Bewegung und schwang munter die Hüften zu »*You better watch out. You better not cry. You better not pout. I'm telling you why. Santa Claus is coming to town!*« Ich hätte das alberne Spielzeug, das Yoani angeschleppt hatte, schon längst entsorgt, hätte nicht meine kleine Tochter einen Riesenspaß daran, dass immer, wenn sie vorbeikrabbelte, die Puppe ihre *One-Man-Show* begann. Dann setzte sich Romy auf ihren Pampershintern und wackelte unermüdlich im Takt mit. »*Bedda wodsch au! Bedda wodsch au! Bedda wodsch au!*«, trällerte das Kind, das mein Gesangsgen definitiv geerbt hatte. Das glucksende Lachen meines kleinen Mädchens entschädigte dafür, dass man das Lied gefühlte dreihundertsechzig Mal am Tag hören musste.

Von der Patiotür kam ein kurzes Bellen. Gomez saß schwanzwedelnd vor der Tür. Ich ließ meinen Hund herein. Ihm folgte ein sandfarbener Mischling, der mir sehr bekannt vorkam. »Lemmy?« Ich fütterte die Tiere in der Küche und ging durch die Vordertür aus dem Haus. Da parkte er, direkt unter einer Kokospalme, der bunt bemalte, klapprige VW-Bus, auf den ich seit Tagen wartete. Barbra hatte ihr Versprechen wahr gemacht. Sie war pünktlich zu Heiligabend zurückgekommen.

Ich warf einen Blick auf mein Handy. 7.32 Uhr. Vor zehn stand Barbra in der Regel nicht auf, wenn sie nicht musste. Zeit genug für einen ausgiebigen *Morning Ride* auf dem Atlantik.

Zwei Stunden später rührte ich Teig für Pancakes. Die Hunde waren längst wieder unterwegs. Gegen die Stille tönten weihnachtliche Klänge durchs Haus. Alte Tradition in der Casa Brandstätter, übernommen von Ricky, meiner verstorbenen Frau, die am 24. Dezember nur Weisen hörte, die die Geburt des Jesuskindes feierten. Ricky hatte am 23. Dezember nie gearbeitet, sondern unsere Wohnung in ein Weihnachtswunderland verwandelt. Es glitzerte, leuchtete und blinkte bis in den letzten Winkel. Selbst der Badezimmerspiegel war von einer doppelten Reihe weißer Lichterketten umkränzt. Alle Handtücher wurden ausgetauscht gegen solche mit Weihnachtsstickerei. Die Plastikboxen mit den Relikten aus einer vergangenen Zeit lagerten noch im Haus meiner Mutter im Keller. Maria und ich waren alles andere als Dekofreaks. Allerdings verbreiteten seit einigen Tagen diverse Duftkerzen ein weihnachtliches Zimtaroma – Mitbringsel eines Heimatbesuches unseres texanischen Dorfbäckers Joey. Ich schmetterte mit Cliff Richard um die Wette und übertönte den Lärm des Rührgerätes. »*Christmas time. Mistletoe and wine. Children singing Christian rhyme. With logs on the fire and gifts on the tree. A time to rejoice in the good that we see.*«

»Immer noch eine Stimme wie eine Lerche«, hörte ich eine heisere Frauenstimme hinter mir sagen.

Während ich mich umdrehte, schaltete ich den Mixer aus und lächelte breit. Barbra stand in aller Pracht, mit feuerrot gefärbtem Haar und geflügelten Tattooarmen im Durchgang zur Küche. Ich legte die Küchenmaschine auf die Arbeitsplatte und öffnete meine Arme weit. Die Lady tat das Gleiche und kam mit ausgebreiteten, erhobenen Schwingen auf mich zu. Mir fiel auf, dass die auffälligen Haarbüschel unter ihren Armen wegrasiert waren. Wenige Sekunden später lagen wir uns in den Armen, jeder Pfützchen in den Augen.

»Schwester Kowalski! Wie schön, dich wieder hier zu haben!«

»*Pumpkin,* was glaubst du, wie sehr ich mich freue, wieder vertraute Gesichter um mich herum zu sehen.« Barbra ließ mich los und trat einen Schritt zurück. »Ist das alles für mich?«, fragte sie und probierte ein Stück von der Zuckermelone, die ich aufgeschnitten hatte.

»Ja, ich muss heute zwar alles allein machen, aber für Gäste wie dich ist mir nichts zu viel. Was möchtest du trinken?«

»Wäre nicht nötig gewesen, ich esse nicht besonders viel. Ein Cappuccino wäre toll.«

Ich warf einen Blick auf die Australierin mit den beachtlichen Silikonimplantaten. Die gewohnte Speckrolle zwischen Jeans und Muscle-Shirt war verschwunden, die Wangenknochen traten prominent hervor. Barbra hatte dunkle Ringe unter den Augen. »Hattest du eine anstrengende Anreise?« Sie war nach ihrer Ankündigung, dass sie zu Weihnachten bei uns sein wolle, in Rekordzeit mit ihrem betagten VW-Bus von Brasilien nach Costa Rica hochgefahren.

»Ja, war schon ein Akt.« Meine Besucherin lächelte gequält und schlug vor, den Tisch zu decken. Sie erzählte dabei von ihrer Zeit in Rio. Über Wagner – ihren Freund, von dem sie sich

18

vor zwei Monaten getrennt hatte – verlor sie kein Wort. »Wo ist eigentlich der Rest der Mannschaft? Ich dachte, ich lerne endlich deine Frau und deine kleine Tochter kennen.«

»Das untreue Gesindel hat mich verlassen. Maria macht mit Tobi einen Ausflug nach San José, Weihnachtsgeschenke besorgen, und Yoani hat Romy über Nacht mitgenommen. Angeblich damit ich mich mal entspannen kann. Aber eigentlich, weil sie das Kind vergöttert und hinter unserem Rücken verhätschelt.«

Barbra lachte heiser und verschwand kurz vorm Haus, um zu rauchen.

Als wir wenig später am Esstisch saßen, aß sie tatsächlich nur einen halben Pancake mit etwas Melone und frischer Mango.

»Schmeckt mein Essen nicht?«, fragte ich.

»Doch, *Pumpkin*. Sehr gut sogar. Ich bin aber keine feste Nahrung mehr gewohnt. Ich habe unterwegs fast nur von Koffein, Tabak und Schokolade gelebt.«

»Magst du noch einen Cappuccino?«

»Sehr gern.«

Ich machte Barbra eine zweite Tasse und mir einen Latte macchiato. Mit den Heißgetränken verzogen wir uns vors Haus und setzten uns nebeneinander in den warmen Sand kurz vor der Brandungslinie. Wir hatten uns viel zu erzählen und die Kettenraucherin musste ihrem Laster nachgehen.

»Auch eine?«

Ich schüttelte den Kopf. »Hab's ganz gesteckt.«

»Ich wünschte, ich würde es auch schaffen.«

Wir sahen eine Weile schweigend den Wellen zu, die sich bei Ebbe weit draußen donnernd brachen. Der Tidenhub war heute beachtlich.

Barbra lächelte unvermittelt und unterbrach das Schweigen. »Erinnerst du dich noch an die Nacht, in der wir bei den Tamponmädels Wache gehalten haben?«

Ich nickte. Wir hatten damals bis zum Morgengrauen auf eine Gruppe neuseeländischer Hockeyspielerinnen aufgepasst, die sich mit in Wodka getränkten Tampons am Strand abgeschossen hatten.

»Ich hätte euch nie verlassen sollen.« Solche Worte von der weitgereisten, unerschrockenen Australierin waren ungewohnt.

»Möchtest du mir von Wagner erzählen?«

»Das Thema ist vorbei.« Barbra schniefte und zündete sich den nächsten Sargnagel an. »Ich lasse mich bei euch wieder häuslich nieder. Vielleicht gibt es einen Job für mich – im Post, bei Shane oder bei Hernando. Ich mache alles.«

»Da wird sich sicher was finden lassen.«

Barbra vergrub ihre Zehen im Sand. Die Nägel waren nicht lackiert. Auch das war ungewöhnlich. Ich warf einen Blick auf ihre ausrasierten Achselhöhlen. »Was ist mit deiner Behaarung passiert? *Brazilian Waxing?*« Ich hatte genug Frauenzeitschriften beim Friseur gelesen, um mich beim Thema *Enthaarung* einigermaßen auszukennen und zu wissen, dass man einen normalen Bikini schlecht mit Vollbär tragen konnte. Von medizinischen und privaten Erfahrungen mit weiblichen Unterkörpern mal ganz abgesehen.

Barbra zögerte lange, bis die Antwort kam. »Keine Angst, die Bikinizone ist noch im Urzustand. Das mit den Achselhöhlen hat eher medizinische Ursachen.«

»Aha, aha.« Ich überlegte, welche medizinischen Gründe es geben mochte, um sich die Achselhöhlen zu rasieren. »Filzläuse?«

Barbra unterbrach meine Differentialdiagnosen. »Nein, du Spinner! Die wären mir lieber. Ich glaube, mein Krebs ist zurück.« Sie drückte die Zigarette im Sand aus, ehe sie sie in die leere Tasse warf. Kippen am Strand zurückzulassen war eine Todsünde am Meer. Die Krankenschwester hatte sich vor Jahren infolge eines Karzinoms einer beidseitigen Mastektomie und anschließenden Rekonstruktion unterziehen müssen.

»Wie kommst du darauf?«

Die Australierin stand auf, stellte sich vor mich hin und hob einen Arm. »Würdest du mir mal deine Meinung sagen?«

Ich tastete den derben, nicht verschiebbaren, nicht schmerzhaften erbsgroßen Knoten in der linken Axilla sofort.

»Das kann durchaus etwas Harmloses sein, das weißt du doch auch. Hast du es untersuchen lassen?«

»Nein, ich fürchte mich vor dem Ergebnis. Ich habe ein ungutes Gefühl.«

Ich nahm Barbra in den Arm. »Warren soll sich das nach den Feiertagen gleich ansehen. Du wirst sehen, es ist nur eine verstopfte Talgdrüse. Spätrezidive sind sehr selten. Du hast die kritische Dreijahresphase schon längst hinter dir.«

»Weiß der Krebs, dieses dumme Arschloch, das auch?«

»Sind wir hier noch nicht mit jedem dummen Arschloch fertiggeworden? Wir haben doch Übung darin.« Sollte ein Lymphknoten betroffen sein, würde man diesen sowie die benachbarten Knoten ganz entfernen und ebenfalls histologisch untersuchen. Um die Bildung von Metastasen auszuschließen, wären ein CT der Lunge, des Schädels und des Abdomens sowie eine Knochenszintigrafie notwendig. *The whole shebang.*

Vorm Haus hielt ein Wagen und zwei Türen schlugen. »Das dürften Tobi und Maria sein.«

Barbra löste sich von mir. »Kein Wort, ehe ich Gewissheit habe. Bitte, Ben.«

Ich nickte und sah, wie Tobi durch die Palmen auf Barbra zugerannt kam. Die beiden hatten sich mehr als zwei Jahre nicht gesehen.

Meine Gefährtin kam auf mich zu, küsste mich und hängte sich bei mir ein. »Das ist also die berühmte Schwester Kowalski?«

Ich vergrub meine Nase in Marias vollem Haar und flüsterte: »Ja, das ist sie.«

Es war der Morgen des 24. Dezember und das Schicksal schien mich mal wieder lange Zeit in trügerischer Sicherheit gewogen zu haben.

Heiligabend verbrachten wir im trauten Heim. Es gab zwar keinen Weihnachtsbaum, unter den wir unsere Päckchen hätten legen können, aber Tobi und Maria hatten in San José übel zugeschlagen und ich war im Internet fündig geworden. Barbra hatte in Rio ihre Mitbringsel besorgt und Yoani ein neues, sehr produktives Hobby. Sie häkelte neuerdings in bunten Pastellfarben, als *Ausgleich für ihren harten Job*. Unsere kleine Tochter lief seit der Bescherung mit einem babyblauen Windelhöschen durch die Gegend, auf dessen Hinterteil jede Menge kunterbunte Häkelblumen prangten, die an die legendären Prilblumen aus meiner Kindheit erinnerten. Romy fand den Pampersüberzieher wunderschön, bestand aber nach kurzem Tragen darauf, dass die Blumen vorne waren, weil sie sie sonst nicht sehen und nicht an ihnen rumpulen konnte.

Alle außer mir besaßen ein allerliebstes Handytäschchen in Pink oder Türkis mit gehäkelten Blumen als Verzierung. Meine Handarbeit war wesentlich größer und schlichter als die der anderen – in Rot, mit weißer Bordüre. Eine Rosenknospe diente als Verschluss.

Ich sah Yoani an, der wir wunschgemäß einen Fernseher für die Küche geschenkt hatten, damit sie bei der Arbeit den Anschluss in ihren Telenovelas nicht verpasste. »Mein Handytäschchen ist reichlich groß ausgefallen. Ist das für das iPad?«

»¡*Idiota!* Das ist doch keine Handytasche! Das ist eine Tasche, in die du dein Stethoskop reintun kannst. Damit es nicht einstaubt.«

»Aha, aha.« Wenn Yoani erwartete, dass ich mich mit ihrer kitschigen Handarbeit im Health Post lächerlich machte, hatte sie sich getäuscht. Ich hatte in meiner Kindheit traumatische Erlebnisse auf dem Schulhof gehabt, die mir ein selbst gestrickter Pullover meiner Mutter eingebracht hatte. Als erklärter ABBA-Fan mussten ihre Söhne nicht nur die Namen der männlichen ABBA-Sänger führen, nein, sie mussten auch total uncoole knallbunte Pullover mit dämlichen Katzenapplikationen aus Satin tragen. Als *La Criada* kurz in der Küche verschwand, um frisch gebackenes Bananenbrot zu holen, hielt ich meiner Tochter die Tasche hin. »Baby, schau! Da kannst du deine Lieblingspuppe reintun und hast sie so bei dir!« Um Nägel mit Köpfen zu machen, steckte ich die hässliche *Babyporn,* wie ich sie frei abgewandelt nannte, in das Täschchen und hängte es um Romys Hals. Das Kind war tatsächlich begeistert von dem Gimmick und rückte die Tasche nicht mehr raus.

Unsere Perle bemerkte mit einem misstrauischen Unterton: »Dann häkle ich dir eben eine neue. Wir wollen meinen Augenstern ja nicht enttäuschen.«

NACH DER BESCHERUNG machten wir uns im Konvoi auf den Weg zu Shanes Pub. Yoani fuhr noch immer den betagten Toyota Camry als Dienstwagen, ich meinen geliebten Laredo. Da der offene Jeep nicht babysitztauglich war, hatte ich mich vor Romys Geburt nach einer Familienkutsche umgesehen. Leider war der Gebrauchtwagenmarkt in der Provinz Limón sehr überschaubar. Wie so oft hatte mir mein Freund Manuel Higuera weitergeholfen. In seiner Garage stand noch der weiße Bentley Continental seiner Mutter. Señora Rize Higuera war im August letzten Jahres in den USA eines Nachts friedlich eingeschlafen und brauchte keinen fahrbaren Untersatz mehr. Das Auto war zwar schon über zwanzig Jahre alt, aber da Mama Higuera sich mit dem Statussymbol nur äußerst selten durch die Gegend hatte kutschieren lassen, zeigte der Tacho gerade mal zweiundzwanzigtausend Kilometer an.

Tobi fand die Luxuslimousine so lange uncool, bis er erfahren hatte, dass sie gepanzert war und die ganze Familie sicher vor Zombies, Terroristen und schießwütigen Drogenbaronen durch die Gegend fahren konnte.

Der irische Wirt hatte den Pub an diesem Abend für das Publikum geschlossen, um eine Weihnachtsparty für die Immigranten und den harten Kern der Einheimischen zu veranstalten. Yoani hatte zwei Kühltaschen mit *Tamales,* dem typischen Weihnachtsessen der *ticos,* im Gepäck. Die in Bananenblätter gewickelten Häppchen werden mit Maisbrei, Reis, Gemüse oder Fleisch gefüllt. Ich brachte selbst gemachte Apfelschorle mit. Weil Äpfel und deren Saft eine teure Delikatesse in dem Land waren, das sich vor exotischen Früchten nicht retten konnte, war Apfelschorle ein Getränk, dass es nur zu festlichen Anlässen gab.

Als wir ankamen, war die geräumige Kneipe brechend voll. Gonzo, Señor Zuela und Joey spielten auf der kleinen Eckbühne *Stand by Your Man.* Mein Sohn hatte vor einem halben Jahr mit Schlagzeug angefangen und legte mehr Leidenschaft und zeitliches Engagement an den Tag, als dies unserer Familienidylle guttat. Er nutzte die Gelegenheit, stellte sich sofort an die Bongotrommeln und mischte mit ernster Miene mit. Tobi war nach Gonzo der miserabelste Sänger aller Zeiten, aber er besaß unglaublich viel Rhythmusgefühl. Vor den vergitterten, unverglasten Fensteröffnungen tummelten sich einige Backpacker und hörten der eingängigen Livemusik zu.

Die Ankunft Barbras, die im Pub immer ein gern gesehener Gast gewesen war, wurde allseits freudig begrüßt. Sie lachte und trank und prostete allen zu, als würde sie nichts bedrücken. Mich machte Weihnachten auch ohne den Schock, den mir Barbras Verdacht bereitet hatte, sentimental. Ich musste an die denken, die nicht dabei sein konnten. Wie meine Mutter und mein Bruder mit seiner Familie. Madalena, meine Erstgeborene, war ebenfalls nicht da. Die Woche zwischen Weihnachten und Neujahr war die einzige Zeit im Jahr, in der mein Nachbar sein Hotel schloss. Die Delgado Schillers waren nach Bolivien abgehauen, um dort die Feiertage im Schoße von Rayas Familie zu verbringen. Und: Was würde ich darum geben, könnte ich noch ein einziges Weihnachtsfest mit Ricky verbringen!

KURZ VOR MITTERNACHT grölte die ganze Mannschaft *Fleas Navidog* – eine Verballhornung des schwungvollen spanischen Weihnachtsliedes *Feliz Navidad*. Ich persönlich fand die deutsche Version am gelungensten: *De Riesling werd knapp!* Ich saß in einer Ecke und hatte ein Glas Talisker vor mir stehen. Meine zauberhafte kleine Tochter schlief ungestört von dem Lärm um uns herum selig auf meinem Schoß. Sie hatte den Mund leicht geöffnet und die Pausbäckchen glühten. Mir fiel der alte Begriff *Wonneproppen* ein und der englische Begiff: *a bundle of joy* – das ich gemacht hatte. In solchen Momenten überfielen mich ein unbändiger Stolz, ein warmes Glücksgefühl und die tiefe Liebe zu meinem Fleisch und Blut. Ich lächelte und strich ihr eine verschwitzte Haarsträhne aus der Stirn. Maria saß am Keyboard auf der Bühne und Tobi hatte sich mit Barbra die Trommeln geteilt. Ich vermisste Frieso, unseren holländischen Geistlichen, der nach der Abendandacht hatte vorbeikommen wollen. Ich sah auf die Uhr meines Handys. Es war 22.17 Uhr. Wahrscheinlich hatte ihn ein Todesfall im Barrio aufgehalten. Um die Weihnachtszeit starben prozentual mehr Menschen als das Jahr über.

Die Band auf der Bühne machte eine Pause und probierte von dem *Rompope* mit Rum, eine Art Eierlikör, den unser Apotheker in seiner Giftküche gemixt hatte. Mein achtjähriger Sohn hatte munter zugelangt, als die Gläser auf einem

Tablett gereicht wurden. Maria war schneller als das schnellste Spermium und nahm diesem das Glas mit dem hochprozentigen Inhalt ab.

Tobi kam zu mir herüber und maulte: »Papa, darf mir Maria verbieten, Alkohol zu trinken?«

»Maria darf dir alles verbieten, das hatten wir doch schon geklärt.«

Tobi schob die Unterlippe vor und meinte trotzig: »Wenn man mir das vorher gesagt hätte, dass mir jetzt noch mehr Leute was verbieten, hätte ich keine Frau für dich suchen helfen.«

»Dumm gelaufen, Tobi.«

Mein Blick fiel auf die Eingangstür, in der ein junges Paar stand. Die Frau, mit jeder Menge Piercings, war hochschwanger, ein etwa vierjähriger Junge klammerte sich an ihr nacktes, tätowiertes Bein. Der Mann trug einen Rucksack auf dem Rücken und einen Gitarrenkasten vor den Bauch geschnallt. In der Hand hielt er eine prall gefüllte Nike-Sporttasche, die er jetzt abstellte. Das Kleinkind nuckelte an seinem Daumen und sah sehr müde aus. Die Erwachsenen hatten beide kahl geschorene Köpfe.

Shannon, die Frau unseres Wirts, ging auf die Familie zu und meinte freundlich, aber bestimmt auf Englisch: »*Merry Christmas! Sorry, folks,* aber wir haben heute eine geschlossene Gesellschaft. Morgen sind wir wieder für die Allgemeinheit da.«

»*¡Feliz navidad, compañera!*«, vermeldete der männliche Glatzenträger in allerfeinstem Englisch. »*Folks,* den Fehler, ein durchreisendes Paar mit schwangerer Frau am Weihnachtsabend abzuweisen, hat man vor über zweitausend Jahren schon mal gemacht. Und was ist draus geworden? Eine Weltreligion!«

Tobi war wieder mal schneller als sein Erzeuger, rief: »Dobro!« und rannte zu den unwillkommenen Gästen hin, die sofort im Mittelpunkt der Gesellschaft standen.

NACHDEM DIE AUSGEHUNGERTE Familie die Reste des Weihnachtsbüfetts verputzt hatte, war die völlig erschöpfte Elisa mit Maria und den Kindern zu uns nach Hause aufgebrochen. Die schwäbische Kleinfamilie sollte erst mal in unserem Gästeappartement bleiben. Ich holte zwei *Imperial*-Dosen aus dem Kühlschrank, trug zwei Striche in die Liste auf dem Tresen ein und ging mit Dobro vor die Tür zum Strand. Die Halbmondsichel lag tief über dem Atlantik und würde nur noch wenige Minuten zu sehen sein. Wegen der Nähe zum Äquator war die Mondsichel horizontal und nicht vertikal zu sehen, wie in nördlicheren oder südlicheren Gefilden. Alle paar Meter saßen kleine Grüppchen zusammen und feierten den Heiligabend auf ihre eigene Weise. Der unverbesserliche Kiffer holte einen Joint aus seiner Hosentasche, zündete ihn an und reichte ihn mir wortlos. Ich nahm einen tiefen Zug und blies den Rauch aus. Eine Fledermaus flog so dicht über unseren Köpfen hinweg, dass ich den Flügelschlag spürte.

»Schon lange keine Tüte mehr durchgezogen«, meinte ich. Maria, die gesetzestreue Anwältin, fand es nicht berauschend, wenn sich in unserem Zuhause illegale Drogen irgendwelcher Art befanden.

»Checke ich nicht, Bunny. Du sitzt doch mitten im Paradies. Drogentechnisch.«

»Jesús liebt mich immer noch nicht, *woisch*.« Marias Angst war nicht ganz unbegründet. Unser Vorzeigepolizist hatte mich stets auf dem Schirm, wenn er mich auch nicht mehr mit ganz so viel Eifer verfolgte wie in früheren Zeiten. Er schien zumindest ein kleines bisschen dankbar dafür zu sein, dass ich ihm dereinst das Leben gerettet hatte.

»*Woisch noh,* die Story mit dem Magnesium und dem Bimbo?« Dobro kicherte glucksend vor sich hin. »Wir beide in der Hauptrolle. Krass fette schwäbische *Nudelnarcos* versus voll pigmentiertem Lauch in Leder.«

»Wie könnte ich jemals vergessen, dass ich wegen deines Vitaminkonsums fast im Knast gelandet wäre?« Der Vorzeigebeamte hatte in seinem Übereifer verschüttetes Magnesiumpulver für eine illegale Substanz gehalten.

Dobro intonierte: »*I've got cocaine running around my brain*«.

»Warum seid ihr hier?«, wechselte ich das Thema. Dobro war der Typ, der seine Besuche lange im Voraus mit viel Gewese ankündigte. Dieser Überraschungsbesuch war mehr als ungewöhnlich.

»Sommerfrische, *Dude*.« Frédéric-Fabian Becker war wie ich ein Fan altmodischer Worte. »Quark. Ich bin in *Good Old Stuggi* beinahe mit dem Gesetz in Konflikt geraten. Sprich, die Bullen haben Horsts Plantagen entdeckt und ihn hopsgenommen. Ich habe mir gedacht, ehe die auch auf mich kommen, verlege ich flugs meinen Lebensmittelpunkt und mache mich auf zu neuen Ufern. Costa Rica hat mich bei meinen Besuchen voll geflasht, Bunny.«

Wir schwiegen einen Moment, wie das richtige Freunde ohne jegliche Verlegenheit können.

»Außerdem, wie soll ich ohne Nebeneinkünfte eine Familie ernähren? Demnächst wird Ramona das Licht der Welt erblicken. Weißt du, was beschissene Windeln kosten, Alter?«

»Weiß ich. Romy hat bereits ein kleines Vermögen verschissen. Aber Ramona? Seit wann stehst du auf die Flippers?«

»Tz! Wieder mal eine Bildungslücke bei dir entdeckt, Caruso! Der Song ist von den Blue Diamonds.«

Reichlich betrunken und bekifft sangen wir: »*Ramona – zum Abschied sag ich dir Good bye. Ramona – ein Jahr geht doch so schnell vorbei. Verzag nicht und frag nicht – denn in Gedanken bin ich bei dir. Bei Tag bringt die Sonne – bei Nacht der Mond dir Grüße von mir.*«

Unser Mond war mittlerweile ganz untergegangen und außer einigen Lagerfeuern am Strand und der Glut unserer Tüte war nicht viel zu sehen.

»Nee, Alter. Nicht *die* Ramona. Ist eine Hommage an die Ramones. Kennst du?«

Klar kannte ich die Ramones, eine amerikanische Punkrock-Band, die es von Mitte der Siebziger- bis Mitte der Neunzigerjahre gegeben hatte. »*Blitzkrieg Bop!*«

»Genau die.«

»Nicht meine Musik.«

»Meine auch nicht, aber Elisa fährt voll auf den *Old School*-Scheiß ab.«

»Ich dachte Sid-Kurt als Kindsname wäre endbescheuert, aber auf dein Weib ist anscheinend Verlass.«

»Ist halt die Ische fürs Leben, was willst du da machen, *Brudi?*«

»Und wie habt ihr euch eure Zukunft hier vorgestellt? Oder seid ihr nur vorübergehend abgetaucht und geht wieder zurück, wenn sich die Lage beruhigt hat?«

»*Nope,* das soll unsere neue Heimat werden. Wir haben Elisas komplette Ausrüstung dabei und wollen ein Tattoo- und Piercingstudio aufmachen, sobald wir einen geeigneten Laden gefunden haben. So lange wäre es mega, wenn ihr uns Obdach gewährt.«

»Kein Problem«, sagte ich und erinnerte mich mit einigen Bauchschmerzen an den letzten Besuch der Familie bei uns. Was sich zwischen Elisa und Yoani abspielte, war kein Blitzkrieg gewesen, sondern erinnerte an einen langwierigen Guerillakrieg zwischen verfeindeten Familienclans. Das komplette Haus eine Nahkampfzone mit jeder Menge menstruierender oder menopausierender Tretminen.

»Bist der beste Kumpel, den sich ein Mann wünschen kann, Bunny. Echt wahr jetzt.«

29

Der Joint war zu Ende geraucht und die Bierdosen geleert. »Komm, wir gehen denen im Pub mal zeigen, was vernünftige Musik ist«, schlug ich vor. Auf dem Weg vom Strand zur Kneipe fiel mein Blick auf die rasierte Glatze, die im Licht einer Straßenlaterne glänzte. »Gibt's eine Story zu euren nicht vorhandenen Frisuren?« Als ich Dobro kennengelernt hatte, war er stolzer Besitzer einer verfilzten Dreadlockmatte gewesen, die bis zur Taille reichte. Bei meinem letzten Besuch in Stuttgart trug er einen gepflegten Kurzhaarschnitt, weil ihm ein Räucherstäbchen die Rastafarilocken versengt hatte. Kahl geschoren war neu.

Er blieb stehen, fuhr sich mit der Hand über den schweißbedeckten Schädel und meinte: »Die Natur hat es nicht gut gemeint mit mir, Alter. Mein Haaransatz ist bedrohlich zurückgegangen und hinten wurden sie auch immer dünner. Sah krass scheiße aus mein Skalp. Da habe ich alles runtergeholt. Elisa fand's geil, sie meinte, so kämen ihre Piercings und Tattoos besser zur Geltung. Sie *shaved* sich jetzt auch.«

Der Pub war trotz der späten Stunde noch immer voller Gäste. Wir betraten die kleine Eckbühne und setzten uns vor die Mikrofone. Dobro zählte uns ein. Ohne Absprache war klar, was wir spielen würden. »*Ramona – denk jeden Tag einmal daran. Ramona – dass nichts vergeht, was so begann. Nach einem Jahr steh ich mit Blumen vor der Tür. Ramona – dann bleib ich bei dir.*«

Padres und Probleme

Als ich um acht Uhr das Haus verließ, um den Dienst im Health Post anzutreten, schliefen noch alle. Selbst Gomez pennte friedlich auf seinem Lieblingsplatz vor der Wohnzimmercouch und regte sich nicht. Salomé, die dreifarbige Glückskatze, lag an seinen Bauch geschmiegt. Seitdem Gwen, ihre Adoptivmutter, im November an Altersschwäche gestorben war, war der Labradormischling ihr neuer bester Freund.

Im Health Post war an diesem Tag nach Heiligabend nicht viel los. Ich zählte lediglich drei Patienten, die auf der Bank gegenüber dem Anmeldetresen warteten. Xavier hatte vor Wochen eine Wand in der Anmeldung mit einer glitzernden Plastikgirlande verziert, die er wie den Sinusrhythmus eines gesunden Herzens geklebt hatte.

Rosa wünschte mir frohe Weihnachten, reichte mir eine Tüte mit selbst gebackenen Tamales und wies mich darauf hin, dass Pater Frieso für zehn Uhr eine Sonderbesprechung angesetzt habe. Der geistliche Leiter der Missionsstation, der sonst keine Gelegenheit für Freigetränke ausließ, war gestern tatsächlich nicht mehr zur Weihnachtsfeier im Pub erschienen.

»Aha, aha. Um was geht es?«

»Pablo hat berichtet, dass der *padre* Besuch von einem anderen *padre* habe. Vielleicht möchte der euch kennenlernen.«

Rosa schob entschlossen ihre Brille auf die Nasenwurzel zurück und tippte weiter auf der Tastatur.

Warren K. Chandler, unser Ärztlicher Leiter, behandelte in Kabine 1 eine Bisswunde an der Hand einer Fünfjährigen, die leise vor sich hin schluchzte. Die begleitenden Eltern stritten sich lautstark darüber, ob der Pitbull, der das Kind gebissen hatte, erschossen werden sollte oder nicht. Der Mann war vehement dagegen, die Frau dafür.

»Hast du eine Ahnung, worum es bei der Besprechung später geht, Warren?«, fragte ich auf Englisch.

Warrens rechtes Augenlid zuckte gefährlich. Er hörte auf, die Wunde zu behandeln, und sah die beiden Erwachsenen mit eiskaltem Blick an. »Wenn Sie sich weiter darüber unterhalten wollen, ob Sie ein unschuldiges Tier töten sollen oder nicht, dann verlassen Sie diesen Raum! ¡Al instante!« Das Geschrei verstummte sofort. Dr. Chandler traf stets den richtigen Ton, musste ich mal wieder neidlos feststellen. Zu mir gewandt meinte er: »Nein, keinen blassen Schimmer. Frieso hat sich mit seinem mysteriösen Besucher im Büro verschanzt.«

Ich holte eine der kleinen Tüten Gummibärchen aus meiner Kitteltasche und reichte sie dem Mädchen, das sich artig bedankte und gleich darauf wieder losheulte, weil sie die Verpackung mit einer Hand nicht aufbekam. Typisch Frau. Ich verließ den Behandlungsraum und rief meinen ersten Patienten an diesem Tag auf. Der dunkelhäutige *tico,* der auf den fantasievollen Namen León León hörte, hatte am Vorabend seinen Rausch im Hafen auf einem Fischernetz ausschlafen wollen. Leider steckte in dem Netz ein respektabler Angelhaken, der sich im Tiefschlaf in Señor Leóns linke Wange gebohrt hatte. Der Haken bereite ihm beim Sprechen und Essen einige Schwierigkeiten, meinte der Verletzte, der immer noch so viel Restalkohol zu haben schien, dass er die Sache ausgesprochen lustig fand. An dem Metallhaken hing noch ein guter Meter

Angelschnur. Ich setzte eine Lokalanästhesie, schnitt die Schnur direkt am Haken ab, zog ihn mit einer Pinzette von Innen durch die Wange, desinfizierte die Wunde und verschrieb ein Antibiotikum.

Señor León wollte den blutigen Rundbogenhaken mitnehmen – in Costa Rica wurde nichts leichtfertig weggeworfen. Er versprach mir, dass ich den ersten Fisch, den er damit fing, als Lohn für meine Mühe erhalten würde. Ich erinnerte ihn fürsorglich noch mal daran, trotzdem die Gebühr an der Anmeldung zu zahlen. Seitdem der Health Post von der WHO anerkannt war, stellten wir nur noch bei ausländischen Patienten eine Rechnung in Dollar aus – Einheimische wurden gegen eine geringe Pauschale in Colones verarztet.

Die nächste Patientin war ein Notfall, den wir gemeinsam versorgten. Die chilenische Touristin hatte sich am Morgen im Hostel beim Teilen einer Avocado, als sie versucht hatte, den Kern mit der Spitze des Messers aufzuspießen, die Klinge durch die Handfläche gerammt. Der junge Schwede, der sie gebracht hatte, war Ersthelfer in seiner Firma und so klug gewesen, das Messer nicht aus der Hand zu ziehen.

Für den bevorstehenden Eingriff wählte ich eine elegante Methode, den Arm zu betäuben, den sogenannten Bier-Block. In Deutschland sorgte die Ankündigung dieser intravenösen Anästhesie bei den Patienten für Erheiterung, weil viele dachten, man würde sie mit Bier vollpumpen – tatsächlich hieß der Erfinder der Methode August Bier. Statt Alkohol war Lidocain das Mittelchen der Wahl.

Ich legte die zwei benötigten Zugänge und nach einigem technischen Brimborium mit einer Doppelkammermanschette wurde der Arm recht schnell pelzig. Danach überließ ich unserem plastischen Chirurgen die weitere Versorgung. Schließlich war er der Spezialist für Obst und Gemüse im Team.

Einfühlsam wie ich war, versuchte ich die Patientin, die mit weit aufgerissenen Augen im Schockzustand vor mir saß, zu beruhigen. »Da haben Sie sich aber eine sehr gesunde Frucht ausgesucht. Voller Ballaststoffe, ungesättigter Fettsäuren und Vitamine und dabei null Cholesterin.«

Die Chilenin schien nicht sonderlich beeindruckt und ich legte noch eines drauf. »Wussten Sie, dass die Avocado ein Lorbeergewächs ist?« Dobro hatte mich bei seinem ersten Aufenthalt während unserer Rundreise mit allerlei unnützen Kenntnissen über die einheimische Botanik versorgt. Ein wenig hätte die Señorita mein Fachwissen schon würdigen können, fand ich. Ich warf einen Blick auf ihre speckigen Bäckchen und meinte leicht gekränkt: »Na ja, aber auf hundert Gramm Frucht kommen immerhin fünfzehn Gramm Fett und sage und schreibe hundertsechzig Kalorien. Ich würde Gurken empfehlen; mit Gurkenschälern gibt es auch weit weniger derart traumatische Verletzungen als mit Messern.«

Warren, der sich nie mit den Patienten unterhielt, verdrehte die Augen und ich hatte angesichts so viel Ignoranz die Lust an Konversation verloren.

DIE WUNDVERSORGUNG UNSERES Butterfruchtopfers hatte längere Zeit in Anspruch genommen und so kamen Warren und ich eine Viertelstunde zu spät zu der Besprechung mit Pater Frieso. Im Land des *Pura vida* waren fünfzehn Minuten Verspätung so gut wie pünktlich. Friesos bescheidene Wohnung und das geräumige Büro nahmen die Hälfte des zweiten Stocks über dem Kinderhort ein. Ich war nur selten in dem Arbeitszimmer mit dem imposanten, massiven Holzschreibtisch gewesen. Das Mobiliar sah aus, als hätte es Kolumbus persönlich an Bord der *Santa Maria* gehabt. Normalerweise war unser Stationsleiter nicht sonderlich standesbewusst. Er besprach alles Anliegende bei einer Tasse Kaffee auf der Außentreppe oder kam zu uns rüber ins Klinikgebäude.

Heute wehte kein einladender Kaffeeduft durch die weit offen stehende Bürotür. Dafür lag der Geruch eines männlich-herben Duftwässerchens schwer in der Nase. Wer auch immer Friesos Gast war, er benutzte eindeutig zu viel Aftershave. Ich ließ dem Kollegen den Vortritt. Frieso thronte nicht wie gewohnt hinter dem Schreibtisch im spanischen Kolonialstil, sondern saß auf einem der unbequemen, mit gegerbtem Leder bezogenen Folterstühle davor. Die drei Holzstühle mussten aus den Zeiten der spanischen Inquisition stammen. Die kunstvollen Schnitzereien an der Lehne drückten sich unbarmherzig in den Rücken und man unterschrieb nach wenigen Minuten praktisch jeden Wisch, nur um wieder aufstehen zu können.

Der blonde Mann, der in Soutane auf Friesos Platz saß, war mir völlig unbekannt. Als er uns eintreten sah, erhob er sich und reichte uns die Hand über die Tischplatte. »Remo Feindle. Ich bin der neue Chief Executive Officer dieser Missionsstation.« Das holprige Schulbuchspanisch des Geistlichen Mitte dreißig hatte einen seltsamen Akzent, den ich nicht einordnen konnte. »Ich möchte Sie bitten, zukünftig zu angesetzten Meetings *in time* zu erscheinen.«

Sehr charmante Begrüßung des in Eau de Cologne getränkten CEO, dessen Augenbrauen asymmetrisch waren und ihm einen verschlagenen Ausdruck gaben. Augenbrauen waren anatomisch selten Zwillinge, eher Geschwister – bei Pater Remo schienen sie jedoch nicht mal miteinander verwandt. Mit anderen Worten: ein Gesicht, das nur eine Mutter lieben konnte. Ich warf einen Seitenblick auf Frieso, der betreten auf den Boden starrte und schwieg.

»Aha, aha«, bemerkte ich.

Frieso schien über Nacht ausgetauscht worden zu sein und sein Nachfolger gab ihm noch nicht mal die Gelegenheit, diesen selbst vorzustellen. Schach und matt. Ich hatte ein mehr als ungutes Gefühl.

»Bitte nehmen Sie doch Platz, meine Herren!«

Dann erklärte unser neuer Chef, wie sehr er sich auf das *Teamwork* mit uns freue. Der studierte Betriebswirt redete von Straffung der Arbeitsabläufe und Kostenminimierung und brachte hochtrabende Begriffe wie Skaleneffekte und *Lean Management* aufs Tapet. Auf Dr. Chandlers Frage, was denn mit Frieso sei, meinte der dynamische Nachwuchsgeistliche, dass sein Vorgänger aufgrund seiner herausragenden Arbeit in Puerto Limón eine *development opportunity* in Sierra Leone erhalten habe, die er am ersten Januar antreten müsse. Warren schabte mit dem Daumennagel über den Handballen. Ich kannte diese Angewohnheit – sie bedeutete bei dem Chirurgen, dass er äußerst gereizt war.

Der ärztliche Leiter und ich warfen Frieso einen ungläubigen Blick zu und bekamen lediglich ein Zucken der Mundwinkel zur Antwort. Der sonst sehr aufgeschlossene Holländer schien von dieser neuen Aufgabe alles andere als begeistert.

»Sein Flug geht heute Abend und ich werde meinen Ordensbruder persönlich zum Flughafen nach San José fahren. Deshalb kann ich Sie nur kurz briefen. Wir drei werden uns netzwerken – das heißt, ich werde Sie morgen mit meinen Visionen für die Station bekannt machen.« Damit stand der zielstrebige Geistliche auf und wies mit der rechten Hand Richtung Tür. »Meine Herren, Sie haben sicher viel zu tun.«

Diese Abfertigung in wenigen Minuten machte mich so perplex, dass ich sitzen blieb.

Mein Kollege machte ebenfalls keine Anstalten aufzustehen. »Sie erlauben schon, dass wir uns von Pater Frieso verabschieden?«, warf er ein.

»Selbstverständlich.« Der Tonfall unseres neuen Stationsleiters war eisig.

Warren war im Chefmodus und legte noch eines drauf. »Unter sechs Augen, wenn ich bitten darf. Wir sind schließlich alte Freunde.«

Remo Feindle zögerte eine Sekunde und wiederholte sich: »Selbstverständlich!«

Er verließ mit einer auffälligen Gangstörung den Raum, schloss aber die Tür nicht hinter sich. Das holte Warren nach.

»Frieso?«, fragte ich, als die Tür ins Schloss gefallen war.

Der holländische Gottesmann zog hilflos die Schultern hoch.

»Für mich kam das genauso überraschend. Mir wurde lediglich eine Inspektion durch einen Mitarbeiter von der Ordensleitung in Rom angekündigt. Dann kam er mit jeder Menge Papieren im Gepäck, darunter meine sofortige Versetzung.«

»Warum?«, fragte Warren.

»Ich habe nicht die geringste Ahnung. Ich hatte keinerlei Schwierigkeiten mit der Ordensleitung. Im Gegenteil – unsere Arbeit wurde von Rom aus stets gelobt und uns wurde mehr Unterstützung für die Zukunft angekündigt. Ich dachte dabei an finanzielle Mittel oder einen zusätzlichen Arzt – dass ein karrieregeiler Nachwuchskleriker damit gemeint war, konnte ich doch nicht ahnen.«

Die Tür öffnete sich einen Spalt und der karrieregeile Nachwuchskleriker streckte seinen Kopf herein. »Fertig, die Herren?«

Warren drehte sich unwirsch um. »Nein, sind wir nicht! Tür zu!«

Der Kopf des Kleingeistlichen verschwand wieder. Es sah so aus, als sei der Name des neuen Missionsleiters ein Wink mit dem Zaunpfahl. Feindle = schwäbisch für kleiner Feind.

Frieso meinte beschwichtigend: »Haltet mal lieber den Ball flach. Ihr müsst die nächsten Jahre miteinander zurechtkommen.«

Die Verabschiedung verlief männlich herb mit kurzen Umarmungen und Kopfnicken. Warren und ich liefen schweigend zum Klinikgebäude zurück.

»Nach was hat der so aufdringlich gestunken?«, fragte er.

Meine Hände rochen tatsächlich immer noch nach dem Aftershave des Paters. Mich überkam das dringende Bedürfnis, mit Sterilium zu duschen. »So wie der aufgetreten ist, tippe ich auf *Égoïste*.«

»Sierra Leone! Ausgerechnet.« Der Amerikaner lachte zynisch auf.

»Das Grab des weißen Mannes.«

Sierra Leone hatte sich nach all den Jahren immer noch nicht von einem langjährigen Bürgerkrieg, der unzählige Todesopfer gefordert hatte, erholt. Der afrikanische Küstenstaat zählte zu den am niedrigsten entwickelten Ländern weltweit und hatte neben Armut immer wieder mit Ebola-Epidemien zu kämpfen. Frieso war um diese Abschiebung auf keinen Fall zu beneiden und wir würden den trinkfesten Gottesmann mit dem feinen Humor alle schmerzlich vermissen.

Am nächsten Nachmittag hatte unser nagelneuer Missionsleiter die komplette Mannschaft um vier Uhr im großen Saal des Kinderhorts versammelt. Er stellte sich mit knappen Worten vor, beteuerte, dass man sich wieder auf den *Markenkern* besinnen werde und wir alle eine große Familie unter Gottes weiser Führung seien und dass er persönlich dafür sorgen werde, dass der *Herr* und sein Sohn in dieser Station wieder an erster Stelle stehen würden.

Mir fiel ein Spruch ein, den mein Karatelehrer immer gebracht hatte, wenn einer seiner Schüler sich zu sehr auf seine Herkunft berief und eine Sonderrolle spielen wollte: »Mir scheißegal, wessen Sohn du bist; solange ich hier angle, läuft keiner übers Wasser!«

In einem persönlichen Treffen im Anschluss verteilte Remo einen zwanzigseitigen Schriftsatz auf Englisch an Warren und mich, den er Paragraf für Paragraf mit uns durchging. Er leitete seinen Vortrag äußerst diplomatisch ein: »Meine Herren, ich bin nicht hierher beordert worden, um Freunde zu finden oder die Belegschaft glücklich zu machen. Dafür ist mein Job nicht geeignet. Ich bin hier, um neuen Schwung und eine klare Linie in das Unternehmen zu bringen – das ist es letztlich nämlich, ein Business und kein Ponyhof oder Kindergeburtstag.«

Dann ging er ins Detail. Die wichtigsten *Bullet points* waren, dass die Küche des Kinderhorts die Mitarbeiter des Health Post nicht mehr weiter mitversorgen durfte. Eine stationäre Aufnahme war aus ökonomischen Gründen selbst im Notfall nicht mehr möglich, wir mussten alle Patienten zukünftig ins Hospital nach Puerto Limón schicken. Die offene Stelle des Zahnarztes würde nicht neu besetzt werden.

Uns war es aus religiösen Gründen untersagt, weiterhin Kurse über Empfängnisverhütung abzuhalten. Das Verteilen von Kondomen und anderen Verhütungsmitteln war strikt verboten. Gynäkologische und Vorsorgeuntersuchungen in der Schwangerschaft waren nach wie vor erlaubt. Dakota Miller Gonzalez würde ihren Vertrag als Belegärztin verlängert bekommen, aber der Träger der Missionsstation untersagte ab sofort jegliche Geburtshilfe. Die geringe Behandlungsgebühr für die *ticos* wurde verdoppelt und war vor der Behandlung zu bezahlen. Unterzeichnet war das Pamphlet vom Abt des Ordens und Remo Feindle, dessen Nachname anscheinend Programm war.

Den Hammer hatte er sich für das Ende aufgespart. Seine Mimik, die unvermittelt von hartem Geschäftsmann zu einem selbstverliebten, sanften Lächeln gewechselt hatte, warnte uns vor. Trotzdem trafen die Worte, die folgten, ins Schwarze: »Meine Herren Doktoren, ich darf Sie darüber informieren, dass ich ausgebildeter Heilpraktiker bin und zukünftig selbst im Health Post mitwirken werde. Wir werden unter meiner Leitung versuchen, die Naturheilkunde und die Homöopathie zu einer Kernkompetenz auszubauen.«

»Was?« Mir war die Kinnlade heruntergefallen. Ich verstand nur Globuli.

Der affektarme Kollege hatte sich etwas besser im Griff: »*Pardon me?*«

Remo lehnte sich zurück und spielte mit einem Bleistift, den er zwischen den gespreizten Fingern einer Hand hin und her wandern ließ. »Ich gehe mit der Ordensleitung kongruent, dass es Sinn macht, neue, effektivere und ökonomischere Wege zu gehen. *Think outside the box.*« Anschließend schüttete er eine Viertelstunde gängige Sprüche von Heilpraktikern über uns aus und endete damit, dass man mit isotonischem, sterilem Kokossaft sogar Blutplasma ersetzen kann. »Ich werde sehr viel damit arbeiten. Sowohl innerlich als auch äußerlich«, drohte er uns an.

Mein Beitrag: »Mit einem anständigen Rum gemischt, ist das Zeug tatsächlich eine feine Sache«, wurde mit einem vielsagenden Seitenblick bedacht und blieb sonst unkommentiert.

»Das kann ja heiter werden«, meinte ich, nachdem Warren und ich wieder in Freiheit waren. »Was nun? Müssen wir bei der Anamnese ab sofort auch noch die bevorzugte Marke der Gleitcreme, die Lieblingsstellung beim Geschlechtsverkehr, Beschaffenheit und Menge der Ausscheidungen plus Sternzeichen samt Aszendenten erfassen, um uns ein ganzheitliches Bild machen zu können?«

»Wir gehen in die *Resistance!*«, verkündete der ehemalige Militärangehörige. »Gib mir mal eines von diesen Bärenbonbons, die du ständig an die Kinder verteilst.«

»Du weißt schon, dass da außer Gelatine, Zucker und Farbstoff nichts drin ist?«, warnte ich den veganen Rohkostfan.

»*Copy that.* Es geht mir auch mehr um die Verpackung.«

Er betrachte das Minitütchen eingehend, öffnete es vorsichtig mit einem Skalpell, schüttete den Inhalt auf den Tisch und strich das Papier glatt.

»Ich habe noch nie einer Schönheits-OP an einer Verpackung teilwohnen dürfen.« Die gelebte Langsamkeit des Kollegen provozierte meinen Sarkasmus gelegentlich sehr.

Warren ging nicht auf meine Stichelei ein. »Passt!«, meinte er, scannte die Tüte, druckte auf unserem neuen Farbdrucker an der Anmeldung eine Kopie aus und betrachtete das Resultat ausgiebig. »Süßigkeiten zu verteilen hat der göttliche Gesandte nicht in seinen zehn Verboten aufgeführt.«

AM NÄCHSTEN TAG saß Pablo in dem kleinen Labor hinter der Anmeldung und beklebte, eine glimmende Kippe zwischen den Lippen, Kondompackungen mit dem Konterfei des lustigen Goldbären: *Das Original seit 1922.*

Ich hatte meine eigene Methode des Widerstands gefunden und frönte meinem alten Laster, niveauvollen Klosprüchen, die ich in Ermangelung von Trennwänden auf dem Whiteboard im OP hinterließ.

Man muss den Schneeball zertreten,
eine Lawine hält keiner mehr auf.

41

Boote und Bohrinseln

Beim Betreten des Hauses waren das laute Quietschen von Reifen und das Aufheulen von Motoren zu hören. Ich vermutete, dass Tobi zum tausendsten Mal *Cars 1* bis *3* ansah. Meine beiden Kinder schliefen friedlich aneinandergekuschelt auf der Couch, während Lightning McQueen seine Runden auf dem Fernsehbildschirm drehte. Salomé lag wie eine Mütze quer über Tobis Kopf, die Beine links und rechts über seinen Ohren herunterhängend, und blinzelte verschlafen, als sie mich kommen hörte. Ich war für die Katze das uninteressanteste Wesen auf der ganzen Welt, obwohl ich der Einzige war, der sie regelmäßig fütterte.

Die Stirn meiner Tochter zierte eine Beule, die die Farbe und die Größe einer reifen Pflaume hatte. Tobis Oberlippe war angeschwollen wie bei einem aufgespritzten Collagenopfer. Meine Lebensgefährtin war nirgends zu sehen. In meinem Notarzthirn ratterten unendlich viele Szenarien ab, die die Ursache für die Verletzungen meiner Kinder und Marias Abwesenheit hätten sein können. Ehe sich eine Vermutung konkretisierte, schlurfte Letztere in einem übergroßen T-Shirt und braunen UGGS an mir vorbei. Sie bekam auf dem Boot und im Wasser immer eiskalte Füße, die Stunden brauchten, bis sie wieder ausreichend durchblutet waren.

»Hi, Benny!«, begrüßte sie mich emotionslos und ging in die Küche.

Ich lief hinterher. »Oly?«

Obwohl ich sie zärtlich bei ihrem Kosenamen rief, lief Maria Olympia Pavlidis wortlos an mir vorbei, holte sich eine Dose *Dr Pepper Energy* aus dem Kühlschrank und kühlte sich die Stirn damit. »Was ist?«

»Warum sind unsere Kinder kaputt?«

»Tobi hat einen Film über tanzende Derwische gesehen und wie er so ist, musste er es ausprobieren. Er hat's aber noch nicht ganz drauf und ist an den Türrahmen geknallt.«

»Aha, aha. Und wie kommt mein Baby zu der Beule?«

»Romy stand im Türrahmen.«

»Euch kann man auch keine Minute alleine lassen.«

Maria sah mich mit einem merkwürdigen Ausdruck an. Sie schien meine scherzhafte Bemerkung ernst genommen zu haben, kniff die Lippen zusammen und riss die Dose auf.

»Hey, war doch nur ein Scherz«, versuchte ich zu beschwichtigen.

»*Aha, aha.*«

Ich fand es nicht lustig, wenn meine Gefährtin mich nachmachte, versuchte aber im Sinne einer intakten Beziehung weiterhin zu kommunizieren. »Bist du auch wogegen gerannt und hast dich verletzt? Oder hast du die *Alexa* auf Grund laufen lassen?«

Mit *Alexa* war in diesem Haushalt kein Echo Dot gemeint. Maria hatte sich kurz nach unserer Ankunft in Costa Rica von ihren Ersparnissen ein 9,14 Meter langes Tauchboot mit zwei Kabinen, zwei Dieselmotoren samt dreiachsigem Straßentrailer gekauft und sich mit einer Tauchschule selbstständig gemacht. Wegen meiner Affinität zu Billy Joels Song *The Downeaster Alexa* wurde das Boot in einer feierlichen Zermonie auf den Namen *Alexa* getauft.

Maria schniefte und log mich an: »Nichts passiert.«

Ich trat vor sie und nahm sie in den Arm. »Komm, sag dem lieben Onkel Doktor, wo es wehtut.«

»Ich glaube, ich habe das mit dem eigenen Boot und den Touristen unterschätzt. Ich bin wohl nicht *tough* genug, um es mit männlichen Gästen aufzunehmen.« Sie schmiegte sich an mich und lehnte ihre Stirn an meine Brust. »Als Anwältin wird man wesentlich respektvoller behandelt.«

»Wen soll ich verhauen, Oly?«

»Den Arsch aus London, der das Boot heute exklusiv gemietet hat, um einen Tag auf dem Meer zu verbringen. Gabriel Smythe-Byrne wollte nur spazieren fahren, ein wenig schnorcheln und nebenbei Chardonnay in sich hineinkippen. So ein neureicher *Asset Fonds Manager* mit teuren Klamotten, einer Dior-Homme-Sonnenbrille für fünfhundert Dollar auf der Nase und einem Haarschnitt wie gemeißelt. Rainer hat gestern angerufen und gefragt, ob ich Zeit hätte. Ich bin rübergegangen und habe den Deal direkt abgeschlossen. Der Typ wollte gerade zum Abendessen. Wer läuft schon mit maßgeschneidertem Sakko, Einstecktuch, Socken und polierten Lederschnürschuhen in der Karibik rum? Aber wer zahlt sonst noch vierhundert Dollar in bar für vier Stunden auf dem Wasser? Ich dachte, es sei leicht verdientes Geld.«

»Klingt danach.« Ich sah im Augenwinkel unseren Gecko, der an der Küchenwand einer Schabe auflauerte. Ich wunderte mich, wie diese Mistviecher trotz Insektenschutzgittern und monatlichem Ausräuchern der Büsche rund ums Haus überleben konnten und einen Weg in mein trautes Heim fanden. Zum Glück war auf Gernot, den es manchmal in mehrfacher Ausfertigung gab, Verlass.

»War es aber nicht. Mr. *Schmeiß-Birne* lag auf dem Sonnendeck, hat Chardonnay mit Eiswürfeln geschlürft und auf seinem Handy rumgespielt. Ich habe schließlich am Riff geankert, dem Herrn war nach schnorcheln. Die See war ja heute recht ruhig und die Sicht optimal. Die ganze gekaufte Eleganz ging flöten, sobald der im Wasser war. Profiflossen an den Füßen, aber mit einer Rettungsweste wie ein Korken an der Oberfläche rumpaddeln. So was Idiotisches habe ich noch nie gesehen. Dann ist er einem kleinen Hai begegnet, hat Panik bekommen, jede Menge Wasser geschluckt und wollte danach nicht mehr vom Boot. Der Blender hat mir einen Becher Wein eingeschenkt, Eiswürfel reingeworfen und wollte, dass ich ihn Gabriel nenne. Wir haben Konversation betrieben. Über London. Ich bin da schmerzfrei. Wer anschafft, bestimmt. Ich bin käuflich. Also kann man mich auch wie eine Prostituierte behandeln, oder?«

»Ist das eine rhetorische Frage?« Ich nahm Maria die Dose aus der Hand und nippte daran – das Zeug schmeckte einfach scheußlich. Pfefferminze mit Hustensaft im Abgang. Ich gab die Dose zurück. Maria hatte rote Flecken auf den Wangen, was bei ihr nur äußerst selten vorkam. Die ausgebuffte Juristin war in der Regel hart im Nehmen.

»Er hat mich über den Becherrand angeglotzt. Dieser widerliche, abschätzende Blick, wenn Männer einen im Geiste ausziehen. Schließlich hat er gemeint, er würde eigentlich nicht auf Frauen stehen, aber ihm wäre nach Sex und er würde hundert Dollar drauflegen, wenn ich ihm einen blasen würde – einhundertfünfzig, wenn ich schlucke.«

»Aha, aha.« In mir begann es zu brodeln. So redete keiner ungestraft mit der Frau an meiner Seite.

»Daraufhin habe ich den Ausflug abgebrochen und ihn am Pier ausgesetzt. Die vierhundert Dollar habe ich behalten. Schmerzensgeld. Er meinte zum Abschied, er wolle mich verklagen wegen Nichterbringung einer Leistung. Soll er doch.«

»*Toughes Girlie*. Nimm in Zukunft jemanden mit, wenn du mit einem Mann alleine rausfährst. Es hängen doch genug in

Cahuita an der Marina rum, die sich ein paar Colones dazuverdienen wollen. Oder bitte Barbra. Die springt sicher gerne ein.«

»Das richtig Schlimme war gar nicht mal so sehr das Angebot. Sondern diese Überheblichkeit und Arroganz, mit der er es rübergebracht hat. Ich habe Schotter und kann es mir leisten, mir von dieser Schlampe für ein Taschengeld einen blasen zu lassen. Der affektierte Arsch rauchte superdünne Zigaretten von der Sorte *Green Slime* oder so ähnlich und schnippte die Kippen ins Meer.«

»Männer sind Schweine, Oly. Das habe ich dir schon so oft gesagt. Glaubst du mir endlich?«

»Danke, dass du mich daran erinnerst. Morgen haben mich gleich sechs Schweine gebucht. Norwegische Schweine, die auf einer Bohrinsel vor Venezuela arbeiten und mit Delfinen schwimmen wollen. Könnte ich locker sechshundert Dollar in der Stunde machen, wenn ich jedem einen blase.«

Oly war großartig, sie verlor auch in den übelsten Momenten nie ihren Humor. »Soll ich mitkommen? Wir können uns die Jungs aufteilen, das geht dann schneller. Aber ich will meine vierhundertfünfzig Kröten behalten.«

»Wieso vierhundertfünfzig? Wenn wir halbe-halbe machen, dann sind das meiner Rechnung nach nur dreihundert für jeden. Jetzt weiß ich auch, woher Tobi die Dyskalkulie hat.«

»Ich würde schlucken. Dann stimmt meine Rechnung.«

Endlich huschte ein Lächeln über das Antlitz meiner Gefährtin. »Stell dir das mal nicht so leicht vor. Das Zeug schmeckt eklig und die Konsistenz ist widerlich.«

Tobi war aufgewacht, kam in die Küche und nuschelte mit dicker Lippe, er hätte vorhin einen Film über Bienenhaltung gesehen und wolle nun Imker werden. Er wisse auch, wie man sich einen wilden Bienenstamm im Dschungel besorgen und anschließend *domestizitieren* könne. »Ich muss nur dabei Pfeife rauchen, sonst nichts. Dann haben wir immer frischen Honig mit Waben und allem. Das ist sehr gesund und nahrhaft. Den Rest verkaufe ich.«

Ich sah Maria an, dass sie keine nahrhafte Honigwabe vor Augen hatte, sondern den Nachwuchsimker inmitten eines wütenden Bienenschwarms, der seine Königin verteidigte.

DER TAGESAUSFLUG MIT sechs übergewichtigen Nordmännern, die schon reichlich betankt an Bord kamen, zehn Sixpacks *Heineken,* zwei Literflaschen *Jägermeister* und einem Spanferkel aus Joeys Smoker, war der lustigste und entspannteste Event seit vielen Wochen. Die Jungs sahen aus, als hätte die gleiche Mutter sie vorm Weggehen angezogen – blaue T-Shirts in allen Schattierungen, die füllige Bäuche umspielten, Combatshorts und knöchelhohe Sneakers mit offenen Schnürsenkeln.

Die Tattoos auf den prallen Unterschenkeln und enormen Oberarmen variierten von den Konterfeis der Kinder, der Mutter, Schlumpfine und einem umgekippten Grabstein »*Haakon, R.I.P. 22.11.99*« bis zu einem Paar knubbeliger Babyfüße und einem Dornengeflecht. Unsere Gäste konnten gleichzeitig lachen, rauchen, essen, rülpsen, furzen, auf dem Handy herumtippen und dabei lautstark Anekdoten aus ihrem Arbeitsalltag erzählen.

Ich konnte alle billigen Arztwitze, die in meinem Hirn gespeichert waren, loswerden. »Patient zum Urologen: ›Herr Doktor, ich bekomme meine Vorhaut nicht mehr zurück.‹ Der Urologe: ›So was verleiht man auch nicht.‹« Brüller!

Der Anführer steckte mir nach dem Anlegen an der Tankstelle einen Fünfzig-Dollar-Schein und zwei Viagra in die Hemdtasche und übernahm die Rechnung für die Tankfüllung der *Alexa.* Kein billiges Vergnügen.

AM SPÄTEN ABEND erreichte mich ein Anruf aus dem Hotel. Eine *Gästin* war in einen Seeigel getreten. Ich entfernte unter lokaler Betäubung die drei tief sitzenden Stachelspitzen bei einer Frankokanadierin, die ich insgeheim Louise Vuitton nannte, weil es nichts an ihr oder um sie herum gab, auf dem nicht das weltbekannte Monogramm prangte. Ich kassierte mein Honorar, das ich der Nobelmarke angepasst hatte, plus Hausbesuch- und Nachtzuschlag und machte mich mit meinem Köfferchen wieder auf in Richtung Heimat. Maria hatte die schlichte Arzttasche mit einem Sticker gepimpt, den sie am Flughafen gefunden hatte.

For a good Doctor nothing is impossible – it's always I'm possible.

Das Resort war wie ausgestorben. An der Außenbar saß einsam und verlassen ein schmaler, sehr distinguiert aussehender Mann mit perfekt sitzendem Jackett samt Einstecktuch und auf Hochglanz polierten, hellbraunen Lederschuhen. Er nippte an einem Glas Weißwein mit Eiswürfeln und rauchte *Couture Slim Green*-Zigaretten. Mir war urplötzlich nach einem Absacker. Ich bestellte mir einen doppelten achtzehn Jahre alten Laphroaig. Der Bartender meinte, den müsse er von der Bar im Innern holen, so was gäbe es im Außenbereich normalerweise nicht.

»In Deutschland gibt's draußen auch nur Kännchen«, bemerkte ich ironisch und wurde erwartungsgemäß von den beiden nicht verstanden. Ich nickte freundlich und flötete: »Ich warte doch gerne. Bei so netter Gesellschaft.«

Eusebio, der Sohn von Yoanis bester Freundin, zog kurz die Augenbrauen hoch und machte sich auf den Weg, den Whisky zu besorgen. Ein guter Barmann hört zu und schweigt.

Dann galt meine ganze Aufmerksamkeit meinem Nebenmann, der bislang sein Handy im Minutentakt entsperrt hatte, um eingegangene Nachrichten mit ernster Miene zu lesen.

»Probleme?« Ich schenkte ihm mein aufreizendstes Lächeln mit halb geschlossenen Lidern.

»Nein, ich habe das im Griff.« Das Handy landete neben der Zigarettenpackung auf der Theke und wir begannen zu plaudern.

Ich gab vor, auf einer Bohrinsel vor Venezuela arbeiten und ein paar Urlaubstage in Costa Rica verbringen zu wollen. »Ich habe mir eben dieses Hotel angesehen, richtig gut finde ich den Schuppen nicht. Ich werde wohl weitersuchen müssen.«

Mein Gegenüber, seines Zeichens tatsächlich *Asset Fonds Manager,* pflichtete mir bei. Zu seinen Kunden gehöre die *Upper Class* des Britischen Empire bis rauf ins Königshaus und er wäre Luxus und Stil gewohnt, aber beides sei schwer zu finden in *CR.*

Mehr Bedarf an Small Talk hatte ich nicht und so fragte ich den unzufriedenen Gast, ob er Lust habe, mir einen zu blasen, ich würde mich auch revanchieren. »Ich habe auch was dabei, damit wir länger Spaß haben.« Ich holte die zwei kleinen, hellblauen Pillen aus der Hemdtasche und präsentierte sie auf der offenen Handfläche.

Ich sah dem Objekt meiner gefakten Begierde tief in die Augen, steckte eine Pille zwischen die Schneidezähne und nahm demonstrativ einen Schluck aus Gabriels Weinglas. »Jetzt du, Süßer!«

Gabriel stürzte das angebotene Potenzmittel mit dem restlichen Wein hinunter.

»In zehn Minuten? Am Strand? Geh du vor, ich komme mit einer Flasche Chardonnay nach – ich muss nur noch eben für kleine Königstiger und mich etwas frisch machen.«

Die *Schmeiß-Birne* nickte hastig und steckte die Kippen und das Handy in die Jackentasche. Ich lächelte noch einmal verheißungsvoll und drückte ihn zum Abschied fest an mich. Aha, aha, so fühlt es sich also an, wenn man einen Ständer an seinem Bauch spürt. Der lüsterne Blick war das Letzte, was ich von dem britischen Sack im Sakko sah.

»*Got it!*« Endlich zahlten sich die endlosen Übungsstunden aus, in denen ich als jugendlicher Nachwuchszauberer meine Fingerfertigkeit optimiert hatte. Ich spuckte die blaue Pille in weitem Bogen in die Büsche vor der Terrasse. Sollten die Ratten und Oppossums auch ein wenig Spaß in der Nacht haben. Der Brite hatte sein Smartphone mit einem simplen Z als Wischcode gesichert, hatte ich vorhin aus dem Augenwinkel mehrmals gesehen. Ich musste nicht lange in der Fotodatei stöbern. Bingo! Der Herr hatte jede Menge Videos seiner Wenigkeit beim Geschlechtsverkehr mit diversen anderen Herren gespeichert und praktischerweise eine WhatsApp-Gruppe *High Roller Clients* angelegt. Ich grinste zufrieden. Die potenten Kunden würden sicher viel Spaß an dem Filmdokument über den potenten Verwalter ihrer Kohle haben.

Ich drückte auf *Senden* und fischte eine Tube Sekundenkleber, mit dem ich ab und zu Wunden verschloss, aus meinem Notfallkoffer und machte Gabriels Handy wasserdicht.

»Was machst du da, Ben?«, wollte der Bartender wissen, der mit dem edlen Whisky soeben zurückgekehrt war.

»Nichts, Eusebio. Oder siehst du was? Und wer ist Ben?«

»Nein. Nichts. Niemand.«

Nach getaner Arbeit legte ich das Handy auf den Tresen. Die ersten Reaktionen auf das gesendete Video waren bereits eingetroffen. Der Kontakt *Princess Kate* hatte das Emoji mit den aufgerissenen Augen geschickt. *She was not amused.*

»Da, habe ich eben vor meinen Füßen gefunden. Habe es aufgehoben, ehe jemand drauftritt. Muss dem Gentleman wohl aus der Tasche gefallen sein. Sag ihm bitte, dass es mir unendlich leidtue, aber ich habe einen dringenden Anruf bekommen. Auf meiner Bohrinsel ist Feuer ausgebrochen, das muss ich jetzt auspissen. ¡*Salud!*«

Der Laphroaig 18 passte wunderbar zum Thema – er roch nach einer Mischung aus Meer und Rauch mit schwerer, dunkler Eiche im Abgang. Mit Rickys unsterblichen Worten: »Als würde eine uralte Galeere, deren Holz mit dem Blut und dem Schweiß Tausender Sklaven getränkt ist und die getrockneten Seetang geladen hat, abfackeln, Brandstätter!«

Eusebio lachte und fragte: »*Sí,* Ben, *claro*. Wer bezahlt den Drink?«

Ich legte den Fünfzig-Dollar-Schein, der noch in meiner Hemdtasche war, auf den Tresen. »Meine Kumpels von der Bohrinsel.«

Befunde und Befindlichkeiten

Warren hatte bei Barbra eine Sonografie gemacht, um sich den Knoten in der Axilla anzusehen. Da die Achselhöhle voroperiert und bestrahlt war, war nicht viel zu erkennen. Wir rieten unserer ehemaligen Mitarbeiterin zur Resektion, also zur operativen Entfernung des Knotens.

Dank unserer Gynäkologin, deren Mann im Hospital Internist und leitender Oberarzt war, bekam Barbra sehr zügig einen Termin zur Untersuchung. Ich begleitete sie. Wir mussten vor der Tür des zuständigen Onkologen über eine halbe Stunde warten. Ich war seit über zwanzig Jahren als Arzt tätig und mich warfen schon lange nicht mal mehr übelste Traumapatienten mit multiplen Verletzungen nach schweren Unfällen aus der Bahn. Man arbeitete auf die Verletzungen und den Patienten konzentriert und bemerkte nicht mehr, dass sich der Traumaraum in ein blutiges Schlachtfeld wie nach einem Massaker verwandelte. Die Situation, neben einer Patientin zu sitzen und selbst auf den Arzt, Untersuchungsergebnisse und Diagnosen zu warten, war der toughere Teil der Geschichte. Ich war nervös und hätte gerne geraucht.

Barbra schien es ähnlich zu gehen. Sie kaute auf ihrer Unterlippe herum und checkte ständig ihr Handy, bis sie mit der Sprache rausrückte: »Benny, ich habe ein großes Problem, ich habe mich schlau gemacht. Wenn ich mich hier behandeln lasse, übernimmt zwar das *National Insurance Institute* den Großteil der Kosten, aber eben nicht hundert Prozent. Ich werde in der Zeit keine Einnahmen haben, woher soll ich das restliche Geld nehmen? Ich bin jetzt schon ziemlich abgebrannt. Was, wenn der Tumor wieder gewachsen ist oder sich Metastasen gebildet haben? Die letzte Chemo und Bestrahlung waren eine furchtbare Tortur. Das Gute ist, ich werde bestimmt keinen Appetit haben – ist also nicht schlimm, wenn ich mir nichts mehr zu essen leisten kann. Lemmy muss sich eben eine Zeit lang von überfahrenen Tieren ernähren.« Barbras leises, verzweifeltes Lachen tat mir weh.

»Mach dir da mal keine Sorgen, Yoani lässt niemand verhungern, der in ihrem Zuständigkeitsbereich lebt.« Benny und Maria und Tobi auch nicht, setzte ich den Satz in Gedanken fort.

»Trotzdem, Ben, ich werde versuchen, den Bus zu verkaufen. Ich hoffe, das reicht für das Flugticket. Sonst muss ich Jonah schreiben, dass seine *Mum* Geld braucht, um sich den Rückflug in die Heimat leisten zu können. Erbärmlich, sich bei seinem eigenen Kind etwas leihen zu müssen. Wie tief bin ich gesunken?« Jetzt rannen lautlos Tränen über das blasse, hagere Gesicht der früher so properen, lebenslustigen Frau.

Ich packte Barbra an der Schulter und drückte sie fest an mich. »Auch das musst du nicht. Ich leihe dir das Geld, und den Bus lässt du so lange bei uns stehen, bis du zurückkommst. Wir warten auf dich, *Lady*.«

Schließlich ging die Tür auf und Dr. Antonio Solez Gabaldo, ein groß gewachsener Mann mit Brille und Stirnglatze, konfrontierte uns mit medizinischen Fachausdrücken, die ich unzählige

Male schon gehört und gelesen hatte. Re-Staging, CT Hals, Schädel und Thorax, Sonografie der Leber, Knochenszintigrafie, MRT, um nach Metastasen zu suchen. Resektion des Knotens, Schnellschnitt-Diagnose, wenn Rezidiv, dann komplette Lymphadenektomie. Alles Fachausdrücke, die in Bezug auf einen nahestehenden Menschen nicht nur Begriffe waren, um einen Zustand zu schildern, sondern die pure Bedrohung eines Lebens, das mir viel bedeutete.

AUF DER HEIMFAHRT erreichte mich ein Anruf von Maria, die offensichtlich hyperventilierte: »Benny, Benny, Benny! Weißt du was?«

»Du hast endlich in der Lotterie gewonnen?«

»Nein! Viel besser als das. Ich habe die Woche doch einen neuen Kunden aus dem Hotel betreut, der jeden Tag rausfahren wollte. Der ist Journalist und möchte einen Artikel über mich und das Tauchboot machen und ihn großen internationalen Magazinen anbieten. Stell dir vor, was das für eine unglaubliche PR ist! Und dazu kostenlos. Ich werde *fame, yes!*«

Ich warf einen Seitenblick auf Barbra, die seit der Verabschiedung von dem Onkologen kein Wort mehr gesagt hatte, und konnte mich aktuell nicht für Geschäftliches und Materielles begeistern. Ich ärgerte mich, dass Maria nicht nach dem Ergebnis der Konsultation fragte. »Wart doch erst mal ab, ob da wirklich was dabei herauskommt, ehe du ein Fass aufmachst. Der kann dir ja viel erzählen. Ich bin übrigens mit Barbra auf dem Heimweg vom Onkologen.«

Am anderen Ende der Leitung herrschte Schweigen.

»Das hat doch sicher noch Zeit, bis ich zu Hause bin«, hakte ich nach.

»Stimmt, hat es. Ich und meine kleinen, unbedeutenden Freuden, die den Tagesplan des heroischen, selbstlosen Retters und Rächers der Kranken und Unterdrückten durcheinanderbringen. Wie konnte ich mich nur so egoistisch vordrängen und mein eigenes Geschäft dermaßen wichtig nehmen? Wird nicht wieder vorkommen.« Maria legte beleidigt auf, was ich, genau wie Sarkasmus meiner Mitmenschen, überhaupt nicht vertrug.

Barbra sah mich von der Seite an. »Ärger im Paradies?«

»*Nope*, alles gut. Lust auf einen kleinen Ausflug mit den Pferden zur Ablenkung?«

»Mir ist jede Ablenkung recht. Ich habe nur das Gefühl, du solltest dich zuerst um Maria kümmern.«

»Nein, muss ich nicht. Die ist auf direktem Wege, berühmt zu werden.« Auf Druck von außen reagierte ich manchmal immer noch wie der letzte Idiot und machte komplett dicht. Eines der zwischenmenschlichen Probleme, die ich noch nicht gelöst hatte, obwohl ich sie glasklar erkannte.

BARBRA WOLLTE NACH dem Ausflug erst mal alleine sein und verzog sich in den Bulli. Durch mein Zuhause schepperten die nervigen Klänge indischer Sitarmusik

Tobi kam mir mit senfgelbem Turban auf dem Kopf und rotem Stirnpunkt entgegengerannt. »Papa, wir machen einen indischen Abend. Torge kocht für uns. Wir müssen uns alle verkleiden.« Es roch tatsächlich nach exotischen Gewürzen. »Warte, du brauchst auch ein drittes Auge.«

In meiner Küche rührte ein mir unbekannter, blonder Mann Ende vierzig in einer Art beigem Pyjama in einem Topf auf dem Herd. Maria stand in einem bunten Kaftan daneben, den sie aus ihrer Zeit in Ägypten als Sidekick von Captain Porno hatte. Auf ihrer Stirn klebte ein grüner Glasstein als Bindi. Die beiden Fake-Inder lachten und scherzten miteinander. Als Tobi mit einer Dose Fingerfarbe kam und mich aufforderte, still zu halten, damit er mir einen Punkt machen konnte, wurde das traute Paar auf mich aufmerksam.

»Hey, Benny! Wir machen einen indischen Abend. Torge kocht für uns.« Maria schien ihren Ärger auf mich vergessen zu haben. »Hier nimm, ein Glas Mango-Lassi. Vegan, aus Sojajoghurt.«

Tobi drückte mir einen feuchten Farbklecks auf. Mein drittes Auge schien ziemlich hoch auf der Stirn gelandet zu sein.

Der Eindringling sah mich mit diesem Blick an, der bei Männern bedeutete: »Hello, Alter, ich mache mich gerade in deinen Jagdgründen breit!«, und gab mir scheinheilig die Hand. »Torge Lindstrom. Essen dauert noch einen Moment.«

»Papa, Torge kommt auch aus Kopenhagen, wie Mama. Deswegen spricht er deutsch.«

Als ob jemals etwas Gutes außer Lego aus Dänemark gekommen wäre. »Er hat auch den gleichen Sprachfehler wie deine Mutter«, hetzte ich und nippte an meinem Getränk. »Lecker. Trotz Soja und vegan.«

»Iss habe gehört, du bisst auss Sswaben. Die haben doch alle einen Ssprachfehler.«

Herr Lindstrom sah zu meinem Bedauern aus wie Robert Redford in seinen besten Jahren und hatte auch dessen Mörderlächeln drauf. Wenn einer in diesem Haus ein Killerlächeln hatte, dann ich. Aktuell schwoll die Arterie auf meiner Stirn, die immer dann zu sehen war, wenn es in mir brodelte.

Maria hakte sich bei mir unter. »Schau, wir haben im Wohnzimmer ein Kissenlager gemacht. Wir essen ganz tradionell auf dem Boden.«

»Ist das nicht eher eine deutsche Tradition, auf dem Boden essen zu können?«

Der dänische Koch rührte ungerührt weiter in seinem Topf, der eigentlich mir gehörte. »Können sson, aber ansständige Deutsse tun dass doch nie, oder liege iss da falss?«

Ich ließ das unkommentiert und nahm noch einen Schluck. Meine innere Stimme repitierte: »*Smörebröd, smörebröd, römpömpömpöm*« – wobei das *römpömpömpöm* wie Maschinengewehrsalven klang. Benny Brandstätter war geladen.

»Wo ist Barbra? Kommt sie nach?«, fragte Maria.

Aha, aha, meine Lebensgefährtin erinnerte sich anscheinend daran, dass der Tag nicht für alle so gut und spaßig verlaufen war.

»Nein, die wollte alleine sein.«

»Okay …« Maria ließ das Satzende offen und mich los und stellte sich wieder mit an den Herd. Der Arsch ließ sie von seinem Löffelchen probieren.

Ich wandte mich von dem Schmierentheater ab und ging ins Wohnzimmer. Meine wunderbare kleine Tochter thronte inmitten eines opulenten Kissenlagers und erinnerte mich an eine leprakranke Maharani. Sie hatte sechs dritte Augen übers ganze Gesicht verteilt und war in ein pflaumenfarbenes Tuch mit buntem Pfauenmuster gewickelt, das sie an den Rändern angekaut hatte.

Ich ging zurück in die Küche und stellte das halb leere Glas auf die Küchenarbeitsplatte. »Sorry, ich kann nicht bleiben. Wir haben einen Notfall im Health Post. Die brauchen einen Anästhesisten.« Der Vorteil meines Berufes, immer einen Grund vortäuschen zu können, wenn man aus einer Situation fliehen wollte.

Maria kannte mich und die Gegebenheiten im Health Post zu gut, um mir das abzunehmen. Das fröhliche Lächeln verschwand von ihrem Gesicht. »Wir heben dir was auf.«

»Der Vorteil, wenn man vom Boden isst: Man kann immer was aufheben.« Mein Scherz kam nicht an und ich fuhr mies gelaunt Richtung Puerto Limón. Mein Magen knurrte. Ich hatte seit dem Frühstück nichts mehr gegessen.

Ich kehrte kurzerhand bei Shane ein, bestellte ein *Pilsen* und das Tagesgericht, das aus Hühnerbrust, Reis, schwarzen Bohnen und knusprigen Kochbananenfladen bestand. Ich kippte das Bier hinunter und bestellte mir ein neues. Ich sah mich um, im Pub war kein vertrautes Gesicht zu sehen. Nur jede Menge sehr junge Backpacker. Am Nachbartisch saß eine dunkelhaarige, sehr attraktive Frau Mitte dreißig, die in ihrer formellen Kleidung aus der Touristenschar herausstach. Shannon stellte gerade ein Glas Weißwein auf den Tisch vor sie.

Die Lady lächelte mir zu, als sich unsere Blicke trafen. »*¡Adiós!* Essen Sie auch nicht gerne alleine?«

Nein, ich hatte noch nie gerne alleine gegessen, schaltete mein Handy auf lautlos und wechselte zu der Señorita hinüber. »Darf ich? Benny Brandstätter, einen wunderschönen guten Abend.«

Alejandra Marlen Díaz war siebenunddreißig, hatte dickes, schwarzes Haar, das sie zu einem Knoten im Nacken zusammengebunden hatte. Ihr hübsches Köpfchen mit der zierlichen Nase saß auf einem langen, wohlgeformten Hals, der zum Anbeißen aussah. Die Schwanenhalslady kam aus Santa Rosa de Pocosol und hatte einen geschäftlichen Termin in Puerto Limón gehabt. Ich orderte nach dem gemeinsamen Essen eine Flasche Rum und Eiswürfel und genoß einen Abend ganz ohne indische Dänen, dafür mit esoterisch angehauchten spanischen Dialogen. Die trinkfeste Señorita behauptete von sich, eine *alte Seele* in einem *neuen Körper* zu sein.

Die *alte Seele* in dem sehr gelungenen neuen Körper deutete auf meine Stirn und wollte wissen, ob ich auch an Chakren und Wiedergeburt glaube. *Shit,* ich hatte ganz vergessen, das dritte Auge wegzuwischen. Deswegen hatte Shane mir das Essen vorhin mit einem gebrummten »Ommmm!« vor die Nase gestellt. Ich wusste nicht, ob es schlecht für das Karma und die Seele war, wenn man das Stirnzeichen einfach abwischte.

»Nein, ich bin zufällig auf einer Kostümparty gelandet, es hat mir aber nicht besonders gefallen.«

»Ich finde sich verkleiden auch reichlich albern. Ich beschäftige mich ernsthaft mit Hinduismus und Buddhismus, mache Yoga und meditiere, um meine Mitte zu finden und Stress abzubauen.«

Mir lag der Satz auf der Zunge, dass ich ihre Mitte blind und im Vollsuff auf Anhieb finden würde, war aber noch nicht blau genug, um den Spruch zu bringen. Ich versuchte es eine Nummer niveauvoller: »Ich bin eher der Typ, der Stress mit Bier und Sarkasmus abbaut.«

»Sarkasmus entsteht dann, wenn sich Intelligenz und Erfolg nicht die Waage halten.« Der skeptische Blick, der mich traf, kündigte das vorzeitige Ende dieses Abends an. Ein alkoholabhängiger Loser lag wohl außerhalb des Beuteschemas der anspruchsvollen Señorita, deren Lippenrot sich intensivierte, wenn sie sich ärgerte.

Ich hatte den herzförmigen, vollen Mund mit der markanten Oberlippe auch so ziemlich scharf gefunden, jetzt war ich fasziniert. »Ich meinte natürlich gepflegte Ironie, nicht Sarkasmus. War ein langer Tag, da verwechselt man so was mal leicht.« Höchste Zeit, meinen Doktortitel ins Spiel zu bringen. »Das mit dem Bier war auch nicht ganz ernst gemeint. Dank eines abgeschlossenen Medizinstudiums weiß ich, dass ein Bier-Block nichts mit Komasaufen zu tun hat, sondern mit August Bier und der nach ihm benannten intravenösen Regionalanästhesie.« Ich wollte den Schwanenhals berühren und wissen, wie er roch und schmeckte.

»Was ist dein spirituelles Krafttier?«, wechselte sie das Thema.

»Hm, da muss ich mal ernsthaft überlegen. Ich habe mir da noch keinerlei Gedanken drüber gemacht. Was ist denn deines?«

»Eine Eule. Definitiv.«

»Sicher, dass es kein Schwan ist? Eulen haben keinen so eleganten Hals.« Ich fuhr seit ich denken konnte auf lange, schlanke Hälse ab.

Alejandra strich mit einer Hand wirkungsvoll über ihre extrem erotische Verbindung zwischen Kopf und Rumpf. »Danke, trotzdem ist es die Eule. Sie ist Wächterin der Nacht und Sinnbild für Weisheit, Klarheit und Intelligenz. Eine Eule hilft dir dabei, Urängste zu überwinden. Ich habe mir sogar ein Eulentattoo stechen lassen.«

»Dann ist mein Krafttier auf jeden Fall irgendeines, das mit einer Eule kopulieren kann.« Ich lachte mich schlapp über meinen kreativen Anmachgag.

Die menschliche Eule sah mich mit umflortem, vielversprechendem Blick an. »Bei der Gelegenheit würdest du das Tattoo auf jeden Fall zu sehen bekommen.«

Benny Elvis Brandstätter spürte ein charakteristisches Ziehen im Unterleib und fühlte sich an die guten alten Zeiten erinnert, als er als freier Mensch auf dem Jahrmarkt der Eitelkeiten unterwegs gewesen war. Der große Elvis war sauer auf Maria, betrunken und hemmungslos. Der kleine Elvis wollte sofort beschäftigt werden, wie in seinen glorreichen, legendären Jahren.

Als ich nach Mitternacht die Zeche für mich und das Objekt meiner Begierde zahlte, bot mir Shane an: »Soll ich Alvarez Bescheid sagen, dass er dich nach Hause fährt?«

»Nein, sollst du nicht, du irische Mutter ohne Brust und Eierstöcke. Ich werde erst die reizende Señorita in ihr Hotel begleiten, damit kein Unhold sie antatschen kann, ganz deutscher Gentleman, der ich nun mal bin. Dann werde ich mir selbst eine Unterkunft für die Nacht besorgen. Mein Haus ist nämlich in indischer Hand.« Wie immer, wenn ich blau war, fand ich mich unglaublich komisch.

»Autoschlüssel.«

»Hey, du wirst mir doch nicht misstrauen. Ich bin ein respektables, verantwortungsbewusstes Mitglied dieser Gemeinde und kann auf mich selbst aufpassen.«

»Du kannst ja *verantwortungsbewusst* noch nicht mal mehr richtig aussprechen. Autoschlüssel, sonst kommst du hier nicht raus.« Shane war gut einen Kopf größer als ich und von den vierzig Kilogramm, die er mehr wog, war nur ein Bruchteil Fettmasse.

Alejandra stand jetzt neben mir und hatte sich am gleichen Arm eingehakt wie vorhin Maria. Es fühlte sich gut an, mal wieder ein paar unbekannte Brüste zu spüren. Sie roch nach einer Mischung aus Jasminblüten, Holztönen und pudrigem Moschus. In Flakons abgefüllt, wäre der Duft ein Verkaufsschlager.

Sie flüsterte in mein Ohr: »Gib ihm ruhig die Schlüssel, du kannst bei mir schlafen.«

Meine Ohren waren definitiv erogene Zonen. Ich war betrunken, hatte Hauthunger und der *tica* zwar von meinem Beruf erzählt, aber meine kleine Familie unterschlagen. Ich zögerte einen Moment und drückte Shane dann den Schlüssel in die Hand. »Hier bitte, Mami.«

»Danke.« Shanes Blick war alles andere als freundlich. »Grüß Maria und deine Kinder von mir.«

Shit, damit durften meine Chancen, bei der attraktiven Buddhistin einen Stich zu machen, wohl begraben sein. »Du musst mich mit jemand verwechseln«, konterte ich und verließ mit meiner neuen Freundin die Kneipe.

Wir liefen ein paar Schritte, dann stellte meine Begleiterin sich vor mich. »Es ist mir egal, ob du verheiratet bist, ich will dich heute Nacht«, flüsterte sie in meine Lippen und küsste mich leidenschaftlich. Ich öffnete den Knoten, wühlte mit beiden Händen voller sinnlichem Genuss in Alejandras weichem Haar und schmeckte seit über zwei Jahren zum ersten Mal wieder eine fremde Frau. Ich musste zu meiner Schande gestehen: Ich hatte dieses erotische Gefühl vermisst, einen völlig unbekannten Körper zu erkunden. Ich war verloren, glitt mit einer Hand unter die Bluse und spürte eine warme Hand vorne in meine Shorts gleiten. Unterdrückte Lust ließ mich mit geschlossenen Augen stöhnen. Was würde eine Nacht schaden? Maria hatte auch ihren Spaß mit diesem Journalisten, ohne dass ich das gut fand. Ich würde die Schwanenhalslady danach nie wiedersehen. *Wham, bam, thank you, Mam!*

Neben uns hielt ein Wagen. Ich sah aus dem Augenwinkel einen bunten VW-Bus und löste mich abrupt von Alejandra.

Die Beifahrertür ging auf. »Steig ein, Ben!«

»Schade, deine Frau hat was dagegen, dass du bei mir bleibst.« Die Señorita lachte.

Ich sah ernüchtert in Barbras zorniges Gesicht. »Das ist nicht meine Frau, das ist meine Freundin«, lallte ich.

»Du scheinst beliebt zu sein, *caro*. Aber ich kann nachvollziehen, warum. Was ich in der Hand hatte, war vielversprechend.«

»Ja, ja. Was man hat, hat man. Außerdem bin ich volljährig und lasse mich nicht herumkommandieren, Schwester Kowalski.«

»Ich kommandiere dich nicht herum, ich versuche gerade, dich davon abzuhalten, einen schweren Fehler zu machen. Ich werde nicht tatenlos zusehen, wie du mit einer dahergelaufenen Schlampe rummachst.«

»Nun mach aber mal halblang, du *puta*! Ich habe Pharmazie studiert und werde die Apotheke hier im Ort übernehmen.«

Shit! Damit hatte ich nicht gerechnet. Warum hatte sie mir das nicht erzählt vorhin? Das Ganze klang plötzlich nach komplizierter Verflechtung bis ans Ende meiner Tage.

»Dann lass deine Dreckspfoten von den Schwänzen anderer Männer.« Schwester Kowalski konnte sehr direkt sein.

»Haben wir unsere Tage und ist der Schlüpperteppich verrutscht?« Das klang jetzt nicht nach einer buddhistischen Weisheit, sondern nach Latinaslang. Alejandra schien viele Facetten zu haben.

Ich versuchte einen eleganten Rückzieher zu machen. »Sorry, ich weiche wohl besser der rohen Gewalt und gehe nach Hause. War mir ein Vergnügen, *Señora farmacéutica!*«

»*¡Cobarde!*« Unsere zukünftige Apothekerin hauchte dem Feigling einen Abschiedskuss auf die Wange und lief auf Stilettoabsätzen mit wiegenden Hüften die Straße alleine weiter. Die Art und Weise, wie sie lässig ihre Handtasche dabei hinterherzog, war unglaublich sexy.

Ich stieg in den Bus ein, schnallte mich an und versuchte den Ärger über mein eigenes Handeln und die verdorbene Gelegenheit nicht an Barbra auszulassen und mit einer witzigen Bemerkung zu überspielen. »Was machst du um die Zeit in der Gegend, außer wehrlose Männer zu belästigen, du Spielverderberin?«

»Ich finde die Situation gerade nicht so lustig wie du. Ich war Gast beim indischen Abendmahl in eurem Haus. Hat übrigens sehr gut geschmeckt. Ich habe Maria getröstet, nachdem Torge gegangen war. Du Arschloch hast ihr die Party versaut.«

»Aha, aha.« Barbras Stirn zierte tatsächlich ein farbiger Punkt.

»Deine Frau ist aber so empathisch, dass sie ein schlechtes Gewissen hatte und sich Sorgen um dich gemacht hat, weil du nicht ans Telefon gegangen bist und keine Nachrichten beantwortet hast. Im Health Post konnte sie auch niemand erreichen. Dann hat Shannon mich angerufen und mir berichtet, dass du im Ausschnitt einer *tica* hängst.« Die Australierin hatte sich in Rage geredet, was ihren putzigen Akzent zu meiner Freude verstärkte.

Ich war kurz davor, in alte Verhaltensmuster zurückzufallen und völlig zuzumachen. Um nichts Falsches zu sagen und runterzukommen, versuchte ich es mit einem passenden Song aus Benny-Tune. »*Do you come from a land down under? Where women glow and men plunder? Can't you hear, can't you hear the thunder? You better run, you better take cover.*«

»Lenk nicht ab mit deiner dämlichen Singerei.« Die Lady hatte mein Manöver durchschaut, musste ich betrübt feststellen. »Weißt du eigentlich, wie viel Glück du mit Maria hast? Warum setzt du so was leichtfertig aufs Spiel? Was stimmt manchmal nicht mit dir, Ben?«

Manchmal überfiel mich die Eifersucht wie eine fiese Pilzinfektion, breitete sich innerhalb Minuten in mir aus und ließ mich Hässliches denken und tun. Aber das konnte und wollte ich nicht sagen. Ich versuchte es mit einem Gegenangriff. »Was machst du mich jetzt an? Mich hat der Besuch beim Onkologen nicht losgelassen. Dann komme ich nach Hause und finde mich in einer Zirkusvorstellung wieder, bei der ich nicht der Direktor bin, sondern der Pausenclown. Ausgerechnet an einem solchen Tag. Was sollte das? Kann man mich vorher mal fragen, ob ich so was möchte?«

»Damit wollte Maria mich überraschen und mir eine Freude machen. Hättest du ihr zugehört und sie ausreden lassen, wüsstest du das, du Idiot.«

Der Idiot war sauer und zum Glück so blau, dass er beim Überlegen, was er Böses antworten sollte, einschlief. Ich wachte erst wieder auf, als Barbra den Motor ausschaltete und mich aus dem Bulli warf. »Geh dich entschuldigen!«

»Zu Befehl, *Chief Kowalski, Sir, Madam!*« Ich salutierte und stürzte beinahe über meine eigenen Füße. Das Haus war still und roch immer noch nach indischen Gewürzen. Meine Kinder schliefen in ihren Betten, die dritten Augen sahen mich vorwurfsvoll an. Mein Handy zeigte zehn Anrufe in Abwesenheit und genau so viele Nachrichten an, die Hälfte davon von Maria, die andere von Mrs. Kowalski.

»Scheiße, Brandstätter. Heute war nicht dein Tag.«

MARIA LIESS MICH nicht ins Bett und ich schlief bei Salomé auf der Couch. Meine Entschuldigung wollte meine Lebensgefährtin auch in den nächsten Tagen nicht hören. Sie verbrachte jede freie Minute mit dem dänischen Robert Redford, lud ihn aber nicht mehr in unser Haus ein und erzählte mir nichts mehr von dem Projekt, an dem die beiden gemeinsam arbeiteten. Der Haussegen in der Casa Brandstätter hing schief.

Die schlechte Stimmung übertrug sich auf Yoani, die wegen der seit Wochen klemmenden Schubladen in der Wäschekommode maulte. Sie hatte sich beim gewaltsamen Zuschieben den Daumen eingeklemmt und saß mit einem Eispack in der Hand am Esstisch und erklärte sich an diesem Tag für arbeitsunfähig. Ich machte meiner Perle einen Latte macchiato zur Beruhigung und zog mit Werkzeugtasche bewaffnet ins Schlafzimmer.

Yoani rief mir hinterher. »Das ist keine Aufgabe für empfindliche Arzthände. Ich rufe meinen Cousin Rinaldo an, der schaut danach.«

»Vergiss es. Das bisschen packe ich selbst.« Ich hatte das Gefühl, ich beschäftigte mittlerweile den ganzen Clan meiner Haushälterin.

»¡Idiota!«

Ich wusste genau, welche Schublade klemmte. Es war die dritte von oben, in der Maria ihre Unterwäsche aufbewahrte. Da ich normalerweise nichts darin verloren hatte, vergaß ich die regelmäßigen Hinweise, wie schwer beweglich das Teil war. Holzmöbel verzogen sich gerne in der humiden Luft direkt am

Meer. Es bedurfte tatsächlich eines erheblichen Kraftaufwandes, die Schublade herauszuziehen.

Ich schnüffelte normalerweise nicht in Marias Sachen, aber die kleine, roséfarbene Schachtel in der hintersten Ecke mit dem weißen Satinbändchen forderte mich förmlich dazu heraus, sie zu öffnen. Außerdem loderte die Eifersucht immer noch brennend, wenn auch kontrolliert, in mir. Maria war der Typ, der sportliche, praktische Unterwäsche trug. Der String aus fliederfarbener Spitze mit passendem BH von *Victoria's Secret* war etwas ganz Ungewöhnliches und schien *Marias Geheimnis* zu sein. Warum hätte meine Partnerin diese feine Lingerie sonst in der hintersten Ecke verstecken sollen? In meinem Kopf ratterten unzählige logische und unlogische Erklärungen. Ich fühlte mich noch mieser und ausgegrenzter als die ganzen vergangenen Tage.

Ich ließ die Schublade auf dem Boden stehen, packte mein Werkzeug wieder ein und ging ins Esszimmer. »Du kannst Rinaldo Bescheid sagen, er kann kommen. Ich gehe lieber surfen.«

»¡*Idiota!*«

»Und du bist entlassen!« Es verging kaum eine Woche, in der ich *La Criada* nicht rauswarf oder sie selbst kündigte.

»¡*Madre de Dios!* Ich wäre sowieso freiwillig gegangen. Die negative Stimmung in diesem Haushalt schlägt mir aufs Gemüt. Was stimmt nicht mit dir, Ben?«

»Was du schon seit zehn Jahren weißt: Ich bin ein Idiot!«

Mit dieser Selbsterkenntnis ließ ich Yoani zurück und verbrachte eine kontemplative Stunde auf dem Board. Als ich vom Surfen zurückkam, hobelte ihr Cousin bereits an der Schublade herum und tauschte mit Yoani den neuesten Familientratsch aus. *¡Pura vida!* – oder in der brandstätterschen Auslegung: *Leben und leben lassen.*

Als Ultima Ratio versuchte ich mein Gesangstalent nützlich einzusetzen, packte die Gitarre und machte, als Maria mal wieder mit dem dänischen Inder unterwegs war, ein Video, das ich auf ihr Handy schickte. »*I was dreaming of the past and my heart was beating fast. I began to lose control. I began to lose control. I didn't mean to hurt you. I'm sorry that I made you cry. Oh no, I didn't want to hurt you. I'm just a jealous guy. I was feeling insecure you might not love me anymore. I was shivering inside ...*«

17.38 Nachricht von Maria O.

Du träumst tatsächlich viel zu oft von der Vergangenheit.

Dass ich mit einer verstorbenen Frau konkurrieren muss,

nehme ich auf mich. Das habe ich von Anfang an gewusst.

Aber keine Angst. Ich werde Dich deswegen nicht verlassen.

Das könnte ich Dir nie antun – Du bist der Vater meiner Tochter

und nach Romy das Wertvollste in meinem Leben.

Und Tobi ist wie ein eigenes Kind. Ohne Euch möchte ich nicht mehr sein.

Aber wenn Du mich jemals betrügst, Benny,

werde ich gehen und nie wieder zurückkommen.

Dir sagt Musik doch so viel, hör Dir das mal an …

Ich bin nicht der weite Ozean, wie es Deine Ricky wohl war.

Ich bin der, wenn auch kleine, dafür aber zuverlässige, nie versiegende Strom. Begradige mich nicht und bau keine Staumauern – lass mich fließen und folge mir und gib uns eine Chance, *zusammen* den Ozean zu finden.

Ich las die Nachricht mehrmals und wusste, was John Lennon mit der Zeile »*I was swallowing my pain*« gemeint hatte. Ich schenkte mir einen doppelten Ardbeg ein und spülte meinen Schmerz mit Alkohol, dem Anfang und der Lösung vieler Probleme hinunter.

Ich öffnete den YouTube-Link, den Maria an ihre Nachricht gehängt hatte und hörte Emeli Sandés samtweiche, melancholische Stimme. »*See, I can't make the load much lighter, I just need you to confide in me. But if you're too proud to follow rivers, how you ever gonna find the sea.*«

Eine Woche später brachte Maria den Journalisten zum Flughafen nach Puerto Limón und ich warf bei der Gelegenheit noch mal einen Blick in die Kommodenschublade. Die Schachtel war verschwunden und die Dessousteile lagen zusammengefaltet unter Marias üblichen Sport-BHs verkramt. Sie rochen frisch gewaschen. Damit war die Theorie, dass die Edelunterwäsche ein Geschenk für jemand anderen war, vom Tisch. Ich suchte im Schlafzimmer nach etwas, das ich meinem lodernden Zorn opfern und gegen die Wand werfen konnte. Mein Achtzigerjahre-Radiowecker blinkte mich frech an. 11.18 Uhr war die letzte Zeit, die er anzeigen konnte.

Yoani kam aus der Küche, um nachzusehen, was passiert war. Als sie die Trümmer des Elektrogerätes sah, bekreuzigte sie sich. »*El Señor te ayudo.*«

»Mir ist nicht zu helfen«, flüsterte ich leise vor mich hin und fuhr zum Dienst.

SPÄTER SCHRIEB ICH an das Whiteboard im Health Post ein Zitat von Oscar Wilde.

*We can't stand other people
having the same faults as ourselves.*

Donner und Despotinnen

Mit einem Haus am Meer kommt man relativ leicht an fang-frisches Getier für die Küche. Heute früh hatte ich mit Tobi beim Schnorcheln vier kleinere Red Snapper harpuniert, die wir gleich am Strand ausnahmen und entschuppten. Über uns kreisten drei Silbermöwen und warteten auf fette Beute. Weit draußen auf dem Atlantik braute sich ein Gewitter zusammen. Die dunkle Wolkenwand, aus der vereinzelt Blitze zuckten, schob sich wie eine Daunendecke über die Wasseroberfläche. Das Donnergrollen kam immer näher.

»Papa, weißt du noch, wie ich klein war und dachte, dass sich Zombies auf den Gewitterwolken verstecken?«, fragte Tobi, als wir durch den pudrigen Sand zum Haus liefen.

»Weiß ich noch. Du hattest deswegen immer Angst vor dem Donner und den Blitzen.«

»Jetzt bin ich nicht mehr so dumm.«

»Das hat nichts mit dumm zu tun, Tobi. Das hat was mit Kreativität und Vorstellungskraft zu tun. Dumme Kinder denken so was nicht.«

»Ist Romy dumm oder auch kreativ?«

»Romy ist ein Baby, das kann man noch nicht sagen.«

Wenn meine Tochter nach ihrer Mutter kommen würde, dann würde sie eine völlig unkreative, dafür aber sehr intelligente und warmherzige Frau werden. Sollte sie nach mir kommen, würde ich sie mit Anfang zwölf einsperren und erst kurz vor meinem Tod wieder freilassen.

Wir stellten uns unter die Außendusche, trockneten uns ab und gingen barfuß, ein Handtuch um die Hüfte gewickelt, in die Küche. Maria und Yoani tuschelten an der Spüle miteinander. Als wir mit unserem Fang reinkamen, verstummte die Unterhaltung. Die feindseligen Blicke, die uns trafen, machten mir Angst.

»Tobi, lauf! Für dich ist es noch nicht zu spät! Ich halte sie auf!«, warnte ich meinen Sohn, der mich leider nicht ernst nahm und eine Packung Oreos aus dem Kühlschrank holte.

»Nicht vor dem Essen! – *¡No antes de la comida!*«, perlte es bilingual aus zwei Mündern.

Tobi erkannte endlich den Ernst der Lage. »*Eat my shorts! He! He! He!*« Er hatte Bart Simpson und dessen dreckiges Lachen für sich entdeckt und floh mit den Keksen aus der Küche.

»Im Haus wird nicht gerannt«, schimpfte Yoani, die ihre despotischen Ansichten über Kindererziehung nicht mit uns absprach. »Warum musst du immer so rennen?«

Aus dem Wohnzimmer kam die passende Antwort: »Weil der *Herr* mich so schnell gemacht hat, Yoani!« Mein Nachkomme konnte sich sehr gut selbst verteidigen.

Ich unterdrückte ein Lachen, die Lage war angespannt genug.

»*¡Madre de Dios!* Dieses Kind muss immer das letzte Wort haben!« *La Criada* holte kurz Atem, ehe sie sich an mich wandte. »Wir müssen mit dir reden!«

Maria, diese miese Verräterin, nickte zustimmend und schwieg.

»Über was? Reicht das Haushaltsgeld mal wieder nicht?«
»Elisa.«

»Aha, aha.« Ich hatte das Gefühl, ich konnte in den nächsten Minuten jede Hilfe brauchen, die ich bekommen konnte, und warf den Heiligen an der Wand einen flehenden Blick zu.

Yoani hatte den Herrgottswinkel in der Küche gepimpt. Neben der Ikone von Johannes dem Täufer unter einem Johannisbrotbaum, die Maria von ihrer Großmutter Olympia geerbt hatte und die eine Tante väterlicherseits im Kloster selbst gemalt hatte, hielt neuerdings ein Hinterglasmalerei-Christus segnend seine rechte Hand über uns. Aus der Mitte seiner Brust strahlte ein batteriebetriebener, animierter heiliger Geist in allen Regenbogenfarben. Die atheististische Familie Brandstätter-Magnusen-Pavlidis war opportunistisch genug, um sich an der Heiligenverehrung von Señora Rizada zu beteiligen. *¡Jesús, confío en ti!*

»Was soll das für ein Heiliger sein, he?«, hörte ich unsere Küchenhexe fragen, als Tobi die Armada brennender Votivkerzen um eine von Ringo Starr erweiterte, die ich in einem Souvenirshop an der Westküste gefunden hatte.

»Papa sagt, der wäre der Schutzheilige der Schlagzeuger, Yoani.«

Als Kontrastprogramm schrien sich im Küchenfernseher Ana Gabriel und Vikki Carr in einem Musikvideo gegenseitig an. Die trendy Achtzigerjahre-Ladys rauften sich effektvoll die geföhnten Haare und schubsten sich durch die Kulisse einer Luxuswohnung. »*Amiga, tengo el corazón herido. El hombre que yo quiero se me va, lo estoy perdiendo.*« Gelebte Verzweiflung, weil eine der beiden Freundinnen von ihrem Typen verlassen worden war. Ich kannte ähnlich dramatische Szenen aus meiner bewegten Vergangenheit allein unter Frauen. Mittlerweile lebte ich in einem völlig neuen Zeit- und Raumkontinuum, aber die Damen beherrschten nach wie vor mein irdisches Sein.

Schließlich ergriff die Vertreterin der Judikative in diesem Haushalt das Wort und legte mir dar, dass dieses Haus zu klein

72

sei für drei Frauen, ich müsse unbedingt was unternehmen. Die Fristsetzung für die Erledigung dieser heiklen Aufgabe war Ende des Monats.

»*Roger that!*« Widerspruch wäre sinnlos gewesen, die Menschen mit Menstruationshintergrund waren eindeutig in der Überzahl und besaßen die besseren Waffen.

Meine Großmutter hatte für heimische Krisensituationen stets ein Fläschchen Frauengold im Schrank stehen. *Nimm Frauengold und du blühst auf!* Leider war das *Stärkungsmittel* mit einem satten Alkoholgehalt von 16,5 Prozent bereits 1981 wegen des Gehaltes an Aristolochiasäuren verboten worden. Danach war Oma Ruth auf Eckes Edelkirsch umgestiegen.

Draußen röhrte Lemmy, der sich anscheinend vor Gewitter fürchtete, wie ein Hirsch in der Brunft. Ich ließ Barbras Hund herein und er verkrümelte sich mit eingeklemmter Rute hinter der Couch. Sein Frauchen war seit dem frühen Morgen mit dem Bus unterwegs.

Romy zog eine bunte Holzente hinter sich her, die sie von Tanja und Björn geschenkt bekommen hatte, und machte dabei: »Wau! Wau! Wau!«

Ich ließ mich zu Tobi auf die Couch fallen.

»Eine Ente macht nicht *wau!* Die ist doch kein Hund!«, meckerte der kleine Klugscheißer.

Romy sah ihren großen Bruder mit offenem Mund und großen Augen an und lief dann weiter Richtung Küche. »Hund! Hund! Hund!« Lernfähig war mein Baby ja.

Tobi stöhnte. »Papa, du kannst sagen, was du willst, die wird nie schlau werden!« Er reichte mir die Kekspackung. »Da, Papa, das hilft, wenn man Stress mit *las tías* hat.«

Ich bezweifelte, dass Süßigkeiten gegen zu viel Frauenpower halfen, aber schaden konnten sie nicht. Nachdenklich fischte ich den obersten Keks heraus und inspizierte das trockene Backwerk. »Hast du die Füllung aus allen herausgeleckt, Tobi?«

»*Si, Señor*. Ich habe nur den wichtigen Teil gegessen, um mir nicht den Appetit zu verderben.«

»Dann nimmt man eben weniger und leckt nicht alle an. Wer soll die jetzt noch essen?«

»Orr Papa, reg dich nicht auf! Du sagst doch immer, man muss Prioritäten setzen.«

Ehe ich Prioritäten setzen konnte, ging die Katzenklappe und Salomé kam herein. Das Tier trug eine tote Maus samt Schnappfalle im Maul herein. Unsere Kätzin war dazu übergegangen, bei der Jagd auf Nummer sicher zu gehen und den Mäusen nicht mehr aufzulauern, sondern die vollen Fallen im Garten des Nachbarhotels zu plündern. Yoani, die unverbesserliche Tierfreundin, entsorgte die leeren Fallen später im Müll.

»Man muss sie alle schon sehr lieb haben, damit man hier nicht verzweifelt.« Mit diesem Satz verzog sich mein altkluger Sohn in sein Zimmer und ließ mich zurück mit meinen Frauenproblemen.

Ich suchte in meiner Musikdatei nach dem passenden Song und wenig später dröhnte Shaggys Stimme durchs Wohnzimmer: »*She'll put a smile upon your face, and take you to that higher place, so don't you underestimate, the strength of a woman.*«

Hände und Homoerotik

Prostatauntersuchungen gehörten nicht gerade zu meinen Lieblingsbeschäftigungen. Zum Glück vertrieb mir der Bankangestellte, in dessen Enddarm mein Finger steckte, die Zeit mit dem ausführlichen Drama um Puerto Limóns Liberty Hall. Das einzige historisch und architektonisch wertvolle und einigermaßen respektable Gebäude war ehemals bekannt als das *Black Star Line Building*. Das zweistöckige Eckhaus war 1991 bei einem Erdbeben komplett zerstört und nach Originalplänen wiederaufgebaut worden. Nur um fünfundzwanzig Jahre später bis auf die Grundmauern niederzubrennen. Señor Navarro vermutete Brandstiftung, hatte auch einen konkreten Verdacht, wollte aber keine Namen nennen. Die Prostata stellte sich beim Abtasten regulär groß dar. Bis auf eine leichte Hypertonie und eine fulminante verbale Inkontinenz war der Patient pumperlgesund.

Ich verzog mich mit einer Tasse Kaffee ins Arztzimmer, um aufgelaufene Büroarbeit zu erledigen. Mich hatte die Erzählung dazu inspiriert, mal wieder das geniale Debütalbum des Alan Parsons Project *Tales of Mystery and Imagination* zu hören – eine Vertonung einiger Werke von Edgar Allan Poe.

In meine düsteren Gedankengänge, untermalt von den sinfonischen Rockklängen des Konzeptalbums, schlurfte Xavier, der dank eines üblen Hexenschusses aktuell jederzeit die Rolle des Quasimodo im *Glöckner von Notre-Dame* hätte bekommen können.

»*Thus quoth the raven, nevermore and still the raven remains in my room, no matter how much I implore. No words can soothe him, no prayer remove him. And I must hear for evermore …*«

»Na, Dr. Kuballa, heute schon die Glocken im Dom geläutet?«, fragte ich einfühlsam und drehte die Lautstärke runter.

Der Kollege, der in seinen Anfangstagen bei uns eine scheue, zerbrechliche Medizinerseele gewesen war, hatte dazugelernt und zeigte mir den Mittelfinger.

»Soll ich Hand anlegen? Meine manuellen Therapiefähigkeiten sind legendär.« Ich erinnerte mich mit Wehmut an zahlreiche Kurse, die ich auf diesem Gebiet belegt hatte. Selten war ich Geschlechtsgenossen so nahe gekommen.

»Nein, lass mal gut sein, das Ganze hätte mir eine zu große homoerotische Komponente.«

Der nächste Patient wurde von einer Gruppe argentinischer Touristen in einer Hängematte angeschleift. Die vier rüstigen Rentner waren mit einem überdimensionalen Wohnmobil unterwegs und hatten den verwahrlosten, mangelernährten Mann ohne Bewusstsein am Straßenrand der Route 36 in Höhe des internationalen Flughafens aufgelesen.

»Wir haben gedacht, er sei tot. Ich konnte keinen Puls fühlen, aber Caesar hat diesen Spiegeltest aus dem Fernsehen gekannt«, berichtete der Anführer der Gang. »Der beschlug tatsächlich noch. Daraufhin haben wir den *tico* in die Matte gerollt und hierhergefahren. Obwohl er wie ein Schwein gestunken hat.«

Xavier lobte die Argentinier für ihren Einsatz, während ich einen Zugang legte. Rosa reichte uns fürsorglich je einen mit Pfefferminzöl beträufelten Mundschutz.

Als Anästhesist hatte man in seinem Leben unzählig viele Hände gesehen. Hände erzählten vom Leben eines Menschen, ohne zu lügen und zu beschönigen. Hände ließen sich nicht einfach mit Botox und Operationen korrigieren wie Gesichter. Dazu brauchte es *Filler* und einen sehr guten plastischen Chirurgen. Man munkelte, Kylie Minogue hätte Hand an ihre Hände legen lassen, und nicht nur an die. Karl Lagerfeld hatte das Problem mit Lederhandschuhen gelöst.

Auch an meinen eigenen Händen war die intrinsische Hautalterung nicht spurlos vorübergegangen. Dank der verminderten Zellteilung befand sich weniger Kollagen und Elastin im Gewebe. Das Unterhautfettgewebe war dünner geworden. Fett- und Wassergehalt der Haut hatten abgenommen. Die ersten Altersflecken waren trotz der permanenten Bräune nicht zu übersehen.

Bei dem Mann, der vor mir lag, hatte zudem die extrensische Hautalterung zugeschlagen. Seine Hände waren knotig und voller Schwielen, mit deutlich sichtbaren Venen, die wie dünne Stricke unter der Haut verliefen. Die Fingernägel waren schmutzig, dick und nikotinverfärbt. Am rechten Ringfinger fehlten die distale und intermediale Phalanx. Fehlende Fingerglieder waren kein seltenes Bild bei den Landarbeitern, die täglich mit scharfen Macheten und Sägen zu tun hatten.

Rosa hatte eine Flasche Elektrolytlösung gebracht und hängte sie an. Ich prüfte die Vitalfunktionen. Der Puls des Mannes war praktisch nicht mehr tastbar. Er reagierte auf keinerlei Reize mehr. Ich schnitt die Kleidung auf, um nach Wunden und Verletzungen zu suchen. Am Unterschenkel klaffte ein circa sieben Zentimer langer, tiefer Schnitt, in dem sich fette Fliegenmaden tummelten. Xavier entnahm Blut und ich legte einen Blasenkatheter. Es gab Patienten, da arbeiteten wir unter Autopilot, schweigend und konzentriert auf die Aufgabe, die vor uns lag. Die Blutwerte waren unterirdisch und beim Röntgen zeigte sich, dass die linke Schulter gebrochen war. Der Unbekannte, den ich auf Anfang sechzig schätzte, verstarb, ehe wir uns Gedanken über seine weitere Behandlung machen konnten. Rosa rief die Polizei und ich beschloss, das Feld zu räumen, bevor Jesús eintreffen würde. Mein junger Kollege konnte wesentlich besser mit unserem Vorzeigepolizisten umgehen als ich. Mir lag immer noch die brennende Frage auf den Lippen, ob Jesús bereits mit den Motorradstiefeln geboren worden war.

»Somit hätten wir heute doch noch die homoerotische Komponente in deinen Dienst gebracht, Xavier.«

»Du meinst, Jesús ist mehr an Männern interessiert als an Frauen?«

»Ich weiß es sogar mit Sicherheit.« Ich sah den jungen Arzt einen Moment eindringlich an. »Warum hast du eigentlich keine Freundin, Xavier?«

»Weil ich zwei gesunde Hände habe«, kam die spontane Antwort.

Ich schien unter den männlichen Mitarbeitern dieser Station wohl der Einzige zu sein, der Frauen bestimmungsgemäß verwendete. »Ich dachte, ihr *ticos* seid zu stolz, um selbst Hand an euch zu legen.«

Ich wusste, dass es in Lateinamerika in höheren Kreisen zum guten Ton gehörte, zu Prostituierten zu gehen, wenn man es sich denn leisten konnte. Es war an der Zeit, mir darüber Gewissheit zu verschaffen, ob auch Xavier von seinem Vater die ersten Bordellbesuche finanziert bekommen hatte.

Jesús' Eintreffen verhinderte, dass ich den Kollegen einer hochnotpeinlichen Befragung unterzog, ich wich dem Vertreter der Exekutive wie üblich aus. Mein Heimweg, die Route 36, die an der Grenze zu Panama endete, war auch nach all den Jahren in Costa Rica eine besondere Straße für mich. Ich werde nie den Tag vergessen, als ich sie das erste Mal entlangfuhr, damals noch in einem Mietwagen. Ich hatte nach der langen Anfahrt von San

José übers Gebirge und durch die endlosen Bananenplantagen bei Carmelita angehalten und ein spätes Mittagessen zu mir genommen. Bei einer Tasse Kaffee streckte ich die Füße aus, sah auf den Atlantik, der sich ein Stück hinter der Straße donnernd am Strand brach. Seit Rickys Tod hatte ich das erste Mal wieder das Gefühl, irgendwo angekommen zu sein. Aus purer Sentimentalität machte ich heute einen ungeplanten Stopp bei Carmelita, trank einen Kaffee aufs Haus, unterhielt mich mit Alvarez, der seit gestern ein neues Taxi besaß und vorerst nur handverlesene Fahrgäste darin mitnehmen wollte, um den Wagen zu schonen, und lebte es, mein geliebtes *pura vida*.

YOANI WARTETE SCHON ungeduldig im Flur und übergab mir Romy, die sie auf der Hüfte trug, wie bei einem Staffellauf. »*¡Madre de Dios!* Wo bleibst du nur! Ich habe einen wichtigen Termin. *Mi tesoro* ist frisch gewickelt und gegessen hat sie auch.«

Ich hatte kein schlechtes Gewissen. Der *wichtige* Termin war der wöchentliche Besuch in *Juanita's Beauty Parlor*. Die ausgemachten Uhrzeiten waren als ungefähre Vorschläge zu sehen, zu denen man kommen konnte, wenn man gerade nichts anderes zu tun hatte, und nicht als verbindliche Termine. Ich warf einen Blick auf den Scheitel der kleinen Frau. »Haaransatz nachfärben?«

»*¡Idiota!* Ich habe keine gefärbten Haare, das ist alles Natur.« Sie strich sich mit einer Hand über das ondulierte Haar. »Ich gehe in den Salon, um die Nägel machen zu lassen und mir etwas Pflege für die Haare und die Haut zu gönnen. Diesen Luxus habe ich mir verdient, nach all der Plackerei in diesem Haushalt. Ich habe hier angefangen, da gab es nur dich – und das war schon genug Arbeit. Und was haben wir jetzt? Einen Stall voller Kinder und ständig Gäste. Ich frage dich, bekomme ich dafür einen Colón mehr? He?«

Dafür, dass sie es eilig hatte, ließ sie sich ganz schön viel Zeit für Diskussionen. Ich tat ihr den Gefallen und ging darauf ein: »Sieh es als Ehre an, hier arbeiten zu dürfen.«

»Wenn ich es mir recht überlege, wäre es mal wieder Zeit für einen Kurzurlaub, um meine Arbeitskraft zu erhalten.« Aus Yoanis Augen schossen Blitze in meine Richtung, die durch die dicken Linsen der Brillengläser gebündelt wurden. Wenn ein Mensch in diesem Haus über Superkräfte verfügte, dann Yoani mit ihren Gimmicks. Beide Hände waren in die üppigen Hüften gestemmt – ein sicheres Zeichen von Überarbeitung. Yoani war schon vom Unterhaltungswert jeden Colón wert.

»Früher sind die Alten deines Volkes, wenn sie gemerkt haben, dass sie der Gemeinschaft nur noch zur Last fallen, freiwillig auf den Berg gegangen, um zu sterben.«

»¡Idiota! Ich habe keine indianischen Wurzeln. Meine Vorfahren kommen alle aus Spanien.«

»Aha, aha. Das erklärt deine Raffgier.« Ich drückte ihr einen Zwanzigtausend-Colones-Schein aus meinem Geldbündel in die Hand. »War das kurz genug? Hast du dich gut erholt?«

»¡Idiota!«, wiederholte die ausgebeutete Hausangestellte sich und steckte den Schein mit leicht zitternder Hand ein.

»Hier zu arbeiten ist doch wesentlich besser, als allein zu Hause rumzusitzen.«

Die gute Katholikin bekam einen Ausdruck, der an das Flehmen einer Katze erinnerte. »Ich bin nie allein, ich habe die Engel des Herrn immer an meiner Seite. Die beschützen mich und geben mir Trost und Zuversicht. Sonst hätte ich das hier nie so lange aushalten können.«

Ich war bester Laune und beschloss ein neues Türchen aufzumachen – Streitgespräche mit Yoani wollten gepflegt sein. »Sag, hat eigentlich einer deiner stolzen spanischen Vorfahren in einer schwachen Stunde mal einen kleinen negroiden Seitensprung begangen?«

»Wie kommst du darauf?« Yoani bekreuzigte sich unbewusst.

»Bei deiner Naturkrause läge das doch sehr nahe.« Ich ließ Romy herunter, die quengelte. Das Kind lief vor Freude über die neu gewonnene Freiheit fröhlich glucksend ins Wohnzimmer.

»*¿Qué piensas?* Das ist keine Naturkrause. Juanita legt mir die Haare so kunstvoll. Das ist aufwendig und teuer.«

»Warte, ich hole mal einen Bleistift.«

»Wozu das denn?«

Yoani verließ mich, ohne meinem lehrreichen Bericht über den Bleistifttest, mit dem man während der Apartheid in Südafrika getestet hatte, ob jemand weiß oder ein Mischling war, abzuwarten. Hielt der ins Haar gesteckte Stift, zählte man als *coloured,* rutschte er heraus, war man *white.*

In der Küche klapperten Töpfe und Schüsseln. Romy hatte die Küchenschränke als Freizeitvergnügen entdeckt. Ich machte mir einen Latte macchiato und ließ meine Tochter spielen. Yoani hatte recht, aus dem aufgeräumten Singlemännerhaushalt war ein kunterbuntes Haus voller Leben geworden. Die Küche war vollgestopft mit Cerealienkartons, Kindernahrung, Medikamentenpackungen, Teemischungen, Tiertrockenfutter und Spielzeug. Am Kühlschrank hingen Tobis Stundenplan für die Woche und seine minimalistischen Zeichnungen mittlerweile dreifach übereinander. Ein heilloses Durcheinander, das ich nie wieder missen wollte.

Romy zerrte an einer großen Plastikschüssel, die wir zum Salatwaschen benutzten. Das Teil war wohl etwas groß für ihre Patschehändchen und sie heulte zornig los.

»Was gibt's, Baby?«, erkundigte ich mich, woraufhin Romy noch eine Stufe lauter heulte. »Du antizipierst so schön«, lobte ich sie.

Die Patiotür fiel mit dem typischen metallischen Knacken ins Schloss und kündigte Besuch an. Sekunden später stand Dobro in der Küche. Er hatte aufgehört, sich die Glatze komplett zu rasieren, weil sich in der humiden Luft die Abrasionen leicht entzündeten und schwer heilten. Er ließ die kümmerlichen Resthaare wachsen und band sie auf dem Oberkopf zu einem Dutt zusammen. Insgesamt sah er reichlich idiotisch aus mit dieser Eigenkreation. Das fand sogar seine Adoptivmutter und offen bekennende Verehrerin, Señora Yoani Rizada. Der Mann mit der unheilbaren Modelegasthenie trug heute ein schwarzes Hemd mit einem Muster, das bei empfindlichen Menschen epileptische Anfälle auslösen konnte.

»Ey, Bunny, *nice,* dass du da bist. Mach mir mal eben einen laktosefreien, veganen Latte ohne Koffein und Kalorien.« Er setzte sich zu Romy auf den Boden und begann mit ihr zu spielen. Sie reichten sich gegenseitig, in Fantasiesprache grummelnd, Geschirr zu und ich fragte mich zum wiederholten Male, wie es in Dobros Hirn aussehen mochte, dass er sich mühelos auf das Niveau einer Einjährigen einlassen konnte. Ich reichte ihm das Latteglas, lehnte mich an die Arbeitsplatte und betrachtete das Bild mit Wohlgefallen.

»Will! Will! Will!« Zur Untermauerung ihrer Absicht, von dem Latte was abhaben zu wollen, hatte meine Tochter beide Hände flehentlich ausgestreckt.

»*Mimimimi!* Sei mal nicht so mega *cringe, mouse.*« Dobro sang ein Lied für seine Spielgefährtin und ließ sie am Milchschaum nippen. »*Mit meiner Balalaika war ich der König von Jamaika.*«

»Maika! Maika! Maika!«, quietschte Romy mit.

Mir kam eine Idee: »Wo ihr euch auf intellektueller Ebene so gut versteht: Hast du Lust, deiner kleinen Freundin die Krallen zu schneiden? Da besteht eine akute Handlungslücke.« Maria und ich losten diese Aufgabe immer aus. Das kleine Engelchen musste nur die Nagelschere sehen, um zum kreischenden Teufelchen zu werden. Ich hatte das Streichholzziehen heute Morgen verloren.

»Ey, Alter, *nice,* dass du an mich glaubst, aber das macht Elisa immer bei uns. Da bin ich mega talentfrei.« Er stellte sich neben mich. »Lass das doch Yoani machen.«

Ich wusste die Antwort, wollte das Problem aber nicht ansprechen. Meine Perle zeigte seit Monaten Symptome eines essenziellen Tremors in den Händen. Sowohl die Tremorfrequenz als auch die Amplitude hatten sich erhöht. Wir taten alle so, als würden wir es nicht bemerken, obwohl die Störung offensichtlich progredient war. Es blieb abzuwarten, wie die weitere Entwicklung sein würde. Yoani hatte noch alles relativ fest im Griff, aber die Nägel eines Kleinkindes zu schneiden war damit nicht mehr möglich. »Dann muss ich sie später eben in Vollnarkose versetzen. Das Theater braucht kein Mensch«, antwortete ich stattdessen.

»Komm, Alter, das kann doch nicht so schwer sein.« Dobro packte Romy, warf sie sich über die Schulter und ging mit dem vor Freude sabbernden Kind ins Wohnzimmer. »Bring mal die Nagelschere, Schatz.«

Ich beobachtete voller Staunen, wie sich das kleine Monster ohne zu murren sämtliche Nägel kürzen ließ.

»Die Fransen auch noch? Dann brauche ich aber anderes Werkzeug.«

Auch das Haareschneiden ging problemlos vonstatten. »Danke. Ich schulde dir was«, meinte ich, als Romy schon wieder Richtung Küche lief.

»¡De nada!« Dobro wühlte in einer Tasche seiner Cargobermudas. »Guck mal, was ich im hiesigen *Supermercado* gefunden habe. Bonbons mit Brause in der Mitte.« Er reichte mir die Tüte.

Die kleinen Explosionen der Brausebläschen auf der Zunge lösten Kindheitserinnerungen aus. *Ahoj-Brause* mit dem blauen Matrosen, der die Fahne schwenkte. Zitrone, Waldmeister, Orange, Himbeere. Die kleinen Papiertüten, die man erst lange geschüttelt hatte, ehe man sie aufriss und die Brause im Mund zergehen ließ. Ich in kleinen Portionen, mein Bruder immer die ganze Packung auf einen Schlag. Als Erwachsener waren es subtilere Geschmacksempfindungen, die einem den Kick gaben: Die simple Freude, aus einem guten Rotwein Himbeer- oder Schokoladennoten herauszuschmecken.

»Kinder sind schon was Geiles, Bunny. Auch wenn ich vor Sid-Kurts Geburt tierischen Schiss hatte, dass da ein Ungeheuer in Elisa heranwächst.«

»Du hast zu viele Horrorfilme gesehen. Obwohl, wenn ich richtig darüber nachdenke, Maria schien während der Schwangerschaft von Dämonen besessen und Romy verfolgt mich ab und zu mit einem Blick, bei dem sich mir die Haare im Nacken aufstellen.«

»Diese Teppichratten können schon fett krasse *influencer* sein!«

»Man sagt nicht umsonst, man soll nichts aus dem Krankenhaus mit nach Hause nehmen, das bringt Unglück. Das gilt nicht nur für Blumensträuße.«

»Wie du immer *talkst*.«

Der gelernte Landschaftsgärtner lachte, wir nickten im Takt und ich legte nach. »Ich habe versucht, das ganze Haus kindersicher zu machen, und trotzdem haben es zwei reingeschafft.«

Wir schwiegen gemeinsam und hörten Romy zu, die in der Küche eine aus zwei Noten bestehende Melodie summte.

»Das Leben desillusioniert, schürt Ängste, nimmt aber auch viele Ängste durch die Erfahrung, die man sammelt, *Dude*.« Manchmal sagte Dobro Sätze, die er eigentlich nicht hätte sagen dürfen.

Mir fiel der passende Song zu Dobros Gedanken ein. Ich nahm die Gitarre, die griffbereit an der Couch lehnte. »*Tout est chaos, à côté, tous mes idéaux: des mots abimés … Je cherche une âme, qui pourra m'aider. Je suis d'une génération désenchantée. Désenchantée«* – ich hatte kaum französische Lyrics im Kopf. Dank meiner pädagogisch völlig untalentierten Französischlehrerin Cosima Zimmermann war ich in dieser Fremdsprache nie über Grundkenntnisse hinausgekommen. Ich weigerte mich zudem, eine Sprache zu lernen, bei der man Kopfrechnen musste, ehe man Zahlen aussprechen konnte. Die poetischen Zeilen von Mylène Farmer waren, nicht zuletzt wegen des beeindruckenden Videoclips, kleben geblieben, und der Exilschwabe war ein Sprachgenie.

»Gehören wir auch zu einer desillusionierten *génération*?« fragte er, als ich geendet hatte.

»Schön, dass du mich zu deiner Generation zählst.« Ich war zehn Jahre älter als mein Gast. »Ich habe früher gedacht, die singt ›*Tous les idiots du monde, attendez!*‹ Das Lied, das alle Idioten dieser Welt auffordert, aufzupassen.«

»Macht ja auch Sinn. Kennst den Pflastersong?« Mein Besucher nahm mir die Gitarre aus der Hand und schlug einen a-Moll-Akkord an. Ich staunte immer wieder darüber, dass der Landschaftsgärtner das gleiche Instrument wie ich benutzen konnte und darauf Klänge zauberte, die ich mit hundert Jahren Übung nicht hinbekommen hätte. Ich erkannte das Stück von Ich & Ich. Seine Textinterpretation war lustiger als das Original. »*Du bist das Pflaster für meine Seele. Wenn ich mich nachts im Dunkeln quäle. Es tobt der Hamster vor meinem Fenster.*«

Dobro wechselte übergangslos zu *Nirvana*. »*My girl, my girl, where will you go. I'm going where the cold wind blows. In the pines, the pines sun, shine. I shiver, the whole night through.*«

Wir spielten noch ein paar Stücke zusammen und lauschten dem Geklapper im Nebenraum. Romy schien Schüsselweitwurf zu üben. Eine kleine rote kam aus der Küche bis unter den Esstisch gerollt.

Dobro stellte die Gitarre zur Seite. »Caruso, hast mal gezählt, wie viele Takte wir schon gemeinsam musiziert haben?

Immer wieder endgeil und was anderes als der akustisch übertragbare Darminfekt, den du bekommst, wenn du mit Gonzo musiziert hast. Wo ist der überhaupt geblieben?«

Der Waliser war vor einem Monat Richtung Venezuela aufgebrochen, nachdem er auf Tinder eine Frau kennengelernt hatte, die einen florierenden Schrotthandel betrieb und einen Mann fürs Leben suchte.

Mir war ein neues Tattoo bei meinem Kumpel aufgefallen. Eine Schlange wand sich am linken Arm von der Handwurzel bis zum Bizeps hoch. In das Schuppenmuster waren kunstvolle Lettern eingearbeitet. DLAC – FYH – BH – WH. Elisa verstand tatsächlich was von ihrem Handwerk. »Schick, deine neue Kriegsbemalung.«

»Das Gegenteil von Krieg. *One love! Peace!*« Dobro zuckte gleichgültig mit den Schultern. »Wenn Elisa langweilig ist, kritzelt sie halt auf mir herum. Früher haben wir ständig gepimpert, aber seit der Empfängnis hat sie keinen Bock mehr auf Porno mit mir. Wenn ich an die Zeiten von Eisprungsex denke, alter Falter. Wobei, so ne Scheißgeburt nimmt dir jegliche Illusion und Lust auf Geschlechtsverkehr generell. Für lange Zeit. Ich habe mich nach der Niederkunft aus Verzweiflung so zugedröhnt, dass ich mich rotzevoll beim Ausrutschen in der Dusche am Wasserstrahl festhalten wollte.«

»Ich bin Arzt, mich juckt so was nicht. Bei Kia ging es ratzfatz und Maria hatte einen geplanten Kaiserschnitt, die hatte kein Verlangen nach natürlichen Geburtsschmerzen.«

»Jetzt hätte ich schon wieder Bock, aber meine Holde ist zu wie eine Auster, die man aus dem Wasser gefischt hat. Die kriegst du nur mit Gewalt auf.« Dobro schüttelte traurig den Kopf. »Ich sag mal so, *Dude:* Ich durfte die Praline füllen und danach nicht mehr dran knabbern. Dieses ganze Weibergedöns ist sowieso voll krass unappetitlich. Wenn Elisa ihre Tage hat, kommt da rohe Leber aus ihr raus.«

Diese Metapher war selbst für einen Arzt großes Kopfkino. »Was bedeuten die Buchstaben?« Ich zeigte auf Dobros Arm, um die aufpoppenden Bilder vom blutigen Geschlechtsverkehr zwischen dem Schwaben und seiner Angetrauten aus meinem Kopf zu verscheuchen. »*Dobro liest auch Comics – Fuck you Hitler – Büstenhalter?* Bei *WH* ist Elisa verrutscht. Sollte *WC* heißen?«, assoziierte ich kreativ.

»Quark, Bunny. Das ist angewandte Hautphilosophie. *Dream like a child – Follow your heart – Be honest – Work hard.*«

»Ich kenne was Ähnliches: *Rede, was wahr ist. Trinke, was klar ist. Esse, was gar ist. Vögle, was da ist.*«

»Alter, du bist so megastabil. Was wäre nur aus mir Klaus geworden ohne unsere *friendship?* Wahre Liebe gibt es doch nur unter Männern, Mausezahn.« Er packte mich an der Schulter und drückte mir einen feuchten Kuss auf die Stirn.

»Du bist aber *touchy* heute«, alberte ich herum und machte mich los.

»Ungelogen, Bunny. Du hast mein Leben beeinflusst wie keiner. Ich habe immer noch den Moers-Comic mit dem Pimperanto, den du mir mal geliehen hast.«

Ich lachte. »*Schöner Leben mit dem Kleinen Arschloch.*«

»Ich habe mich beinahe bepisst bei dem Kapitel, in dem es um die Wirkung der populärsten Drogen ging, wie man die Wirkung billig simulieren kann und welche Musik man dabei hören muss. Unvergessliche Worte in meinen noch jungfräulichen Konsumentenöhrchen. Das mit dem Kokainpimmel, mit dem man einen gefrorenen Acker pflügen kann, musste ich sofort ausprobieren.«

»Und?«

»Na ja, leider war Sommer und mitten in Stuggi ist es sowieso schwer, einen Acker zu finden.«

»*Herr Nowak, ich liebe Ihre Frau*«, zitierte ich den kleinen Widerling.

»*Renate, dein Verehrer ist wieder da!*« Dobro kannte die entscheidenden Stellen ebenfalls.

»*Ich appelliere an Ihre Säfte.*« Ich machte eine kurze Pause und kam dann endlich zum Thema: »Apropos frei fließende Säfte und Frauen …«

Dobro nahm es gelassen hin, dass die weiblichen Bewohner dieses Hauses nicht so viel von gleichgeschlechtlicher Liebe und Freundschaft hielten, sondern eher zickige, bissige Stuten waren.

»*No problem,* Bunny. Ich such uns was anderes. Wird eh zu eng, wenn Ramona geschlüpft ist. Aber wenn wir bei Gäulen sind, wir sollten mal wieder *Marlboro Man* spielen und mit wehendem Haar am Strand entlanggaloppieren.«

»Jetzt gleich?«

»Warum nicht?«, fragte Dobro und sang: »*There's nothing you can do that can't be done. All you need is love! Love is all you need!*« Er überlegte kurz und fügte dann in einem eigenwilligen schwäbisch-englischen Sprachmix hinzu: »*Noi, stimmt it, freili needet mir no ä horse, Bunny!*«

Homöopathie und Antipathie

Rosa reichte mir beim Betreten des Health Post grußlos eine laminierte Mitteilung des Kleingeistlichen über
den Anmeldetresen. Ich las mit wenig Enthusiasmus. Remo
würde ab sofort an zwei Tagen in der Woche im relativ großen Gyn-Raum eine naturheilpraktische Sprechstunde abhal-
ten. Er bot Ausleitungen, Entgiftungen, Ernährungs- und
Nahrungsergänzungsmittelberatung, Irisdiagnose sowie traditionelle Komplexmittelhomöopathie an.

Der Naturheiler war gerade dabei, sich den Raum einzurich-
ten. In dem Schrank, in dem die Hilfsmittel für Geburten unter-
gebracht gewesen waren, lagerten nun Döschen mit Globuli und
diverse Salben. Neben der Lehrtafel *Schwangerschaft* hing eine
zweite Tafel *Irisdiagnose.* Der kleine Schreibtisch war von der Wand
weggeschoben und mit einem neuen Drehstuhl versehen worden.
Remo saß dahinter und ordnete Unterlagen in der Schublade ein.

»Willkommen in meinem Reich!«, begrüßte er mich, als
ich im Vorbeigehen einen Blick in den Raum warf. »Nehmen
Sie einen Moment Platz, Herr Kollege. Ich möchte Ihnen mein
Konzept kurz vorstellen.« Er deutete auf den Stuhl vor dem
Schreibtisch.

Ich hoffte, er meinte das mit dem Kollegen als Scherz, und setzte mich mit einer Gesäßhälfte auf die Patientenliege.

»Wie gesagt, ich werde zwei Tage die Woche halbtags zur Verfügung stehen und den Patienten mit Naturheilmitteln und Therapien helfen, ihren kranken Körper wieder in Balance zu bringen. Es ist mir ein Bedürfnis, die Gesundheit meiner Mitmenschen zu stabilisieren, indem ich sie mit Gott und der Natur in Einklang bringe. Ich wünschte, ich könne mir dafür mehr freie Kapazität aus den Rippen schneiden.«

Ich wünschte, er würde beim Kapazitäten-aus-den-Rippen-Schneiden mit dem Messer abrutschen und nicht mehr in der Lage sein, einen Notruf abzusetzen.

»Ich habe nach meiner Ausbildung zum Heilpraktiker eigenständig Lösungskonzepte für optimale Behandlungsresultate entwickelt. Bei mir stehen effektivste naturheilkundliche Methoden im Vordergrund. Aber selbstverständlich werde ich Sie in Ihrer Funktion als Schulmediziner bei Bedarf synergetisch als eine Art *Task Force* mit additiven Therapien einbinden.«

»Aha, aha.« Ich wusste nicht, ob das jetzt schlecht oder gut war. Wollte aber nicht nachfragen, um den Schwätzer nicht positiv zu bestärken.

»Ich orientiere mich an der traditionellen Homöopathie nach bewährten Rezepturen und habe zum Glück in meiner Heimat einige Arzneimittelhersteller gefunden, die nach meinen Vorgaben extra für mich mischen. So können wir Skaleneffekte erzielen – diese Mittel sind sonst nicht mehr zu bekommen. Petroleum und Balsamterpentinöl verwende ich, um zum Beispiel Chlordioxid-Therapie-Blockaden zu lösen. Beide Stoffe kommen per Luftfracht aus Österreich. Ich kann damit viele Beschwerden ohne teure Medikamente lindern und letztlich heilen und somit der mittellosen Bevölkerung wirksam helfen. Wussten Sie, dass angesäuertes Natriumchlorid ein wirksames antimikrobielles Mittel ist, das bei Malaria hilft?«

Wusste ich nicht, aber es interessierte mich auch nicht im Geringsten. Was ich wusste, war, dass es ordentlich kostete, brennbare Flüssigkeiten per Luftfracht zu transportieren. Meine Vermutung war eher, dass Remo beabsichtigte, eine naturheilkundliche Praxis für die High Society der Gegend aufzubauen und die Versorgung der normalsterblichen Patienten den öffentlichen Einrichtungen zu überlassen. Die Einwohner von *Tiquicia,* wie die *ticos* ihre Heimat liebevoll nannten, waren allesamt Hypochonder und schluckten bei den kleinsten Beschwerden sofort Medikamente. Ein Ernährungsberater war ein Statussymbol.

»Und wie kommen Sie zu Patienten? Ganzseitige Anzeigen in *The Tico Times*?«

»Nein, viel einfacher. Ich werde später die Damen von der Anmeldung unterweisen, welche Fälle ich mir persönlich anschaue und welche Fälle die Kollegen aus der Schulmedizin weiterbehandeln werden. Sie werden die Triage bei der Aufnahme selbstständig durchführen.« Er zeigte auf zwei kleine Plastikschachteln vor sich auf dem Schreibtisch. »Akten mit einem roten Reiter sind für mich, die mit einem blauen Reiter sind für Sie. Das ist ein Lean-Management-Ansatz, durch den sowohl Sie als auch die Finanzen des Health Post effizient entlastet werden. Es wird ausreichen, wenn zu meinen Sprechzeiten jeweils nur ein Schulmediziner im Haus ist.«

Ich nickte verständnisvoll und machte einen Vorschlag zur Güte: »Wie wäre es, wenn wir uns einen Delfin zulegen und Delfintherapie anbieten?«

»Sehr witzig, aber am Thema vorbei, Herr Kollege. Wenn Sie keine weiteren Fragen haben – ich würde gerne den Raum fertig machen für meine erste Sprechstunde morgen früh.«

Immer wenn der Naturheilkundler mich mit *Kollege* ansprach, spürte ich ein schmerzhaftes Pochen hinter meinem linken Augapfel. »Eines noch, dann sind Sie mich vorerst los. Mein Sohn beschäftigt sich seit Tagen damit, ob Christus ein Zombie war, nachdem er von den Toten auferstanden ist. Vielleicht können Sie ihm da weiterhelfen?«

»Herr Dr. Brandstätter, ich möchte im Sinne einer reibungslosen Zusammenarbeit eines klarstellen: Nichts gegen Ihre Frohnatur und Ihre Scherze, aber meiner Meinung nach gehören solche lockeren Sprüche nicht in ein professionelles klinisches Umfeld. Sie entschuldigen mich.«

Meiner Meinung nach gehörten auch Heilpraktiker nicht in ein professionelles klinisches Umfeld, aber ich schwieg wie so oft in meinem Leben. Pater Remo sah mich wortlos an und räumte dann weiter auf.

ICH SUCHTE NACH Warren und fand ihn im OP, wo er eine Platzwunde am Kinn einer Surferin nähte. Er schnitt gerade den letzten Faden ab, betrachtete zufrieden sein Werk und entließ die Patientin.

»Hast du das neueste Pamphlet des Laminators gelesen?«

»Habe ich.«

»Und, fällt niemand außer mir die Symbolik dahinter auf? Warum hat er für sich *rote* Reiter gewählt? Wegen der Apokalypse! Der Laminator kündigt uns das Jüngste Gericht an!«

»Könntest du Klartext reden?«

Ich zitierte aus der Offenbarung des Johannes. Ich kannte die Zeilen nicht, weil ich bibelfest war, sondern weil ich genügend Horrorfilme zu dem Thema gesehen hatte. *»Als das Lamm das zweite Siegel öffnete, hörte ich das zweite Lebewesen rufen: Komm! Da erschien ein anderes Pferd; das war feuerrot. Und der, der auf ihm saß, wurde ermächtigt, der Erde den Frieden zu nehmen, damit die Menschen sich gegenseitig abschlachteten. Und es wurde ihm ein großes Schwert gegeben.«*

»Hm …« Dr. Chandler schien heute wieder extrem gesprächig.

»Hast du auch eine Meinung dazu?« Langsam wurde ich sauer auf Warren und diesen gelebten Stoizismus.

»Treffen sich zwei Heilpraktiker. Sagt der eine zum anderen: Ich weiß gar nicht, was die Leute haben. Wir tun doch nichts.« Warren musste nie über seine eigenen Witze lachen. Ich in diesem Falle auch nicht.

»Das sehe ich anders. Mir hat mein Doktorvater gesagt, Heilpraktiker fragen die Leute deswegen über sexuelle Gewohnheiten und Exkremente aus, weil das die Kranken leicht manipulierbar macht. Ich weiß nicht, was ich davon halten soll, dass dieser Spast jetzt auch noch in der Praxis mitmischt.«

»Unser Seelenhirte nimmt praktisch die Beichte für den Körper *und* für die Seele ab und vereint so zwei komplexe Themenbereiche.« Der Chirurg räumte die Utensilien, die er zum Nähen gebraucht hatte, nebenbei weg, lehnte sich an den OP-Tisch und faltete die Hände wie zum Gebet. »Mein Vater war Allgemeinmediziner mit eigener Praxis. In der tiefsten amerikanischen Provinz. Kentucky. Ich bin unter Hillbillies aufgewachsen. Er war 24/7 für seine Patienten erreichbar und ein richtig harter Knochen. Sehr christlich. Nie selbst krank. Wir sind jeden Sonntag in die Kirche gegangen. Ein Verfechter des alttestamentarischen Geistes. Für ihn waren Dinge wie Rache und Bestrafen wichtig.« Warrens Tick verschlimmerte sich im Laufe der Erzählung. Ich vermutete, er hatte eine schwere Kindheit gehabt. »Pap war während des Zweiten Weltkriegs in Europa und nach Kriegsende bei der Bergung des Domschatzes von Aachen eingesetzt. Sie haben damals die Kisten aus einem Bergwerk zurück in den Dom gebracht. Auf die Fotos, wo er die Kaiserkrone und die Reichsinsignien Karls des Großen trägt, ist er sehr stolz gewesen. Dem Umstand verdanke ich übrigens meinen zweiten Vornamen.«

»Meine kleine Tochter wurde auch nach einer Kaiserin benannt. Elisabeth von Österreich.«

Warren sah mich skeptisch an. »Das K. steht nicht für Karl, sondern für Kaiser.«

»Upps. Ich dachte, Elvis sei der bescheuertste *Middle Name,* den man sich vorstellen kann.«

Ich war immer wieder begeistert von der Kreativität, die Eltern an den Tag legten, um ihren Kindern das Leben schon von Geburt an zu erschweren. Barbra nannte Warren das *Chamäleon,* wegen seiner hautengen Radoutfits in grellgelb oder giftgrün – ich konnte es nicht abwarten, den Tag der Krebskranken mit dieser neuen Nachricht zu versüßen, traute mich aber nicht, nebenher auf dem Handy zu schreiben.

Der Kaiser schwieg einen Moment und fuhr fort. »Bei uns zu Hause wurde nicht viel geredet. Mein Vater glänzte durch seine Taten. Ich kann mich an einen schwül-heißen Sommertag erinnern. Er saß am Esstisch und las Zeitung, meine Mutter hängte hinterm Haus Wäsche auf. Ich kam vom Spielen und lief an Pap vorbei, um mir ein Glas Wasser am Spülbecken einlaufen zu lassen. Ich hatte großen Durst. Pap hat mich im Vorbeigehen ohne Warnung so fest in den Hintern getreten, dass ich als Folge ein schmerzhaftes Hämatom und eine Prellung am *Os coccygis* hatte. Ich sah ihn erstaunt an, denn ich war mir keiner Schuld bewusst. Er meinte zynisch: ›Das war nur so. Damit du lernst aufzupassen.‹ Seitdem passe ich auf und bin jede Minute auf der Hut.«

»Und was will Ihre kaiserliche Hoheit mir damit sagen?«

»Wir passen auf, was Remo tut. Irgendwann kommt der Zeitpunkt, an dem wir zuschlagen und ihn vernichten werden. Du bist doch ein Freund von Wandsprüchen.« Der Chirurg mit dem kaiserlichen Vornamen ging zu dem kleinen Whiteboard, holte einen Marker aus der Brusttasche und schrieb in gepflegter Handschrift unter meinen letzten Eintrag:

If you don't have power you have to delay things.

Cojones und Chemo

Barbra saß vor mir im Arztzimmer und zerknüllte den Brief mit dem histologischen Befund, den sie eben mit zitternder Stimme vorgelesen hatte, in der Hand und warf ihn auf den Schreibtisch. »Dann fängt er also wieder an, dieser mühsame Kampf gegen dieses dumme, hinterlistige Arschloch.«

Für die einen war Krebs ein Arschloch, für die anderen der uneingeschränkte Herrscher der Krankheiten. Mir fielen keine tröstenden Worte ein. Barbra hatte den Kampf schon einmal aufgenommen und gewonnen und wusste genau, was auf sie zukam. Bei der Resektion war das Ergebnis des Schnellschnitts positiv gewesen. Man hatte daraufhin fünf Lymphknoten herausgenommen und zur histologischen Untersuchung gegeben. Drei der untersuchten Knoten waren betroffen.

»Wir sind für dich da, das weißt du.« Mehr Trost konnte ich aktuell nicht spenden.

»*Sorry*, Ben. Ich muss jetzt erst mal für mich sein und eine rauchen. Jonah muss ich dann wohl auch informieren, dass seine Mutter funktionsunfähig ist.«

Ich nahm das Briefknäuel und schleuderte es aus dem Handgelenk hinter Barbra her. Weil der Effekt mit der Papierkugel gleich null war, flogen als Nächstes die verchromten

Cojones, die ich von Señor Trochez' Stoßstange erbeutet hatte und die Warren als Briefbeschwerer benutzte. Der Abguss eines männlichen Schmuckstücks knallte hart an das Türblatt und rutschte daran herunter. Meine Angewohnheit, bei Frust und Ärger Gegenstände zu werfen, hatte schon so manche Reparaturarbeiten nach sich gezogen. Die Tür öffnete sich langsam. Warren streckte den Kopf herein, hob die Metalleier auf und legte sie mittig auf den Stapel Patientenakten. Noch immer mussten wir uns den kleinen Schreibtisch teilen und der zwanghafte Pedant bestand darauf, dass alle Gegenstände ordentlich und im rechten Winkel zur Tischkante ausgerichtet waren. Mich nervte dieser schwachsinnige Ordnungswahn. Ich sah meinen Kollegen an und wischte mit einer schnellen Bewegung die halbe Schreibtischplatte leer. Der *Iron Man* zuckte nicht mit der Wimper.

»Diese beschissene Aufräumerei geht mir auf den Sack, Warren!«, zischte ich. »Hier geht alles den Bach runter und du geilst dich an Büromaterial auf, das in Reih und Glied liegt!«

Warren setzte sich unbeeindruckt von meinem feindseligen Gesichtsausdruck auf den Stuhl, auf dem eben noch Barbra gesessen hatte. »Was ist mit Schwester Kowalski los?«

»Das Biopsieergebnis ist da.«

»Zeig!«

»Liegt da auf dem Boden.«

Warren bückte sich, nahm den Brief, faltete ihn auseinander und glättete ihn sorgfältig, ehe er anfing zu lesen. Ich kannte die Diagnose auswendig. *Isoliert lokoregionäres Rezidiv eines Triple negativen Mamma Ca, drei betroffene Lymphknoten.* Die Krankenschwester würde bei dem Befund um eine erneute Chemo und Bestrahlung nicht herumkommen.

»Okay. Nicht das, was wir uns gewünscht hätten.« Er schabte mit dem Daumen der einen Hand über die Handfläche der anderen, hob die Gegenstände vom Boden auf und ordnete sie wieder auf dem Schreibtisch. Ich spürte, wie es in mir zu brodeln begann. Der die letzten Wochen aufgestaute Ärger über die verfahrene Situation des Health Post und Barbras miserable Zukunftsaussichten übertrug sich auf den stets kontrollierten Mann. Sobald er fertig war mit aufräumen, fegte ich den Schreibtisch erneut leer.

»Nimm das, *Dr. Chandler!* Wie wäre es zur Abwechslung mal mit ein paar Emotionen statt Ordnungswahn?«, provozierte ich den Kollegen.

Der Chirurg setzte sich erneut auf den Stuhl und sah mir direkt in die Augen. »Ich habe vor meinem Studium eine Ausbildung zum Seal gemacht bei der Navy. Diese Ausbildung ist knüppelhart. Aber wenn du das überstanden hast, überstehst du alles andere im Leben.« Er schwieg einen Moment und tat das, was alle harten Männer in Filmen tun, um zu zeigen, wie *tough* sie sind. Er biss die Kiefer so fest zusammen, dass die Wangenmuskulatur deutlich zu sehen war und die Augen zu ganz schmalen Schlitzen wurden. Es fehlten nur noch Hut, Halstuch und Weste, um die John-Wayne-Kopie zu vervollständigen.

Für mich einen Tick zu sehr geschauspielert. »Danke für die Aufklärung. Freut mich für dich. Aber das hilft mir hier nicht weiter. Wir haben keine Ahnung, ob wir in einem Monat noch an diesem verfickten Schreibtisch sitzen werden, also ist es doch total egal, ob er unordentlich ist oder nicht.«

»Nein! Es spielt sehr wohl eine Rolle, ob unser Arbeitsplatz aufgeräumt ist oder wir im Chaos versinken und aufgeben. Ich habe bei den Seals gelernt, dass man jeden Morgen mit einer Aufgabe beginnen soll, die man erfolgreich meistert. Wie sein Bett zu machen oder seinen Schreibtisch aufzuräumen. Das ist positive Bestärkung. Eine kleine, lösbare Aufgabe zum

Tagesbeginn. Das schafft man leicht und ist danach motiviert, die nächste, größere anzugehen.«

»Aha, aha. Wahnsinnig interessant.« Mein Sarkasmus triefte aus jedem Wort, aber ich hob die Sachen brav vom Boden auf.

Warren führte seinen Monolog weiter. »Am Ende des Tages hast du jede Menge Aufgaben hinter dich gebracht und gelernt, dass auch kleine Dinge wichtig sind. Wenn du schon bei kleinen Aufgaben versagst, wie willst du dann die großen, komplexen Herausforderungen bewältigen? Wenn dein Tag nicht gut gelaufen ist, dann kommst du abends nach Hause und siehst ein gemachtes Bett. Wenigstens *das* ist gut gelaufen und gibt dir Hoffnung, dass der nächste Tag besser werden wird.« Nebenbei sortierte der zwänglerische Ordnungsfanatiker die Gegenstände, die ich achtlos auf die Schreibtischplatte gelegt hatte, wieder an ihren von ihm vorbestimmten Platz. »Während der Ausbildung gab es Langstrecken-Schwimmübungen, eine davon bei Nacht. Im Vorfeld machen dich die Instruktoren mit den verschiedenen Haiarten bekannt und instruieren dich, jedem Raubfisch, der dir zu nahe kommt, kräftig eines auf die Schnauze zu geben und ruhig zu bleiben.«

»Warren, ich bin zertifizierter *Dive Master* und Tauchmediziner. Wem willst du imponieren?«

Der Schreibtisch war wieder in einem makellosen Zustand und der Ex-Seal hatte immer noch diesen billigen John-Wayne-Gedächtnis-Ausdruck drauf: »Kannst du nicht einfach mal zuhören? Deine unqualifizierten Bemerkungen bringen niemand weiter.«

Ich zuckte mit den Schultern und schwieg wie gewünscht.

»Die Welt ist kein Planschbecken, sondern ein riesiges Fischbecken, in dem es jede Menge Haie gibt, die es auf dich abgesehen haben, Ben. Man muss lernen, damit umzugehen. Und wenn man was verändern will, muss man sich den Raubfischen stellen, ihnen aufs Maul hauen und nicht vor ihnen flüchten.«

»Ich bin ja noch da und habe nicht aufgegeben, obwohl der Laminator uns das Leben zur Hölle macht, und nun kommt auch noch Barbras Elend dazu«, erwiderte ich. Ich hatte den Spitznamen des Nachnamens unseres Kleingeistlichen erst letzte Woche publiziert, nachdem er eine Mitteilung verfasst hatte, dass es ab sofort aus Kostengründen kein vollständig abbaubares Klopapier auf dem Missionsgelände mehr geben würde. Wir bekamen nur noch solches, das man nicht in der Schüssel entsorgen konnte, sondern in den Mülleimer werfen musste. Das stank sprichwörtlich zum Himmel.

Das kaiserliche Chamäleon hatte angefangen, seinen Handballen mit dem Daumen zu bearbeiten, und auch sein Tick war zurück. »Nach einigen Wochen Training hat sich meine Klasse von anfangs hundertfünfzig Männern auf fünfunddreißig verringert – fünf Boote mit je sieben Mann. Ich war im Boot mit den großen Männern, alle aus gutem Hause. Aber wir waren zu meinem Erstaunen nicht das erfolgreichste Team. Die zusammengewürfelten Freaks, ein Indianer, ein Pole, ein Farbiger, ein Grieche, ein Italiener und zwei Brüder aus dem Bible Belt, haben uns ausgestochen. Das Seal-Training ist ein großer Gleichmacher. Es spielt nichts eine Rolle außer dem eigenen Willen, all das erfolgreich zu überstehen. Da zählt weder Hautfarbe noch Herkunft, Erziehung oder Vermögen. Da habe ich gelernt, Menschen nicht nach der physischen Größe zu beurteilen, sondern nach der mentalen Größe – mag kitschig klingen, aber das ist so.«

»Meine Rede, Warren! Ich sage zu den Mädels, denen ich beiwohne, schon immer, dass es auf die innere Größe ankommt.«

Dr. Chandler warf mir einen Blick zu, den ich von Yoani zur Genüge kannte, ging rüber zu dem kleinen Kühlschrank und holte seine Essensration heraus. In der Brotbüchse waren exakt vier geschälte Möhren und eine in Streifen geschnittene rote Paprika. Mehr würde der Asket bis zum Abend nicht zu sich nehmen. Egal, was von der Küche im Kinderhort an verbotenen Leckereien rübergeschickt wurde, nichts konnte Warren dazu verleiten, seine Routine zu durchbrechen.

Kauend sprach er weiter und ich mahnte: »Nicht mit vollem Mund, *Officer!*«

»*Shut the fuck up,* Ben.« An Warrens Tickfrequenz konnte ich ablesen, dass er langsam sauer auf mich wurde. »Die neunte Ausbildungswoche heißt nicht umsonst die Höllenwoche. Du schläfst sechs Tage lang nicht und wirst geistig und physisch ständig gefordert. Wenn du denkst, es kann nicht schlimmer kommen, schicken sie dich in die Schlammbecken einer Salzmarsch. Die *Tijuana Sloughs* liegen in einem Naturschutzgebiet zwischen San Diego und Tijuana. Du verbringst dort die ganze Nacht bis zum Hals im feuchten Dreck, frierst, wie du noch nie gefroren hast, und bist dem Wind und der Witterung schutzlos ausgeliefert. Wir hätten alle aus dem eisigen Schlamm vorab rauskönnen, es hätten nur fünf Mann aufgeben müssen. Klingt nach wenig, aber keiner wollte der Erste sein. Bis die Sonne in acht Stunden wieder aufgehen würde, mussten wir es in der Kälte, die bis auf die Knochen zu spüren war, aushalten. Zähneklappern, leises Stöhnen und das Plätschern der Wellen waren das Einzige, was zu hören war.«

»Schöne Geschichte, *Sir,* ich bin tief beeindruckt, aber ich muss weitermachen und Leben retten, *Sir.*«

Der Amerikaner sah mich einen Moment so an, als würde er überlegen, ob er mich erschießen oder lieber vergiften sollte, dann zog er hörbar die Nase hoch und meinte: »Ich kenne dich seit ein paar Jahren, wir sind uns noch nie sehr nahegekommen. Ich schätze dich als Kollegen. Aber deine Tendenz, den Clown zu spielen, wenn man dich lässt, ist manchmal mehr, als ich ertragen kann. Wir sitzen hier alle im gleichen Boot und nur wenn wir zusammenhalten und in die gleiche Richtung rudern, packen wir das. Ich lasse mich nicht unterkriegen und du ziehst gefälligst mit und lässt diesen provokanten Kinderkram.«

»Die Narren haben schon immer am Sockel des Throns gesessen, deswegen waren sie immer die Ersten, die bemerkten, wenn der wackelte.« Ich grinste Warren zufrieden an. Es hatte eine Zeit gegeben, da wäre Benny Elvis Brandstätter nach so einer Ansprache aufgestanden und hätte sich im Zorn ein für alle Mal verabschiedet. Ich hatte jedoch im Laufe der letzten Jahre gelernt, nicht mehr so schnell wegzulaufen, wenn mir etwas oder jemand nicht passte. Ich konnte bei solchen Situationen nun bleiben und mich mit sachlichen Argumenten wehren, wo ich früher verletzende Worte gebraucht hatte.

»Schließlich hat einer der Kameraden angefangen zu singen. *Silent Night*. Völlig falsch, aber laut und deutlich. Dann setzte ein zweiter ein, dann ein dritter. Schließlich haben wir alle voller Inbrunst gesungen. Man hat uns gedroht, wenn wir nicht aufhören würden mit dem Singen, würde sich die Zeit im Schlamm verlängern. Aber das hat uns nicht gestört. Wir haben weitergesungen und es hat geholfen. Plötzlich schien der Schlamm nicht mehr ganz so kalt, der Wind blies nicht mehr so stark und die Dämmerung schien näher gerückt zu sein. Das gemeinsame Singen hat uns Hoffnung gegeben. Man darf nie die Kraft, die man aus Hoffnung schöpft, unterschätzen. Daher muss man sich selbst Hoffnung geben. Man muss auf Menschen hören, die Hoffnung geben. Hoffnung und Respekt und Teamgeist, das sind die Schlagwörter, die einen erfolgreich durchs Leben bringen. Das Leben ist nicht fair und du fällst oft auf die Schnauze, aber du darfst nicht aufgeben. Gerade, wenn es schlecht läuft, muss man sich dagegen auflehnen. Wir lassen uns nicht von Bullys unterdrücken oder von Pessimisten runterziehen.«

Ich sah das erste Mal so etwas wie Leidenschaft im sonst so starren, ausdruckslosen Gesicht des Arztes. Ich machte Warren nach und zog ebenfalls demonstrativ die Nase hoch. In meinem Kopf schwirrte die Liedzeile eines alten Schlagers herum: *»Hundert Mann und ein Befehl und ein Weg den keiner will. Tagaus tagaus wer weiß wohin, verbranntes Land, und was ist der Sinn?«* Warren würde den deutschen Text nicht verstehen, also schwieg ich und hörte weiter zu.

»Ich gebe nicht auf. Du gibst nicht auf. Wir verlassen diesen Posten nicht. Ich erinnere mich noch genau, was das für ein heruntergewirtschafteter Laden war und was wir draus gemacht haben. Mit Manuels Geld und unserem Einsatz. Darauf können wir stolz sein. Alle zusammen. Von Pablo bis Frieso.«

»Was soll ich dazu sagen?«, unterbrach ich die Stille und dann fiel mir doch etwas ein: »Wir haben nicht über die Dunkelheit gejammert, wir haben das sprichwörtliche Licht angezündet.«

Der Health Post hatte seit Manuels großzügiger Spenden keine akuten Geldsorgen. In meinen ersten Monaten konnte mich Pater Frieso nicht bezahlen. Remo hatte die Situation durch seine künstlichen Streichungen wieder verschärft.

»Genau, das haben wir getan, und wir lassen nicht zu, dass jemand dieses Licht auslöscht. Wir schulden unseren Kindern das ständige Bemühen, diese Welt besser zu machen. Mein Sohn ist leider nicht mehr am Leben, aber trotzdem fühle ich mich den Generationen, die nach uns kommen, verpflichtet. Ich habe meine Klinik in den USA verkauft, weil ich nicht mehr an dem Ort leben konnte, an dem sich meine Frau das Leben genommen hat. Ich habe aber nicht resigniert, ich habe mir eine neue Aufgabe gesucht. Die habe ich gefunden und an der werde ich nicht scheitern. Ich bin noch nie an einer Aufgabe gescheitert. Wir werden den Health Post auf keinen Fall diesem Abgesandten aus Rom überlassen. Ich zähle auf dich. Ich habe dich bislang zu den Kämpfern im Boot gezählt. Sollte ich mich so getäuscht haben in dir, Ben?«

Dr. Chandler wartete meine Antwort nicht ab, sondern klappte seine Brotzeitdose zu und verließ den Raum.

Ich stand ebenfalls auf, ging an den Empfangstresen, schnappte mir die nächste Patientenakte und rief den Namen auf. »Flor Isidro.«

Die bildhübsche *chica,* die verführerisch lächelnd mit verdächtig gewölbtem Bauch auf mich zukam, war keine Unbekannte. »*¡Adiós,* Dr. Ben!«

»*¡Adiós,* Flor!« Meine innere Stimme meldete sich: »Sieh an, ein Babybauch!«

Ich hatte Flor Isidro vor meiner Rückkehr nach Stuttgart das letzte Mal gesehen. Sie kam zuverlässig nach der Schule in den Kinderhort, aß und machte ihre Hausaufgaben hier. Tobi himmelte das ältere Mädchen damals an. Kinder vergaßen schnell, die *chicos* im Hort kamen und gingen und keiner von uns machte sich nachhaltig Gedanken darüber, wo das vorwitzige Mädchen mit den lebhaften Augen geblieben war. Ich warf einen zweiten Blick auf den Aktendeckel. Flor war fünfzehn Jahre alt.

»*¡Adiós,* Flor! Lange nicht mehr gesehen. Wie geht es dir und der Oma?«

Die Großmutter war diejenige gewesen, die die Kleine immer aus dem Hort abgeholt hatte. Ihre Mutter, eine Prostituierte, die in Puerto Limóns Hafenviertel arbeitete, hatte ich nur einmal gesehen, als ich sie wegen einer Chlamydieninfektion behandelt hatte. Man sah dem zu früh gealterten Gesicht von Mira Isidro an, dass sie in jungen Jahren genauso hübsch wie ihre Tochter gewesen sein musste. Leider führte sie ein Leben, das ihr diese Schönheit schon früh genommen hatte.

Flor lächelte mich breit an. Mir fiel auf, dass ein Backenzahn fehlte. Ich seufzte. Auch bei der Tochter fing der körperliche Verfall dank der Lebensumstände und der Armut bereits jetzt an.

»*Muy bien,* Dr. Ben. *Abuela* geht es ganz gut. Sie kann nur nicht mehr so lange Strecken zu Fuß gehen.« Flor fragte nicht, wie es mir oder Tobi ergangen war, sie fuhr fort. »Ich habe Bauchschmerzen und da dachte ich an Sie. Sie haben mir ja als Kind schon geholfen.« Den koketten Augenaufschlag hatte das Mädchen im Laufe der Jahre perfektioniert.

Ich versuchte das erneute »*Babybauch!*« meiner inneren Stimme zu ignorieren und widersprach im Geiste: »*Schnauze! Das kann auch ein Hungerödem oder ein melonengroßer Tumor im Abdomen sein. Wir untersuchen die Patientin unvoreingenommen!*«

»Dann leg dich mal hin und mach den Unterkörper frei.«

Was sich unter Flors ärmellosem Hemdchen verbarg, ließ nicht mehr viel Freiraum für Vermutungen. Die Auskultation gab der inneren Stimme recht: Weder ein Hungerödem noch ein Tumor besaßen einen eigenen Herzschlag. »Habe ich es nicht gesagt: *Babybauch!*«, höhnte die innere Stimme.

Ich sah die werdende Mutter an, die frech grinste. »Du weißt, woher deine Beschwerden kommen?«

»*Si,* Dr. Ben. *Abuela* hat gesagt, ich bekäme ein Kind, als mir immer morgens übel war. Aber das hat aufgehört.«

»Nach einem Ultraschall sind wir beide schlauer.« Ich holte das Gerät heran, drückte Gel auf Flors gewölbte Bauchdecke und ließ mich von dem gezierten Gequieke nicht beeindrucken. Ich war wütend auf Flor, wie ich auf alle Teeniemütter wütend war.

»Ey! Das ist aber kalt!«

Ich lächelte gequält. Das bisschen war nichts im Vergleich zu den Schmerzen, die sie bei der Geburt haben würde, dachte ich mir und begann die abdominale Untersuchung. Das Screening zeigte einen sehr gut entwickelten männlichen Fötus in der Fruchthöhle. Die Fruchtwassermenge und die Lage der Plazenta erschienen mir regulär. Das Herz schlug stark und gleichmäßig.

»Bekomme ich später eine Tüte Gummibärchen, wie früher, weil ich nicht geweint habe?«

Ich mochte es grundsätzlich nicht, wenn Frauen in Babysprache verfielen, und ihr eine der als Gummibärchen getarnten Kondompackungen zu geben, wäre nun eh zu spät. »Willst du mal mit auf den Bildschirm schauen? Ich muss dann nicht so viel erklären.«

»Nein, sagen Sie es mir, Dr. Ben, ich will es nicht sehen.«

»Ich gratuliere! Es wird ein Junge. Ich schlage vor, du kommst übermorgen noch mal, dann ist unsere Frauenärztin im Haus. Die wird dir mehr sagen können.« Ich legte den Ultraschallkopf beiseite und reichte Flor einige Tücher, mit denen sie sich den Bauch säubern konnte.

Sie tat dies wortlos, zog sich wieder an und setzte sich auf. »Dr. Ben, ich möchte das Kind nicht haben. Ich fühle mich noch zu jung dazu. Sie müssen mir helfen, bitte.« Flor legte ihre zierliche, immer noch sehr kindliche Hand auf meine.

Ich zog meine Hand weg und versuchte meinen Ärger nicht allzu deutlich zu zeigen. »Was ist mit dem Vater?«

Flor verzog ihr Gesicht zu einer albernen Grimasse. »¡No sé! Ich war mit einigen Jungs zusammen in der letzten Zeit. Aber jetzt bin ich treu. Javi ist mein fester Freund seit letztem Monat und er möchte kein Kind von einem anderen großziehen.«

»Ich muss dich enttäuschen, Flor, die Schwangerschaft ist zu weit fortgeschritten, da wird dir kein Arzt mehr helfen können.«

Der Teenager verzog die Lippen zu einem Schmollmund. »Das meinte ich nicht mit mir helfen. Zuerst habe ich auch daran gedacht, es wegmachen zu lassen. Mama kennt ja einige, die einem dabei helfen. Aber ich hatte das Geld nicht, Mama wollte es mir nicht geben, weil ich selbst schuld sei, und *abuela* sagt, es sei eine Sünde. Javi und ich, wir haben geredet, und er meinte, es gibt doch so viele reiche Menschen, die keine eigenen Kinder bekommen können …«

»Du möchtest das Baby zur Adoption freigeben?«

Sie zuckte gleichgültig mit der Schulter. »Wir haben im Internet nachgesehen. Es gibt Stellen, die Babys vermitteln, und man bekommt sogar Geld dafür. Wir möchten nach San José ziehen. Javi ist schon zwanzig und möchte einen Lieferwagen kaufen und eine Spedition aufmachen. Wir wollen heiraten, sobald ich sechzehn bin. Ich könnte das Baby bei *abuela* lassen, meine Kusinen und Tanten haben ihre Kinder auch dort, aber wer weiß, wie lange sie noch lebt?«

Ich war einen Moment fassungslos. Flor und Javi wollten das Baby an den Meistbietenden verscherbeln, um sich einen Truck dafür zu kaufen. So krass der Gedanke war, wahrscheinlich war die pragmatische Idee des jungen Paares für alle Beteiligten die beste Lösung. Mir fiel trotzdem keine passende Antwort ein.

»Sie kennen doch so viele Menschen, vielleicht ist da jemand dabei, der ein Kind braucht.« Für einen Moment sah die Schwangere wieder aus wie ein kleines, unschuldiges Mädchen. Aber diese optische Täuschung hielt nicht lange an. Die Fassade bröckelte.

»Dann musst du trotzdem zu den Vorsorgeuntersuchungen gehen, damit abgeklärt wird, ob mit dem Kind alles in Ordnung ist. Adoptiveltern wollen gesunden Nachwuchs.« Ich konnte mir eine zynische Bemerkung nicht verkneifen.

»Nein, es wird bestimmt gesund werden. Ich habe mit dem Rauchen aufgehört und esse viel Gesundes.« Gesundes bedeutete im Land der fleischfressenden *ticos* schon allein die Tatsache, dass die Schweinsfüße nicht in uraltem Fett ausgebacken, sondern in Salzwasser gekocht wurden.

Ich begleitete Flor zur Anmeldung, sorgte dafür, dass sie tatsächlich einen Termin bei Dakota Miller ausmachte und verabschiedete mich mit den Worten: »Bis nächste Woche. Ich werde bei der Untersuchung dabei sein. Schauen wir mal, was wir in der Angelegenheit tun können.«

Rosa sah mich an, nachdem Flor zur Tür heraus war. »*Panza?*«, fragte sie. Die Krankenschwester schien die spanische Synchronfassung meiner inneren Stimme zu sein.

Ich nickte und bekam das typische, missbilligende Schnalzen einer Mittelamerikanerin zur Antwort. »Diese dummen *muchachas!*«

Ich bezweifelte, dass immer nur die Mädchen an solchen Situationen schuld waren. Ausgerechnet Alice Cooper hatte es auf den Punkt gebracht: »*Man's got his woman to take his seed. He's got the power – oh, she's got the need. She spends her life through pleasing up her man. She feeds him dinner or anything she can. She cries alone at night too often. Only women bleed.*«

BARBRA WAR WENIGE TAGE nach der Diagnose zu mir gekommen und hatte mich darüber informiert, dass sie die Krebstherapie doch in Costa Rica machen würde.

»Es haben sich Mittel und Wege ergeben, dass ich es mir leisten kann. Ich fühle mich bei euch besser aufgehoben als bei meinem Sohn in Australien, der längst sein eigenes Leben führt. Ich habe Jonah vor einer Ewigkeit das letzte Mal gesehen. Er hat mir nie verziehen, dass ich mit dem Reisen angefangen habe, und antwortet kaum auf meine Nachrichten. Er hat sein Leben und ich meines. Ich bin wohl eine miserable Mutter.«

Barbra schwieg einen Moment, ehe sie fortfuhr. »Wenn ich bei euch weiter wohnen könnte, wäre das lieb. Sobald ich wieder arbeiten kann, zahle ich auch Standmiete. So lange kann ich ja Babysitten, Gemüse schnippeln oder Tobi bei den Hausaufgaben helfen, um mich nützlich zu machen.«

»Du kannst bleiben, solange du möchtest. Dobro zieht demnächst aus, dann kannst du sogar ins Appartement umziehen.«

»*Thank you, Ben.*« Sie blickte verlegen zu Boden.

»*You're welcome!*« Die alte Freundin war mehr als willkommen in meinem Haus.

Ich hatte nach dem Befund Kontakt zu dem Onkologen aufgenommen und war beim Tumorboard dabei gewesen. Dabei kamen Ärzte unterschiedlicher Disziplinen zusammen, um die bestmögliche Therapie für die Patientin zu entwickeln. Gemeinsam mit einem Gynäkologen, einer Radiologin und Dr. Gabaldo waren wir übereingekommen, auf eine Bestrahlung zu verzichten und mit Anthrazykline und Taxane eine Chemotherapie zu probieren.

Der Onkologe hatte daraufhin einen Behandlungsplan erstellt sowie die Prä- und Begleitmedikamentation festgelegt. Um Kosten zu sparen, bestellte ich alles Notwendige über unseren Apotheker. Als Señor Zuela hörte, für wen die Medikamente und Chemotherapeutika waren, gab er sie zum Einkaufspreis weiter. Er klagte mir sein Leid wegen seines Bandscheibenvorfalls und dass er die Apotheke deswegen endgültig verkaufen wolle. Er habe auch schon eine Interessentin. Eine junge, engagierte Pharmazeutin, die sich alles angesehen hatte und nur noch auf das Okay von ihrer Bank wartete. Ich stöhnte innerlich. Ich war zwar besoffen gewesen und meine Erinnerung an meinen Abend mit Alejandra Marlen Díaz war von erheblichen Lücken durchzogen, aber es war das Gefühl zurückgeblieben, dass die *Señora farmacéutica* nicht ohne war. Mein Seelenfrieden schien von einem Bankangestellten abzuhängen.

Warren hatte sich bereit erklärt, den Port in die Subclavia zu legen. Während ich mich um die medizinische Seite kümmerte, wechselten sich Yoani und Maria darin ab, Barbra zu versorgen, wenn sie wegen der Chemotherapie zu schwach und krank war, um dies selbst zu tun. Lemmy hatte sich vom ersten Tag an angewöhnt, bei uns in der Küche mitzufuttern.

Zwischen den Behandlungen lagen jeweils drei Wochen Pause. Der VW-Bus parkte an den Chemotagen im Schatten des ausladenden Jacarandabaums auf dem Stationsgelände, Barbra brachte die Therapeutika mit und ich hängte sie an.

Tobi funktionierte als Meldesystem. Er hatte mitbekommen, dass die Freundin schwer krank war, und registriert, dass die Chemotherapie bei allen Nebenwirkungen und Risiken die einzige Möglichkeit war, unsere Freundin wieder gesund zu machen. Dementsprechend ernst nahm er seine Aufgabe, saß mit Handy bewaffnet neben der Patientin, solange die Infusion lief, und hielt sie mit Kartenspielen und Vorlesen bei Laune.

Wir waren uns alle einig, dass wir den Vorgang vor dem Kleingeistlichen verheimlichen mussten. Heute konnte ich den Behandlungszyklus nicht anfangen. Die Blutzellen hatten sich nicht ausreichend erholt. Das kleine Blutbild, das wir jedes Mal machten, ehe wir die Chemo einleiteten, war nicht besonders vielversprechend.

»Das ist kein gutes Zeichen«, bemerkte die ausgebildete Krankenschwester.

»Das bedeutet nur, dass dein Körper etwas länger braucht, um sich von den Behandlungen zu erholen. Das ist alles.«

Seit dem Beginn der Therapie war Barbra permanent müde, hatte Zahnfleischbluten und der linke Arm schwoll intermittierend an. Die Haare waren ihr jedoch immer noch nicht ausgefallen. Die umsichtige Krankenschwester hatte vorgebeugt und trug nach einem Besuch in *Juanita's Beauty Parlor* nun einen dezenten Kurzhaarschnitt. Die auffallend rote Färbung hatte sie beibehalten. Sie sah mich ungläubig an, dicke Tränen rollten über ihre Wangen. Die Chemotherapie kostete nicht nur physisch Kraft, sondern ging auch psychisch an die Substanz.

Mein empathischer Sohn mischte sich ein. »Ich habe mein Taschengeld gespart. Wenn wir heute nicht hierbleiben müssen, können wir nach Puerto Limón fahren, in das neue Café mit dem selbst gemachten Eis. Ich lade dich ein. Du darfst dir den größten und teuersten Becher aussuchen, den es gibt. Die haben richtiges Milcheis plus Sahne wie in Deutschland und nicht nur gefrorenes Wasser mit Sirup drübergekippt. Das kostet zwar sehr viel, aber das macht mir nichts.« Für Tobi, der an jedem Dollarschein hing wie mit Sekundenkleber verhaftet, war das ein ultimativer Liebesbeweis.

»Das ist doch mal eine Idee«, meinte ich.

Barbra schniefte, stimmte aber dem Plan zu. Ich wollte Tobi vor der Tür heimlich einen Zwanzigdollarschein zustecken.

»Nö, Papa, lass mal! Ich muss ihr mit meinem eigenen Geld helfen, sonst zählt das nicht.«

Überkam andere Eltern auch dieser unbändige Stolz, wenn sie merkten, dass das eigene Kind eine verbesserte Ausgabe ihrer selbst war? Kia, der kopfgesteuerten Mathematikerin, war es wichtig, dass ihr Kind gute Noten in der Schule hatte, und sie belohnte es dafür. Ich steckte den Geldschein am Abend unbemerkt in Tobis Sparschwein und freute mich an dem Lächeln und Haareraufen wenige Tage später, als mein Sohn die unerklärliche Vermehrung seines Sparguthabens bemerkte. Es verging kaum eine Woche, in der Tobi nicht sein Barvermögen nachzählte und mit dem Eintrag in seinem Notizbuch verglich.

»¡*Qué chiva!* Zwanzig Dollar! Wisst ihr, wie lange ich dafür sparen muss? Die muss ich übersehen haben oder es hat sich jemand geirrt und mein Schwein mit dem von Romy verwechselt. Aber der ist selbst schuld, oder? Aber wer war da? Yoani gibt uns nie so viel Geld. Bin ich verpflichtet, das zurückzugeben? Und was, wenn ich es schon ausgegeben habe?« Er entschied sich dafür, sich umgehend neue Malutensilien zu kaufen. »Die kann Romy später mitbenutzen und dann ist das doch fair, oder?«

Maria hatte ein Credo über Romys Wickeltisch aufgehängt: *Es kann dein Kind sein, das die Welt ändern hilft.*

TEIL 2

DESILLUSION UND DISTANZ

Solange man selbst redet,
erfährt man nichts.
(Marie von Ebner-Eschenbach)

SCHLAGER UND
SCHMUCKSTÜCKE

ALS ICH VOM DIENST nach Hause kam, tobte sich mein Sohn an seinem Schlagzeug aus – von der Restfamilie inklusive Haushaltshilfe war nichts zu sehen. Ich nahm mir eine Dose *Pilsen* aus dem Kühlschrank und stellte mich an die Patiotür. Der tägliche Blick auf den Atlantik – so normal wie zu atmen. Maria saß draußen auf ihrem Surfbrett. Ich setzte mich zu Lemmy in den Schatten einer Kokospalme und streichelte den Kopf des Hundes, der freudig mit dem Schwanz wedelte.

»Na, wo ist dein Frauchen? Streunt sie wieder durch die Gegend?«

Maria hatte mich bemerkt, winkte und nahm das nächste Wellenset, um an Land zu kommen. Ihr Surfstil war gewöhnungsbedürftig. Die Frau, die mit einem außergewöhnlich aufregenden Gang gesegnet war, sah auf dem Board aus wie ein Kartoffelsack mit Holzstelzen. Dabei hatte sie selten wohlgeformte Extremitäten im anatomischen Sinn. Sowohl Beine und Füße als auch Arme und Hände hätte ein Bildhauer nicht schöner meißeln können. All das spielte letztlich keine große Rolle. Ich liebte an meiner Gefährtin auch die kleinen Fehler – jede

Falte, jede Narbe, jedes graue Haar, jedes Speckröllchen gehörte einfach zu ihr und damit seit mehr als zwei Jahren auch zu mir.

» *'Cause all of me loves all of you. Love your curves and all your edges, all your perfect imperfections …«* – besser als John Legend konnte ich es auch nicht ausdrücken.

Die blasse Anwältin aus Stuttgart hatte in Costa Rica sprichwörtlich Farbe bekommen. Sie war jetzt braun gebrannt, ihr volles brünettes Haar von der Sonne mit helleren Strähnchen durchsetzt und die flaschengrünen, mit feinen Fältchen verzierten Augen strahlten mit Marias warmem Lächeln um die Wette.

In dunklen Momenten, wenn mich die Dämonen im Griff hatten, poppten die drastischen Bilder auf, wie ich sie bewusstlos in ihrem Erbrochenen vorfand – Tobis Stoffbär daneben. Sie lag damals mit festgeklebtem Beatmungsschlauch zwischen den rissigen Lippen eine Woche im Koma auf der Intensiv und keiner wusste, ob sich ihre Lungen jemals wieder erholen würden. Die Frau, die kaum Alkohol trank, hatte sich mit Hilfe meines teuersten Rums und Schlaftabletten eine ruhige Nacht gönnen wollen und sich dabei fast ins Jenseits geschossen. Hätte Tobi sie nicht zufällig gefunden, gäbe es Romy nicht und ich würde alleine an diesem Strand sitzen. Und das alles wegen eines windigen Tauchbootbesitzers vom Roten Meer, mit dem sie ihren Traum leben wollte. Jetzt hatte sie mich, Tobi, Romy und ihr eigenes Tauchboot – manche Träume müssen platzen, um der Realität eine Chance zu geben.

Meine Gefährtin rannte über den Sand, der ab Mittag von der Sonne so aufgeheizt war, dass man sich beim normalen Laufen die Fußsohlen verbrannte. »Heiß! Heiß! Heiß!«, jaulte sie – und mir war mit einem Mal klar, warum unsere Tochter immer alles dreimal sagte. Genetische Erblast.

»*Heißäh Sahnd uhnd eihn vähloränäs Lahnd uhnd eihn Lähbähn ihn Gehfah. Heißäh Sahnd uhnd die Ä'inn'ruhng*

116

darahn, dahss ähs einmal schönäh wah'.« Ich setzte alles daran, den Schlager aus den Sechzigern originalgetreu wiederzugeben.

Maria legte das Brett zur Seite, setzte sich zu mir und nahm mir die Bierdose aus der Hand.

»Hey, das war meins!«

»Du hast es erfasst. *War* deins! Vergangenheitsform! *Tempus fugit* und der Rest auch.«

»Ich verzeihe dir, du bist im Stuttgarter Ghetto aufgewachsen und hast keine vernünftige Ausbildung. Trotz deiner einfachen Herkunft und simplen Art begehre ich dich, Weib.« Ich war gut drauf und legte einen Schlager nach: »*Willst Du mit mir gehen, Licht und Schatten verstehn, Dich mit Windrosen drehen. Willst Du mit mir gehen. Willst Du mit mir gehen. Man nennt es Liebe, man nennt es Glücklichsein. Keine Sprache hat mehr als Worte.*«

»Woher hast du immer diese alten Schmachtfetzen? Wo ist in deinem Hirn diese Extraschachtel, in der das alles abrufbereit abgespeichert ist?«

»Das ist keine Schachtel, sondern eine ZIP-Datei. Ich nenne es Benny-Tune. Funktioniert ähnlich wie eine Jukebox, nur mit mehr Inhalt. Sag einen Buchstaben und eine zweistellige Zahl.«

»Z12.«

Ich räusperte mich: »*You angel you. You got me under your wing and the way you walk and the way you talk, feel I could almost sing.*«

»Benny, weißt du, dass ich die ganze Schwangerschaft über immer mit dem Kind in meinem Bauch geredet habe? Ich habe Romy gesagt, sie soll gut zuhören. Das ist dein Papa, der da so schön singt, mein Engel! Es wäre so schön, wenn du dieses Talent erben würdest.«

Ich bekam Pfützchen in den Augen und schwieg – meine Familie war mein Dream-Team, auch wenn ich, schwäbischer Grenzautist, der ich nun mal war, das meist für mich behielt.

»An was denkst du gerade?« Maria fuhr mit den gespreizten Fingern einer Hand durch mein Haar.

»Ich frag mich, wie vielen echten nigerianischen Prinzen in Not ich unrecht getan habe, weil ich dachte, ihre Mails seien eine fiese Abzockmasche.«

»Benny, du Spinner!«

Ich erzählte Maria von Oma Ruth, die stets irgendwelches Obst zu entkernen und zu schnippeln hatte, mit dem die Kuchen in der Bäckerei belegt wurden. Das Bild, wie die kleine, beleibte Frau mit Schwimmbrille im Herbst eimerweise Zwiebeln für Zwiebelkuchen schälte und klein schnitt, war für immer in mein Gedächtnis eingebrannt. Meine Oma trug ihr ergrautes Haar kunstvoll hochgesteckt. Die Frisur musste ständig gerichtet werden und sie hinterließ eine Spur von Haarnadeln, wo immer sie sich aufhielt. Ich erinnerte mich an einen Tag, an dem ich in der Bäckerei hinter der Theke mit meinen Matchbox-Autos gespielt hatte, als eine Kundin aufgeregt hereinkam.

»*Frau Riegr! Stellet Se sech vor! In moim Chinesehütle isch ä Haarnadl gwä!*« Die Rentnerin hielt das Corpus Delicti hoch.

Die Bäckersfrau bedankte sich freundlich und steckte die Nadel wieder in ihr Haar. »*Nehmet Se zwoi Stüggle Linzrtort mit hoim, als Findrlohn.*«

Ich wünschte, ich hätte in meiner Kindheit den bodenständigen Pragmatismus meiner schwäbischen Großeltern gehabt.

Oma Ruth summte die Melodien der Schlager aus ihrer Sturm- und Drangzeit, die aus dem Radio tönten, stets mit. Im Hippocampus ihres ältesten Enkels brannten sich die Texte unauslöschlich ein. Ich sang bereits mit drei Jahren voller Überzeugung und mit bierernster Miene der Kundschaft im Laden vor. Ich hatte mein Plastikgewehr geschultert und war jederzeit bereit, in die Fremdenlegion einzurücken: »*Brennend heißer Wüstensand; fern, so fern dem Heimatland. So sön, sön war die Zeit. Tein Druß, tein Herz, tein Tuss, tein Serz. Alles liedt so weit, so weit.«* Meine Sprachfehler gaben meinem Vortrag den besonderen Reiz, fanden die meist älteren Ladys.

Der größte Wunsch von Ruth Rieger, dass ihr talentierter Enkel in der ZDF-Hitparade einmal von Dieter Thomas Heck angekündigt werden und live im Studio in Berlin würde singen dürfen, wurde jedoch nie erfüllt. »Meine Damen und Herren, die Startnummer eins – Benny Brandstätter!« Nachdem ihr großes Idol 1984 aufgehört hatte, die Schlagersendung zu moderieren, war die Hitparade zusammen mit ihrem Traum für meine Oma gestorben. *»Benny, no muasch halt beim Opa Hans in d'Lehr gange un warte, bis di' oinr beim Singe im Lade entdeckt! Beim Heino war des au so.«*

Das laute Hupen eines Autos hinterm Haus unterbrach die sentimentale Rückblende. Wir sahen nach, wer gekommen war. Im Haus hörte der monotone Schlagzeugbeat auf. Tobi stand noch eher als wir neben einem cremeweiß lackierten Ford, wie er in den gesamten USA als Schulbus benutzt wurde.

Dobro saß am Steuer, grinste uns breit an und öffnete mit einem mechanischen Hebel die Tür von innen.

»¡Qué chiva! Der Peanuts-Bus!«, rief Tobi und stieg ein.

»Hereinspaziert, die Herrschaften!«, lud uns der Fahrer ein.

Der ausrangierte Schulbus war in liebevoller Kleinarbeit zu einem vollwertigen Wohnmobil umgebaut worden. Der Innenraum strahlte in einladendem, freundlichem Weiß – sogar an Gardinen und Sofakissen war gedacht worden. Wir waren beeindruckt.

»Wie bist du an den Schatz gekommen?« Es war tatsächlich *TRINKET* in großen Lettern über die komplette Seite gepinselt.

»Bin eben ein *lucky* Schweinderl, Bunny-Maus. Ich habe mit Alvarez zwei Tage verzweifelt den Gebrauchtwagenmarkt in San José abgeklappert und absolut nichts Passendes gefunden. An einer Tankstelle parkte der Bus mit einem *Zu verkaufen*-Schild in der Rückscheibe. Die Besitzer waren im Kiosk einen Kaffee trinken und ich habe sie einfach angequatscht. Die haben einen Backpackerbunker in Manuel Antonio erstanden und brauchen den Bus nicht mehr beziehungsweise sie brauchen die Kohle dringender, weil so ein Hostelchen nicht gerade billig ist. Die blonde US-Ische hättest du sehen sollen, *holy guacamoli!* Ganz dein Beuteschema! Beine bis zum Hals. Kein Gramm Fett. Megastabil.« Dann fügte er mit einem Seitenblick auf Maria hinzu: »Nichts für ungut, Mariechen. Früheres Beuteschema, meinte ich. Bunny ist ja jetzt ein treuer Lauch.«

Dem treuen Lauch war bei diesem Thema nicht besonders wohl. Seit der Begegnung mit Alejandra wusste ich, wie schnell ich immer noch bei passender Gelegenheit dazu tendierte, zur treulosen Tomate zu werden. Nach einer hässlichen Abschiedsszene im Hausflur unserer Stuttgarter Wohnung musste ich Maria gestehen, dass ich zu Anfang unserer Beziehung ein Doppelleben geführt und mich auch mit einer Zahnärztin regelmäßig getroffen hatte. Bei der Gelegenheit bekam ich eine Vorstellung davon, wie sich Eifersucht bei Frauen mit südeuropäischen Wurzeln äußerte – nicht unbedingt eine Erfahrung, die ich noch mal machen musste. Die gebürtige Griechin neigte dazu, Geschirr ohne Rücksicht auf den Wiederbeschaffungswert zu zerdeppern. Ich sah Marias Gesichtsausdruck an, dass sie gerade ähnliche Gedanken hatte.

Endlich gesellte sich auch Elisa zu uns, die sich seit meinem Gespräch mit Dobro samt Kind im Gästeappartement vergraben hatte. Dank des fortgeschrittenen Schwangerschaftsbauches kletterte sie mit der Anmut eines Flusspferdes an Land in den Bus, Sid-Kurt zog sie an der Hand hinterher.

Dobro erklärte die *features* des Wohnmobils nochmals von vorne. »Kühlschrank, Dusche, Herd, Mikrowelle, Spülmaschine, Bett, Stauraum, Echtholzboden und das alles voll mobil, Schnecke. Wir können unser Business wo immer wir wollen aufbauen.«

»Okay. Aber Farbe geht *no way* für 'nen Tattooladen. Das muss alles *black!*« Mit diesen unvollständigen Sätzen verließ die affektarme Gothiclady genauso schwerfällig, wie sie gekommen war, das Wohnmobil. Ihren Erstgeborenen ließ sie uns zurück.

»Du wirst doch nicht diesen Traum von einem Bus in eine dunkle Gruft verwandeln wollen?«, meinte Maria, die Stirn in tiefe Sorgenfalten gelegt.

»Wenn du mit Elisa über Einrichtungsfragen diskutieren willst, kannst du genauso versuchen, ein IKEA-Regal ohne Inbusschlüssel aufzubauen«, meinte Dobro abschließend.

Elisa bekam ihren Willen. Die weißen Vorhänge wurden abgehängt und eingefärbt, sämtliche Sitzbezüge durch schwarzen Samt ersetzt und die Holzpaneele mattschwarz gestrichen.

Hinter den Schriftzug *Trinket* hatte Dobro zwei Ausrufezeichen gemalt, die bei näherer Betrachtung auf den Kopf gestellte Bierflaschen darstellten, mit Kronkorken als Punkt. »Ey, Bunny! Der muss mal einem Deutschen gehört haben!«

»Ich denke eher, dass damit keine Aufforderung zu einem Saufgelage gemeint ist, sondern das englische Wort für Schmuckstück«, gab ich zu bedenken.

»*Moinsch*, Bunny?«, fragte er und sang, während er eine dritte Flasche pinselte, in freier Abwandlung: »*Sieben Flaschen Bier können uns nicht gefährlich sein, das wär doch gelacht, wer steht gerne auf einem Bein? Wir machen durch, kommt Freunde, seid bereit. Wie schön war doch die Junggesellenzeit. Sieben Flaschen Bier können uns nicht gefährlich sein. Das haut uns nicht um, ja, das schaffen wir ganz allein. Heut feiern wir, auch wenn es traurig ist, dass man schon bald kein freier Mann mehr ist.*«

Nachdem die *Verschönerungsaktion* beendet war und aus dem *Schmuckstück* ein Tourbus für trinkfreudige Gothicfans geworden war, zog die Familie um. Barbra konnte endlich aus dem beengten Bulli raus und mit Lemmy das Gästeappartement beziehen.

Als der Bus am nächsten Tag vom Grundstück rollte, weil Dobro in Puerto Viejo von Señor Zuela einen festen, umsatzträchtigen Stellplatz zugesagt bekommen hatte, jammerte *La Criada* mit Romy auf der Hüfte: »*¡Madre de Dios!* Warum hat der *muchacho* keine Frau mit einem anständigen Beruf gefunden? Wozu soll das gut sein, Ohrringe am ganzen Körper zu tragen und sich überall bunt anzumalen? He? Wenn der *Herr* gewollt hätte, dass wir bunt sind, hätte er Schmetterlinge aus uns gemacht!«

Dem hatten wir alle nichts hinzuzufügen.

FREMDE UND FREUNDE

MEINEM FREUND MANUEL HIGUERA gehörten die ausgedehnten Obstplantagen, die sich von der Küste bis in die Berghänge der Zentralkordilleren, die Costa Ricas Küsten trennten, erstreckten. Der gebildete *tico* war in meinen ersten Jahren in Mittelamerika meine intellektuelle Bastion gewesen. Die Pokerabende in illustrer Runde, die er regelmäßig in seinem weitläufigen Haus veranstaltete, waren willkommene Abwechslung vom simplen Strand- und Dorfleben. Leider schien er seit fast einem halben Jahr keine Zeit mehr dafür zu haben. Auf meinen Anruf, in dem ich um ein Treffen bat, hatte er so indifferent reagiert, dass ich mir langsam Sorgen machte.

»Meinst du nicht, wir könnten das auch telefonisch regeln? Ich bin momentan ziemlich eingespannt.«

»Manuel, ich weiß, dass du sehr viel zu tun hast. Aber wir haben uns seit Monaten nicht getroffen. Langsam nehme ich das persönlich.« Mein flapsiger Ton überspielte den Ärger, der in mir aufkeimte. »*Ich habe dir ein Angebot zu machen, das du nicht ausschlagen kannst*«, zitierte ich einen unserer Lieblingsfilme.

Die Antwort war keine witzige Retourkutsche, sondern fiel sehr sachlich aus. »Hm, lass mich mal nachdenken, wie wir das machen. Ich habe gerade geschäftlich an der Pazifikküste zu tun. Ich werde wohl in Palmöl einsteigen. Eilt es denn sehr?«

»Nein, nicht unbedingt. Aber ich kann nicht garantieren, dass das Angebot dann noch steht. Ich habe das nicht in der Hand.«

»Okay, Benny. Ich melde mich spätestens morgen bei dir.«

»Aha, aha.« Das Gespräch war für unsere Verhältnisse sehr kurz, aber alles andere als schmerzlos gewesen. Dass der Unternehmer in die endlosen, monotonen Palmölplantagen an der Pazifikküste investieren wollte, war ein weiterer Schlag ins Gesicht. Für die Monokulturen wurde großflächig intakter Regenwald abgeholzt und damit unzähligen Tieren und Pflanzen der Lebensraum genommen. Die gerodeten und aufgeforsteten Flächen warfen etwa zwanzig Jahre Ertrag ab und wurden sich selbst überlassen, wenn der Boden ausgelaugt und zu nichts mehr nütze war. Es dauerte Jahrzehnte, bis sich wieder ein einigermaßen stabiles ökologisches Gleichgewicht einstellte.

In mir blieb das vage Gefühl zurück, dass sich zwischen dem Fruchthändler und mir eine Kluft aufgetan hatte, die schwer zu überbrücken sein würde – im Gegenteil, sie schien immer tiefer und breiter zu werden.

Manuel ließ mich drei Tage später nach dem Frühstück mit seinem Helikopter abholen. Ich genoss den Flug über das Zentralgebirge. Die früher dicht bewachsenen Berghänge des Turrialba waren seit dem letzten Ausbruch verwüstet und dick mit grauer Asche bedeckt, die Bäume entlaubt und kahle Gerippe. Eine weiße Rauchwolke schlängelte sich in den tiefblauen Himmel. Der Pilot hielt den Heli in gebührendem Abstand zu dem aktiven Vulkan.

Die Caldera des Irazú dagegen überflogen wir direkt. Der sattgrüne Kratersee, dessen Wasser säurehaltig war, bot einen spektakulären Anblick. Von der Spitze des Vulkans konnte man an klaren Tagen sowohl das Karibische Meer als auch den Pazifik sehen. Tomasz, Manuels tschechischer Pilot, kündigte über

Sprechfunk unsere baldige Landung auf dem Dach des größten Hotels in San José an. Er startete gleich wieder durch, um am Flughafen zu tanken, damit er mich am frühen Nachmittag wieder zurückfliegen konnte.

Das Restaurant im obersten Stock eines Luxushotels war nicht nur für costaricanische Verhältnisse sehr gediegen. Mein Gastgeber hatte mich zum Glück vorgewarnt und mich gebeten, lange Hosen und ein gebügeltes Hemd anzuziehen. Ein Kellner führte mich durch den sonnendurchfluteten, offenen Raum zu Manuels Tisch.

Der Obstgroßhändler kam mir ein Stück entgegen und umarmte mich. »Schön, dich zu sehen, Benny.«

»Das Vergnügen liegt auf meiner Seite.« Mir war immer noch nicht klar, warum wir uns so lange nicht getroffen hatten und warum nicht die übliche Einladung in Manuels Haus gekommen war, um ein, zwei Tage abzuhängen, feinste Spirituosen zu schlürfen und dem Planeten zuzusehen, wie er mit glühenden Farben im Pazifik versank. Es hatte Zeiten gegeben, da waren gepflegte Männergespräche bis Sonnenaufgang für uns beide einmal pro Quartal ein absolutes Muss gewesen.

Die französisch angehauchte Speisekarte ließ keinen Wunsch offen und wir konzentrierten uns bei Small Talk auf das Essen. Manuel bot ganz weltmännisch an, für uns beide zu bestellen.

Zum grünen Spargel mit einer Parmesankruste und zwei Wachteleiern auf feinem Pilzschaum kredenzte der Sommelier eine Flasche Manutara Desafío, einen chilenischen Chardonnay.

»Reifer Pfirsich?« – »Und geröstete Mandeln!«, fachsimpelten wir aus alter Gewohnheit, aber längst nicht so ausgelassen wie in früheren Zeiten. Manuel war entweder total überarbeitet, oder ihn bedrückte etwas.

Als Zwischengericht hatte der Feinschmecker eine costaricanische Spezialität, *Sopa de pejibaye,* eine cremige Suppe aus der

Palmfrucht, gewählt. Das Filet vom einheimischen Schwein war butterweich und saftig, die Yuccakroketten heiß und knusprig. Das Mangochutney und die leicht süßliche Tamarindensoße rundeten den Geschmack des Fleisches auf perfekte Weise ab. Wir überboten uns gegenseitig mit abgehobenen Bemerkungen über den vollen Körper, die seidigen Tannine und die üppigen Fruchtaromen der Flasche Emilio Moro Malleolus de Valderramiro. Die ungewohnt angespannte Grundstimmung schien vorbei.

»Klingt alles eher nach Sex als nach Wein trinken«, meinte ich schließlich und sah meinem Freund in die Augen. »Sehr anzüglich.«

Manuel, der immer gerne mit mir geflirtet hatte, wich meinem Blick aus und bestellte einen Dessertwein und Nachtisch. »Der Nederburg kommt aus Südafrika. Er wird dir schmecken. Mittelschwerer Körper mit feiner Aprikosennote und Untertöne reifer Rosinen und Vanille.« Dazu gab es *Tres leches* – ein luftig leichter Biskuitboden in süßer Milch getränkt mit einer weißen, sahnigen Crememasse auf einem *Dulce de leche*-Spiegel.

Manuel nahm zum x-ten Mal sein Handy und beantwortete mit ernster Miene Nachrichten. »Entschuldige, aber ich muss ein paar Dinge nebenher regeln«, meinte er und lächelte verhalten.

Mir reichte es. »Ich habe dich vermisst, *hermano*.« Es hatte eine Zeit gegeben, da wäre mir ein solcher Satz gegenüber einem Mann, auch wenn ich noch so gut mit ihm befreundet war, nie über die Lippen gegangen. Benny Brandstätter war gereift mit den Jahren und hatte viel dazugelernt, vor allen Dingen, nichts mehr auf die lange Bank zu schieben. Ehe mich das Schicksal hart gebeutelt hatte und meine Traumfrau von einer Sekunde auf die andere ohne Vorwarnung gestorben war, hatte ich mich über den Spruch *Carpe diem* lustig gemacht. Nun wusste ich es besser. Es musste sogar heißen: *Carpe every fucking hour!*

Manuel sah auf seine schönen Hände mit den langen, schlanken Fingern und glänzenden, manikürten Nägeln.

»Ich dich auch, Benny. Aber in meinem Leben haben sich Änderungen ergeben, die es nicht mehr so leicht machen, dass wir mehr Zeit miteinander verbringen.«

»Aha, aha.« Was sollte ich dazu sagen? Hatte der Multimillionär nicht mehr genug Kleingeld, um sich das Flugbenzin öfter als einmal im Jahr leisten zu können? Liefen die Geschäfte so schlecht?

»Ah! Dein berühmtes *aha, aha!* Das wirst du wohl nie ablegen?«

»*Nope,* da würde ich viele enttäuschen.«

»Benny, ich bin wieder mit Jesús zusammen.«

Manuel meinte damit nicht, dass er einem katholischen Orden beigetreten war und nun dem Sohn Gottes gehörte. Jesús Domenico Nuria, unser Bilderbuch-Motorradpolizist, und der Unternehmer waren lange Zeit heimlich ein Paar gewesen. Danach gab es einen international bekannten Nachwuchsfilmstar in Manuels Leben, der allerdings zu jung und zu bekannt und zu sehr Star war, als dass diese Beziehung lange hatte halten können. Ich hatte den attraktiven Briten nur einmal kurz zu Gesicht bekommen. Mein Freund hielt mich von seinen *Lovern* fern. Ich dachte, Manuel sei eigentlich wieder auf dem Singlemarkt.

»Seit wann?« Ich probierte einen Schluck von dem Eiswein, der schwer wie Öl über meine Zunge rollte und eine samtene Geschmacksspur hinterließ.

»Seit acht Monaten.«

»Aha, aha.« Jesús und ich waren noch nie besonders gute Freunde gewesen, im Gegenteil. Er machte mir das Leben schwer, wann immer er konnte.

»Ein wenig mehr könntest du dazu schon sagen.«

»Könnte ich. Aber du hättest es auch etwas früher erwähnen können. Warum musstest du ein Geheimnis daraus machen?«

»Jesús möchte es nicht publik machen, solange seine Mutter noch lebt.«

»Logisch, ich treffe mich ja wöchentlich mit Señora Nuria zum Nachmittagstee und wir tratschen wie alte Freundinnen.« Ich war angepisst und ärgerte mich über mein leichtes Stottern.

»Benny, es ist nicht einfach mit Jesús. Wir lieben uns und nach der ersten Trennung wollen wir dieses Mal alles richtig machen.« Erneut der Griff zum Handy.

»Dazu gehört, dass du dich nicht mehr mit mir triffst? Du musst mich als Geschäftsessen tarnen, richtig? Deshalb der Mittagstermin.«

Manuel zuckte verlegen mit den Schultern und schenkte von dem Wein nach. »Er ist momentan sehr eifersüchtig. Ich habe ihn immerhin schon einmal verlassen für einen anderen Mann. Das hat er mir nie verziehen.«

»Das wird er dir auch nie verzeihen.« Meine Bemerkung war nicht nett, aber realistisch. Wie man auf Eifersucht und Missgunst eine Beziehung aufbauen konnte, war mir noch nie verständlich gewesen. »Dann passt doch der Grund unseres Treffens wie die Faust aufs Auge.« Ich wechselte das Thema, weil ich sonst noch mehr Dinge sagen würde, die ich später bereut hätte. »Da fehlt doch nur noch ein Kind, um das Glück perfekt zu machen. Wie wäre es mit einem kleinen Jungen? Ich hätte einen im Angebot.«

»Sei bitte nicht gekränkt und zynisch.« Mein Ton musste mich verraten haben. »Wir haben tatsächlich über Adoption oder eine Leihmutter nachgedacht – ich habe immer noch niemand, dem ich all das, was ich besitze, vererben kann. Das beschäftigt mich sehr – ich werde ja auch nicht jünger. Jesús wird nicht mehr lange bei der Polizei arbeiten, sondern zu mir ziehen und mich auf meinen Reisen begleiten, wir sehen uns sonst zu selten. Es wird Zeit, der Beziehung eine neue Dimension zu geben. Du verstehst?«

Ich verstand nur bedingt und brachte feinfühlig den Knackpunkt zur Sprache: »Wie verkauft ihr Mama Nuria die heimliche Lebensgemeinschaft?«

»Offiziell wird Jesús mein Sicherheitschef sein.«

»Dann habe ich einen Filmtipp für euch. *Bodyguard*. Mit Whitney Houston (schön, reich und dunkelhäutig) und Kevin Costner (cool, arm und blond). Da müsstet ihr euch beide wiederfinden.« Im Geiste stellte ich mir vor, wie Jesús seinen Manuel in der legendären Filmszene durch die Meute trug, um ihn zu retten. Noch vor einer Stunde hätte ich den Gedanken laut ausgesprochen und wir hätten uns beide krank gelacht über das Bild. Jetzt war der Wurm drin und Manuel reagierte nicht auf meine Spitze. Schließlich berichtete ich dem Mann, der bereit war, unsere Freundschaft für seinen alten/neuen Lover zu schreddern, doch von Flor und dem kleinen Jungen, den sie erwartete und den sie nicht haben wollte.

»Was Besseres, als bei euch aufzuwachsen, kann dem Kind nicht passieren«, schloss ich und sah Manuel zu, wie er nickte und nebenbei eine weitere Nachricht beantwortete. »Ich würde gerne gehen«, zickte ich. Mir fiel mit einem Mal mein Traum von vor Monaten ein, als Jesús mit Manuels Herz im Kühlbehälter in den OP kam. Als hätte ich eine Vorahnung gehabt.

»Oh ja, selbstverständlich.« Der Geschäftsmann sah kurz von seinem Handy auf. »Ich ordere den Helikopter. Der dürfte in spätestens einer halben Stunde da sein.« Das tat der Bananenmogul per gefühlt hundertster WhatsApp des Tages und versprach, sich wegen Flors Baby zu melden.

Auf dem Rückflug hatten wir die untergehende Sonne im Rücken. Nach dem enttäuschenden Treffen mit Manuel war mir nicht im Geringsten nach Konversation mit seinem Piloten, der zudem noch ein miserableres Englisch als ich sprach. Ich setzte meine Airpods ein, suchte nach einem bestimmten Song, drückte auf *Play* und schickte Manuel die Musikempfehlung. *Spirit in the Sky* von einem Herrn namens Norman Greenbaum. Anhand des Nachnamens vermutete ich jüdische Wurzeln, aber anscheinend hatte ihn das Christentum irgendwann überzeugt. *»Prepare yourself you know it's a must, gotta have a friend in Jesus. So you know that when you die, he's gonna recommend you to the spirit in the sky.«*

MANUEL HATTE SICH nicht für den Musiktipp bedankt, rief aber eine Woche später an und erklärte mir reichlich verlegen, dass Adoption für Jesús nicht infrage käme. Sie würden es mit einer Leihmutter probieren, wenn sich ihre Beziehung etwas gefestigt hatte.

Flors ungeborenes Kind hatte soeben in der Geburtslotterie eine Niete gezogen. Das Glücksrad war vom Feld *Millionär* in letzter Sekunde auf *Bettler* gesprungen. Kein Leben in der Schlossallee, allerhöchstens in der Badstraße.

Mir war nach einem Glas Talisker und etwas Besinnlichem von Katie Melua. *»Because the line between wrong and right, is the width of a thread from a spider's web. The piano keys are black and white, but they sound like a million colors in your mind.«* ¡Pura vida!

Party und Praxis

Die ganze Familie war an diesem Sonntagnachmittag zu einer Housewarming-Party/Praxiseröffnung eingeladen. Nachdem unser ehemaliger Tierarzt, Dr. Ulez, aus Altersgründen aufgegeben hatte, stand das Haus einige Jahre lang leer. Eine Tierärztin, die auf den hübschen Namen Mirian Johana Perez Ruiz hörte, hatte alles komplett renoviert und neu eingerichtet und wollte am nächsten Tag mit dem Praxisbetrieb beginnen.

Maria plagte seit zwei Tagen ein grippaler Infekt mit leicht erhöhter Temperatur und Unmengen an bunten, schleimigen Absonderungen aus Hals und Nebenhöhlen. Sie wollte nicht so jung sterben. Ich hatte ihr Antibiose gegeben und einen subtilen Musiktipp aufs Handy geschickt: *Too Old to Die Young* von Brother Dege.

Die Sterbende lag schniefend und hustend auf der Couch und war stinkig, weil sie nicht mitkonnte. Events dieser Art waren an der Karibikküste selten.

»Bring mir eine Packung Kleenex aus dem Bad«, forderte sie mich mit näselnder, quengliger Stimme auf.

»Wie heißt das Zauberwort, Oly?«, fragte ich.

»Sexentzug.«

»Aha, aha.«

Als wäre es nicht genug, dass mein Weib an *Blitzgrippe* erkrankt war, hatte mein Sohn keine Lust auf *Hauswürmerparty* und bummelte dementsprechend. Mein Vorschlag: »Ich lass die Kinder da«, wurde von einem Killerblick aus Marias blutunterlaufenen Augen im Keim erstickt.

Ich warf der Siechenden aus sicherer Entfernung eine Packung Kleenex zu.

»Sieht so *in guten wie in schlechten Zeiten* aus?«, provozierte sie mich.

»Die schlechten Zeiten sind gekommen, Oly. Gewöhn dich dran.«

Tobi kam, nur mit Unterhose bekleidet, aus der Küche. Er lief an mir vorbei Richtung Patiotür und knabberte an einer Tafel *Hershey's*-Schokolade.

»Wo willst du hin und warum bist du noch nicht angezogen?«

»Ich war in der Küche. Seit wann gibt es da Kleider, Papa?«, kam es voller Entrüstung und dann folgte etwas ruhiger: »Ich muss nur schnell nachsehen, ob die Zäune für die Schildkrötenbabys noch stehen.«

Wir hatten um zwei Nester, die Grüne Meeresschildkröten an unserem Strand gebuddelt hatten, Schutzzäune angelegt, um sie vor Hunden und übereifrigen Touristen zu schützen. Tobi hatte sich selbst zum Schutzheiligen der Eiablagen ernannt.

»Das kannst du später machen, wenn wir wieder zu Hause sind. Zieh dich endlich an. Wir sollten schon seit einer Viertelstunde weg sein. Warum isst du überhaupt Schokolade?«

»Ich baue vor. Für den Fall, dass es dort nichts Vernünftiges gibt. Auf der Einladung stand nur *Ohr-döh-fräh*. Das ist gar kein richtiges Essen, das soll nur den Appetit anregen. Von richtigem Essen stand da nichts.« Tobi hatte die schriftliche

Einladung, eine von Kinderhand mit Buntstiften sehr schön gemalte Karte mit diversem Viehzeug drauf, eingehend und wiederholt studiert und den Begriff *Hors d'Œuvre* tatsächlich gegoogelt. Der kleine Hobbyforscher konnte nichts dem Zufall überlassen. »Darf Romy eigentlich Hundefutter essen?«, fragte er beiläufig.

»Nein!«, keuchte es heiser von der Couch.

»Dann solltet ihr euch um das Kind in der Küche kümmern.«

Ich seufzte und ging nach nebenan. Mein kleines Mädchen sah dank Yoani heute aus wie eine kitschige Geschenkverpackung aus hellblauem Seidenpapier mit weißem Schleifchen im Haar. Sie saß auf dem Boden vor der Schüssel mit Gomez' Trockenfutter und kaute andächtig. Romy, die, was Essen anging, die Prinzessin auf der Erbse war, schien Geschmack an Tiernahrung mit Gemüseanteil gefunden zu haben. Mir war es gleich, von was sie sich ernährte, Hauptsache sie aß etwas, ohne zu motzen.

»Komm, Baby. Wir machen einen Ausflug.« Ich hob das hellblaue Tüllbündel hoch, worauf es zu heulen begann. Damit hatte ich gerechnet und drückte Romy ein Löffelbiskuit in die Hand – unsere derzeit wirkungsvollste Waffe im Kampf gegen Romys Wutanfälle. Sie griff das Gebäckteil und lutschte schniefend daran. Minuten später waren das schicke Ausgehkleidchen der Frucht meiner Lenden und das bis dato fleckenlos weiße Hemd des fruchtbaren Lendenbesitzers mit Biskuitsabber bekleckert.

Marias Anmerkung: »Wie seht ihr überhaupt aus? So könnt ihr doch nicht zu einer Party gehen!«, ignorierte ich und rief nach Tobi. »Warum dauert das so lange? Und wasch dir die Hände, du hast Schokolade gegessen.«

Vom oberen Stockwerk kam die Antwort ohne Verzögerung: »Hier ist so viel Verkehr, Papa. Salomé hat sich auf meine Hosen gelegt, ehe ich sie anziehen konnte.«

Maria drehte sich auf der Couch um und seufzte: »Ich kenne diese Menschen nicht.«

Ich warf einen kritischen Blick auf Tobis Klamotten, als er endlich vor mir stand. Wenn Vater und Tochter schon besudelt auf der Party einlaufen würden, sollte wenigstens ein Vertreter der Patchworkfamilie Brandstätter-Magnusen-Pavlidis herzeigbar sein. Das weiße T-Shirt mit der *Three Eyed Raven Crow* aus der Serie *Game of Thrones* war unbefleckt. Die olivgrüne Cargoshorts war voller Katzenhaare. Ich sah großzügig darüber hinweg, schließlich waren wir bei einer Veterinärin eingeladen, die sollte Tierhaare auf Kleidung gewohnt sein. Die schokoverschmierten Mundwinkel waren eine andere Baustelle.

»Hast du dein Gesicht auch gewaschen?«, fragte ich, obwohl die Faktenlage eindeutig war.

»*¡Si Señor!*«

»Mit Seife?«

»*Oui, papa!*« Wenn mein Sohn französisch parlierte, war das ein Zeichen, dass er einen nicht ganz ernst nahm.

»*Avec de l'eau, mon fils?*«

»Oh, Menno!« Tobi drehte sich um und lief zurück ins Bad.

Ich verabschiedete mich von Maria, die mir immer noch den Rücken zugewandt hatte und in ihre Wolldecke murmelte: »Von mir aus braucht ihr nie wieder zurückzukommen. Mein Leben als Single war gar nicht so schlecht. Sucht euch eine andere Bleibe, am besten in einer anderen Stadt. Oder einem anderen Land. Oder einem anderen Kontinent. Und nehmt die Katze mit. An hohen Feiertagen können wir uns ja gegenseitig besuchen.«

»Weib, was ist mit deinen *famous last words?*«

Maria war der Überzeugung, Abschiedsworte müssten lieb und nachhaltig sein, damit man sich in angenehmer Erinnerung behielt, wenn man sich nie mehr wiedersehen würde. Sie murmelte daraufhin etwas auf Griechisch, dass ich als liebes Wort interpretierte und antwortete: »Ich dich auch, *mi cielo!* Sehr sogar! Von hier bis zum Mond! Mit Umweg über den Mars, Pluto und Jupiter. Und wieder zurück.«

»Benny, hau ab und lass mich in Ruhe!«

Ich tat der missmutigen Frau den Gefallen, packte Romy und ging zur Haustür. Als Tobi die Treppe herunterkam, hatte er Ohrhörer eingestöpselt und tippte auf seinem Handy herum. Tobias Mortensen hörte selten Musik, er war eher ein Freund von Hörspielen. Die seltsamen Verrenkungen, die er aktuell machte, legten die Vermutung nahe, dass er einen Beat auf den Ohren hatte. Ich musste voller Neid feststellen, mein Sprössling war alles andere als hüftsteif. Ich ging mit Romy auf dem Arm zur Tür hinaus ans Auto. Tobi tanzte fünf Schritte hinter uns her, zuckte rhythmisch mit dem Kopf und allen Gliedmaßen und sang: »Sexy *Massafacka!*«

Romy warf den letzten Rest des Löffelbiskuits auf den Boden. Die drei bis fünf frei laufenden Hühner, die sich immer ums Haus herumtrieben, waren in Sekundenschnelle da und stritten sich um den Keks. »Facka! Facka! Facka!«, unterstützte mein Baby ihren tanzenden Bruder, während ich es im Bentley auf dem Kindersitz festschnallte.

»Tobi, geht es etwas schneller?«, brüllte ich, um den Lärm aus den Kopfhörern zu übertönen. Das schnellste Spermium trödelte heute extrem. Es sah mich kurz an und machte dann schnellere Tanzschritte. »Du sollst laufen, nicht tanzen! Du Troll!«

»*Im Haus wird nicht gerannt!* Und nenn mich *El Tobo! He! He! He!*«, imitierte er erst Yoani und dann sein neuestes Vorbild, Bart Simpson alias *El Barto.*

»Wir sind vorm Haus!« Insgeheim war ich stolz auf den eigenen, unbeugsamen Willen, den mein Sohn besaß.

Vergangene Woche hatte mich sein Klassenlehrer um ein Gespräch gebeten. Tobi hatte während einer Mathematikarbeit ein paar Blümchen mit Bleistift an den Rand des Schulheftes gemalt. Der Lehrer hatte das im Vorbeilaufen gesehen und meinen Sprössling aufgefordert: »Mach sofort den Unsinn weg, Tobi!« Daraufhin hatte der kleine Freigeist, in dem sich meine Gene breit gemacht hatten, die Geometriezeichnung daneben ausradiert. Ich sollte Tobi für dieses Vergehen bestrafen, meinte der Lehrer. Ich dagegen meinte, ihn für diesen passiven Widerstand gegen Ignoranz belohnen zu müssen, und kaufte ihm das dreiteilige Beckenset für sein Schlagzeug, das er sich zum Geburtstag gewünscht hatte.

Fünf Minuten später saßen alle drei *Sexy Motherfuckers* aus der Casa Brandstätter endlich im Wagen und fuhren Richtung Cahuita. Weitere fünf Minuten später drehte der Fahrer wieder um, weil er das Einweihungsgeschenk vergessen und ihn diesbezüglich ein Anruf der schwer kranken Frau auf der heimischen Couch erreicht hatte. Tobi rannte ins Haus und kam fünf Minuten später wieder zurück mit einer bunten Geschenktüte voller Kokosmakronen, die Yoani gestern extra gebacken hatte.

»Anschnallen!«, forderte ich mein einheimisches Kind auf.

»Orrr Papa, du bist so schrecklich deutsch!«

Tobi wusste sein Glück zu schätzen, dass er in Costa Rica aufwuchs und nicht in Deutschland. In meiner alten Heimat durften Kinder nur noch dann bei *Reise nach Jerusalem* mitspielen, wenn sie einen Helm aufgesetzt, eine Reiserücktrittsversicherung abgeschlossen, einen ausreichenden Auslandskrankenschutz sowie alle vorgeschriebenen Impfungen für das Reiseland erhalten hatten und die Stühle nachweislich formaldehydfrei waren.

Die frisch renovierten Praxisräume waren kaum wieder-zuerkennen und überfüllt mit jeder Menge einheimischer Prominenz aus Cahuita. Ich kannte mittlerweile jedes Gesicht mehr oder weniger gut. Die Gastgeberin selbst hatte alle Hände voll zu tun und außer einer kurzen Begrüßung war keine Zeit für ein Gespräch. Die Señora trug ein kleinblumiges Laura-Ashley-Kleid mit weißem Spitzenkragen, wie ich es zuletzt in meinen hormonellbedingt turbulenten Teenagerjahren gesehen hatte. Eigentlich triggerten florale Kleider meine niedrigsten Instinkte als Mann. Jasmin Block, das Mädchen, in dem ich meine Unschuld verloren hatte, rannte meinen ersten sexuell aktiven Sommer lang in solchen Klamotten herum. Bei der Tierärztin schlummerte mein Instinkt laut schnarchend weiter.

Mirians blasses, schmales Gesicht schien nur aus wässrig blauen Augen, Sommersprossen und Zähnen zu bestehen. Sie wäre fast hübsch gewesen, wären das spitze Kinn, die schmale Nase und die Beißerchen nicht überproportional lang ausgebildet gewesen. Señora Ruiz sah aus wie eine genetische Mischung aus Pippi Langstrumpf und meiner Kasperle-Handpuppe.

Die verhuschte Frau sah einem nie direkt in die Augen und man wusste nicht, fürchtete sie sich vor dem Leben oder hatte sie Hunger darauf und traute sich nur nicht, es zu genießen.

Der Behandlungstisch in der Mitte des Raumes war mit einer weißen Decke verhüllt. Darauf standen eine Karaffe mit Wasser, eine Schüssel mit roter Bowle, in der Wassermelonenstücke schwammen, und Pappbecher. Ein Zettel bei den Getränken wies darauf hin, dass man sich die Party nicht schön saufen konnte: ¡Sin alcohol! Die berüchtigten Hors d'Œuvres waren auf einem Sideboard auf glänzender Alufolie angerichtet. Alles sah im Grunde sehr lecker und appetitlich aus.

Das fand sogar Tobi, trotzdem gab es was zu meckern. »Etwas wenig für so viele Gäste, oder, Papa? Ich hol mir gleich mal was, sonst ist es weg.«

Mein ausgehungerter Sohn kam in kürzester Zeit mit einem Pappteller zurück, auf dem sich Lachshäppchen, eine Art Bruschetta mit Tomatenwürfeln, gekochte Eier mit einer senffarbenen Füllung und winzige Weißbrotscheiben mit einem grün-weißen Belag türmten.

»Nachtisch gibt's auch keinen«, bemerkte das Kind kritisch und bot mir großzügig etwas von seinem Teller an.

Ich warf die übersichtliche Brotscheibe als Ganzes ein und bereute meine Gier sofort. Der Lachsersatz schmeckte tranig und nach Terpentin. Ich würgte alles hastig hinunter.

Tobi hatte sich nicht so gut im Griff. Er spuckte die halb zerkaute Masse zurück auf den Teller. »Boah, Papa! Wie schmeckt das denn?«

»Sind meine Senfeier nicht gut?« Mirian war im ungünstigsten Moment neben uns aufgetaucht. »Ich wollte mal ein paar europäische Rezepte ausprobieren.«

Ich versuchte schneller zu antworten als das schnellste Spermium: »Nein, nein. Tobi hat sich nur verschluckt. Entschuldigung für das Missgeschick.«

»Hol dir einen neuen.« Unsere Gastgeberin nahm meinem Kind den Teller ab und brachte ihn zum Mülleimer in der Ecke.

Tobi trotzte mit vor der Brust verschränkten Armen. »Ich dachte, man darf nicht lügen.«

»Das war keine Lüge, das war eine höfliche Halbwahrheit.«

»Soso«, meinte mein Ableger mit wenig Überzeugung. »Ich habe dir doch gesagt, dass das mit den Hors d'Œuvres nicht klappen wird. Jetzt haben wir den Ärger.«

»Probiere halt den Rest durch. Irgendwas wird schon dabei sein, was man essen kann. Nimm aber jeweils nur ein Teil, falls es wieder nicht schmeckt«, versuchte ich zu vermitteln.

Mit den Worten, er sei kein *Versuchshamster* für Appetitanreger und müsse dringend frische Luft schnappen, verschwand Tobi. Ich mischte mich unters Volk, aß nichts mehr, trank von den alkoholfreien Getränken und betrieb nüchtern und hungrig Small Talk.

MEIN ANHÄNGSEL KEHRTE erst eine Stunde später in Begleitung eines Jungen im Rollstuhl mit hässlichem Brillengestell auf der Nase zurück. Der *chico* rollte zu Mirian und unterhielt sich angeregt mit ihr. Das ehemals makellose dreiäugige Federvieh auf Tobis T-Shirt war mit verdächtigen roten Spritzern übersät. Ich schloss die Augen für einen Moment und murmelte ein Stoßgebet, ehe ich nachfragte: »Ist das Blut auf deinem T-Shirt?«

Tobi sah an sich herunter und bemerkte die Flecken anscheinend das erste Mal. »Willst du die Wahrheit oder die Halbwahrheit wissen, Papa?«

»*¡Hijo!* Mein Tag war schwer und lang und ich bin hungrig und gereizt.«

Dass die Antwort »Ketchup, *Señor!*« war, beruhigte mich und ich wollte keine Details darüber hören, wie Tobi innerhalb einer Stunde zu Ketchupflecken gekommen war. »Warum gibt's hier keine Stühle? Ich bin erschöpft«, jammerte er.

»Weil das eine Stehparty ist.«

Tobi fand, dass Stehpartys doof seien und sein neuer Freund Leandro es gut habe, weil er jederzeit sitzen könne und nicht stehen oder laufen müsse. »Das ist wie bei einer Schnecke, die immer ihr Haus dabeihat«, philosophierte er nachdenklich.

Ich hatte keine Lust, mit Tobi eine Diskussion darüber anzufangen, ob es wirklich besser war, auf einen Rollstuhl angewiesen zu sein, als gelegentlich mal dumm herumstehen zu müssen. Die Physiognomie des kleinwüchsigen Jungen ließ mich auf *Osteogenesis imperfecta* tippen.

Tobi bestätigte meine Verdachtsdiagnose. »Leandro hat *Gläserknochen* und bricht sich ständig was. *Klick!*« Seinem weiteren Bericht entnahm ich, dass Leandro der Sohn der Ärztin war und er und Tobi sich vorm Haus getroffen hatten, zusammen um die Häuser gezogen waren und in einem Kiosk um die Ecke richtige Pommes mit Ketchup gegessen und *Soda* aus der Tüte getrunken hatten. »Wir mussten nichts bezahlen, weil Leandro behindert ist und alle Mitleid mit ihm haben und ihm was schenken. Cool, oder?«

Bei der Erwähnung von in Fett ausgebackenen Kartoffelstiften knurrte mein Magen. Romy, die ich nur mit Mühe und Not von dem Napf mit Hundetrockenfutter in der Ecke fernhalten konnte, war mittlerweile unausstehlich. Wir verabschiedeten uns von der bis auf die kupfernen Haare völlig farblosen Veterinärin und ihrem Kind.

Ich fuhr los und sah im Rückspiegel, wie der nagelneue Montero unseres Kleingeistlichen auf den freien Parkplatz vor der Praxis einbog. In Europa war der Modellname dieses Mitsubishi *Pajero* – das spanische Wort für *Wichser*. Ich hatte daraufhin den wunderschönen deutschen Namen *Wichsmobil* für den fahrbaren Untersatz unseres guten Hirten kreiert.

Ich legte mit meinen Kindern einen Pitstopp bei Joey ein, der neuerdings einen Pizzaofen sein Eigen nannte. Wir aßen uns an Teigfladen mit Rindfleischstreifen, gerösteten Zwiebeln und krossem Schinkenspeck satt. Die Steigerungsform der Pizza *Texas* war die Pizza *Tico*, die mit Hackfleisch, Salami, Schinken, *bacon* und Würstchen belegt war. Was ein richtiger Mittelamerikaner war, der verzichtete nie auf seine Portion tierisches Eiweiß. Selbst die mäkelige kaiserliche Kostverächterin lutschte friedlich an einer Kruste herum.

Maria vergaß über den großen Pappkarton mit Pizza *Exotica*, dass sie uns eigentlich nicht mehr kennen wollte. Sie kaute und lauschte Tobis Schilderungen über die neue Tierärztin und ihre miserable Gourmettauglichkeit.

»Die kocht noch schlechter als du, Maria! Und das ist jetzt keine Halbwahrheit«, war sein abschließendes Urteil, ehe er sich in sein Zimmer verkroch und seine Drums bearbeitete.

Wehen und Wellen

Dobro kam eines Sonntagabends überraschend mit Sid-Kurt auf einen spontanen Besuch hereingeschneit.

»Lust auf eine Jamsession am Strand mit Lagerfeuer und Männerromantik, Bunny? Ich habe Marshmallows besorgt.« Er hob eine Einkaufstüte und seine Gitarre hoch und grinste breit.

Alle hatten Lust. Selbst Maria, die sich noch von dem Infekt erholte, kam mit an den Strand. Während Tobi mit Sid-Kurt und Gomez nach Treibholz suchte, holte Herr Becker eine Kühltasche mit Bier und *Ice-Tea* aus dem Wohnmobil.

»Wo ist die Kindsmutter?«, erkundigte ich mich, als wir um das Feuer saßen, das pünktlich zum Sonnenuntergang brannte. Die lodernden Flammen und das laute Prasseln und Knacken des brennenden Holzes hatten etwas Beruhigendes.

»Elisa hat eine *best friend* in Puerto Viejo. Ist eine lesbische Yogalehrerin. Die *celebraten* heute Elisas spirituellen Geburtstag. Da sind Männer ein *No-Go*. Siddie und ich sind überflüssig.«

Unsere Söhne spielten mit Gomez und Lemmy *Fang das Marshmallow*. Die Nachwuchskaiserin lutschte ihre Schaumteile an und panierte sie anschließend im pudrigen Sand. Mit der Diagnose »*Putt*« reichte sie alle ihrer Mutter weiter, die die beanstandeten Teile gegen neue austauschte, bis der Vorrat erschöpft war. Woraufhin unser Baby in Kriegsgeschrei ausbrach. Die

Zeiten, in denen Romys Wutanfälle ihre Eltern aus der Ruhe gebracht hatten, waren endgültig vorbei.

»Komm Caruso, wir machen ein wenig vegane Musik«, forderte mich Dobro auf und packte sich die Gitarre auf den Schoß.

Romys Tränenfluss versiegte beim ersten Akkord und sie lauschte dem Spiel mit aufmerksam gespitzten Lippen. Ich erkannte nach *Alle meine Entchen* das Bluesstück *Crossroads* von Robert Johnson. Auch wenn Dobro ein begnadeter Gitarrist war, diesen Effekt, den der früh verstorbene Bluesmusiker draufhatte, so zu spielen, dass man dachte, es seien zwei Gitarren, beherrschte auch er nicht. Der virtuose schwarze Künstler hatte sich nicht in die Karten sehen lassen und bis heute weiß kein Mensch, wie er den Sound hinbekommen hat. Dabei hatte Johnson mit drei Nägeln, die er in eine Scheunenwand geschlagen und auf die er Saiten gespannt hatte, angefangen. Eine eingeklemmte Bierflasche diente als provisorischer Abstandhalter.

Wir sangen: »*I went to the crossroad, fell down on my knees. I went to the crossroad, fell down on my knees. Asked the Lord above: Have mercy, now save poor Bob, if you please*«, und legten Johnsons *Terraplane Blues* nach.

Maria und Romy waren auf einer Decke eingeschlafen. Dieses Bild, wie meine Gefährtin und unser gemeinsames Kind in Löffelchenstellung mit leicht geöffneten Lippen schliefen und ihre vertrauten Gesichter vom warmen Widerschein des Feuers förmlich zu glühen schienen, spiegelte alles wider, was ich mir vom Leben erhofft hatte. Das hatte Maria möglich gemacht und ich war ihr nicht nur in solchen Momenten unendlich dankbar dafür.

Ich erzählte flüsternd die Geschichte von den *Crossroads* und dem Teufel und wie Robert Johnson der Legende nach zu seinem Talent gekommen war und stocherte dabei mit einem Ast im Feuer, bis es Funken sprühend aufstob. Tobi und Siddie lauschten aufmerksam. »Stellt euch das vor: Mississippi-Delta. Du gehst um Mitternacht zu dieser bestimmten Kreuzung. *In the middle of nowhere.* Ganz allein. Ein Mann berührt von hinten deine Schulter. Du gibst ihm deine Gitarre. Du darfst ihn nicht ansehen. Auf keinen Fall ansehen! Der Mann spielt auf deiner Gitarre und gibt sie dir zurück. Wenn du sie wieder nimmst, ist der Handel perfekt. Von da an bist du ein richtiger Bluesmann. Mit dem Segen des Teufels. Und genauso spielst du dann auch: *Wie der Teufel!*«

»Und das geht nur an dieser Kreuzung im *Missississi*-Delta? Wo liegt das?«, wollte Tobi wissen und zählte im Geiste sicher sein Erspartes zusammen, um auszurechnen, ob er sich das Flugticket würde leisten können.

Ich hob zu einer Antwort an, aber Dobro war schneller. »*A wa! In Stuggi kosch des au.* Kreuzung Königstraße/Friedrichstraße direkt am Schlossplatz.«

»Funktioniert das auch mit meinem Schlagzeug?«, fragte der ambitionierte Nachwuchspercussionist.

Jetzt war ich schneller, weil ich keine Lust hatte, beim nächsten Besuch in der alten Heimat Tobis komplette Trommelbude in die Innenstadt zu schleppen. »Nein, da reicht es, wenn du die Stöcke mitnimmst.«

»Wie macht es der Teufel, dass man so gut singen kann wie du, Papa? Muss man dem die Zunge rausstrecken?«

Der Teufelsgitarrist grinste mich an und ich wollte die Antwort im Grunde nicht hören. »*Woisch, dein Papa isch da naschtande un het mitm Teufl wie wild knuatscht.*«

»*Igitt,* Papa! Hast du dabei die Augen geschlossen gehabt, weil man den Teufel ja nicht ansehen soll? Was passiert, wenn man ihn doch ansieht? Wird man dann ein Zombie?«

»Nichts, Tobi. Es passiert rein gar nichts. Dobro meint das symbolisch mit dem Kuss«, mischte sich Maria ein, die wach geworden war und wohl selbst Angst hatte, irgendwann um

Mitternacht mit Tobi an einer Straßenkreuzung auf den Teufel warten zu müssen. Sie warf uns böse Blicke zu. »Außerdem ist das nicht der Teufel, sondern die Muse, die einen küsst, wenn man Talent hat. Und die kann einen jederzeit und überall küssen, da muss man sich nicht um Mitternacht an Kreuzungen stellen.«

»Schade, Teufel war viel cooler. Bestimmt heiß, so ein Kuss.« Tobi sah uns Männer an, als wüsste er, wovon er redete.

Maria, die Vernünftige, hatte genug von Küssen und Teufeln und machte die testosterongetränkte Stimmung kaputt. »So, und wir gehen alle ins Bett, ehe wir uns in das Thema reinsteigern und vor Angst nicht schlafen können. Siddie kann über Nacht bleiben, wenn er möchte.« Der Junge sprach kaum – wie sollte er bei einer Mutter, die einen Großteil ihrer Kontakte über schriftliche Nachrichten bediente, auch reden lernen? Er kommunizierte hauptsächlich mit Mimik. Aus seinem strahlenden Gesichtsausdruck schlossen wir, dass er mit dem Plan einverstanden war. Maria zog mit den Kindern ins Haus und wir nahmen die Gitarren nochmals zur Hand.

»Kennst das, Caruso?«, wollte Dobro wissen und legte vor: *»Einer von uns beiden ist ein Arschloch und das warst du ...«*

Ich nickte und fiel ein. Den Refrain des Songs *Sei ein Faber im Wind* konnte jeder Mann, der jemals verlassen worden war, nachvollziehen: *»Und jeder Jäger träumt von einem Reh. Jeder Winter träumt vom Schnee. Jede Theke träumt von einem Bier. Warum, du Nutte, träumst du nicht von mir?«*

Danach legte mein Besucher die Gitarre weg und wurde mit einem Mal ernst. »*Brudi*, ich habe eine Bitte an dich. Ich weiß, du und Elisa, ihr seid nur auf der Bühne kompatibel, aber ich brauche deine *assistance* als Arzt.« Seitdem der Landschaftsgärtner im Ausland weilte, war sein Deutsch extrem von Anglizismen durchsetzt.

Ich passte mich an. »*Shoot!*«

»Hast ja gehört, dass Elisa in den Fängen einer esoterischen Lesbe ist. Die hat fünf eigene Teppichratten. Fremdbesamung oder Samenklau, was weiß ich, wie Spermien und Eizellen zusammengefunden haben. Auf jeden Fall haben zwei der Kiddies pigmentierten Hintergrund, aber alle sind auf alternative Art zur Welt gekommen. So wie bei Naturvölkern. Eben noch schnell die Kartoffeln geerntet, flugs am Feldrand das Kind geworfen und abends gibt's selbst gemachten Kartoffelsalat mit panierter Plazenta.«

Generell war eine Niederkunft eine natürliche Angelegenheit, die jede Frau theoretisch allein bewerkstelligen konnte, aber wehe, es ging etwas schief. In Zeiten, in denen Hausgeburten üblich waren, gehörte der Terminus *im Kindbett gestorben* zum gängigen Vokabular in vielen Familien.

»Da fragst du den Falschen. Ich bin kein Fan von Heilpraktikern mit Volkshochschulausbildung und autodidaktischen Geburtshelferinnen unter Freilandbedingungen. Ich bin überzeugter Schulmediziner und finde nach wie vor, dass eine Ausbildung, ein langjähriges Studium und permanente Fortbildungen notwendig sind, um kranke Menschen effektiv und nach den neuesten Regeln der Kunst heilen zu können. Eine Geburt ist zwar nichts Pathologisches, kann aber leicht dazu werden. Da wäre mir als Partner für meine Frau und das Kind das Risiko zu groß.«

»*Dude,* ich bin da auch alles andere als glücklich drüber. Aber *woisch ja,* wenn sich Elisa was in den Kopf gesetzt hat, dann muss das so sein. Wir machen eine Meergeburt und laden alle ihre neuen Freunde und Bekannten ein. Ab geht die vegane Party und die vegane Party geht ab! Es gibt keinen Alkohol und nur Veggies, wegen der deutschen Yoga-Ische und der *vibrations.* Es ist schlechtes Karma für das *Kiddy,* wenn wegen seiner Geburtsfeier Tiere sterben müssen oder ausgebeutet werden.

Die Tusse nennt sich Juh-Tah und wurde in der Brahmastadt spirituell wiedergeboren. Sagt sie.«

Ich lachte. »Wahrscheinlich heißt sie Jutta und wurde das erste Mal in Bielefeld geboren.«

»Kommt hin, Alter. Tu mir den *favour* und komm und *stay*, bis alles über die Bühne gegangen und keiner bei den Engeln ist.« Dem Vater sah man an, dass ihm die Tatsache, dass seine Gemahlin in aller Öffentlichkeit im Atlantischen Ozean entbinden wollte, Kopfzerbrechen bereitete. »Lass mich nicht *lonesome,* Brudi. Ich bin bei Siddie umgekippt, als ich die verfickte Nabelschnur durchschneiden sollte. Wenn Elisa und der Zwerg keine Hilfe brauchen, dann zumindest ich.«

I promised meinem alten Kumpel aus Stuttgart, ihm bei der übernatürlichen Geburt seiner Tochter *a hand* zu leihen. Langsam fand ich Gefallen an diesem sprachlichen Mischmasch.

Maria, die erzkonservative griechische Schwäbin, weigerte sich, bei einem solchen *Spektakel* Zuschauerin zu sein. »Und die Kinder kommen auch nicht mit! Ich möchte nicht, dass Romy einer gebärenden, schreienden Frau zuguckt, wie sie im Meer sitzt, blutet und kackt. Die hat so schon genug Angst vor dem Element.«

Tobi widersprach. »Ich gehe auf jeden Fall mit, ich muss was lernen. Vielleicht werde ich sogar *Hebhammer.* Ich muss mal googeln, wie viel man da verdient und was man da genau für Werkzeug braucht außer dem Hammer.«

»Das heißt Hebamme, Tobi, und du brauchst gar nicht nachzuschauen. Hebammen sind auf der ganzen Welt unterbezahlt«, korrigierte Maria ihn.

Damit war für Tobi dieser Berufszweig gestorben und ich wurde der WhatsApp-Gruppe *Meergeburt* hinzugefügt.

Als mich die Nachricht erreichte, dass der Muttermund sechs Zentimeter offen war und die Wehen in zehnminütigen

Abständen kamen und sich alle nun zu dem *Meeting Point* aufmachen sollten, war Tobi zum Glück in der Schule. Ich packte meinen Notfallkoffer und eine Flasche Infusionslösung und machte mich auf den Weg. Dobro hatte den Gruppenmitgliedern per WhatsApp den Standort mitgeteilt. Ich kannte die Stelle, die zwischen Puerto Viejo und Cahuita an einem einsamen Strandstück zwischen den Mangroven lag. Die karibische See hatte dort eine kleine, natürliche Bucht gebildet.

Elisa lag nackt im seichten Wasser, Dobro saß, zum Glück in Badeshorts, hinter ihr und hielt die Kreißende mit den Armen fest. Eine ebenfalls hochschwangere Frau in langen, wallenden Gewändern, die selig lächelnd wie eine Muttergottheit über den werdenden Eltern wachte, gab mit leiser Stimme und großen Gesten Anweisungen. Sie forderte Elisa in Englisch mit schwerem deutschem Akzent auf, uns alle über sämtliche Schritte und Gefühle permanent zu unterrichten und uns an ihrem *börs piggdscha* teilhaben zu lassen. »Visualisiert das *Immädsch* mit Elisa zusammen und schenkt ihr eure *Enärdschie* und Liebe!«

Ich war versucht, meine Ohren zuzuhalten und laut »*Lalalala!*« zu singen. Die sonst so wortkarge junge Frau projizierte das lebensechte Bild einer prall gefüllten Gebärmutter, die außerhalb des Körpers an Gummiseilen in einer Palme hing und an der in Abständen eine Frau mit spitz zugefeilten Fingernägeln zog. Ich hatte Schmerzen vom bloßen Zuhören. Überlange oder künstliche Finger- und Fußnägel waren ein Reizthema für den lieben Dr. Brandstätter.

»In welchem Abstand kommen die Wehen?«, fragte ich, als ich in der knöcheltiefen Brandung neben der Muttergottheit und der Gebärenden stand.

Jutta sah mich aus umflorten Augen an. Wäre sie nicht schwanger gewesen, hätte ich drauf gewettet, dass sie *stoned* war. So vermutete ich Schwangerschaftshormone im Endstadium.

»Ich bin Juh-Tah, eine Heilerin. Wer bist du?«

»Ich bin Beh-Nyh. Heiler *und* Schamane.« Es würde bestimmt nicht schaden, die Lady zu toppen.

Die heilende Yoga-Ische aus Bielefeld, Westfalen, korrigierte mich: »Beh-Nyh, wir sprechen nicht von *Wehen*. Es sind zwar Schmerzen, aber positive Schmerzen. Keine Schmerzen, die dem Körper ein Leiden mitteilen, sondern ein freudiges Ereignis ankündigen. Wir nennen es Wellen. Wellen sind im Einklang mit der Natur und kommen und gehen. Wir lassen uns von ihnen tragen und kämpfen nicht gegen sie an. Das würde uns zu viel Kraft und Energie kosten. Das würde dem Kind nicht guttun.«

»Aha, aha.«

Elisa, die eine Hand zwischen ihren Beinen hatte, gab uns einen Infoschub: »Kopf ist jetzt tiefer. Spüre Haare oder so.«

»Du hast einen guten Job gemacht. Deine Aura glüht! Spür das Glück und die Liebe und die Schwingungen der Menschen, die dich umgeben. Probiere den Vierfüßlerstand, bis sich das Köpfchen von alleine dreht.«

Ich konnte nicht anders, ich musste mich abwenden. Ich kannte Elisa zu gut, um sie in dieser Stellung wertfrei und nur vom medizinischen Standpunkt aus betrachten zu können. Mir fehlte die sterile, professionelle Umgebung eines Kreißsaals. Apropos: Über uns *kreisten* zahlreiche Möwen und zwei Truthahngeier. Im Tierreich hatte es sich wohl rumgesprochen, dass hier was los war und eventuell reiche Beute anfiel. Bei Geburten war immer was zu holen und wenn es nur die Nachgeburt war. Ich beobachtete den Horizont, ob sich eine Haiflosse zeigte. Ich hatte Tobi aus gutem Grund strikt verboten, Fische im Meer auszunehmen. Die Karibik war voller hungriger Knorpelfische, die frisches Blut im Wasser über Meilen wahrnehmen konnten. An Elisas Stelle hätte ich Angst um mich und mein Baby. Ich hatte das Gefühl, ich brauchte dringend einen Schnaps. Aber die Veranstaltung war tatsächlich alkoholfrei. Dafür roch ich Dope und verspürte Lust auf einen

Joint. Ich wollte bei einem der Umstehenden betteln gehen, als Elisa einen animalischen Schrei von sich gab. Ich sah hin. Es schwamm etwas Winziges, Graues zwischen ihren Beinen.

Jutta hob das Baby aus dem Wasser und legte es auf Elisas Bauch. Die frischgebackenen Eltern lachten und weinten zugleich. Das soeben geschlüpfte Mädchen betrachtete verkniffen und etwas ungläubig ihre neue Heimat aus noch trüben Augen. Ein unvergleichlich schöner Anblick, so eine Familie mit neuem Nachwuchs. Elisa rief Sid-Kurt, der mit einigen anderen Kindern eine Strandburg gebaut hatte. Er küsste seine kleine Schwester gehorsam auf das noch verschmierte Köpfchen und ging unbeeindruckt wieder spielen.

Dem Rat der Heilerin folgend, verließen wir alle das Wasser. Der Säugling könnte auskühlen im Meer, befürchtete sie. Mutter und Baby zogen um auf ein großes Badetuch mit dem Logo der Böhsen Onkelz drauf. Stilsicher war Elisa, das musste man ihr lassen. Die geladenen Gäste, meiner Schätzung nach zwanzig Personen aller Altersklassen, umringten das Handtuch, gratulierten und sahen zu, wie Ramona ihre ersten Tropfen Muttermilch nuckelte. Das graue Neugeborene bekam zusehends ein gesundes rosa Hautkolorit. Ich machte ein Foto und schickte es Maria.

15.23 Nachricht an Oly Hippe

Kannst kommen, Arielle hat das Licht der Welt erblickt.

»Soll ich beim Abnabeln helfen?«, fragte ich, nachdem ich Dobro und Elisa gratuliert hatte, und wurde abermals sanft, aber bestimmt von Jutta korrigiert.

»Wir haben uns für eine Lotosgeburt entschieden. Wir wollen den Blutfluss bewusst nicht mit einem scharfen Schnitt unterbinden. Der Gewaltakt des Schneidens bringt negative

Schwingungen, die sich auf das Kind übertragen. Wir warten, bis Elisa die Plazenta geboren hat, und lassen die Kleine mit dem ihr vertrauten magischen Organ verbunden, bis die Nabelschnur abfällt. Das ist der natürliche, friedvollere Weg.«

Das war aus medizinischer Sicht völlig idiotisch, weil die Kapillargefäße in der Nabelschnur bereits kurz nach der Geburt kollabierten. Ein Blutfluss fand nicht mehr statt. Die Plazenta, zugegeben ein Wunderwerk der Evolution, war dann nur noch ein nutzloser Klumpen Fleisch. Die Geier würden enttäuscht sein.

ICH WAR DERJENIGE, der sich um Dobro kümmern musste, nachdem ihm die Heilerin die Jutetüte mit der gewaschenen Plazenta in die Hand gedrückt hatte. Elisa und die Kleine sollten auf ein Lager aus Futonmatratzen im Schatten der Palmen umziehen.

»Alter!«, meinte er, als er wieder zu sich kam und mir verwirrt in die Augen blickte. »Wie machst du das nur dein ganzes Leben mit dem ganzen Blut und *stuff*? Für mich ist das nichts.«

Ich sah meine Familie über den Strand laufen. Maria trug Romy auf dem Arm und Tobi schleppte einen Korb mit Klamotten an, die der Nachwuchskaiserin zu klein waren.

Die Heilerin mit den westfälischen Wurzeln lobte sie dafür. »Es gibt nichts Besseres als viel getragene Baumwolle. Da sind alle Schadstoffe rausgewaschen. Und wir belasten die Umwelt nicht mit Kleidermüll. Für hundert Gramm Baumwolltuch werden tausend Liter Wasser verschwendet. Ein Irrsinn, den wir stoppen müssen.«

Im Grunde gab ich Jutta in diesem Punkt recht und wollte es ihr gerade mitteilen, als sie nachlegte: »Ich vermute, es ist kein Weichspüler darin?«

»Äh, nicht dass ich wüsste«, log Maria, ohne mit der Wimper zu zucken. Unsere Sachen wusch in der Regel Yoani und die liebte exotische Duftnoten.

»Ich und die Umwelt danken dir vielmals, du gute Frau.«

Maria sah mich aus dem Augenwinkel an und flüsterte mir zu: »Was will die von mir?« Die skeptische Juristin war es nicht gewohnt, dass man sie ohne Hintergedanken als *gute Frau* betitelte.

»Nichts außer Liebe und Güte, *mi cielo*. Entspann dich und fühle den Frieden, der uns alle umgibt an diesem magischen Ort.« Ich sang belustigt: »*All we are saying is give peace a chance*«. Die versammelten Gäste stimmten mit ein und klatschten im Rhythmus. Das war zwar nicht geplant, gab der kleinen Taufzeremonie, die Juh-Tah durchführte, jedoch einen passenden Rahmen. Das noch gänzlich unschuldige Wesen wurde in alle vier Himmelsrichtungen hochgehoben und bekam den Namen Ramona Mesmerize Becker-Wondracek. Die Plazenta wurde jeden Tag gewaschen und bekam eine neue Tüte, bis die Nabelschnur so trocken war, dass sie abfiel.

Zu der Erdbestattung des Mutterkuchens am Geburtsort war ich nicht mehr eingeladen. »Agnostiker stören die heilige Zeremonie!«, lautete die letzte Nachricht von Jutta. Ich wollte trotzdem einen Beitrag zur Unterhaltung der WhatsApp-Gruppe leisten:

15.29 Nachricht an Gruppe Meergeburt

Es gibt bei Meerjungfrauen nur eine Regel:

Die mit Durchfall schwimmt hinten! :)

Daraufhin wurde ich ungefragt aus der Gruppe entfernt.

Generatoren und Diktatoren

Die neueste Baumassnahme unseres Laminators war eine imposante Temposchwelle auf der Zufahrt. Zwei Bauarbeiter pinselten das Teil gerade schwarz-gelb an. Die Einheimischen bezeichneten solche verkehrsberuhigenden Maßnahmen sehr treffend als *muertos* oder *policías dormidos* – also *Tote* oder *schlafende Polizisten*. Die Straße zum Health Post war zusätzlich durch aufgeklebte gelbe Markierungskappen mit Reflektoren in zwei Fahrbahnen unterteilt. Das Ganze erinnerte an eine Landebahn für Außerirdische. Mir kam der Satz eines Films mit Kevin Costner in den Sinn: »*Wenn Du es baust, wird er kommen!*« Ich rätselte den ganzen Morgen darüber, wie der Filmtitel lautete. Leider war das Internet mal wieder ausgefallen, sonst hätte ich googeln können. Die zweite Frage, die mich beschäftigte: Wen oder was wollte unser guter Hirte damit anlocken?

Während unserer Zeit in Stuttgart hatte ich Tobi, der damals im Kindergartenalter war, eine sehr eigenwillige Erklärung für Temposchwellen, Begrenzungsnägel und Randsteine gegeben. »*Woisch*, Tobi, die sind dafür da, dass Blinde sich beim Autofahren orientieren können. Die müssen einfach ihren Stock aus dem Fenster hängen und können sich so den Weg ertasten.

Das ist Blindenschrift von der Regierung im Straßenverkehr. Deshalb nennt man die auch Braillekappen.«

Erst kürzlich hatte mein neunmalkluger Sohn die wahre Bedeutung der verkehrslenkenden Maßnahmen herausgefunden und mir deswegen schwere Vorwürfe gemacht. »Blinde dürfen überhaupt nicht selbst Auto fahren, Papa. Warum erzählst du mir so einen Blödsinn?«

Weil ich schon immer lieber einen Freund verlor, als auf einen Gag zu verzichten. Das konnte ich gegenüber Tobi nicht erwähnen, der merkte sich solche Sätze und verwendete sie bei Gelegenheit gegen mich. »Da musst du dich verhört haben, Tobi.«

»Ich habe mich noch nie nicht verhört, Papa«, entrüstete sich das Kind, das sich weigerte, Spaghetti zu essen, wenn sie nicht *alle dente* waren, und dessen Lieblingsfluggesellschaft der *Lufthamster* war.

Meine nächste Patientin war die Besitzerin eines *Super Arrecife* in Puerto Limón, die durch die morsche Holzdecke ihres Warenlagers gekracht war. Noa Fernandez Prieto war nicht ganz durchgefallen, beide Arme und der Oberkörper hatten den Sturz aufgefangen. Nun klagte sie über Schmerzen beim Atmen und Gefühllosigkeit in den Fingern der rechten Hand.

»Da sollte man unbedingt röntgen«, informierte ich die *tica,* bei deren Anblick mir der sehr bildliche einheimische Begriff für *winzigklein* einfiel: *chiquitititico.* Ich sah auf das Alter der Señora. Zweiundvierzig. Da konnte es nicht schaden, zu fragen: »Sind Sie schwanger?«

Señora Prieto sah mich einen Moment amüsiert an. »Schauen Sie mal aus dem Fenster. Sehen Sie Engel, Hirten, Schafe, weise Könige aus dem Morgenland, die Myrrhe, Weihrauch und Gold dabeihaben? Und leuchtet ein Stern heller als alle anderen?«

Ich musste kopfschüttelnd lachen. »Nein.«

»Dann kann ich unmöglich schwanger sein.«

Ich nahm die witzige Patientin mit zum Röntgen, platzierte sie auf dem Tisch und zog mir die Schutzschürze über. »Schön still liegen.« Ich ging in den Nachbarraum, als plötzlich alle Lichter ausgingen. »Keine Panik, Señora Prieto. Der Generator muss jeden Moment anspringen.« Es tat sich aber nichts.

»Versuchen Sie es doch mal mit dem Spruch: *Es werde Licht!*« Die kleine Frau hatte ein erstaunlich tiefes, heiseres Lachen.

»Ich geh mal nachsehen, was los ist. Kann ich Sie so lange alleine lassen?«

»Können Sie. Ich verspreche auch, in der Zwischenzeit nicht schwanger zu werden.«

Mit der Taschenlampe meines Smartphones suchte ich mir den Weg aus dem dunklen, fensterlosen Raum.

»Rosa, warum läuft der Generator nicht?«

»Pablo wartet noch darauf, dass er Diesel bestellen darf. Pater Remo hat das Antragsformular noch nicht unterschrieben. Ich verpasse deswegen den besten Teil der Wiederholung von *Tu cara me suena.*«

»Sehr tragisch.«

Warren stieß in voller OP-Montur zu uns und erkundigte sich, wann er wieder mit Licht im OP rechnen könne. Stromausfälle waren in Costa Rica an der Tagesordnung und konnten mitunter Stunden dauern. Deswegen besaß der Health Post einen Dieselgenerator, der allerdings Treibstoff brauchte, um zu funktionieren.

»Ich werde mal rüber ins Büro gehen und das klären. Das ist doch kein Zustand«, bemerkte Warren mit zuckendem Augenlid und warf die Einmalhandschuhe in den Müll.

»Da werden Sie Pech haben, Doktor. Pater Remo ist vorhin weggefahren. Zur Tierärztin. Seine Hündin muss geimpft werden«, erwiderte Rosa.

Unser CEO besaß seit Ende letzter Woche einen Wachhund. Die Bordeaux Dogge hörte auf den exzentrischen Namen Poppaea und war vielseitig an ihrer Umwelt interessiert, aber nicht im Geringsten am Schutz ihres Herrchens. Die Hündin hätte sich am liebsten mit jedem in ihrer Nähe angefreundet, durfte es aber wegen Herrn Feindle nicht.

Bei dem Namen Poppaea erklärte Xavier, der aus einer Bildungsbürgerfamilie kam, er müsse an die römische Kaiserin denken, und stellte die Frage in den Raum: »Wozu braucht der Mann einen Hund?«

»Weil ein Schaf in dieser Gegend zu auffällig wäre«, erwiderte Warren trocken. Der alte Tierfreund machte sich anscheinend Sorgen um die Jungfräulichkeit der Hündin.

Xavier sah uns mit gerunzelter Stirn an.

»Google mal *bestiality* und das deutsche Wort *poppen*«, forderte ich den jungen Kollegen auf. »Die Vermutung liegt nahe, dass der Name mit Absicht gewählt ist.«

Dr. Kuballa hatte daraufhin sein Handy aus der Kitteltasche gefischt und war beschäftigt.

Ich befreite Señora Prieto aus dem dunklen Röntgenraum und erklärte ihr unsere missliche Lage.

»Sie haben Glück, meinem Bruder gehört die *gasolina* am Ortseingang von Puerto Limón. Ich nehme mal an, ich kann die Behandlung auch in Naturalien zahlen?«

»Klar, wir nehmen alles von Weihrauch über Myrrhe bis Gold«, scherzte ich. »Neuerdings sogar Hundefutter und …« Den Begriff *Gleitcreme* behielt ich dann doch für mich.

Einen Anruf und eine halbe Stunde später füllte Señor Prieto mit Kanistern den Tank unseres Generators auf und ich konnte endlich seine Schwester röntgen, die linksseitig zwei gebrochene Rippen hatte. Die Patientin hatte sich in der Behandlungspause die Lippen tiefrot nachgeschminkt. Der Mund erinnerte jetzt an eine blutige, klaffende Wunde, die sich bewegen konnte. Ich musste fasziniert drauf starren.

Noa interpretierte mein Interesse anscheinend falsch. »Sie sind nicht zufällig solo und wollen mich am Wochenende zu einem Steeldrumkonzert begleiten? Mein anderer Bruder spielt da mit«, fragte sie mich zum Abschied.

»Tut mir leid, dagegen hätte meine Frau sicher den einen oder anderen begründeten Einwand.«

»¡Qué lástima! Aber man wird ja noch träumen dürfen.«

Bei mir machte es klick. Träumen! Genau! Der Filmtitel war *Feld der Träume*. Daraus stammte das Zitat: *Wenn du es baust, wird er kommen!* Ich überlegte, was man bauen musste, um jemanden loszuwerden. *Wenn es mir einfällt, werde ich es bauen!*, änderte ich mein Mantra des Tages und sang fröhlich einen Song aus der Siebzigerjahre-Mottenkiste in einer personalisierten Version. Benny-Tune hatte zu jeder Situation die passende Hintergrundmusik parat.

»*When we were children we played in your backyard and we pretended whenever times were hard. We built a house of make believe and dreamed of how our life would be. But now the dream has died. So got to say to you: Benny, Benny, dreams are ten a penny. Leave them in the lost and found. Benny, Benny, dreams are ten a penny. Get your feet back on the ground.*«

Skepsis und Sünden

»Reunión de negocios? Was für eine geschäftliche Besprechung? Wir hatten in diesem Haus noch nie eine geschäftliche Besprechung!« Skepsis triefte aus jedem von Yoanis Worten.

Das stimmte nicht. *Ich* hatte in diesem Haus schon einige geschäftliche Besprechungen gehabt, aber immer dafür Sorge getragen, dass *La Criada* nicht anwesend war. Ich hegte den begründeten Verdacht, dass meine Perle bei ihren wöchentlichen Besuchen in *Juanita's Beauty Parlor* nicht nur ihre schwarze Haarfarbe und ihr Wissen auffrischte, sondern selbst *gossip* unters Volk streute. Die *chicas* spürten instinktiv, dass das Wort *Parlor* vom lateinischen Wort für *reden* abstammte.

»Es ist etwas Wichtiges. Maria hat keine Zeit, die arbeitet, und die *niña* ist gerade etwas schwierig, wie du weißt, und da möchte ich Barbra nicht mit ihr belasten. Ich wäre dir bis ans Ende deiner Tage verbunden, wenn du auf Romy so lange aufpassen könntest.«

Das Mädchen zahnte seit einer Woche und war ungenießbar. Wir wussten nicht, wie sie es machte, aber unsere Haushälterin musste die Kleine nur wenige Minuten in ihrer Gewalt haben und schon hörte die nervige Quengelei auf. Maria vermutete Textilschnuller mit Mohnfüllung. Ihr griechischer Vater war auf diese unorthodoxe Weise als Baby ruhiggestellt worden. Beweisen konnten wir jedoch nicht, dass Yoani unsere Tochter mit Drogen fütterte.

»Wer kommt?«

Nicht, dass es meine Haushälterin etwas anging, mit wem ich geschäftliche Besprechungen abhielt, aber eine Diskussion mit der redegewandten *tica* würde zu viel Zeit verschlingen.

»Dr. Chandler aus der Klinik.«

»Dann hättet ihr euch doch in der Klinik treffen können.«

Hätten wir, aber das, was wir heute zu besprechen hatten, sollte besser niemand zufällig mithören. »Ich dachte, es wäre nett, ihn mal hierher einzuladen.«

»Das ist doch der, der es mit Tieren treibt! Für den koche ich nichts!«

Dieses Gerücht über meinen mit Mythen behafteten Kollegen war mir neu. »Der treibt es nicht mit Tieren. Er war früher Großwildjäger und tut heute keiner Fliege mehr was zuleide. Er ist sogar Veganer.« Mir fiel das spanische Wort für Rohkostler nicht ein.

»¡*Madre de Dios!*« Yoani rollte missbilligend mit den Augen. In ihrem carnivoren Weltbild kam ein Veganer direkt nach einem Tierschänder. »Aber es wäre unhöflich, ihm nichts anzubieten. *Sopa azteca?*«, schlug sie vor.

»Er isst nichts Gekochtes. Nur Rohes.«

»Dann mache ich einen Salat.« Yoani machte den Salat nach hiesigem Usus nur mit Zitrone und Salz an, weswegen wir sie nie Salat machen ließen.

»Geht nicht. Es muss alles *crudo* sein.«

»Ey, ey, ey! Das ist mir zu kompliziert! Ich werde auf meinen Augenstern aufpassen und mich nicht blicken lassen, bis der feine Herr Doktor wieder weg ist.«

Wofür alle Beteiligten dankbar sein würden. Yoani konnte jedoch nicht aus ihrer gastfreundlichen Haut. Bis Warren eine

Stunde später eintraf, waren diverse Schälchen mit fein gestifteltem Gemüse auf dem Tisch. Als wir Platz genommen hatten, kam die *tica* mit Romy auf der Hüfte aus der Küche, beäugte den Arzt misstrauisch und knallte eine Schüssel mit selbst gemachter Guacamole auf die Tischplatte. Danach verschwand sie im Kinderzimmer, ohne die Tür hinter sich zu schließen. Darauf kam es nicht an, wir unterhielten uns auf Englisch, das die *tica* nicht beherrschte.

»Deine Hausangestellte scheint mich nicht zu mögen«, bemerkte der Chirurg in seiner gewohnt trockenen Art.

»*Yoani thinks you are performing bestiality.*« Im Gegensatz zum deutschen Sprachgebrauch, wo der Begriff *Sodomie* meist für den Geschlechtsverkehr mit Tieren stand, gab es im Englischen fein differenzierte Vokabeln für sexuelle Verfehlungen im religiösen Sinne – was mir zu denken gab. Sprache drückt schließlich auch den Lebensstil einer Menschengruppe aus. Eskimos kannten angeblich über hundert Termini für Schnee – weil sie damit täglich zu tun hatten. Großbritannien schien demnach ein einziger Sündenpfuhl zu sein. »Damit bist du Abschaum. Yoani hat einen Aufkleber an der Stoßstange, dass sie auch für Tiere bremst. Ihre Tierliebe hat also Substanz. Du läufst ihr besser nicht auf der Straße über den Weg. Die ist imstande und verwechselt mal eben die Bremse mit dem Gaspedal.«

Yoanis Fahrstil war am besten mit dem Begriff *suizidale Autopilotin* zu bezeichnen. Ein Insiderjoke war, dass wir, sobald es Huhn gab, die Köchin fragten, ob sie das arme Tier selbst überfahren hatte.

»Seltsame moralische Vorstellungen haben diese fleischsüchtigen *ticos*. Was ist schlimmer, Schafe gelegentlich zum Triebabbau zu benutzen oder sie abschlachten und essen? Warum sich in einer Gesellschaft, die zulässt, dass Mutterschweine auf dem Boden fixiert werden, drüber aufregen, wenn einer ab und an seinen winzigen Schniedel in ein Tier steckt?«

Warren brachte solche Sätze, ohne eine Miene zu verziehen. Heimlich bewunderte ich ihn für diese Fähigkeit. Mit meinem humorigen, deutschen Einwurf, dass man Schafe nicht zur *Woll-Lust* gebrauchen durfte, konnte der Amerikaner nichts anfangen. Er schloss einen Moment gequält die Augen und kam schließlich zum Grund unseres Treffens: Der Laminator und wie er unsere heile Welt kaputt machte. Wir waren uns einig, dass wir erfahren mussten, was der Jungdynamiker im Schilde führte.

»Wir brauchen Zugriff auf seinen Computer und seine Mails«, meinte mein Kollege.

»Ich bin kein Hacker, aber ich könnte eine Datensicherung von seinem Laptop machen, wenn ich genügend Zeit dazu habe. Ich weiß, dass er das Passwort unter dem Locher auf seinem Schreibtisch kleben hat.«

Ich hatte zugehört, wie Marina, die Putzfrau der Station, mit Rosa gesprochen und sich darüber beschwert hatte, dass der Zettel immer beim Wischen abging. Marina wunderte sich darüber, wie dumm jemand sein konnte, sein Passwort so kompliziert zu machen, dass er es sich nicht zu merken vermochte, und es dann auf einem Zettel auf dem Schreibtisch aufzubewahren.

»Wir brauchen nur jemand, der ihn ablenkt, und zwar zuverlässig und lange – ich bin nicht der Schnellste bei so was.«

»Ich könnte ihn zu einer Besprechung bitten, während du die Festplatte spiegelst«, bot Warren an. »Strittige Themen gibt es ja genug.«

»Zu unsicher. Wenn er keine Lust mehr hat, lässt der dich eiskalt sitzen und ich bin geliefert. Nein, das muss was sein, was er nicht unterbrechen kann.«

In diesem Moment kam Yoani aus dem Flur, dieses Mal ohne Romy. Meine Küchenhexe murmelte Unverständliches in ihren dezenten Damenbart. Ich vermutete, sie belegte unseren Gast mit Flüchen.

161

»Stimmt etwas nicht?«, fragte ich fürsorglich.

»*No,* was soll nicht stimmen? *He?* Ich komme wegen der außerplanmäßigen Besprechung heute nicht mehr in die Kirche. Da bete ich eben hier. Dem *Herrn* ist es gleich, wo man zu ihm spricht. Schlimm genug, dass ich die Beichte seit einer Woche nicht abgelegt habe, weil mich die Arbeit so sehr in Anspruch nimmt.«

Ehe ich »Aha, aha!« sagen konnte, war die tiefgläubige Christin in der Küche verschwunden und werkelte lautstark mit Töpfen herum. Mein Lächeln war mindestens so erleuchtend wie die Glühlampe, die gerade in meinem Schädel angegangen war. »Die Beichte! Das ist es! Die kann er nicht abbrechen, wenn einmal eines seiner Schäfchen angefangen hat, seine Sünden zu bekennen.«

Warren kratzte sich mit dem Daumen am Handballen und zuckte einmal mit dem Auge. »Nur, wer hat so viel zu beichten, dass es für unsere Absichten reicht?«

Der nächste Gedanke kam uns gleichzeitig. »Señora Ortega!«

DR. CHANDLER HATTE die schillernde Seniorin am folgenden Sonntag aus ihrem möblierten Zimmer über einer Bäckerei in Puerto Limón mit unserem Bentley abgeholt, sie vor dem Gottesdienst an der Kirche abgesetzt und ihr einen Zwanzig-Dollar-Schein in die Hand gedrückt.

»Für jede angefangene Viertelstunde, die Sie im Beichtstuhl verbringen, bekommen Sie weitere zwanzig Dollar«, hatte er der Ex-Geliebten des verblichenen kubanischen Staatschefs Fidel Castro mit der sehr bewegten Vergangenheit versprochen. »Bei jeder vollen Stunde runden wir auf einhundert Dollar auf.«

Olivia Ortega hatte seit ihrer Kommunion nicht mehr die Absolution aus geistlichem Munde erhalten und über Jahrzehnte in zahlreichen latein- und mittelamerikanischen

Ländern unzählige Verfehlungen und Todsünden begangen. Wir mussten schließlich einhundertvierzig Dollar berappen plus ein anständiges Abendessen in einem Lokal ihrer Wahl mit einem Abstecher im hiesigen Supermarkt, um eine Flasche Rum und frittierte Schweineohren zu kaufen. Sie nannte das *Spesen*. Mein Kollege, der die Seniorin begleiten musste, nannte es *eine Zumutung für sein veganes Gemüt*.

Sterne und Sex

SEIT MEINEM SIEBZEHNTEN Lebensjahr war klar, dass eine meiner geplanten zwei Töchter nach Billy Joels Lied *The Downeaster Alexa* benannt werden würde. Bei der Erstgeborenen hat das schon mal nicht geklappt, da ich kurz nach der Zeugung kein Mitspracherecht mehr gehabt hatte. Raya, meine Ex-Geliebte, hatte ihrem Mann Rainer das Kuckuckskind in die Wiege gelegt und die Kleine wurde katholisch auf den Namen Madalena Delgado Schiller getauft. Tobias Magnus Mortensen, das schnellste Spermium, hatte die Gebärmutter der blonden Dänin Saskia Brigitte Mortensen gekapert, noch ehe klar war, was aus der Beziehung zwischen dem Samenspender und der Eizellenbesitzerin werden würde.

Mein dritter Ableger entsprang ebenfalls einer nicht ehelichen Beziehung, auch wenn die Kindsmutter in diesem Falle mir so weit zugetan war, dass sie bei ihrer Tochter dem Vornamen Alexa im Prinzip zugestimmt hätte. Leider hatte uns Amazon einen gewaltigen Strich (oder eher einen *Punkt*) durch die Rechnung gemacht. Unser *Echo Dot* wäre jedes Mal aktiviert worden, hätten wir nach unserem Nachwuchs gerufen. Der Fluch der digitalen Technik.

»Astra«, schlug meine Gefährtin vor, als sie glückselig lächelnd unseren frisch geschlüpften Nachwuchs zum ersten Mal stillte.

»Warum das denn?«, fragte ich entgeistert.

»Weil sie mein Augenstern ist.« Maria strich dem zufrieden schmatzenden Menschlein mit dem Zeigefinger zärtlich über die rosige Wange.

Dieses Bild würde sich für immer und ewig in meiner Netzhaut einbrennen. Meine Assoziation bei dem Namen *Astra* war jedoch nicht die eines Sternbildes am Firmament, sondern eine kleine, handliche Flasche mit dem Herzanker im Logo. Maria hatte es mit ihrem Namensvorschlag geschafft, dass ich fortan beim Anblick stillender Mütter Lust auf einen Schluck Bier bekam. Pawlowscher Reflex. Meine Drittgeborene würde mit diesem Namen immer mein Biermädchen sein, versuchte ich Maria zu erklären, die hormonell noch in einem bedenklichen Zustand war und unvermittelt anfing zu schluchzen.

Frauentränen im Allgemeinen hatte ich als Mann und Mediziner im Laufe der Jahre gelernt zu ignorieren – Marias überlaufende Pfützchen dagegen machten mich komplett wehrlos. So stimmte ich leichtsinnig ihrem zweiten Vorschlag zu, einem üblen Vornamenkonstrukt. Romy Schneider war in ihrer Rolle als stolze Kaiserin Elisabeth von Österreich das große Vorbild der kleinen, pummeligen Maria Olympia gewesen – wegen der schönen Haare, dem schneidigen Franz Joseph und der rauschenden Roben. Die kleine Elisabeth Romy Pavlidis hatte ihren Namen.

Tobi meinte, dass der Name Elisabeth total uncool und Sissi ein Name für Hunde sei und nannte die neue Erdenbürgerin *Romy*, mit Betonung auf der zweiten Silbe, was wir gerne übernahmen.

Die Namensvetterin der verstorbenen Kaiserin war ein ausgebufftes Baby, das seine Eltern von Geburt an mit ihrem bezaubernden, zahnlosen Lächeln um den Finger gewickelt und fest im Griff hatte. Das trügerische Lächeln konnte im Handumdrehen ausgeschaltet werden – die Phase, in der ein Verziehen der Mundwinkel Unwillen äußerte, dauerte ebenfalls nur wenige Nanosekunden. Danach plärrte unser pausbäckiger Engel mit Zornesfalte über den Augen, bis er seinen Willen bekam.

Tobi blieb der Einzige, der ihrem Charme nicht willenlos verfallen war. Er betrachtete seine kleine Schwester mit sehr viel Skepsis. Selbst die Tatsache, dass ihr erstes gesprochenes Wort nicht Mama oder Papa gewesen war, sondern *Obi,* beeindruckte meinen toughen Sohn nicht weiter.

Der Dialog beim heutigen Mittagessen war beispielhaft für das Verhältnis der Geschwister zueinander. Romy wiederholte »Messa! Messa! Messa!« und klopfte dabei mit dem Besteckteil auf den Plastikteller vor sich, den sie zuvor samt Inhalt mit einiger Anstrengung umgedreht hatte. Maria und ich waren stolz darauf, dass unser Baby ein neues Wort beherrschte, auch wenn das *Messa* ein Löffel war.

Ihr Bruder dagegen rollte mit den Augen und meinte: »So ein blöder Fehler wäre mir in dem Alter niemals passiert!«

Da musste ich Tobi beipflichten, ihm wären nie solche *blöden* Fehler passiert. Das schnellste *Premium* hatte das Talent, äußerst kreativ mit Sprache umzugehen. Er erfand Worte wie *Heulschnupfen, Korsikäse* oder *Seifenblasenentzündung* und fürchtete sich davor, in einem *Zombienat* zu landen.

»*Ladifari!*«, erinnerte ich ihn und erntete ein: »Orr Papa, hör auf! Ich bin schon zu groß für so was.«

Kinder wurden viel zu schnell erwachsen.

Maria hatte sich nach der gemeinsamen Mahlzeit in den oberen Stock zurückgezogen, um sich ungestört das Ergebnis meines illegalen computertechnischen Raubzuges durch

Remos Festplatte vor einigen Tagen durchzusehen. Ich hatte nach dem Essen den Tisch abgeräumt und wollte Romy frisch machen, ehe ich sie ins Bett legte. Leider war die Box mit den Feuchttüchern mal wieder leer. Die Kindsmutter war viel, aber nicht organisiert.

Ich stellte mein nacktes Baby auf den Boden und erklärte ihr: »Papa geht kurz Tücher holen. Bleib schön hier, Papa kommt gleich wieder.«

Bei diesem Kind war der Satz *Papa kommt gleich wieder!* anscheinend synaptisch falsch verschaltet. Mein Baby verstand generell: *Papa kommt nie, nie, nie mehr wieder zurück!* und begann ohne Vorwarnung wie ein Feuermelder zu heulen. Tränen wie dicke Süßwasserperlen kullerten die speckigen Wangen herunter. Ich seufzte, holte das Auberginenei vom Regal und öffnete es. Die als Fabergé-Ei getarnte Spieluhr war mein erstes Geschenk an Maria gewesen und diente nun dazu, unsere gemeinsame Tochter ruhigzustellen. Beethovens weltbekanntes Klavierstück in a-Moll aus dem Jahre 1810, *Für Elise,* funktionierte im 21. Jahrhundert auch bei der kleinen Elisabeth.

Die Nachwuchskaiserin setzte dieses betörende Lächeln auf, das sie laut Maria von mir geerbt hatte, und meinte: »Papa tommt! Tommt! Tommt!« Neuerdings wurde der Effekt durch vier Milchzähne im Oberkiefer und zwei im Unterkiefer noch verstärkt. Mein Baby hatte die Konsonanten R und K noch nicht für sich entdeckt. Ich lief in den Flur mit den Vorratsschränken, Romy tapste mir hinterher, beschloss dann aber, bei ihrem Bruder zu bleiben, der mit Salomé auf dem Schoß las.

Die wunderschöne dreifarbige Kätzin, die Gwen eines schönen Tages im Maul angeschleift hatte, war einfach gestrickt und verfügte über drei Grundgedankengänge: »*Oh, 1 Mensch, da setz i mi drauf!*«, »*Oh, 1 Schüssel! Die m8 i leer!*« und »*I bims, deim Katze! Magst mi streicheln und dann meim Arsch anschaun?*«

Als ich wenige Minuten später wieder zurückkam, saß Romy ebenfalls auf der Couch und streichelte Salomé. Das im Grunde sehr harmonische Familienporträt wurde durch einen dampfenden Kothaufen vor dem Couchtisch erheblich gestört.

Tobi meinte trocken: »Damit du Bescheid weißt, das waren weder Salomé noch ich!«

Seine Schwester bekannte sich stolz zu der Tat: »Omy! Omy! Omy!«

»Papa, ich hoffe, die wird bald stubenrein, das geht so nicht!« Mein Sohn klappte empört das Buch zu, warf seine Mitbewohnerin vom Schoß und verzog sich in die Hängematte vorm Haus. Die verwirrt dreinblickende Katze folgte ihrem Herrchen und maunzte: *I bims 1 Hund, vong der Klukkheit her!*«

Ich seufzte. Wie sage ich es meinem frustrierten Kind, dass das mit dem Aufs-Töpfchen-gehen-Lernen bei kleinen Menschen erheblich länger dauerte als bei Katzen und Hunden? Bei Tobi hatte das Toilettentraining nach wenigen Tagen bereits angeschlagen. Der clevere Junge hatte sehr schnell registriert, dass er allen Menschen um sich herum einen riesigen Gefallen tat, wenn er sein Geschäft statt in die Windel ins Töpfchen machte. Der schwierigere Teil war der, ihm abzugewöhnen, seine Ausscheidungen mit stolzgeschwellter Brust der Öffentlichkeit zu präsentieren und Farbe und Konsistenz zu kommentieren. Er tendierte lange Zeit dazu, alle Anwesenden bei geöffneter Toilettentür an seinen Sitzungen teilhaben zu lassen, und wollte im Gegenzug wissen, was andere in der Schüssel hinterließen. Erst die Anschaffung eines Ampelmännchen-Türschildes beendete diese Unsitte.

»*Rot heißt sitzen, grün heißt flitzen!*«, hatte ich ihm beigebracht und konnte nun selbst wieder in relativer Ruhe und Abgeschiedenheit meine Notdurft verrichten.

Heute schlief unser kleines Scheißerchen thematisch passend mit dem Kampfspruch: »Seisse! Seisse! Seisse!« auf den Lippen ein. Dem Plappermäulchen waren Di- und Triphthonge noch nicht geläufig, dafür wiederholte es jedes Wort in der Regel zweimal.

MARIA SASS AM LAPTOP in unserem kleinen Büro und las hochkonzentriert mit Hilfe einer gekräuselten Nase sowie einer Lesebrille eine Datei aus dem feindleschen Computer auf dem Bildschirm. Um meine Paarungsbereitschaft zu demonstrieren, nahm ich meine Gefährtin von hinten in den Arm, fuhr mit beiden Armen unter ihr Shirt, streichelte ihren samtweichen Bauch und küsste sie aufs Ohr. »Benny braucht Liebe!«

»Geh zu einem deiner Kinder oder deinen Haustieren, die können dir auch Liebe geben.«

»Aber nicht die Art Liebe, die ich am meisten brauche. Ich habe eben die Kacke deiner Tochter vom Boden aufgewischt. Du schuldest mir einen sexuellen Gefallen.«

»Das ist auch dein Kind. Also schulde ich dir nichts und schon gar nichts Genitalreferentielles.«

»Was ich aufgrund der Tatsache, wie sich Romy entwickelt, langsam bezweifle. Ich werde einen DNA-Test veranlassen müssen. Wenn du mir einen bläst, vergesse ich allerdings meine Bedenken.«

Romy hatte das Grübchen am Kinn nicht geerbt und sah mir insgesamt verdächtig wenig ähnlich. Hätte sie nicht am Haaransatz auf der Stirn zwei auffällige Wirbel gehabt, genau wie meine Mutter und deren zwei Schwestern auch, hätte ich schon längst einen Vaterschaftstest machen lassen.

»Ich habe dir schon so oft gesagt, dass ich das nicht auf Zuruf mache«, meinte das Objekt meiner Begierde.

»Okay. Dann lass mich mal kurz an den Computer, ich schicke dir per Mail ein schriftliches Gesuch.«

»Kann ich nicht, die Lektüre ist gerade ultraspannend. Euer Ordensmann hat einen Roman geschrieben. Ich nehme mal an, es ist so eine Art Schlüsselroman. Willst du den Titel wissen?«

»Nein, will ich nicht. Ich will mit dir für eine Woche in der Karibik segeln ohne Kinder und Kirche im Nacken und dich hemmungslos beschlafen.« Meine Hände rutschten höher.

»Nichts da mit Karibik. Wir sind in Tirol. Das Werk heißt: *Der Sohn des Elendsbauern.* Der Berg ruft!« Maria ignorierte meinen ausgefeilten Plan und meine subtilen Annäherungsversuche und begann vorzulesen.

Ich setzte mich in den Sessel in der Ecke und lauschte der Geschichte, die in einem kleinen Seitental des Zillertals Ausgang des 19. Jahrhunderts spielte. Alles fing damit an, dass der vierzigjährige Jakob Krapfinger seinen körperlich behinderten Sohn Luis am Abend nach dem Almabtrieb mit in die Wirtschaft nahm. Der Kleinbauer hatte etwas Geld gespart, um sich ein Bier und für das Kind Speckknödel mit einer ordentlichen Portion Soße leisten zu können.

»*Bua lang numma ordentlich zua!*«, forderte Jakob den kleinen Luis auf, der etwas gehemmt war, weil alle im Gastraum die beiden mit feindseligen Mienen beobachteten.

Man erfuhr, dass Luis' Mutter im Kindbett gestorben und Jakob ein despotischer Vater war, der nicht nur das eigene Kind, sondern auch das Vieh grausam behandelte. Deshalb war er unbeliebt im Dorf. Der Junge wurde überdies aufgrund seines Klumpfußes in der Schule gehänselt.

Aha, aha. War also ein *Pes equinovarus* schuld an dem Hinken unseres Kleingeistlichen. An sich schwerer Stoff für einen sonnigen Nachmittag in der Karibik, vor allen Dingen, wenn man mit einer halben Latte in der Hose dasaß und lieber gepimpert hätte. Darüber hinaus war Remos Prosa gestelzt und hörte sich sehr hölzern und ungelenk an.

Luis sollte es mal besser haben als der Vater und später eine Lehre als Glasbläser drunten im Inntal beginnen. Der Sohn stand diesem Plan eher ängstlich gegenüber. »*Vadder, Vadder, schickst mi neda forda in die Fremde!*«, flehte er und bekam Prügel dafür. Schließlich fand Luis in Timotheus, dem neuen Priester der kleinen katholischen Kirchengemeinde, einen Freund und Förderer. Der Junge wollte nun die klerikale Laufbahn einschlagen. »*I moag liaba dem Himmidaddi diena als a Gloas zum bloasn, Vadder!*«

Ich konnte nicht anders, ich musste Maria meinen spontanen Gedankenerguss mitteilen: »Na ja, kann man verstehen, der *Bua* wollte halt lieber einem Pfarrer einen blasen als Glas. Hat beides Tradition in den Alpenschluchten.«

»¡*Idiota!*«

Ich fragte mich zum wiederholten Male, warum Yoani auf alle meine Lebensabschnittsgefährtinnen so einen destruktiven Einfluss hatte. Maria las weiter. Schließlich rächte sich der zukünftige Bläser an dem brutalen Vater. Der Showdown fand in einem sogenannten *Mitterstall* statt. Jakob wurde von der trächtigen Haflingerstute, der er so übel mitgespielt hatte, zu Tode getrampelt.

Ende gut, alles gut, dachte ich und sah auf die Uhr des Laptops. Die Story war dreißig Minuten lang gewesen. »Das ist doch kein Roman, das ist eine Kurzgeschichte.«

»Da steht Roman von Remo Feindle. Fünfzehn Seiten. Anderthalbzeilig geschrieben.«

»Wegen so was habe ich mich strafbar gemacht?« Ich wollte aufstehen, um mir als orale Ersatzbefriedigung etwas Kalorienhaltiges aus der XXL-Godiva-Geschenkbox, die mein polyglotter Freund von seinem letzten USA-Besuch mitgebracht und uns per Boten hatte zukommen lassen, zu gönnen. Auch wenn der Kontakt zwischen uns eingeschlafen war, versorgte uns der Früchtemillionär nach wie vor mit Leckereien aus aller Welt. »Ich geh mir was von dem Süßzeugs aus Manuels letzter Sendung holen. Soll ich dir was mitbringen?«

»Ich esse keine Blutschokolade!« Maria, das sozialistisch angehauchte Arbeiterkind, konnte sich mit der Art, wie der Obstgroßhändler und seine Vorfahren zu ihrem Vermögen gekommen waren, nicht anfreunden. »Bleib, der Hammer kommt noch!«

»Was soll da noch kommen? Hat der Vertreter des *Himmidaddi* auf Erden noch ein Musical geschrieben?« Ich adaptierte gerne neue Begriffe.

»Besser – beziehungsweise schlechter für euch und den Health Post.«

Dann fasste Maria zusammen, was unser neuer Chef vorhatte. Die Krankenstation sollte abgewickelt, das Gebäude abgerissen und an dessen Stelle ein neues, prächtiges Gotteshaus errichtet werden, mit bunten Glasscheiben und steinernem Altar aus brasilianischem Granit. Remo hatte anscheinend die letzten Monate damit zugebracht, einen Architekten mit der Planung zu beauftragen. Die ersten Angebote waren schon da.

»Schau, allein fast dreißigtausend US-Dollar für eine neue Orgel. Die kommt übrigens bereits in einem Monat und wird vorerst in der alten Kirche installiert werden.«

Die alte Yamaha-Orgel war zwar ein musikalischer Albtraum und pfiff sprichwörtlich auf dem letzten Loch, aber ein paar Nummern kleiner hätte es auch getan. Für das derzeitige Kirchengebäude gab es Umbaupläne zu einer naturheilkundlichen Praxis für Privatpatienten.

»Sag doch was, Benny.«

Wir hatten mit vielem gerechnet, aber dass der Laminator den Health Post komplett plattmachen und durch einen unnützen Sakralbau ersetzen wollte, konnte niemand ahnen. Remo errichtete ein Kaiserreich für sich und Poppaea.

Ich war kurzfristig sprachlos. »Stör mich nicht, Oly. Ich überlege gerade, wie ich diesen Arsch in den Stall locke und Ismail dazu bringe, ihn unter seinen Hufen zu zermalmen«, presste ich zwischen den Zähnen heraus.

»Willst du Mitleidsex?«, bot Maria an, wartete nicht auf meine Antwort und kniete sich mit verführerischem Augenaufschlag vor mich hin. Dieses gespielte devote Verhalten machte mich noch wuschiger, als ich die ganze Zeit gewesen war. Ich ergab mich seufzend meinem Schicksal.

ALS MIR REMO das nächste Mal über den Weg lief, summte ich ganz leise extra für ihn eine alpenländische Weise: »*Uns oin is die Zeit zu gehen bestimmt. Wie a Blattl trogn vom Wind geht's zum Ursprung zruck als Kind. Wenn des Bluat in deine Adern gfriert. Wie dei Herz aufhört zum Schlogn und du aufi zu die Engerl fliagst. Dann hob ka Angst und loss di anfoch trogn. Weil es gibt was nach dem Lebm, du wirst scho segn!*«

Himmel und Hölle

Nach dem Abendessen war ich am Strand entlang zu Hernandos Laden gelaufen, um die Post abzuholen. Der Ladenbesitzer, Ortsvorsteher und Postfilialenbetreiber in Personalunion saß mit Alvarez, unserem Taxifahrer, auf den zwei Plastikstühlen, auf denen tagsüber Mama Mira ihre senilen Audienzen abhielt. Milka, die Mischlingshündin, die ich vor Jahren von der Straße geholt und die sich freiwillig für ein Leben im Laden entschieden hatte, lag dabei und schlief mit dem Kopf auf den Pfoten.

Die *ticos* hatten jeder eine Dose *Pilsen* mit Schaumstoffüberzieher in der Hand, der verhindern sollte, dass das Getränk allzu schnell warm wurde. Hernando verschwand im Laden und kam mit einem Bier, einem Klappstuhl und meiner Post zurück. »Nimm Platz, *hermano,* und plaudere ein wenig mit uns!«, forderte er mich auf.

Drei Bier und zwei Stunden später machte ich mich zurück auf den Heimweg. Die Nacht war mondlos und die Sterne glitzerten um die Wette in ihrem schwarzen Samtbett. Die Teelichter der Göttin. Der ganze Himmel ein einziges Bühnenbild mit erstklassigen LED-Effekten. Bei diesem Anblick konnte ich nicht anders und sang das Firmament und Ricky auf ihrer Dekowolke an. »*Und als einer von Millionen, steh ich hier und schau nach oben. Frag mich, wo du gerade bist und wie es da wohl*

174

ist. Und als einer von Millionen, der an Erinnerungen hängt, fühl ich, dass du gerade hier bist, in diesem Moment.«

Mein Gesang ging im lauten Tosen der Brandung unter. Draußen auf dem Ozean musste ein Gewitter getobt haben, dem Wellengang nach zu urteilen. Ich watete barfuß durch die flach auslaufende Dünung. Erst kurz vorm Haus zog ich die Havaianas an und lief durch den feinen, pudrigen Sand. Das Wohnzimmer war menschenleer, es brannte nur die kleine Nachtlampe. Zusammen mit dem Licht aus dem oberen Bad tauchte ihr Schein einen Meter vor dem Haus den Strand in fahles Licht. Es ging kein Lüftchen. Die Wedel der Kokospalmen hingen unbeweglich, wie dunkle Schatten herab. Ein paar unermüdliche Grillen übertönten das nie endende Rauschen und Grollen des Meeres. Hintergrundmusik für mein Leben.

In der geknüpften Hängematte lag Madalena und schlief tief und fest. Sie hatte sich in einen übergroßen Sweater gewickelt. Die Augen mit den dunklen, dichten Wimpern waren wie zwei Halbmonde geformt. Halbmondaugen hatte sie Ricky bei mir genannt. Meine uneheliche Tochter war ironischerweise dasjenige meiner Kinder, das mir wie aus dem Gesicht geschnitten war. Ich schluckte und genoss den seltenen intimen Moment. Ich hatte Madalena noch nie schlafend gesehen. Seit der Intervention durch unseren Ortsvorsteher durfte sie uns zwar regelmäßig besuchen, aber nie über Nacht bleiben.

Wenn ich in Madalenas Nähe war, kam ich mir ähnlich verloren und hilflos vor wie Seth, der Engelsbote aus dem Film *Stadt der Engel,* nachdem er sich sichtbar gemacht hatte. Ich konnte mit meiner Tochter sprechen, sie sehen, sie riechen, mit ihr lachen und Gedanken austauschen. Aber ich konnte sie nicht an mich drücken, wie ein richtiger Vater das kann. Jeglicher etwas intensiverer Körperkontakt war nicht möglich, weil er mich entweder verraten oder ich mich als Pädophiler verdächtig gemacht hätte. Ich weiß nicht, wie oft ich versucht war, mich wie Seth auf die Erde fallen zu lassen und mich gegenüber Madalena zu outen, um sie endlich spüren und das Kind in den Arm nehmen zu können, wenn mir danach war. Aber genau wie für Seth würde es dann kein Zurück mehr für mich geben. Ich hatte Angst davor, wie das Mädchen es aufnehmen würde, dass wir über ein Jahrzehnt nebeneinanderher gelebt hatten, ohne dass ich mich zu ihr bekannt hatte. Wie würde Tobi reagieren, würde aus der Freundin plötzlich eine große Schwester werden? Wen würden Raya und Rainer dafür büßen lassen, sollte Madalena die Wahrheit über ihre Abstammung erfahren?

Zu viele ungeklärte Fragen. Mir fiel der passende Song von Manfred Mann ein. *»They answered my questions with questions and pointed me into the night. The power that bore me had left me alone, to figure out which way was right.«*

Maria hatte ich kurz nach unserer Ankunft in Costa Rica aufgeklärt und ihr die unsägliche Geschichte mit Raya gebeichtet. Es fiel mir schwer, darüber zu sprechen, dass die Bolivianerin mit meinen Gefühlen und männlichen Bedürfnissen gespielt hatte, um schwanger zu werden. Ich stotterte, als ich zu dem Kapitel kam, in dem ich kurz nach der Empfängnis überflüssig geworden war und ich meine Tochter bei einem Notkaiserschnitt mit zur Welt gebracht hatte und sie danach nur noch in Ausnahmefällen und aus sicherem Abstand sehen konnte. Neben Rickys Tod die schmerzhafteste Erfahrung in meinem bisherigen Leben. Blut ist nicht nur dicker als Wasser, es hat eine magnetische Anziehungskraft, gegen die ich mich seit zwölf Jahren wehren musste, obwohl ich nichts lieber getan hätte, als meiner leiblichen Tochter ein Vater zu sein.

Im Bad ging das Licht aus und hinterm Haus giftete ein unzufriedenes Opossum laut und böse zischend los.

Madalena schlug die Augen auf und sah mich überrascht an. »Hi, Ben!«, meinte sie verlegen. »Ich bin eingeschlafen. Tut mir leid.« Rainer hatte ihr seine Muttersprache beigebracht und sie unterhielt sich gelegentlich mit Tobi auf Deutsch. Ihr Wortschatz war gering und sie hatte einen starken spanischen Akzent, konnte sich aber gut verständigen. Wir unterhielten uns dagegen stets auf Spanisch. »Bist du jetzt böse auf mich?«

»Nein, wo denkst du hin? Du gehörst doch praktisch zur Familie. Wir freuen uns alle, wenn du bei uns bist.«

»Dann ist es gut. Ich möchte euch nämlich nicht stören.« Das Mädchen war mit dem Blick Richtung Haus gelegen, was ungewöhnlich war. Alle anderen Gäste interessierte mehr, was auf dem Meer los war, als in unseren vier Wänden. »Die schlafen alle schon lange bei dir zu Hause. Wo warst du?«

»Ich habe meine Post bei Hernando geholt und bin versackt. Ich hielt die drei Umschläge hoch. »Was treibst du so spät noch auf?«

»Ich liege oft abends hier, hier ist es ruhiger als zu Hause.« Madalena setzte sich seitlich in die Hängematte, legte die Handflächen unter die Oberschenkel und ließ die Füße baumeln und erinnerte mich an ihre Mutter. Raya war unzählige Male genau so in eben dieser Hängematte gesessen, ehe sie ins Haus gekommen war, um mich zu beschlafen.

»Die Gäste reden und lachen oft so laut die halbe Nacht, wenn sie was getrunken haben. Da kann ich schlecht schlafen.«

»Warum kommst du nicht einfach rein? Das ist doch lustiger, als hier mutterseelenallein rumzuliegen.«

»Mama hat verboten, dass ich nachts bei euch bin. Sie würde böse werden, wenn sie mich erwischt. Aber ich höre oft zu, wenn ihr Gute-Nacht-Geschichten vorlest oder euch unterhaltet. Das finde ich schön und dann schlafe ich auch in der Hängematte ein. Das ist ja nicht wirklich bei euch geschlafen. Nur so ein wenig.« Madalena sprach mit niedergeschlagenen Augen und ganz leiser Stimme.

Mir blutete das Herz. »Suchen die nicht nach dir, wenn du nicht in deinem Bettchen schläfst?«

»Nein, die suchen nie nach mir. Papa hat bis spät in der Nacht im Hotel zu tun, da weiß ich oft nicht, was ich machen soll. Mama ist unglücklich, weil sie so dick geworden ist, seit Fernando auf der Welt ist. Jetzt muss sie Diät halten und hat auch noch mehr Arbeit. Nicht nur mit mir und den Gästen, sondern auch mit meinem Bruder. Der ist schwierig. Aber ich habe ihn trotzdem lieb. Mama muss auch immer sehr früh zu Bett gehen, weil Fernando viel Schlaf braucht, sonst wird er noch hektischer, und er schläft alleine nicht ein.«

Madalenas Halbbruder war die Verkörperung von ADHS. Raya war vor drei Jahren überraschend noch mal schwanger geworden und hatte ihrem Ehemann den ersehnten Hotelerben geschenkt. Ob Rainer selbst oder wieder ein anderer Mann an dieser Schwangerschaft beteiligt gewesen war, war mir nicht bekannt. Der kleine, übergewichtige Junge sah aus wie ein süd-amerikanischer Ureinwohner – dass in seinen Adern auch nur ein Tropfen deutsches Blut floss, bezweifelte ich sehr.

Meine älteste Tochter schlug, was ihre empathischen Fähigkeiten anging, eindeutig nicht nach ihrer missratenen Mutter. Diese war selbst dann unglücklich gewesen, als sie noch gertenschlank und eine rassige Schönheit war. Ich hatte leider erst zu spät bemerkt, dass meine frühere Geliebte eine eiskalte, berechnende Person war. Sie hatte ihre Chancen, schwanger zu werden, dadurch verbessert, dass sie nicht nur mit Rainer, sondern auch mit mir Eisprungsex hatte. Der Gatte hatte von dem Kinderwunsch gewusst. Ich hatte es durch Zufall erfahren, nachdem eines meiner Spermien das schnellste gewesen war. Raya ging es nur um sich selbst. Ob und wen sie mit ihrer Kuckucksschwangerschaft unglücklich machte, war ihr egal. Hauptsache, sie bekam endlich ihr Wunschkind. Leider war das Wunschkind ein Mädchen geworden. In Mittelamerika, wo immer noch der Machismo die Oberhand hatte, waren *much-achas* Nachkommen zweiter Klasse. Raya gab so lange keine

Ruhe, bis sie endlich ein männliches Kind hatte. Meine frühere Geliebte war der Typ Mensch, dem man eine Niere spendete und der einen tags drauf wegen einer unbedarften, belanglosen Bemerkung ersatzlos und ohne die geringsten Gewissensbisse aus seinem Leben strich.

Wie gerne hätte ich mich zu meiner in vielerlei Hinsicht vernachlässigten Tochter gelegt, sie in den Arm genommen und in den Schlaf gesungen, wie ich das mit Tobi und Romy jederzeit machen konnte. Ich hätte das Mädchen so gerne vor der Welt und ihrer egozentrischen Mutter beschützt, durfte es aber nicht.

»Was hältst du davon, wenn ich uns Decken hole, was zu knabbern und wir legen uns an den Strand? Ich lese dir eine Geschichte vor, bis du schläfst?« Ich stotterte leicht, wie immer, wenn ich emotional wurde. »Ich bringe dich am frühen Morgen rüber ins Hotel, dann kannst du dich noch ein wenig in dein Bett legen.«

»Wird Maria dich nicht vermissen?«

»Maria ist froh, wenn sie mich ab und zu los ist. Ich schnarche, weißt du?«

Wir lagen nebeneinander im weichen Sand, vertilgten eine Packung *Lay's*-Kartoffelchips und tranken *Mountain Dew* aus der Dose. Ich las Madalena mit Kopflampe aus *Tintenherz* vor. Die Geschichte von Meggie, die mit ihrem Vater Mo, dem Bücherarzt, in einem kleinen alten Haus lebt, bis eines Nachts ein merkwürdiger Mann vor ihrer Tür steht, der ihr ganzes Leben durcheinanderbringt, erschien mir ideal als Lektüre.

Madalena schlief erst nach einer ganzen Stunde Vorlesen ein. Sie schob zaghaft ihre warme Hand in meine, wagte es aber nicht, mich dabei anzusehen. Ihr im Halbschlaf gemurmeltes »Ich habe mir immer gewünscht, dass du mein Papa wärst und nicht Rainer«, ließ meine Stimme brüchig werden und mich die nächsten Sätze stotternd vorlesen. Das gleichmäßige Atmen des

Kindes an meiner Seite hörend und die kleine zierliche Hand haltend, nickte ich auch ein.

»Können wir das öfter machen, Ben?«, fragte Madalena, als ich sie kurz vor Sonnenaufgang in das Resort ihrer Eltern brachte.

»¡Pero claro mi querida!«

»Aber wir erzählen das niemand, dass ich jetzt zu euch gehöre«, sagte sie und verschwand in dem tropischen Garten der Hotelanlage. »Das bleibt unser Geheimnis.«

Zu Hause machte ich mir einen Kaffee, packte die Gitarre und spielte ein Lied von Andreas Bourani. »*Wenn der Sinn von allem sich nicht zeigt, sich tarnt bis zur Unkenntlichkeit. Wenn etwas hilft mit Sicherheit, dann Zeit. Es geht vorbei, es geht vorbei. Hey! Sei nicht so hart zu dir selbst, es ist okay, wenn du fällst. Auch wenn alles zerbricht, geht es weiter für dich.*«

Maria lehnte mit Falten vom Schlafen auf der Wange und wirrer Mähne im Durchgang. »Hey! Wo warst du heute Nacht?«, flüsterte sie sanft und wickelte sich fester in ihre dünne Strickjacke.

»Hey! Ich glaube, ich habe mich vom Himmel fallen lassen«, stotterte ich und lächelte, wie ich das immer tat, wenn der Schmerz zu groß wurde, und sang die letzten Zeilen des Songs: »*Halt nicht fest. Lass dich fallen. Halt nicht fest …*«

MERCEDES UND MATRIX

»TRINITY MERCEDES SUAREZ NAVARRO.« Es gab immer wieder eine Überraschung, einen unbekannten Namen aufzurufen und abzuwarten, wer aufstand. In diesem Falle war es laut Patientenakte eine sechzehnjährige, zierliche Schönheit, die an Whitney Houston zu ihren besten Zeiten erinnerte. Der Teenager war mit Schirmmütze, riesigen Goldloops, Prada-Tasche in der Armbeuge, Gucci-Sonnenbrille mit Strasssteinen an den Bügeln, hautengen Jeans, bauchfreiem Top und Extensions ausgestattet. Die Aknepusteln auf den Wangen waren mit einer dicken Make-up-Schicht zugekleistert.

Die voluminösen Lippen und die ausgeprägte Hyperlordose waren das Auffälligste an dem schmalen Mädchen, das mir mit arrogantem Was-kostet-die-Welt-Ausdruck entgegenkam. Direkt hinter ihr lief die um zwanzig Jahre ältere und siebzig Kilo schwerere Ausgabe von Trinity. Der Entenpo und die wulstigen Lippen, die bei der jungen Frau noch attraktiv wirkten, waren bei der anderen mit reichlich Eigenfett fast schon grotesk aufgepolstert. Der Gang der Dame erinnerte tatsächlich an das Watscheln einer Ente.

Ich schätzte die Outfits der *Duckladies* auf einen Nettowert von mindestens fünfzigtausend Dollar. Allein die identischen Blancpain-Mondphasenuhren mussten ein Vermögen gekostet haben. Ich persönlich würde nicht so juwelenbehängt durch die Gegend laufen. In der Provinz Limón wurden Menschen wegen weitaus weniger wertvollen Dingen umgebracht.

Es hatte den Anschein, als sei zahlungskräftige Kundschaft im Anmarsch. Eine Situation, die wir im Health Post nicht besonders oft hatten. Ich lächelte mein Mörderlächeln. Die Damen mit Melaninüberschuss und exklusiven Duftwolken um sich herum folgten mir in Kabine 1. Auch das war ungewöhnlich. Die olfaktorischen Porträts unserer Kundschaft waren sonst eher unauffällig oder sehr naturverbunden.

Die schlankere Entenfrau nahm mit geschürzten Lippen auf der Liege Platz. Sie kaute Kaugummi und sah blasiert aus der teuren Wäsche.

»Trinity Mercedes ist ein interessanter Vorname«, bemerkte ich, um die Stimmung aufzulockern. »*Matrix* ist einer meiner absoluten Lieblingsfilme.« Neo im coolen schwarzen Mantel war mein Held gewesen und die Film-Trinity wollte ich einfach nur hemmungslos pimpern. Angesichts der intellektuell eher leeren Blicke, die mich aus zwei Augenpaaren trafen, behielt ich die Bemerkung, dass mein Papa bei Daimler gearbeitet hatte, für mich.

»Unsere Tochter wurde nach der heiligen und barmherzigen Dreieinigkeit benannt«, klärte mich die XXL-Mutter auf und begann mich in ratterndem Spanisch und agitierter Körpersprache, mit der typischen rollenden Kopfbewegung, die Menschen mit afrikanischen Wurzeln eigen war, zuzutexten.

Trinity und Muriel waren aus San José und verehrte einzige Tochter beziehungsweise geliebte einzige Ehefrau eines Juweliers. Sie wollten ein paar Tage in einem Luxusresort am Strand ausspannen. Trinity musste sich auf eine Prüfung in der Schule vorbereiten und die Mutter war sowieso ständig urlaubsreif.

»Als Geschäftsfrau hat man nie Feierabend«, erklärte sie mir. Für Mama *Duck* war Leben die Zeit zwischen zwei Krisen. Mir fiel eine frische OP-Narbe in der Handinnenfläche an einer vielsagenden Stelle auf. Eine Dupuytren-Kontraktur, also eine Schrumpfung der Sehnenplatte der Hand trat bei Frauen eher selten auf. Die Ursache war oft eine ethyltoxische Leberschädigung. Die Alkoholfahne der Juweliersgattin passte zu dieser Diagnose.

Es dauerte fast eine Viertelstunde, bis ich erfuhr, was die beiden menschlichen Luxusausgaben in unsere bescheidenen Räume gebracht hatte. Herr Navarro und Frau Suarez hatten sich vor achtzehn Jahren kennengelernt. Das Ehepaar hatte nach der Traumhochzeit in einem exklusiven Resort in Mexiko vergeblich versucht, ein Kind auf natürliche Art und Weise zu zeugen. Nach drei In-vitro-Fertilisationen kam endlich der ersehnte Nachwuchs in Gestalt der hier anwesenden Trinity Mercedes zur Welt. Man hütete die Tochter wie den Augapfel und gab ihr alles, was sie brauchte, und noch mehr.

»Sehr schön! Man kann Kinder nicht genug mit materiellen Dingen und Luxus verwöhnen«, log ich.

»Trinity Mercedes bekommt auch sehr viel Liebe und Aufmerksamkeit von uns.«

»Noch besser! Womit kann ich Ihnen letztlich helfen?« Ich hatte während der Erzählung gelangweilt zahlreiche Differentialdiagnosen aus dem Blauen heraus gestellt. *Supranasale Oligosynapsie* war mein Lieblingsbefund. Äußere Verletzungen konnte ich keine erkennen. Muriel Navarro lief unter der milchkaffeebraunen Hautfarbe rot an und ihr Redefluss versiegte zum ersten Mal seit einer gefühlten Ewigkeit. Sie krallte sich an ihrer Prada-Tasche fest. Eine Damenhandtasche schien nach wie vor der beste Schutzschild gegen die gemeine Welt, und das durch alle Gesellschaftsschichten.

Die Tochter übernahm gelangweilt das Wort. »Ich war vorhin im Whirlpool im Hotel und da saß so ein pickeliger Teenager aus *Tobleronistan* mit drin. Wir haben uns unterhalten und er hat sich dabei einen runtergeholt und ins Wasser gewichst. Nun hat Mami Angst, dass ich schwanger werden könnte.«

Wenn die Dreifaltigkeit in Person redete, wiegte sie genau wie ihre Mutter den Kopf auffällig auf dem Hals hin und her. Ich hätte das Kind Jo-Jo genannt.

»Trinity, wie redest du!«, mahnte die Mami.

»Ist doch wahr.«

»*Tobleronistan,* wo liegt das denn?«, wollte ich wissen, weil ich mich nicht traute, zu fragen, warum die liebe Trinity so lange im Whirlpool sitzen geblieben war, bis der Typ fertig mit Wichsen war. Ein *anständiges* Mädchen oder ich zum Beispiel hätten gleich zu Anfang der Aktion das Wasser verlassen.

Trinity verdrehte die Augen. »Hallo!? So sagt man zur Schweiz. Wegen der Schokolade.« Sie formte mit beiden Händen ein Dreieck. »Klingelt es jetzt?«

»Aha, aha.« Da hatte der Dr. Brandstätter mal wieder was Neues dazugelernt.

»Sie müssen meiner Tochter die Pille danach verschreiben. Wir sind sehr religiös und unsere Tochter soll unberührt in die Ehe gehen. Eine Schwangerschaft würde meinen Mann umbringen.«

Ich *musste* außer atmen, schlafen, essen, trinken und ab und zu aufs Töpfchen gehen eigentlich nichts. Je älter ich wurde und je länger ich meinen Beruf ausübte, umso weniger *wollte* ich auch. Ich nahm die Patientenakte und zog den blauen Reiter ab. »Wissen Sie was? Wir haben hier im Hause einen exzellenten Heilpraktiker. Ich bin mir sicher, der findet ein wirksames homöopathisches Mittel, das den Organismus ihrer Tochter weitaus weniger belastet als die Pille danach.«

Ich nahm das Paar mit zurück an die Anmeldung und verabschiedete mich. »Ist ein Fall für den roten Reiter, Rosa.«

»¡El Señor sea misericordioso con nosotros!«, murmelte diese.

Remo hatte letzte Woche ein neues, laminiertes Dekret verteilt, nach dem es zwar erlaubt war, dass das Fernsehgerät in der Anmeldung ständig lief, aber es waren nur noch erbauliche Bibelsender erlaubt. *Betflix*-Stationen gab es in Mittel- und Südamerika zwar unzählige, aber Rosa heulte ihren geliebten Telenovelas und Quizshows nach und war nicht mehr ganz so gut auf den Kleingeistlichen zu sprechen wie früher.

Ich nahm die oberste Akte vom Stapel. Dies schien der Tag des Filmes zu sein. Die nächste Patientin war eine vollbusige zwanzigjährige *tica,* die mir von ihrem Traum erzählte, in Hollywood Karriere zu machen. Sie hatte *pega,* die landläufige Bezeichnung für jegliche Form eines Magen-Darm-Infekts, mit wässrigem Durchfall und Erbrechen. Ich konnte nicht anders, ich musste permanent auf das halbrunde Tattoo auf dem Brustbein starren. Es kostete mich eisernen Willen, keinen Permanentmarker zu nehmen und Hand an den zukünftigen Filmstar zu legen.

Ich fragte höflich nach, schließlich konnte es auch Absicht sein. »*Milkshakes* oder *handshakes?* Oder hat dem Künstler die Hand gewackelt?«

»Wie bitte?«

Der leere Blick, der mich traf, verursachte diesen typischen Schmerz hinter meinem linken Auge. »Ihr Tattoo: *Fifty Shakes of Grey.* Mich würde interessieren, was damit gemeint ist.«

Die Patientin sah mich entgeistert an. »Der Film natürlich. Was sonst?«

»Habe ich nie gesehen.«

»Ich bestimmt zwanzig Mal. Das ist mein Lieblingsfilm.«

»Aha, aha.«

Wie konnte man einen Film zwanzig Mal sehen und den richtigen Titel nicht kennen? Seufzend verschrieb ich etwas gegen die Krämpfe und Perenterol, um die Darmflora wieder auf Vordermann zu bringen, und begleitete die Filmbegeisterte an die Anmeldung.

Señora Navarro die Ältere studierte neben Remo am Tresen ihre Rechnung. Sie gehörte zu den eitlen Menschen, die, statt eine Lesebrille zu tragen, lieber den Mund weit aufreißen, um besser sehen zu können.

»Fünfundsiebzig Dollar für fünf Minuten Gespräch und die Information, dass Spermien in dem gechlorten heißen Wasser nicht überlebensfähig sind?«

Mama Duck schüttelte den Kopf und sah Rosa, die am wenigsten dafür konnte, zornig an. Die Tochter stand teilnahmslos und wiederkäuend daneben und tippte auf einem Handy mit Glitzerhülle herum.

Schließlich fischte die Mutter eine Platinkreditkarte aus einem gigantischen Geldbeutel und reichte sie Rosa mit den Worten: »Wir wurden auch schon mal besser behandelt.«

Ich bemerkte erst jetzt das kleine, verblasste Playboy-Bunny-Tattoo auf Muriels linkem Oberarm.

Auf meine geniale, scherzhafte Erwiderung: »Aber nicht hier!«, reagierte der Kleingeistliche mit einem Mörderblick und einer schriftlichen Abmahnung, deren Empfang er mich eine Stunde später in Warrens Gegenwart bestätigen ließ.

»Hast du was dazu zu sagen?«, fragte mich unser ärztlicher Leiter, als wir wieder alleine waren und ich auf meinem linken Unterarm mit einem schwarzen Filzstift in schwungvollen Lettern *The Matricks* malte.

»Folge dem weißen Kaninchen.«

»Du solltest vielleicht nicht immer alles schlucken, was du so an Pillen hier findest«, meinte mein Kollege trocken und begann seinen Dienst.

Ich wünschte mir, ich würde zu Hause aufwachen und fest-stellen, dass Remo nur Teil eines langen Albtraumes gewesen war.

AUF DER HEIMFAHRT suchte ich ernsthaft nach Alternativen zum Job im Health Post. Wenn ein Fehler in der Matrix ist, ist selbst Keanu Reeves alias Neo chancenlos und Remo Feindle war ein gewaltiger Fehler in meiner Matrix.

Ich suchte auf meinem Handy den passenden Song zu meiner Weltuntergangsstimmung. » *The hairs on your arm will stand up at the terror in each sip and in each sup. Will you partake of that last offered cup or disappear into the potter's ground? When the man comes around.* «

Spiel und Realität

Tobi saß neben mir im Laredo und kritzelte in seinem Notizbuch herum.

»Machst du jetzt erst deine Hausaufgaben?« Wir waren nur noch zehn Fahrminuten von der Schule entfernt, reichlich spät für ein solches Vorhaben.

»Nein, die habe ich gestern Mittag erledigt. Ich arbeite.«

»An was arbeitest du, wenn ich fragen darf?«

»Ich habe ein Computerspiel erfunden.«

»Aha, aha.«

»Man kann es ab sechs Jahren spielen. Allein oder mit so vielen Freunden, wie man hat. Das kaufen alle auf der Welt und ich werde sehr reich.«

Tobis letzte mir bekannte Geschäftsidee, mit dem Sammeln von Leergut zu Vermögen zu kommen, war an unserer Rückkehr nach Costa Rica gescheitert. Hier gab es kein Flaschen- oder Dosenpfand. Leere Getränkebehälter wurden einfach im Müll entsorgt und landeten leider viel zu oft im Meer. Seit unserer Zeit in Stuttgart war es um die Start-up-Ambitionen meines Ablegers verdächtig still geworden.

»Ich kann dann allen was schenken. Du bekommst ein Segelboot, Maria eine vernünftige Haarspange, Yoani einen besseren Dienstwagen, Barbras Bus neue *Stoßdinger,* die alten sind kaputt, Oma weiß ich noch nicht, Mama eine *Fettsaugung* und Romy auch irgendwas.«

Daran, wie Tobi mit den Fingern mitzählte, merkte man ganz deutlich, dass er in Mittelamerika aufgewachsen und fest verwurzelt war. Europäer fangen an, mit dem Daumen mitzuzählen, die einheimische Bevölkerung beginnt mit dem kleinen Finger.

»Sehr altruistisch.«

Ich wollte zu gerne wissen, wie das Kind auf die Idee gekommen war, dass seine Mutter, zu der er nur noch sehr unregelmäßig über Skype Kontakt hatte, eine Fettabsaugung brauchte. Aber ich fragte lieber nicht – Tobi verweigerte sich jeglichem Gesprächsversuch über Kia. Die Graduierung der Geschenke und das Ranking der Beschenkten waren sehr aufschlussreich.

»Wie schreibt man altrussisch? Mit Doppel-S oder scharfem S?«

»Nicht *altrussisch,* a-l-t-r-u-i-s-t-i-s-c-h. Wie heißt das Spiel?«

»*Altrupoly*«, kam die Antwort innerhalb von Sekunden. Schlagfertig war er, mein Sohn, da gab es nichts.

»Toll, Tobi, und wie spielt man es?«

»Mehr habe ich noch nicht, Papa«, meinte der Nachwuchsunternehmer und nickte voller Zuversicht auf seine goldene Zukunft.

Mein Traum vom Segelboot war wie eine Seifenblase geplatzt.

Im Health Post wartete eine Patientin mit fast zugeschwollenen Atemwegen, starken Halsschmerzen und hohem Fieber. Meine Differentialdiagnose war eine phlegmonöse Laryngitis, eine schwere Form von Kehlkopfentzündung. Wir versorgten die Patientin über eine Maske mit Sauerstoff, trotzdem verschlechterte sich der pulmonale Gasaustausch, sie war muskulär erschöpft und kurzatmig. Die Laborwerte ergaben eine Leukozytose und ein erhöhtes CRP: Ich begann eine Calcium-Vitamin-C-Behandlung und gab als Ultima Ratio zusätzlich intravenös ein Glucocorticoid, um einen Komplettverschluss der Atemwege zu vermeiden.

»Rosa, fordere bitte einen Rettungswagen an, die Señora muss ins Hospital, und sag Xavier Bescheid, der intubiert doch so gerne. Er soll den dünnsten Tubus, den er finden kann, mitbringen.« Der Internist bekam vor jeder Intubation eine Panikattacke und ich ließ ihn deshalb die Prozedur so oft wie möglich unter meiner Aufsicht durchführen. In einer Einrichtung wie dieser musste jeder Arzt in der Lage sein, auch unter schwierigen Bedingungen einen Tubus zu legen.

Während ich auf den Kollegen der Inneren Medizin wartete, erklärte ich der Patientin, dass eine Narkose notwendig sein würde, um sie unter Beatmung in das Hospital bringen zu lassen. Señora Anabel Vito Cortez war schon leicht weggedämmert und nicht mehr in der Lage, adäquat auf meine Aufklärung zu reagieren. Ich leitete eine Notfallnarkose ein, als Xavier mit dem Tubus in der Hand den Raum betrat.

»Ileuseinleitung mit 0,2 mg Fentanyl, 180 mg Propofol und 80 mg Succinylcholin«, informierte ich den jungen Arzt, der schließlich was lernen sollte. »Jetzt bist du dran.«

Xavier stellte sich hinter den Kopf der Patientin und begann zitternd sein Werk.

»*¡Qué mierda!*«, fluchte er. »Der Kiefer lässt sich schwer öffnen. Die ist völlig zu. Mach besser du weiter.« Der junge Arzt wischte sich die schweißnassen Hände an seinen Hosen ab.

»*Nope!* Probier weiter! Du schaffst das. Wenn du nicht reinkommst, hast du die einmalige Chance, endlich deine erste Tracheotomie zu machen, Dr. Kuballa.«

»Da kann ich drauf verzichten, ich möchte in Ruhestand gehen, ohne jemals eine gemacht zu haben. Ich habe mich für die Innere Medizin entschieden, damit ich kein Skalpell in die Hand nehmen muss, außer um Packungen aufzuschneiden.« Xavier arbeitete konzentriert weiter, ich half und drückte von außen den Kehlkopf der Patientin ein Stück hoch. Der Kollege hatte die Aufgabe trotz seiner Bedenken in kürzester Zeit gelöst. Señora Cortez wurde an das Beatmungsgerät angeschlossen, die Lunge seitengleich belüftet. Ein Blick auf den Überwachungsmonitor zeigte einen Anstieg der Herzfrequenz auf 155/min sowie vereinzelte ventrikuläre Extrasystolen.

»Hätte ja auch klappen können«, sagte ich zu Xavier.

»Narkose unzureichend tief?«

»Jupp, sieht so aus. Ich werde 5 mg Dormicum zugeben.«

»Die Sauerstoffsättigung liegt bei 72 Prozent«, informierte mich der Internist.

»Kein Traumwert. Der Tubus scheint etwas zu tief zu liegen. Zieh mal zwei Zentimeter zurück.«

Nachdem ich Benzodiazepin nachgespritzt hatte und die Lage des Tubus korrigiert worden war, klappte die künstliche Beatmung problemlos. Wir übergaben die Patientin fünfzehn Minuten später einem Rettungswagenteam aus dem Hospital. Diese Fälle, in denen wir im Health Post sehr schnell am Ende mit unseren Möglichkeiten waren, machten mich oft unzufrieden. Ich hätte die Laryngitis gerne weiterbehandelt. In diesen Momenten erinnerte ich mich mit Wehmut an die Margarinenklinik in Stuttgart mit ihrer Maximalversorgung. Ich würde einfach meinen Sohn, den angehenden Spielemillionär, bitten, mir anstatt der Jacht eine richtige Klinik zu kaufen.

ICH RIEF DIE nächsten Patienten auf. »Beatrisa und Orlando Oro Castillo.« Das Paar war am gleichen Tag vor achtundsiebzig Jahren geboren worden. Wurfgeschwister oder ein Ehepaar, das zufällig am selben Tag Geburtstag hatte? Beide waren gleich klein und gingen mir nur bis zur Kinnspitze. Jeder trug eine grün-weiß gestreifte Plastiktüte in der Hand, wie man sie hier in allen Läden beim Einkaufen bekam.

»Wie kann ich Ihnen helfen?«, fragte ich, nachdem wir in Kabine 1 waren.

Die Frau sah den Mann an. »Orlando! Sprich du!«

Er tat, wie ihm geheißen: »Wir haben unsere Pillen mitgebracht, Doktor. Wir wissen leider nicht mehr, was wem gehört und ob wir alle noch nehmen müssen.« Mit diesen Worten reichten sie mir die prall gefüllten Tüten.

»Sie sind verheiratet?« Ich warf einen Blick in die Akten, die beide neu angelegt waren. Das Paar war noch nie zuvor hier gewesen und schien kerngesund. Auf den von ihnen ausgefüllten Anamnesebögen waren keinerlei bekannte Krankheiten oder Unverträglichkeiten eingetragen. Ich wunderte mich, wie die Unmenge an Medikamenten zusammengekommen war.

»Nein, wir sind Geschwister.« Dieses Mal sprach die Frau.

Beide besaßen tatsächlich die gleiche auffällige Ohrform, wie kleine Trichter, die seitlich am Kopf steckten, sowie eine platte Knubbelnase. Wäre das Hautkolorit grün statt hellbraun gewesen, hätte ich darauf getippt, dass die Castillo-Zwillinge *Oger* waren. Was wohl aus Shrek und Fiona geworden war? Ich hatte nach dem zweiten Teil den Anschluss verloren. Ich musste bei Gelegenheit Tobi, den Cineasten in der Familie, interviewen.

Ich schüttete die Tüten auf der Behandlungsliege aus und staunte nicht schlecht. Einige der Packungen waren schon weit über dem Verfallsdatum. Wäre ich ein Arzt aus einer Fernsehserie gewesen oder hätte mein Kind tatsächlich ein Spiel erfunden, das sich millionenfach verkaufte, hätte ich nun schmunzelnd Anekdoten aus meinem Berufsleben erzählend und den Senioren gut gelaunt geholfen, ihre Drogen zu sortieren. Fernsehärzte hatten immer Zeit für einen netten Plausch oder Sex am Arbeitsplatz. Sie aßen Eis mit den Kindern der Patienten, widmeten sich zwischen zwei Behandlungen bahnbrechenden, nobelpreisverdächtigen Forschungsarbeiten und keiner musste je pinkeln.

Ich war jedoch ein von der Geistlichkeit unter-drückter, miserabel bezahlter Arzt, der mit seiner aktuellen Arbeitssituation nicht besonders zufrieden war und dringend aufs Töpfchen musste. Deshalb rief ich nach Rosa und ließ die Schwester alle abgelaufenen Packungen heraussuchen und die restlichen Mittelchen alphabetisch sortieren und widmete mich den wirklich Kranken. Leider gab es aktuell keinen einzigen Hilfsbedürftigen im Wartebereich. Der war voller Patientinnen, die einen Termin bei unserer Gynäkologin hatten. Mir fiel ein, dass Flors Untersuchungstermin letzte Woche gewesen sein musste. Ich suchte die Akte heraus und fand keinen Eintrag. Der liebe Onkel Doktor wurde gerade etwas böse.

Dakota Miller Gonzalez machte einen Ultraschall bei einer Schwangeren im letzten Trimester. Der Fötus war deutlich auf dem Bildschirm zu erkennen und bewegte langsam seinen rech-ten Arm, als würde er uns zuwinken. Mutter und Ärztin unter-hielten sich über Kindsnamen. Ich trug die launige Geschichte bei, wie die Nachwuchskaiserin zu ihrem Namen gekommen war.

»Hätte ich in unserer Beziehung mehr zu sagen gehabt als meine Frau und wäre ihrem Schema gefolgt, würde unsere kleine Tochter Meg Ryan Rice Pavlidis Brandstätter heißen. Ein Grund, bereits in der ersten Klasse am Leben zu scheitern, wenn man ler-nen muss, den eigenen Namen zu schreiben«, bemerkte ich lässig.

Keiner außer mir lachte. Frauen verstanden bei dem Thema wohl überhaupt keinen Spaß. Ich hatte eine Lawine ausgelöst, wie es schien. Das Gesicht der Schwangeren wurde von einem hellen Leuchten überzogen. Sie meinte, dass *La La Land,* der Musicalfilm, ihr absoluter Favorit sei, nicht zuletzt wegen des Hauptdarstellers. Es war passiert, der ungeborene Zwerg würde dank meiner leichtfertig dahingeworfenen Idee sein ganzes

Leben das Namensungetüm Ryan Sebastian Gosling Santiago Gomez mit sich rumschleppen müssen.

»Verzeih mir Kumpel, Frauen sind einfach unberechenbar«, bat ich im Geiste um Vergebung.

Dakota wusste endlich, wie sie die beiden Hundewelpen nennen wollte, die sie letzte Woche in einer Mülltonne gefunden hatte: Daniel und Binoche. Das war zwar nicht ganz konsequent, aber die unerträgliche Leichtigkeit des Seins ließ grüßen.

Ehe ich noch mehr Unheil anrichten konnte, erkundigte ich mich, ob Flor Isidro bei einer Vorsorgeuntersuchung gewesen war. War sie nicht. Ich ging zur Anmeldung zurück.

»Gibt es eine Adresse für Flor Isidro, Rosa?«

»In der Akte ist keine eingetragen, aber ich weiß zufällig, wo Flors Oma wohnt. An der Ecke ist der *Ropa Americana,* in dem meine Schwägerin arbeitet.«

Ich zog mich um und meldete mich für einen Hausbesuch ab. Es dauerte eine geschlagene halbe Stunde, bis ich das zweite Haus nach dem Reifenhandel an der Kreuzung mit der Metzgerei links und dem Secondhandladen samt Rosas Schwägerin rechts gefunden hatte. Ich verfluchte Costa Rica und seine rudimentär vorhandenen Straßennamen und den völligen Verzicht auf Hausnummern. *¡Pura vida!*

Der Hof vor dem einstöckigen Haus, dessen Veranda mit den üblichen Schutzgittern bewehrt war, war zugemüllt mit einem Autowrack ohne Reifen, einer alten Waschmaschine, ausgedienten Kinderwagen und diversem halb verrosteten Schrott. Die Veranda diente als Platz zum Wäschetrocknen – zahlreiche Leinen waren in verschiedenen Höhen gespannt und ließen Rückschlüsse über die Bewohner zu, nämlich jede Menge Kleinkinder und Säuglinge. Ein Bobbycar sowie eine geköpfte Puppenleiche auf dem Betonboden und leere Windelkartons in einer Ecke unterstützten meine These.

Ich fand keine Klingel und brüllte laut, um die schallende Musik, die aus dem Haus kam, zu übertönen: »Señora Isidro?« Seitdem ich die Station verlassen hatte, ging ein leichter Nieselregen nieder. Die Einheimischen hatten einen Spezialausdruck dafür: *pelo del gato* – Katzenhaare. Wenn es richtig regnete, regnete es ganze Katzen und Hunde.

Im Nebenhaus fing ein Hund an hysterisch zu bellen, bis ihn sein Herrchen niederbrüllte. In der Ferne dröhnten eine Schlagbohrmaschine und eine Kreissäge. Costa Ricas Wohnsiedlungen waren keine Orte, die sich durch Stille auszeichneten.

Nach wenigen Minuten öffnete mir ein kleiner Junge mit laufender Nase, der nur eine ausgebeulte Unterhose über einem dicken Windelpack trug. »Bist du ein Freund meiner Mama?«

»Nicht, dass ich wüsste.« Ich war zwar, was Frauenbekanntschaften anging, in der Vergangenheit nicht besonders wählerisch gewesen, aber von einheimischen *chicas* hatte ich vorsorglich die Pfoten gelassen. Meine Angst davor, dass irgendwann ein Bruder oder sonstiger naher Verwandter mit geladener Waffe vor meiner Tür stehen und mich zum nächsten Standesamt schleppen würde, war zu groß gewesen. »Ich bin ein Freund deiner Oma«, sagte ich als vertrauensbildende Maßnahme.

»*Abuela* ist doch schon alt, die hat keine Freunde, nur Kinder.« Der Enkel ließ mich trotzdem herein.

Die Großfamilie, bestehend aus fünf *chicos* im geschätzten Alter von drei bis etwa acht Jahren, saß auf einem kleinen, verschossenen Sofa in der Küche und sah sich im TV eine Folge von *In einem Land vor unserer Zeit* an. Der Ton war ausgeschaltet, dafür war die Rancheromusik, die aus einem Radio dröhnte, so laut, dass ich das Gefühl hatte, erst die Schallmauer durchbrechen zu müssen, ehe ich den Raum betreten konnte.

Die Kinder nagten an Tamales und hatten grünlich-gelbe Rotznasen, die förmlich nach Antibiose schrien.

»Wo ist eure *abuela?*«, fragte ich sehr laut, um den Radiolärm zu übertönen.

Die Enkel zuckten mit den Schultern und wandten den Blick nicht vom Bildschirm. Das Haus hatte niedrige Decken und winzige Zimmer. Nichts für Menschen mit klaustrophobischer Tendenz.

Ich ging aus der Küche in den angrenzenden Flur und rief: »Señora Isidro?«

Ich hatte Juanita Isidro vor vielen Jahren das letzte Mal gesehen. Damals war sie eine rüstige, lebenslustige Frau gewesen. Was mir jetzt in dem dunklen Flur entgegenschlurfte, erschreckte mich. Das magere Wesen mit hängenden Schultern sah mich aus Augen mit gelblichen Bindehäuten ängstlich und verwirrt an. *Leberzirrhose? Chronische Leberschädigung? Hepatitis? Probleme mit der Galle?* Die Differentialdiagnosen ratterten automatisch herunter.

»*¿Qué quieres de mi?*« Señora Isidro trug die Erschöpfung wie einen grauen Kittel über der krankhaft verfärbten Haut.

»Erinnern Sie sich noch an mich? Ich bin der deutsche Arzt aus dem Health Post.«

»Ah!«

»Ich bin gekommen, weil ich Flor suche.«

»Ah!« Die Seniorin schwankte leicht und musste sich mit einer knochigen Hand an der Wand abstützen.

Ich erinnerte mich daran, dass Señora Isidro früher gerne für ein Schwätzchen zu haben gewesen war, heute war sie weniger als einsilbig. »Wissen Sie, wo ich sie finden kann?«

»Das Mädchen ist nicht mehr mein Problem. Sie lebt jetzt in der Stadt bei ihrem Freund.« Das Atmen schien die Seniorin viel Kraft zu kosten. Sie machte nach jedem Zug eine kleine Pause.

»Was ist mit dem Baby, das sie erwartet?«

»*¡Dios mío!* Also hatte ich doch recht? *La muy mentirosa* hat behauptet, sie bekäme keines.« Señora Isidro bekreuzigte sich. »Sie ist gegangen, ohne sich zu verabschieden, und ich kenne ihre neue Adresse noch nicht mal.«

»Weiß vielleicht Flors Mutter mehr?«

»Ah! Die lässt sich hier auch nur noch blicken, wenn sie etwas braucht. Ich kann sie ja fragen, wenn ich sie mal wieder sehe.«

Diese Familienverhältnisse waren ein Traum. »Wie sieht es mit Ihrer Gesundheit aus? Waren Sie bei einem Arzt? Wurden die Ursachen für Ihre veränderte Hautfarbe untersucht? Sind Sie in Behandlung?«

»Nein, ich finde keine Zeit wegen der Kinder. Ich habe mir Aspirin und Vitamine im Supermarkt besorgt. Das wird schon wieder vorbeigehen.«

»Ist Ihr Urin dunkel?«

»Woher wissen Sie das?«

Ich wusste das, weil ich Medizin studiert hatte. Aber selbst ein minimal informierter Laie hätte auf den ersten Blick gesehen, dass Señora Isidro schwer krank war. Ich half der alten Dame ins Bett, drehte die Musik ab, bestellte einen Rettungswagen und organisierte mit Hilfe der Nachbarin Unterbringungsmöglichkeiten für die Enkel.

EINER DER RETTUNGSWAGENFAHRER sah mich kritisch an. »*¡Usted conosco!*«, meinte er.

Jetzt erinnerte ich mich auch an ihn. Das Team hatte heute früh die intubierte Laryngitis mitgenommen.

»Sie sind der Arzt, der die Frauen krank macht!«, meinte er fröhlich, während ich die Papiere für den Transport unterschrieb.

Ich war der Arzt, der Frauen verlor, wie es aussah. Ich fuhr in die Stadt, besorgte für Señora Isidros Enkel Antibiose und klopfte erneut bei der Nachbarin, die auf die Kinder

197

aufpasste. Ich behandelte die *chicos,* hörte ihre Lungen ab und fragte Señora Juanez nebenbei, ob sie wisse, wo ich Flors Mutter finden konnte.

»Straßenstrich unten am Hafen.«

Die Antwort ließ Böses ahnen. Der Health Post galt bei vielen Prostituierten aus Puerto Limón als unkomplizierte Anlaufstelle. Die Mehrzahl unserer Patientinnen aus dem Rotlichtmileu arbeitete in kleineren Bordellen oder Stundenhotels. Der Hafenstrich war die Endstation. Hier landeten meist die Verzweifelten, die für wenig Geld und ohne Kondome alles machten.

Als ich Mira Isidro vor Jahren wegen einer Chlamydieninfektion behandelt hatte, erzählte sie voller Stolz von ihrem neuen Freund, der darauf achte, dass ihr nichts passiere und dass sie der Besitzer des Stundenhotels, in dem sie arbeite, nicht über den Tisch zog. Das Ganze war eine Winwin-Situation für den *Freund,* dafür musste sie ihrem *Beschützer* wahrscheinlich so viel abdrücken, dass für Mira selbst nicht mehr viel übrig blieb. Die Ladys, die die ganze Arbeit mit den Freiern hatten, waren am Ende immer die Dummen.

Ich gab der hilfsbereiten Nachbarin vierzig Dollar für die Verpflegungskosten – das sollte reichen, bis alle *chicos* wieder bei ihren Müttern waren – und verabschiedete mich.

Ich lenkte den Jeep die Straße zum Industriehafen hinunter, wo die Kneipe war, in der Señora Ortega ihre Tage und Nächte verbrachte. Ich kannte den Besitzer und hoffte, dass er mir sagen konnte, wo ich Flors Mutter finden würde. Bei solchen Gelegenheiten nervte die offene Bauweise des Laredo. Der Gestank nach Müll, Fäkalien und Dieselabgasen nahm mit jedem gefahrenen Meter zu. Am Straßenrand lag ein großer Haufen voller Müllbeutel, die zum Teil aufgerissen waren. Costa Rica war für lateinamerikanische Verhältnisse eher ein sauberes Land. Die meisten Häuser hatten Käfige, in denen die Müllbeutel verschlossen waren, um sie vor streunenden Haustieren, Waschbären und Oppossums zu schützen. In dieser Gegend schien sich diese innovative Einrichtung noch nicht rumgesprochen zu haben.

An einer engen Stelle kam mir der Müllwagen entgegen und verbreitete einen bestialischen Gestank. Die beiden Müllmänner sammelten pfeifend die vollen Säcke und den zerstreut herumliegenden Abfall ein. Das war etwas, was ich an der costaricanischen Bevölkerung zu schätzen gelernt hatte: Wenn sie etwas taten, dann voller Überzeugung und Stolz. Ich hob grüßend die Hand und bekam ein paar launige Bemerkungen über meinen Wagen zurück.

Der Fahrer lehnte sich aus dem Fenster, schnippte seine Kippe auf die Straße und meinte lachend: »*¿Quieres comerciar?*«

»Klar können wir tauschen. Wenn du die Schulden für die Karre mit übernimmst«, erwiderte ich und erntete Lacher.

Ich parkte direkt vor der Tür der Bodega *Placer*. Neben dem Eingang saßen vier ältere *ticos* im Schatten eines Vordaches, tranken Kaffee und spielten Domino. »*¡Adiós!*«, grüßten sie mich.

»*¡Adiós, Señores!*« Aus dem Inneren tönte *Despacito* von Luis Fonsi. Der Titel war anscheinend nicht totzukriegen.

Meine Augen brauchten einen Moment, bis sie sich von dem gleißenden Tageslicht draußen an die schummerige Beleuchtung im Innern der Kneipe gewöhnt hatten. Bis auf Felipe Perez, den Besitzer, war der Raum menschenleer. Er erkannte mich sofort und bot mir einen Kaffee aufs Haus an. Ich nahm das Angebot dankend an und erkundigte mich nach Señora Ortega.

»Die schafft den Weg hierher nur noch mit Hilfe. Die alte Dame ist sehr schlecht zu Fuß unterwegs.«

»Aha, aha. Soll ich nach ihr schauen?«

»Müssen Sie nicht, die hat einen neuen Freund. Der ist nur halb so alt wie Olivia und noch fit und kümmert sich. Seitdem sehen wir sie auch nicht mehr so oft. Zum Glück. Sie wurde von Jahr zu Jahr aggressiver, hat meine *muchachas* angemacht und die Kunden angebettelt.«

Offiziell waren Señor Perez' *muchachas* Bardamen, inoffiziell verkauften sie in den Zimmern über der Bar ihren Körper und ihre Seelen. Felipe Perez war jedoch einer von den Zuhältern, die wenigstens dafür sorgten, dass die Frauen, die für sie arbeiteten, gesund und gut genährt waren und von ihren Freiern nicht misshandelt wurden.

Ich nippte an meinem Kaffee, der schwarz und sehr aromatisch war. »Gut zu wissen, dass jemand auf die Señora aufpasst. Wissen Sie, wo ich Mira Isidro finden kann?«

Der Barbesitzer zog die Nase hoch und wartete einen Moment mit der Antwort. »Die arbeitet für dieses Dreckschwein Simon Suiza.«

Mir sagte der Name nichts, aber wenn ein Zuhälter von einem anderen als Dreckschwein bezeichnet wurde, gab das zu denken.

»Die ist jetzt eine *Gasolinanutte* und Sie kommen dem *hijo de puta* besser nicht in die Quere. Der hat schon so einige auf dem Gewissen.« Felipe stellte ungefragt einen Teller mit drei Tamales vor mich hin. »Geht auch aufs Haus, Doktor.«

Mittlerweile spielte traditionellere Musik. Ich erkannte *El Torito,* eine folkloristische Weise, die für mich der Inbegriff mittelamerikanischer Musik war.

Ich bedankte mich für das Essen, das mehr als willkommen war. Ich hatte seit dem Frühstück nichts mehr zu mir genommen. Ich hakte nach und wurde aufgeklärt, dass *Gasolinanutten* die unterste Stufe auf dem Straßenstrich in Puerto Limón waren. Sie gingen an einer freien Tankstelle unten am Hafen, wo die Lastwagenfahrer der Speditionen ihre Trucks auftankten, ihrem zwielichtigen und gnadenlos harten Gewerbe nach.

Je näher ich an den Containerhafen kam, umso weniger Menschen sah ich auf den Straßen. Dafür kamen mir zahlreiche Lastwagen entgegen, viele davon mit dem Logo von Manuels Obstimperium auf der Seite *H●F●H – Huerta Frutas Higuera*.

Ich sah die freie Tankstelle schon von Weitem und fuhr langsam auf das Gelände. Hinter dem Kassenhäuschen standen tatsächlich ein paar spärlich bekleidete Gestalten, die ich aufgrund der langen Haare und gepushten Brüste zu den weiblichen Ausgaben der Spezies Mensch zählte. Ich hatte schon viel gesehen, aber diese von Methamphetamin gezeichneten, ausgemergelten Körper ließen mich tief Luft holen. Die Gesichter waren mit Hautläsionen übersät. Als ich näher kam, sahen alle zu mir her. Mira Isidro konnte ich nicht entdecken.

Die vorderste Prostituierte kam auf den Wagen zu und fragte laut: »*¡Hola, bonito!* Womit kann ich dienen?« Sie rang sich ein müdes, gequältes Lächeln ab und entblößte kariöse Zähne und erodiertes, blutiges Zahnfleisch. So sah also ein *Meth Mouth* in der Realität aus. Der Körpergeruch war umwerfend. Jeder Maskenbildner hätte Zombies für einen Horrorfilm nicht besser schminken können.

»Nein, danke. Ich suche nur Mira Isidro. Weißt du, wo sie ist?«

»Die ist gerade mit einem Freier weggefahren. Ich kann es dir besser besorgen als diese *puta,* glaub mir.«

Ich versuchte es mit positiver Bestärkung. »Das zweifellos, aber deswegen bin ich nicht hier. Ein anderes Mal gerne. Ich suche Mira, weil ihre Mutter ins Hospital gekommen ist.«

»Dann halte mich nicht von der Arbeit ab, *gilipollas.*« Mir wurde der Stinkefinger gezeigt und ich wurde uncharmant aufgefordert, weiterzufahren. Normalerweise waren die Einwohner Costa Ricas sehr hilfsbereit und freundlich, aber Drogen verändern Menschen psychisch bis zur Unkenntlichkeit. Ich nutzte die Gelegenheit, tankte den Jeep voll und erkundigte mich im

Kassenhäuschen, ob mir jemand sagen konnte, wo ich Mira Isidro finde.

»Die Nutte hat hier Platzverbot. Die hat sich gestern mit einer der anderen Huren geprügelt. Ich kann das nicht gebrauchen«, informierte mich der Besitzer.

Entweder log er mich an oder die Dame vom Strich hatte mich angeschwindelt. Ich strich meine Segel und fuhr zurück in mein kleines Paradies am Strand. Insgeheim war ich froh, dass ich Flors Mutter nicht gefunden hatte. Wenn sie genauso drauf war wie die anderen Frauen, die an der Tankstelle anschafften, hätte ich ihr sowieso nicht helfen können. Ein Mensch, der selbst so weit unten war, würde sich höchstwahrscheinlich nicht um seine kranke Mutter kümmern. Ich hoffte, es würde sich ein anderer Angehöriger finden, der nach der Greisin sah.

Als ich mit dem Medizinstudium anfing, dachte ich, dass ich als Arzt später alle Menschen *retten* könnte. Während des Studiums reduzierte ich mich auf die Hoffnung, zumindest allen *helfen* zu können. Heute weiß ich, man muss selbst als Mediziner einfach viele als verloren abschreiben.

Barbra kam mir mit dem Bus entgegen, als ich durch Puerto Viejo fuhr. Sie winkte mir durch die offene Seitenscheibe zu und lächelte. Eigentlich wohnte Barbra nur an den Tagen vor und nach den Chemobehandlungen in ihrem Appartement. Die restliche Zeit war sie unterwegs und genoß nach eigenen Aussagen ihr *bisschen Leben*. Wo und wie sie das tat, war ein großes Rätsel. Mit dem Satz: »Ich bin gerne alleine mit mir und der Natur, Ben«, hatte sie meine Bedenken ausgeräumt. Heute hatte sie jedoch Gesellschaft. Die Nachwuchskaiserin thronte auf dem Beifahrersitz in ihrem Kindersitz und winkte mit beiden Händen. Wir hielten unsere Wagen an und ich wurde aufgeklärt, dass die beiden einen Ausflug in das *Sloth Sanctuary* in Cahuita machten, Faultiere anschauen.

Der Bentley wurde von seiner stolzen Besitzerin vor dem Haus ausgesaugt. Meine Gefährtin hatte sich, was ihren Wagen anging, als absolut dogmatisch entpuppt. Wehe, man warf auch nur ein Fitzelchen Papier auf den Boden! Ich begrüßte sie mit einem innigen Kuss, ließ mich auf den Rücksitz der Luxuskarosse fallen und zog Maria auf meinen Schoß.

»Schließ alle Türen zu und tröste mich bitte, Oly. Ich habe schreckliche Dinge gesehen und gerochen.« Ich vergrub meinen Kopf in ihrem Dekolleté, wo es herrlich nach Maria roch und nach sonst nichts.

»Du bist doch schon groß und stark und hast einen Doktortitel und musst deinen Kindern ein Vorbild sein.«

»Ich möchte nicht mehr groß und stark sein, ich möchte klein und behütet sein. Momentan habe ich das Bedürfnis, in den Mutterleib zurückzukriechen und nie wieder etwas denken und sprechen zu müssen. Nur noch schweben, Daumen lutschen und lächeln. Ich finde der Innenraum einer gepanzerten Limousine ist ein guter Ersatz dafür. Ich werde dieses Auto nie wieder verlassen. Hier fühle ich mich sicher und aufgehoben. Bring mir Alkohol, dann bin ich restlos glücklich.«

»Hm. Ich glaube, es gibt eine bessere Möglichkeit, wieder in den Mutterleib zu krabbeln. Manche Männer bezahlen mich dafür.«

»Bitte zwing mich nicht, dich zu penetrieren, Weib, und gib mir nicht das billige Gefühl, nur zum Sex zu taugen. Ich habe Gefühle und heute von käuflicher Liebe mehr als genug gesehen.«

»Nein, kein Geschlechtsverkehr. Versprochen. Du musst auch vorerst diesen Wagen nicht verlassen. Bleib einfach sitzen, wo du bist. Ich zeige dir was Wunderschönes.«

»Oly, ich will dich ja nicht enttäuschen, aber deine *Mumu* ist nicht wirklich schön. Nur erotisch. Aber das sehr.« Walter Moers' Worte, dass eine Vulva wie verstrahltes Gemüse aus dem All aussah, hatten in dem noch jungfräulichen Benny B., der weibliche äußere Geschlechtsorgane bislang nur von Fotos kannte, tiefen Eindruck hinterlassen.

Ich kauerte mich in Embryonalstellung auf dem Rücksitz zusammen und schloss die Augen für eine Sekunde.

ALS ICH WIEDER aufwachte, rumpelte der Wagen über eine Bodenschwelle. Ich setzte mich auf und begegnete Marias Blick im Rückspiegel. Wir fuhren durch Cahuita und waren kurz vor der Marina.

»Ich wäre dann doch bereit, dich zu beglücken, Oly«, meldete ich mich vom Rücksitz und biss meiner Chauffeurin zärtlich in den Hals.

Statt übereinander herzufallen, fuhren wir mit der *Alexa* raus und tauchten in der karibischen See ab. Nach wenigen Minuten schwebten wir inmitten einer riesigen Schule Hammerhaie, die elegant, mit sparsamen Bewegungen, durch die Tiefe glitten. Ein einzigartiges Naturschauspiel, das ich so auch noch nicht erlebt hatte.

Als wir nach Ende des Tauchgangs wieder an Bord kamen, regnete es in Strömen. Wir zogen uns nackt aus, ließen uns vom warmen Regen das Salzwasser von der Haut waschen und küssten uns leidenschaftlich. Schließlich kroch Benny Brandstätter im Rahmen seiner Möglichkeiten ein kleines Stückchen zurück in einen weiblichen Leib und beschloss in der Sekunde, in der er sich in diesen Leib ergoss, für immer dort zu bleiben. Leider kam keine gute Fee, die seinen Wunsch erfüllte.

AM NÄCHSTEN TAG rief ich im Hospital an und erkundigte mich nach dem Befinden von Señora Isidro. Wie sich herausstellte, hatte Flors Großmutter Läuse, eine Blasenentzündung und ein Pankreaskarzinom in einem inkurablen Stadium. Die Realität hatte mich wieder.

Brüche und Ballett

Die ganze Familie hatte am Morgen verschlafen und ich musste ohne die übliche Koffeinration aus dem Haus. Es war noch nicht mal Zeit, um kurz bei Carmelita anzuhalten und einen Becher auf die Schnelle mitzunehmen. Umso mehr hoffte ich, dass die Kaffeemaschine der Station, die seit einer Woche kaputt war, endlich ersetzt worden war. Pablo, der sich darum kümmern sollte, hatte mir geschrieben, dass Pater Remo die Mittel für die Anschaffung einer neuen noch nicht freigegeben hätte.

Ich wollte keine Röntgenanlage für vierzigtausend Dollar, sondern ein simples Haushaltsgerät für vierzig Dollar, das in jedem größeren Supermarkt zu kaufen war. Theoretisch und praktisch wäre ich bereit gewesen, eine Handvoll Dollar zu investieren, aber selbst mit Fremdmitteln angeschaffte Geräte durften erst nach schriftlicher Genehmigung des Laminators aufgestellt werden. Angeblich aus Sicherheitsgründen. Eigentlich, um uns zu schikanieren.

»Rosa, gibt es Kaffee?«, fragte ich sobald ich das Gebäude betreten hatte.

»*¡No hay más!*«

»Was heißt das nun wieder?«

Die Schwester reichte mir ein Mitteilungsblatt, wie es unser Oberhirte wöchentlich verfasste. Alle immer schön ordentlich mit einem fortlaufenden Aktenzeichen versehen. *Betreff: Kaffeekonsum im Health Post.* Kurzum, die defekte Maschine mit ihrem ungesunden Gebräu würde nicht ersetzt werden. Dafür hatte der *padre* aus seiner Tiroler Heimat, dem Zillertal, eine Wasserkaraffe mit Zirbenholzkugeln angeschafft. Er erklärte in blumigen Worten, dass die Zirbe ein Baum sei, der ab einer Höhe von fünfzehnhundert Metern in den österreichischen Alpen wachse. Die *Königin der Alpen* besäße ätherische, wohlriechende Öle, die nachweislich einen Effekt auf den Geschmack von Trinkwasser hätten und es zudem energetisch anreicherten. Das wäre gesünder und natürlicher als das Stimulans Koffein.

»Aha, aha.« Durch den Unmut über das Pamphlet negativ energetisch aufgeladen, lief ich mit dem Blatt in der Hand ins Labor. Da stand tatsächlich an der Stelle der kaputten Kaffeemaschine eine Glaskaraffe ganz ohne Stecker, dafür mit einer Holzkugel als Abdeckung. Ich nahm die Kugel, schnupperte daran und schenkte mir ein Glas ein. Warren war hereingekommen und kramte im Medikamentenschrank. Ich probierte einen Schluck des Wunderwassers und kaute darauf herum wie ein Kenner bei einer Weinverkostung.

»Interessant. Sehr komplex. Frische Holznote. Leicht süßlich. Myrte. Etwas krautig im Abgang.« Ich spuckte ins Waschbecken und wischte den Mund mit dem Ärmel meines Kittels ab. »Auf jeden Fall Nordhang. Dürfte gut brennen mit all den ätherischen Ölen.«

»Reg dich nicht auf und mache es wie ich: Bring dein Heißgetränk in der Thermoskanne mit«, wiegelte der Kollege ab. »Wir haben eine Siebenjährige mit einer Fraktur. Ich brauche Hilfe beim Röntgen. Das Kind ist laut Aussage des Vaters hospitalisiert.«

Die kleine Patientin war beim Spielen hingefallen. Der Vater hatte die Tochter mit dem gebrochenen Arm auf seinem Roller eine halbe Stunde über holprige Straßen zu uns gefahren. Durch den Sturz, den Schmerz, die generelle Angst vor Ärzten und den mehr als ungeschickten Krankentransport war das Mädchen so traumatisiert und hysterisch, dass es bei der kleinsten Berührung schrie wie am Spieß.

»Hilfe! So hilf mir doch, *baba!*«

»Ein Fall für Dr. Dormicum!«, schloss der motivierte und mit Zirbenholzenergie und Ärger aufgeladene Anästhesist.

Ich machte eine ausführliche mündliche Narkoseaufklärung und verabreichte das Benzodiazepin zur Einleitung der Analgosedierung in Form von Sirup. Das zog bei Kindern den kleinsten Stress nach sich, beziehungsweise den meisten schmeckte der süße Saft sogar. Den gefüllten Medikamentenbecher drückte ich dem Vater in die Hand. »Bitte zügig alles austrinken. Ich bin in wenigen Minuten wieder bei Ihnen. Dann fangen wir mit der Behandlung an.«

Nach einem kurzen Aufenthalt auf der Toilette hielt mich Señor León León auf. Der Fischer, dem ich vor einiger Zeit einen Angelhaken aus der Wange entfernt hatte, hielt zwei prächtige Makrelen vor mir hoch.

»Heute Nacht gefangen. Ich habe Sie nicht vergessen, Doktor.«

Ich bedankte mich und verstaute die fette Beute im Kühlschrank des Labors, auf dem eine cellophanierte Mitteilung mit dem Aktenzeichen RF/304/hp klebte. Der Text war kurz und unmissverständlich:

Dieser Eisschrank dient ausschließlich zur Aufbewahrung medizinisch notwendiger Objekte wie Medikamente, Seren, Blutproben etc. Das Aufbewahren privater Lebensmittel und Getränke ist untersagt!

Gez. Remo Feindle, Chief Executive Officer

The laminator strikes again! Fröhlich pfeifend ging ich in Behandlungsraum 2, in dem der Knochenbruch mittlerweile bei den Narkoseengeln sein müsste. Ich staunte nicht schlecht, weil Aazarm schniefend und hellwach auf der Liege lag. Ihr Vater pennte auf dem Stuhl daneben, den Kopf im Nacken, und schnarchte laut. Der Medikamentenbecher lag auf dem Boden zwischen seinen Füßen.

»Señor Navid?« Keine Antwort. »*Querida,* warum schläft dein Papa?«

Die kleine Patientin riss den Mund und die braunen Murmelaugen vor Angst weit auf. Ich blickte auf eine einzige Zahnbaustelle mit Lücken, krumm gewachsenen bleibenden Zähnen und kariösen, verfärbten Milchzähnen. Um kleiner zu wirken, setzte ich mich und versuchte den Trick mit den Gummibärchen. Ich hielt dem kleinen Mädchen die Tüte hin.

»Die sind sehr lecker. Die kommen aus meiner Heimat. *Alemania.* Wenn du später wieder aufwachst, kannst du die essen. Ich habe auch einen kleinen Sohn, der so alt ist wie du. Der heißt Tobi und bricht sich ständig auch etwas«, log ich.

Tobi versuchte sich zwar seit seinem elften Lebensmonat permanent etwas anzutun, schien aber zum Glück unkaputtbar. Ich bekam keine Antwort. Das Kind hatte dickes, dunkelbraunes Haar, das im Nacken lose mit einem Gummi zusammengehalten war. Eine Strähne hing quer über die Wange. Gesicht, Hals, Arme und Beine waren übel verkratzt. Zum Teil waren die Kratzwunden granuliert und mit einem Schorf überzogen, zum Teil frisch.

»Ich heiße Benny und bin eigentlich gar kein richtiger Arzt. Ich mache nur, dass die Kranken gut schlafen und keine Schmerzen haben.« Aus der Sicht eines Unfallchirurgen betrachtet, war das noch nicht mal gelogen. Für diese Facharztspezies war ein Anästhesist kein richtiger Arzt, was im Umkehrschluss auch galt.

»Aazarm Navid ist ein sehr schöner Name. Ist das spanisch?«
Ich konnte den Akzent des Vaters nicht zuordnen.

Sie schüttelte den Kopf. »Persisch.«

»Ui, da seid ihr aber von weit weg hergekommen.« Mir lag
die Frage: »Auf einem Teppich?«, auf der Zunge. Ich behielt sie
für mich, Aazarm würde den Scherz nicht verstehen.

»Mh.« Ich gab der schweigsamen Einwanderin noch eine
Belohnungstüte mit Bärchen. »Für später. Ich weiß ja jetzt, wie
du dir den Arm gebrochen hast, aber mich würde interessieren,
wie du zu den vielen Kratzwunden gekommen bist.«

»Ich mag nicht drüber reden.«

»Aha, aha. Hast du denn auch was von dem Saft getrunken?«

»Papa hat gesagt, das wäre wie Alkohol und ungesund für
Kinder.«

»Nein, der ist super für Kinder, die Angst haben. Fast
noch besser als die Bärchen.« In mir kam die Idee auf, flüssiges
Dormicum in Bärchenform zu gelatieren. Ich musste das später
mit dem Geschäftsmann in der Familie besprechen. Tobi würde
den Businessplan dazu machen. Brauchte ich nur noch einen
Chemiker, der das Ganze umsetzen konnte. Señor Zuela?

Den zweiten Becher trank das Kind unter meiner Aufsicht.
Ich konnte endlich einen Zugang legen und Ketanest zur
Analgosedierung geben. Wir röntgten den Arm und untersuch-
ten das Kind auf Hämatome. Die Kratzwunden hatte sie tat-
sächlich am ganzen Körper, sogar an der Kopfhaut unter den
Haaren.

»Allergisch oder psychogen?«, fragte Warren.

Ich wusste es auch nicht. »Zusammen mit dem gebrochenen Arm könnte es auch auf Misshandlung hindeuten.«

Da Dakota Miller, unsere Gynäkologin, im Haus war, ließen wir das schlafende Mädchen auf Verletzungen im Genital-
und Analbereich untersuchen. Auch hier fanden sich keine
beunruhigenden Hinweise auf körperlichen Missbrauch.

Vater und Tochter wachten kurz nacheinander auf. Señor Navid erklärte uns, peinlich berührt und noch etwas benommen, dass seine Tochter sich permanent kratze, weil sie ständig unter Juckreiz leide. Sie sei deshalb sehr oft bei Ärzten gewesen. Die vielen Allergietests und Untersuchungen hätten Spuren in der kindlichen Seele hinterlassen. Der Exiliraner mit dem beachtlichen Bart drückte sich sehr holprig aus.

Wir bestellten Aazarm zur Nachuntersuchung und rieten zu einem umgehenden Zahnarztbesuch, trotz der Angst vor Ärzten.

Nach der Sprechstunde machte ich einen Abstecher bei Joey, trank endlich eine Tasse anständigen Kaffee und verputzte zwei seiner genialen Zimtschnecken. Ich kaufte den Restbestand auf und machte damit meine Kinder, meine Frau und meine Haushälterin glücklich. Die Makrelen würde ich am nächsten Tag abholen können, nachdem sie zwölf Stunden im *Smoker* des Bäckers verbracht hatten.

Tobi hatte am Morgen einen Milchzahn verloren und zeigte mir voller Stolz die neue Lücke und den Fünftausend-Colones-Schein, den ihm die Zahnratte, während er in der Schule war, unter das Kopfkissen gelegt hatte. Auch eine Besonderheit dieses Landes, dass keine Fee, sondern ein Nagetier die Belohnung für ausgefallene Zähne brachte. *¡Pura vida!*

Meine grossen Ableger steckten mich, was das Surfen anging, in die Tasche. Tobi und Madalena merkte man an, dass sie auf dem Surfbrett groß geworden waren. Beide konnten bereits an der Kräuselung der Wasseroberfläche am Horizont erkennen, wenn ein gutes Set kam, und richteten ihr Brett rechtzeitig aus. Ich erkannte eine gute Welle erst, wenn ich sie praktisch nicht mehr übersehen konnte. Ich hatte mich erst mit Ende dreißig aufs *Board* gewagt und würde nie die Leichtigkeit eines wirklich guten Surfers erreichen. Das fiel aber bei den vielen Touristen, die auf dem Brett saßen und nur so taten, als beherrschten sie die Kunst des Surfens, gar nicht weiter auf.

Ich liebte das Meer vor meiner Haustür und hatte gleichzeitig Respekt davor. Mich faszinierte es wie am ersten Tag, wenn eine Wand aus Wasser, doppelt so hoch wie ich selbst, auf mich zukam und donnernd und brausend vor mir zusammenfiel. Im brodelnden und schäumenden Weißwasser hast du das Gefühl, im Vollwaschgang zu stecken.

Romy dagegen war das wasserscheueste Kind, das jemals auf diesem Planeten existiert hatte. Meine kleine Tochter bekam schon einen Weinanfall, wenn beim Trinken zu viel danebenging und sie sich vollgesabbert hatte – das hatte sie von ihrer Großmutter väterlicherseits. Für meine Mutter war der Atlantik vor unserer Haustür nicht mehr als eine traumhafte Kulisse für Sonnenaufgänge.

Meist ging Tobi mit Madalena raus, aber heute hatte er sich erbarmt und dümpelte auf seinem Brett neben mir und wartete auf die perfekte Welle, die er Minuten vor mir kommen sehen würde. Ich genoss unsere gemeinsame Zeit hinter der Brandungslinie, wo die weibliche Dreifaltigkeit im Haushalt, bestehend aus Romy, Maria und Yoani, unsere Männergespräche nicht infiltrieren konnte.

»Papa, kann ich dich mal was fragen?«, unterbrach mein Surfpartner die Stille.

Es war nicht so, dass Tobi generell fragte, ob er was fragen dürfe. Er fragte nur, wenn er wusste, dass die Frage heikel war und meine Antwort höchstwahrscheinlich negativ ausfallen würde. So antwortete ich vorausschauend mit einem pädagogisch wertvollen: »Nein!«

Mein Sprössling kannte das Spiel und fuhr fort: »Papa, kann ich Ballettunterricht haben?«

Ich warf einen flehentlichen Blick gen Himmel, wo viele den Spaßvogel vermuteten, der angeblich für das Universum verantwortlich zeichnete. Unser Kleingeistlicher würde es so ausdrücken: *Head of Creative Development, Chief Executive Officer* und *Chief Human Resources Officer* im eigenen *Start-up-Business*. Meiner Meinung nach hatte er als sehr junger Gott auf einem Drogentrip in sechs Tagen die Erde erschaffen, war am siebten Tag ernüchtert aufgewacht und hatte sich eingestehen müssen: »*Shit,* das war wohl nichts!« Daraufhin hatte er mit *Hangover* seine sieben göttlichen Sachen gepackt und irgendwo in seinem unendlichen Universum einen zweiten, verbesserten Planeten versucht zu erschaffen.

»Warum?«, fragte ich sowohl den überirdischen Weltenschöpfer als auch meinen irdischen Ableger. Theoretisch hatte ich überhaupt kein Problem damit, wenn man traditionelle Geschlechterrollen aufbrach. Nur war mir mein einziger Sohn im rosa Tutu momentan etwas zu viel an nicht heteronormativem Verhaltensmuster.

»Weil Ballett meine Leidenschaft ist. Ich möchte richtig tanzen lernen und in einer berühmten *Company* Primoballerino werden.«

Anhand der korrekt verwendeten Fachausdrücke ahnte ich, dass sich das Kind tatsächlich mit dem Thema beschäftigt hatte. »Tobi, ich finde das ja ganz toll«, log ich, »aber ich bezweifle, dass es in der Gegend eine Ballettschule gibt.«

»Dann frage ich mal Maria, die weiß so was.«

»Mach das!«

Wir hingen eine Weile unseren Gedanken nach. Tobi sah sich wahrscheinlich im Scheinwerferlicht über eine Bühne tänzeln, ich sah ihn unter einer Brücke an der Seine schlafen. »Möchtest du später nicht mal was Richtiges arbeiten, um Geld zu verdienen? Was ist mit deinen Spieleideen?« Fragen konnte ja nicht schaden.

»Papa, zum Arbeiten werde ich keine Zeit mehr haben.«
Tobi schüttelte bedauernd den Kopf.

»Aha, aha. Aber die Schule machst du bitte schön fertig,
ehe du die Bühnen der Welt eroberst.« Und in Armenküchen
für einen Teller Suppe anstehst, ergänzte ich den Satz im Geiste.

»Hast du die Schule fertig gemacht, ehe du Arzt geworden
bist, Papa?«

»Klar, ohne entsprechenden Abschluss auf dem Papier wäre
das nicht gegangen.«

»Ach so, wenn es nur wegen dem Papier ist, kannst du
mir nicht einfach eine Kopie von deinem machen?« Der
Nachkomme einer klugen dänischen Mathematikerin hatte
immer eine unkomplizierte Lösung für jedes Alltagsproblem in
der Hinterhand.

Dann kam eine halbe Stunde lang eine gute Welle nach der
anderen und ich hatte das Thema *Mein Sohn, die oberschlaue
Primaballerina* wieder verdrängt.

Es DAUERTE GENAU eine Woche, bis Maria in Puerto Limón
eine Ballettschule gefunden hatte. Schuld daran war Señora
Chen, die Besitzerin einer Reinigung in der Stadt, die für
ihre einzige Enkelin Shenmi eine Ballettlehrerin beschäftigte. Das Ladengeschäft der Familie Chen diente hauptsächlich zur Wäsche des Geldes aus den illegalen Geschäften des
Familienoberhaupts, Rodriguez Chen. Jede neue Möglichkeit,
dem Unternehmen eine legale Sparte hinzuzufügen, wurde
genutzt und kurzerhand die Tanzschule *Pies Felices* gegrün-
det. Zur Strafe überließ ich es Maria, Tobi einmal die Woche
nachmittags zu den Übungsstunden, die von einer Exilrussin
namens Zelda Goldstein geleitet wurden, zu chauffieren.

Maria nutzte die Zeit, um sich mit den anderen Ballettmüttern
in Puerto Limón in ein Café zu setzen und Kontakte zu der
hiesigen Society zu knüpfen. Eine Win-win-Situation, wie sie

mir erklärte, um ihr Netzwerk auszubauen. Ich hoffte darauf, dass Tobi bei der weiblichen Übermacht schnell die Lust verlieren würde, aber mein Sohn hielt tapfer durch. Mehr noch, er brachte nach einem Vierteljahr eine Einladung von Señora Goldstein mit, in der diese Maria und mich zu einer Teestunde an einem Sonntagnachmittag einlud. Ich las den entscheidenden Satz in der handgeschriebenen Karte:

Tobias weist bereits nach so kurzer Zeit ein außergewöhnliches Talent für den klassischen Tanz auf und verdient meiner Meinung nach eine besondere Förderung.

Ich montierte daraufhin die seit Wochen heiß diskutierte Übungsstange in Tobis Zimmer.

Marias pragmatischer Beitrag zu der Diskussion war: »Sei doch froh, dass Tobi eine horizontale Stange haben möchte. Wäre es eine vertikale, müssten wir uns eher Sorgen machen.«

Tobi besaß Ballettschläppchen mit ganzer und mit geteilter Sohle, ein Suspensorium und Strumpfhosen. Letztere trug mein Sprössling mit der gleichen Lässigkeit wie Robin Hood. Eigentlich war ich davon ausgegangen, dass Romy mal unsere Prinzessin werden würde und nicht ihr Bruder.

Meine Befürchtungen, dass bei Tobis künstlerischem Engagement die Schule zu kurz kommen würde, schmetterte dieser gekonnt ab.

»Tobi, du sollst deine Hausaufgaben machen!«

»Bin gerade dabei, Papa!«

»Ich höre aber die *Drums!*«

»Orr Papa, ich habe doch zwei Hände!«

So tönten neben den Schlagzeuggrooves, Romys fröhlichem Singen, Yoanis lateinamerikanischer Putzmusik, Marias Klavieretüden nun auch *Pliés, Battements* und *Ronds de jambe* durch unser Zuhause. Das Ziel war erreicht, ich hatte sie endlich zusammen: die Benny-Family. Unsere Zukunft war gesichert.

»Oly, hör auf, dich zu waschen, wir ziehen musizierend durch die Städte«, forderte ich mein Weib auf, schnappte meine Gitarre und spielte das einzige Lied, das ich von der Kelly Family kannte: »*Sometimes I wish I were an angel. Sometimes I wish I were you.*«

Wie so oft, ignorierte Maria konkrete Vorschläge zur Verbesserung unserer Lebenssituation, dafür begleitete mich meine musikalische Tochter. »*Änschl! Änschl! Änschl!*« Romy wackelte beim Singen mit ihrem Pampershintern und dirigierte mit viel Leidenschaft und beiden Händen. In solchen Augenblicken war ich mir hundertprozentig sicher: Ich hatte endlich das Leben, das ich mir immer gewünscht hatte.

TEIL 3

DESILLUSION UND DENKANSTÖSSE

Wenn du von jemandem glaubst,
er fresse dir aus der Hand,
tust du gut daran,
von Zeit zu Zeit deine Finger nachzuzählen.
(Unbekannter Verfasser)

BUS UND BIER

BARBRA STELLTE DEN Latte macchiato auf den Tisch und setzte sich zu mir. Ich war der einzige Gast im Pub. Im Hintergrund versprach David Bowie, dass wir alle Helden für einen Tag sein konnten. Die ausgebildete Krankenschwester arbeitete an zwei Tagen nachmittags, wenn gewöhnlich nicht so viel zu tun war und Shane und Shannon ihre Einkäufe erledigten. Mehr bekam sie gesundheitlich nicht auf die Reihe. Wir hätten sie gerne im Health Post beschäftigt, weil wir so besser ein Auge auf sie haben konnten, aber dank des Kleingeistlichen gab es einen Einstellungsstopp.

Die Australierin hatte auffällig stark abgenommen, die drallen Silikonbrüste und die schwer herabhängenden Oberarmhautflügel fielen so noch mehr auf. Barbra trug nun weite T-Shirts mit Ärmeln, statt der früher üblichen, sehr knappen Muscle-Shirts, verzichtete aber nach wie vor auf einen BH. Wir schwiegen gemeinsam, ich genoss meinen Kaffee und Barbra eine Zigarette. Seitdem die Chemotherapie begonnen hatte, war sie sehr in sich gekehrt und still. Sie verlor kein Wort darüber, ob und wie sehr sie unter den Nebenwirkungen der Behandlung litt.

»It's a God-awful small affair to the girl with the mousy hair«, sang ich die erste Zeile des nächsten Bowie-Songs mit und warf

219

einen Seitenblick auf Barbra, deren Haar trotz Chemo nicht ausgefallen war. Den neuen Kurzhaarschnitt hatte sie beibehalten und sie verzichtete auf das Färben. Ihre natürliche Farbe konnte man mit *mausgrau* tatsächlich am besten beschreiben. Es schien, als würde meine Freundin plötzlich alles tun, um nicht mehr aufzufallen und in der Masse unterzugehen.

»Die Zeiten, in denen man die Hoffnung hatte, es gäbe ein Leben auf dem Mars, sind wohl auch vorbei«, griff Barbra den Inhalt des Liedes auf.

»Und? Die Fluchtmöglichkeit in ein Leben auf der Leinwand oder in Büchern, wenn uns die Realität erdrückt und unerträglich erscheint, wird uns immer bleiben.«

Wir hingen eine Weile schweigend unseren Gedanken nach.

»*Earth below us, drifting, falling. Floating weightless, coming home.*« Barbra sprach den Text des nächsten Stückes mit. »So möchte ich auch sterben. Einfach im All wegdriften. Die Erde immer kleiner werden sehen und im Nichts verschwinden. Kein mühsamer Tod in einem Krankenbett. Zumindest möchte ich, dass es sich so anfühlt. Kannst du dir das merken, Ben?«

Barbras Hand auf meinem Unterarm fühlte sich knochig und kalt an, als wäre kein Leben mehr darin. Sie trug trotz der Hitze eine Strickjacke, die sie jetzt fest um sich schlang.

Ich schluckte und nickte. »Ich möchte im offenen Sarg liegen und ein Ringrichter zählt mich an. Neun. Acht. Sieben. Sechs. Fünf. Wenn er bei vier ist, und ich bin noch nicht wieder aufgestanden, könnt ihr langsam den Deckel zumachen«, scherzte ich und Barbra lächelte endlich. »Wie läuft Dobros Laden?«, versuchte ich das Thema zu wechseln.

Die Flüchtlinge aus meiner alten Heimat hatten von Señor Zuela, dem das unbebaute Grundstück gegenüber der Strandpromenade gehörte, die Erlaubnis bekommen, den Ford dort abzustellen und ihr Gewerbe zu betreiben. Der Bus bildete strategisch äußerst günstig den Anfang der Bretterbuden, Bars und einfachen Verkaufsstände am Strand der kleinen, kunterbunten Stadt. Von meinem Platz auf der Terrasse konnte ich nur die Rückseite des ausrangierten amerikanischen Schulbusses einsehen.

Barbra zog die Schultern hoch. »Ganz gut, glaube ich.«

»Aha, aha.«

Ein schwarz-weiß-roter Specht kam angeflogen, krallte sich an den riesigen, hängenden Blütenstand der Bananenstaude, die links vor der Veranda wuchs, und suchte nach Nahrung. Wir schienen ihn nicht weiter zu stören.

»Sieht schon imposant aus, so eine Bananenblüte, meinst du nicht auch?«, bemerkte ich, weil ich Schweigen noch nie besonders gut vertragen hatte.

»Ich habe schon zu viele gesehen, fällt mir nicht mehr auf.«

»Was ist eigentlich mit euch Krebskranken im richtigen Leben los? In Filmen bekommt ihr eine neue Perspektive und genießt auch das Geringste von Gottes Schöpfung aus Dankbarkeit, dass ihr weiterleben dürft. Jeder Regenwurm ein Wunder, jeder Atemzug ein Geschenk, jeder Pups eine olfaktorische Verheißung.«

»In Filmen ist der Krebs auch in anderthalb Stunden spätestens Geschichte und zieht sich nicht über Jahre hin.« Barbra drückte ihre Kippe aus, stand auf und vertrieb dadurch den Vogel.

Vier männliche Touristen hatten ihre Leihräder vorm Pub abgestellt, kamen laut herumalbernd die vier Stufen hoch und setzten sich an den Nachbartisch. Die Deutschen bestellten Guinness.

»Guinness? Echt jetzt?«, fragte Barbra vorsichtshalber nach, weil sonst niemand das irische Bier im Pub trank.

»Ist das ein irischer Pub, oder nicht?« Der Blonde mit dem Überbiss war anscheinend der Wortführer.

Barbra brachte die vier Dosen Draught und kassierte gleich ab.

Von der Ladenstraße kam eine sehr junge, sehr blonde Backpackerin angelaufen, stellte sich vor die Veranda und meinte keuchend in US-amerikanisch gefärbtem Englisch: »Der Typ vom Tattoostudio ist eben umgekippt. Der Typ vom Surfbrettverleih gegenüber hat mich hergeschickt. Ich soll den Arzt holen.« Sie stemmte beide Arme in die Hüfte und sah kritisch in die Runde.

Zugegeben, in den lässigen Bermudas mit Havaianas an den Füßen, mit dem reichlich verwaschenen *Billabong*-T-Shirt, dem Fünf-Tage-Plus-Bart und dem etwas aus der Fasson gewachsenen Haarschnitt sah ich eher aus wie ein abgehalfterter Surfer als wie ein kompetenter Mediziner.

Einer aus der Gruppe der deutschen Touristen kam mir zuvor. »Ich bin Medizinstudent im vierten Semester. Ich kann helfen.« Die Gruppe nahm ihre Bierdosen mit.

»Ich gehe mal besser hinterher«, meinte ich. Viertes Semester klang in meinen Ohren nicht besonders vielversprechend.

»Gut, dass die weg sind, ehe sie merken, dass die Dosen schon lange überm Mindesthaltbarkeitsdatum sind.« Wenn Barbra lachte, bekam sie herzförmige Grübchen in den Wangen.

Ich drückte ihr einen flüchtigen Kuss aufs Haar. »*¡Pura vida!*«

Die beiden Jungunternehmer hatten vor dem Bus einen faltbaren Zeltpavillon aufgebaut und damit die Wohn- und Geschäftsfläche um neun Quadratmeter erweitert. Unter diesem Vordach lag Dobro wie ein Käfer auf dem Rücken und war ohne Bewusstsein. Aus den Utensilien, die auf dem kleinen Klapptisch lagen, schloss ich, dass ein Piercing geplant gewesen war.

Auf einem Plastikstuhl saß ein schlankes Mädchen, den Nabel entblößt, und heulte laut. »Oh, mein Gott! Er ist bestimmt tot. Ich habe noch nie eine Leiche gesehen! Deckt ihn zu!«

Ich hatte schon viele Leichen gesehen. Bei keiner hob und senkte sich der Brustkorb regelmäßig. Außer es handelte sich um Langzeitleichen, die im Warmen vor sich hin gammelten, dann sorgten Maden gelegentlich für postmortale Bewegung. Mein empfindlicher Kumpel war anscheinend von Kundschaft überrascht worden und hatte mal wieder selbst rangemusst. Ein verhängnisvoller Fehler.

Der Student der Medizin im vierten Semester spulte mit wichtiger Miene sein erlerntes Programm ab, um Dobro wieder zu den Lebenden zurückzuholen. »Ich muss schauen, ob die Atmung gefährdet ist und er sich erbrochen hat«, verkündete der Experte zur Sicherheit auf Englisch. Ich war beeindruckt. »Würde Erbrochenes aspiriert werden und in die Lunge gelangen, wäre das fatal. Der Puls ist flach und rast.«

Der Exilschwabe schlug mitten in der Untersuchung die Augen wieder auf und sah mich mit verschränkten Armen am Rande des Menschenauflaufs stehen. »Jo, Bunny«, meinte er, als er sich aufrappelte.

Mein zukünftiger Kollege sprach beruhigend auf ihn ein. »Du brauchst dir keine Sorgen zu machen, ich bin Medizinstudent. Kannst du mir sagen, wie du heißt?«

»Phil. Nachname Latio. Siehst du, alles okay im *brain!*«

»Phil, kannst du mir sagen, wann du geboren bist?« Der Nachwuchsmediziner gab den Patienten nicht auf und hatte nicht kapiert, dass dieser ihn gerade verarschte. »Ich kann keine Schocksymptome erkennen«, klugscheißerte er in die Runde. »Das Bewusstsein ist nicht eingetrübt.«

»*My name it means nothing, my age it means less*«, zitierte der Vollblutmusiker einen Song von Bob Dylan, stand dabei auf und ließ sich schwer auf den zweiten Stuhl fallen. »Bin gleich wieder bei dir«, tröstet er seine Kundin, die jedoch keine Lust mehr auf ein Piercing verspürte und mit ihrer Freundin abzog.

Das Opfer bedankte sich bei dem Studenten, der traurig darüber schien, dass es wieder fit war. Wie alle Medizinstudenten träumte er sicher davon, einmal einen Luftröhrenschnitt mit einem Kugelschreiber und einem Taschenmesser machen zu können. Dobro hatte ihm die einmalige Chance versaut. Die vier zogen ein Stück die Straße runter. Der Rest der Meute hatte sich verzogen, als klar war, dass kein Blut fließen würde. Ich holte eine Dose Cola aus dem Kühlschrank im Innern des Wohnmobils und gab sie dem Kleinunternehmer.

»Du könntest uns allen einen Gefallen tun und dir eine Beschäftigung suchen, bei der du nicht ständig aus den Latschen kippst.«

»Sehe ich langsam ähnlich, *Dude*. Das war schon das dritte Mal, dass es mich umgehauen hat. Das Positive ist, ich werde nie als Junkie enden. Ehe ich mir einen Schuss setzen kann, bin ich *offline*. Bleibe ich lieber beim Kiffen.«

»Kiffen ist eigentlich eher was für Menschen, die auf ein paar Gehirnzellen verzichten können.«

Dobro trank einen Schluck, überlegte lange und erwiderte: »Das von dem Mann, der seinen Verstand ins Nirwana gevögelt hat, Alter!«

Wir lachten. »Du hast tatsächlich noch nie Heroin probiert?«, fragte ich erstaunt.

»Doch. Logisch. Muss ja mitreden können. Aber ich habe mir den Schuss setzen *lassen* und konnte nicht hinsehen. Hat meine damalige Freundin gemacht. Das ist schon ein geiler Zustand. *Picture this:* Du ziehst all deine Lieblingsdrinks eimerweise mit Strohhalmen gleichzeitig rein, bekommst dabei einen professionell geblasen, während dein Schniedel in einer wirklich engen Muschi drinsteckt und massiert wird. Alter Falter!«

»Aha, aha.« Heroin war eine der Drogen, die ich selbst noch nie angerührt hatte und trotz der mehr als verlockenden Beschreibung eben auch nicht ausprobieren wollte.

»*Woisch, was der udankbarschte Job auf der ganzen Welt isch, Bunny?*«, schwäbelte Dobro.

»Kommunikationstrainer für IT-Spacken?«

»*Noi. Wenn dirn Obschtschtand in 'nem Actionfilm ghört.*«

Brüller! Mitten in unser ausgelassenes Lachen bog Elisa mit den Kindern um die Ecke und ich brach auf. Auf der Stoßstange klebte ein Sticker: *Keep it simple!* Die Kleinfamilie stritt im Bus darüber, wie es mit dem fahrbaren Tattoostudio weitergehen sollte. Ich ging zurück, schnappte mir den Permanentmarker, den ich vorher auf dem Campingtisch vorm Bus hatte liegen sehen, und verewigte mich auf dem Lack.

Simplicity is the ultimate sophistication.

WENIGE TAGE SPÄTER konsultierte Dobro mich telefonisch. »Ey, Alter, kann man sich beim popeln die Nasenscheidewand brechen?«

»Die Scheidewand ist aus Knorpel, also ist brechen schwer möglich. Aber deine Wurschtfinger schaffen es vielleicht. Die ist wahrscheinlich durch das Koks vorgeschädigt.«

»Schon mal was von Powerpopeln gehört?«

»Hast du immer noch keine Arbeit gefunden?«

»Bunny, du wirst staunen. Ich habe deswegen so viel gepopelt, weil ich so viel nachgedacht habe, und weißt du, was dabei rausgekommen ist?«

»Außer jeder Menge ekliger Popel?«

»Nivea, Brudi, Nivea. Nein, mal ohne Gagtourette. Ich werde Bierbrauer.«

Die *Craft-Beer*-Szene war in Costa Rica in den letzten Jahren stark gewachsen. Allein in Puerto Viejo gab es zwei kleine Hausbrauereien, die verwegene Bierkompositionen zusammenmixten.

»Hat man ja noch nie gehört, so was.«

»*Kerle, mach di bloß net luschtig übr mi. I werd Woize braue un de Bierking von Coschta Rica werde. Woizebier macht hier koinr außr mir. Verschtohsch?*«

»*Scho, du Käpsle. No wünsch i dir viel Glück, wirschs brauche.*«

»*Mausezahn, des Risiko han i fei genaueschtens durchkalkuliert.* Ein reines Rechenexempel, ob das gut geht oder nicht. Die Chancen, dass dem so ist, stehen mindestens 90 : 20 für mich! *Believe* mal lieber in deinen alten Kumpel. Besser als wo angestellt sein und wieder fünfunddreißig Stunden die Woche knechten müssen. Da geht die Hälfte deines Lebens drauf, Schatz!«

»Na ja, immerhin hast du dafür die anderen fünfunddreißig Stunden frei«, scherzte ich.

»Krass wenig.«

Ich beendete das Gespräch mit dem Mathematikgenie und sang fröhlich in freier Abwandlung: »*Then I saw his face, now I'm a believer. Not a trace, of doubt in my mind. I'm in love, and I'm a believer. I couldn't leave him if I tried.*«

Drei Wochen nach diesem Gespräch hatte der *Start-up-Crafter* eine Garage am Ortseingang von Puerto Viejo gemietet und schleppte jede Menge Edelstahlgefäße und Zutaten an. Die erste Bierverkostung fand in Shanes Pub statt. Auf den Etiketten stand *Dobro's Dope Draught – Currywheat* und drin war ein würzig schmeckendes Hefeweizen mit exotischer Note. Die Immigrantenrunde war begeistert. Ich dagegen beschloss, am nächsten Morgen in der Kirche eine Kerze für das deutsche Reinheitsgebot anzuzünden. *Pura vida* hatte auch seine Grenzen.

Pfeifen und Priester

Warren hatte einen OP-Vormittag eingetragen und ich mich bei drei unproblematischen Narkosen gelangweilt. Jetzt war der Chirurg den Trampelpfad zum Strand gegangen, um in Ruhe sein Wurzelgemüse zu verspeisen. Seitdem Remo ständig im Health Post herumschwirrte, floh Dr. Chandler bei jeder möglichen Gelegenheit. An der Anmeldung saß nur noch eine ältere Patientin, die auf dem Stuhl eingenickt war. Ich hatte Hunger und nichts zu essen dabei. Von der Veranda aus sah ich zum Kinderhort rüber und konnte den SUV des Missionsvorstehers nirgends entdecken. Ideale Voraussetzungen, um in der Küche etwas Nahrhaftes abzustauben.

Der asphaltierte Hof zwischen dem Klinikgebäude und dem Hort lag leer und verlassen in der Mittagssonne. Alle Kinder waren beim Essen oder noch nicht aus der Schule da. Es war so heiß, dass die Luft über dem Asphalt flirrte. Trotz der optischen Vorwarnung traf mich die Hitze wie ein Schlag. Ich schlich mich von hinten direkt in die Küche, um nicht durch den großen Speisesaal zu müssen, der um diese Zeit voller neugieriger, lebhafter Kinder war, die mich nur aufgehalten hätten. Da es dem Klinikpersonal verboten war, sich hier rumzutreiben, war Eile geboten.

Zynthia, die kleine, beleibte Köchin mit der aristokratischen Adlernase und den wunderschönen Augen, begrüßte mich freudig: »¡*Adiós!* Lange nicht mehr gesehen, Doktor.«

Ich hatte mich nach all den Jahren im Land immer noch nicht richtig daran gewöhnt, dass man hier auch zur Begrüßung und nicht nur zum Abschied *Adiós* verwendete. »¡*Adiós!* Ich halte mich eben an die Vorschriften des Laminators.«

Zynthia lachte mit bebender Brust, die ich auf mindestens Körbchengröße *Triple G* schätzte. Sie forderte mich auf, an dem kleinen Tisch in der Ecke Platz zu nehmen, stellte einen Teller mit Gemüsechili vor mich und schnitt zwei Scheiben Weißbrot ab. Genau wie meine Oma Ruth hielt sie den Laib vor der Brust und schnitt dagegen. Ich überlegte automatisch, wie ich nähen würde, sollte die Aktion schiefgehen. Wir unterhielten uns über ihre chronische Verstopfung und Divertikulitis, während ich aß. Ich hatte schon früh in meiner Karriere als Arzt vor solchen aufgezwungenen Gesprächen kapituliert und versuchte auf keine schmutzigen Details zu hören, um mir nicht den Appetit verderben zu lassen.

Benigna, die zweite Köchin, optisch das genaue Gegenteil ihrer Kollegin, kam herein und nickte mir freundlich zu, ehe sie eine Ladung frisch gebackener Empanadas aus dem Backofen holte und zwei neue Bleche einschob. Ich war fertig und bedankte mich für die großzügige illegale Bewirtung.

Benigna drückte mir zwei der gefüllten Gebäckteile auf einer Serviette in die Hand und meinte. »¡*Atención, muy caliente!*«

Ich bedankte mich erneut und wollte wieder zurück zur Arbeit. Warren ging gerade die Stufen zum Klinikgebäude hoch und ich beschloss kurzfristig, meine Pause auszudehnen und den Nachtisch am Strand zu genießen, wo immer eine frische Brise ging.

Aus der kleinen Kirche, die hinter dem Hort versteckt lag, waren, wie schon gestern, ständig Pfeifentöne zu hören.

Seitdem vor einer Woche mehrere Überseekisten angekommen waren, erlaubte Remo niemandem, das Gebäude zu betreten. Pablo, der helfen musste, die Holzkisten reinzutragen, hatte uns mit Fotos versorgt. Remos viermanualige Kirchenorgel aus Deutschland war endlich eingetroffen. Seit gestern schufteten zwei sehr blasse Männer im Kircheninnern.

Die Tür war ge-, aber nicht verschlossen. Ich öffnete den linken Flügel einen Spalt. Außer den zwei hemdsärmeligen Orgelbauern war niemand zu sehen. Die Hitze im Innern war schweißtreibend. Das Kirchendach aus Wellblech war nicht isoliert. Die sonst permanent geöffneten Klappen an den Fenstern waren auf Remos Geheiß, seitdem das Instrument aufgebaut wurde, immer zu. Das hatte zur Folge, dass der stetige Windzug, der die Kirche temperierte, völlig ausblieb.

Mir blieb beim Anblick des Pfeifenwerkes, das die ganze linke Wand neben dem Altar einnahm, fast die Spucke weg. Remo, der im Health Post einen Verwendungsnachweis für praktisch jedes Blatt Klopapier verlangte, konnte auch klotzen.

Einer der Handwerker setzte sich auf den Hocker. Er spielte eine wehmütige, sehr eingängige Melodie. Dank Procol Harum und der großzügigen Anleihe für ihren Song *A Whiter Shade of Pale* wusste sogar ich Klassikmuffel, was er spielte.

Ich hörte Ricky sagen: »Geklaut bei Bach, Hase. *Air.* Orchestersuite D-Dur BWV 1068.« So viele ihrer Worte waren unsterblich geworden.

Mich überkam ein wehmütiges Gefühl. Ich setzte mich in die hintere Reihe und aß gedankenverloren die mit Marmelade gefüllten Teigtaschen. Es tat von Zeit zu Zeit immer noch weh, dass die Frau, die für ein Leben an meiner Seite bestimmt schien, gegangen war, ohne dass wir uns hatten verabschieden können.

Ich nahm den Ring am Lederband um meinen Hals in die Faust. Rickys Bilder in meinem Kopf waren nicht verblasst, aber sie waren mit den Jahren weniger geworden. Die Zeit heilte wirklich alle Wunden, gleich wie tief sie waren. Aber Narbengewebe tendierte dazu, unkontrolliert zu schmerzen und geistliche Orgelmusik war untrennbar mit meiner wunderbaren ersten Frau verbunden. Die architektonisch interessierte Musikliebhaberin hatte mich überall in das örtliche Gotteshaus geschleift – gleich ob Dom, Münster, Kathedrale oder winzige Kapelle. Als hätte die übergeordnete Instanz, an die wir nicht glaubten, ein Interesse dran, uns auf ihre Allmacht hinzuweisen, fing meist jemand an, auf der Orgel zu spielen. Wenn es dann auch noch eines von Rickys Lieblingskirchenliedern wie *Lobet den Herren* war, bildeten sich regelmäßig Pfützchen in ihren Augen. »Dreihundert Jahre alt. Das nenne ich einen Evergreen, Brandstätter. Frohlocke! Frohlocke!«

Der Satz war zu Ende. Der Organist zog zwei weitere Register und begann ein neues Stück, bei dessen eingängiger, getragener Melodie mir beinahe übel wurde. Keine Kunst konnte besser Gefühle transportieren und auslösen als Musik. Das war sowohl positiv als auch negativ besetzt. Die anrührende Vertonung des ergreifenden Gedichtes *Von wunderbaren Mächten* von Dietrich Bonhoeffer ließ mich stets an Sex denken. Schuld daran war wieder einmal Ricky, die das Lied oft mit ihrem warmen Sopran gesungen hatte. Ricky sprach mit einer rauchigen Altstimme (O-Ton: »Suff und Sex, Brandstätter!«). Ihre Singstimme dagegen war sehr hoch und dabei samtig (O-Ton: »Engelsgleich, Hase!«). Ihre ureigene Dichtung war weitaus witziger als der Originaltext. Die Erinnerung zauberte ein Lächeln auf meine Lippen. Vom ersten Tag unserer Bekanntschaft bis lange nach ihrem Tod schaffte es Ricky regelmäßig, meine Seele zu berühren. Unzählige Tage, in denen sie selbst dunkelste Nächte mit ihrem faszinierenden Wesen und ihrer großen Klappe erleuchtet hat.

Ein Geräusch holte mich aus meinen sentimentalen Gedankengängen zurück in den brütend heißen Kirchenraum in Mittelamerika. Poppaea war neben mir aufgetaucht und steckte ihre samtweiche Schnauze in meine Hand. Ich streichelte der freundlichen Bordeaux Dogge über den massigen Kopf und versuchte von den beiden Sabberfäden, die links und rechts von den Lefzen trieften, nichts abzubekommen. Ihr feindliches Herrchen setzte sich ungebeten auf den Stuhl neben mich. Mich überkam eine Welle des Ärgers über die Störung, über die Arroganz des Paters, der uns einen eisernen Sparkurs aufzwängte und Geld für eine Orgel herauswarf in einer Gemeinde, deren Gottesdienste kaum besucht wurden. Handfeste medizinische Hilfe war in dieser Provinz wesentlich notwendiger als eine neue, überdimensionierte Gebetsstätte und Aberglauben in Form von überteuerten Zuckerkügelchen.

»Sie hier in meiner bescheidenen Kirche, welch ungewohnte Ehre.«

»Ich würde ein rotes Kreuz im Kalender machen. Wird so schnell nicht wieder vorkommen«, brummte ich.

»Ich plane ein Konzert zur Einweihung. Ich werde vorerst selbst spielen, bis wir einen fähigen Organisten haben, der mit einem solchen Instrument umgehen kann. Die gute alte deutsche Kirchenmusik ist doch eine ganz andere Hausnummer, als die einfachen Weisen, die die *ticos* sonst zu hören bekommen«, meinte der Laminator.

Die Musik hatte aufgehört und der Orgelbauer drückte alle Register zurück.

»Das ist nicht alt. Das ist jüngste deutsche Vergangenheit«, antwortete ich, meinen Blick starr nach vorn geheftet.

»Ich weiß, dass der Text von Bonhoeffer ist und wie und wo er entstand. Ich bin nicht so dumm, wie Sie mich gerne hätten.«

»Wie gut, sonst hätten wir ein richtiges Problem. So bleibt wenigstens noch Hoffnung. ›*Dummheit ist ein gefährlicherer*

Feind des Guten als Bosheit. Gegen das Böse lässt sich protestieren, es lässt sich bloßstellen, es lässt sich notfalls mit Gewalt verhindern. Das Böse trägt immer den Keim der Selbstzersetzung in sich, indem es mindestens ein Unbehagen im Menschen zurücklässt‹ – auch ein Zitat von Bonhoeffer.«

»Dass Sie ein paar uralte Kalendersprüche auswendig kennen, bedeutet gar nichts. Was verstehen Sie schon von Kunst und Musik? Ich habe neben Betriebswirtschaft und meiner zeitraubenden Ausbildung zum Heilpraktiker auch Kirchenmusik studiert. Ich vertrete einen ganzheitlichen Managementansatz und weigere mich, mit Laien über deren unqualifizierte Ansichten zu diskutieren.«

»Aha, aha.« Ich stand auf und stellte mich neben die Orgel. »*Play it again, Sam!*«, forderte ich den Organisten auf.

»Von *jutän Mäschtän* oder Bach?«

»*Dat erste! Spiel er auf, jutär Mahn! Mir isset danach, Jott zu lobpreisän!*«, versuchte ich den rheinischen Akzent zu imitieren.

Ich kannte den Text der ersten drei Strophen in- und auswendig. Über Remos Gesicht huschte dieser Ausdruck, den viele bekamen, wenn sie mich zum ersten Mal singen hörten. Benny Elvis Brandstätter war mit einer vollen, unverwechselbaren Tenorstimme beschenkt worden. Wahrscheinlich sah er mich bei seinem Einweihungskonzert einen ganzen Knabenchor ersetzen. Den Zahn zog ich ihm sehr schnell. Ich sang den letzten Refrain für meine Frau auf ihrer Dekowolke und um den Kleingeistlichen in der hinteren Reihe zu ärgern – in Rickys ureigener Version. Der Priscilla-After-Sex-Song. »*In guten Nächten wunderbar gevögelt, erwarte ich getrost, was kommen mag. Er steckt in mir am Abend und am Morgen und ganz gewiss an jedem neuen Tag.*«

Die beiden Orgelbauer lachten, verstummten aber abrupt, als Remo wütend auf mich zu hinkte. Ich ging, ohne ihn eines Blickes zu würdigen, an ihm vorbei und zurück an meinen

Arbeitsplatz. Poppaea trottete ein Stück hinter mir her, bis ihr Herrchen sie zurückpfiff.

Ich schlug die oberste Patientenakte auf. Der achtjährige Junge, der in Begleitung seiner Mutter da war, klagte über Grippesymptome und Juckreiz. Ich fand Nissen und lebende Kopfläuse in dem kurz geschorenen Haar. Das entzündete Ödem am Auge und die geschwollenen Lymphknoten am Nacken ließen mich einen Blutabstrich machen. Bingo! Eine akute Trypanosomainfektion.

Die Familie wohnte in einem Bretterverschlag, von denen es unzählige in der Gegend gab. Der Vater arbeitete auf einer von Manuels Plantagen. Die Mutter war mit ihrem vierten Kind schwanger und sah unterernährt aus.

Die Krankheit wird durch blutsaugende Raubwanzen übertragen, die so dumm sind und sich gegenseitig fressen und dabei den Parasiten ausbreiten. Eine Therapie war schwierig. Die Medikamente hatten schwere Nebenwirkungen und waren mutagen.

Ich war zornig auf Raubwanzen. Ich war zornig auf Remo, der diesem Kind in Zukunft seine direkte Anlaufstelle bei Krankheiten wegnehmen würde. In Costa Rica war die medizinische Versorgung der Bevölkerung zwar flächendeckend gewährleistet, aber der Weg ins Hospital war den Bewohnern oft zu umständlich und weit und sie kamen meist erst zur Untersuchung, wenn es schon fast zu spät war. Für die Bewohner der Orte, die südlich von Puerto Limón lagen, waren wir die nächstgelegene medizinische Einrichtung.

Ich war zornig auf Manuel, der es immer noch nicht geschafft hatte, seine Arbeiter so zu bezahlen, dass sie in hygienischeren und menschenwürdigeren Unterkünften wohnen und sich vernünftig ernähren konnten.

Ich war zornig auf Dietrich Bonhoeffer, der auch in den letzten Tagen seines kurzen Erdendaseins seinen Glauben nicht verloren hatte. »*Noch will das alte unsre Herzen quälen, noch drückt uns böser Tage schwere Last. Ach Herr, gib unsern aufgeschreckten Seelen das Heil, für das du uns geschaffen hast!*« Warum verteilte der gütige *Herr* das Heil, das er für seine Kreaturen geschaffen hatte, nicht gleichmäßig und warum war er nicht immer gütig? Schließlich hat er bei der Sintflut aus purem Zorn schwangere Frauen, Babys und Hundewelpen vorsätzlich ersäuft. War Gott ein rachsüchtiger Psychopath ganz ohne Gewissen?

Das ehemals unschuldige Whiteboard im OP war in *Wailingboard,* also Klagebrett, umgetauft worden und wurde von uns allen gerne benutzt, um unseren Frust kundzutun. Ich schrieb:

Wer ans Hohle klopft,
der schenkt der Leere ein Geräusch.

Meningoenzephalitis und Mobbing

Der Morgen im Health Post war ein einziges Chaos gewesen. Kurz nachdem wir mit der Sprechstunde begonnen hatten, schleppte sich ein fünfunddreißigjähriger Bauarbeiter die Treppen hoch. Er war auf dem Weg zur Arbeit überfallen und durch das Hemd dreimal in den Rücken gestochen worden. Trotzdem war er im eigenen Wagen von seinem Barrio hierhergefahren. Ein Lungenflügel war perforiert. Hemd und Hose waren blutgetränkt. Da wir keinen Thoraxspezialisten im Hause hatten, forderten wir einen Rettungswagen aus dem Hospital an und machten nur eine Erstversorgung.

Der nächste Patient hatte sich den halben Daumenballen am Deckel einer Konservendose abgeschnitten, als er Müll in einer Tüte zusammendrücken wollte, um Platz zu schaffen. Die tief eingegrabenen Mimikfalten des Fünfzigjährigen sahen aus, als hätte er in der Nacht Kontakt mit einem heißen Waffeleisen gehabt. Bei so ausgeprägten Stirnfalten überlegte ich automatisch, wie ich die Botox- und Fillerspritzen setzen würde. *Mind games* für Ärzte.

Kurz vor Schluss randalierte ein in die Jahre gekommener Hippie, der sich sämtliche Hirnzellen mit den unterschiedlichsten Substanzen nachhaltig weggeschossen hatte. Der kachektische Franzose hörte auf den klangvollen Namen François Truffaut, besser gesagt, er hörte auf gar nichts mehr außer vielleicht ein paar Stimmen in seinem Kopf.

Der *Monsieur* mit den umwerfenden Ausdünstungen wollte wegen einer Hirnhautentzündung infolge eines Insektenbisses behandelt werden. Die, zugegeben riesige, schwarze Ameise hatte er in einem leeren Marmeladenglas dabei. Die Hautpartie um den Biss war leicht gerötet, aber nicht geschwollen oder erwärmt.

»Du musst das Vieh sezieren und unterm Mikroskop im Hirn nachsehen, ob da der Virus drin ist«, lallte er in miserablem Spanisch.

Diesen Schwachsinn hatte ihm sein bester Kumpel Drew eingetrichtert, der sich bei Insekten und Kühen super auskenne, weil er früher in Austin, Texas, auf einer Ranch gearbeitet habe.

»Kann es sein, dass dein Freund Rinderwahn mit FSME verwechselt?«

Ich nahm ihm das Glas ab. Die Übeltäterin war inzwischen verendet. Wahrscheinlich hatte sie sich beim Biss eine Alkoholvergiftung zugezogen. Monsieurs Truffauts Fahne war beachtlich.

Der Franzose trug zehn Malaketten aus Teakholz in verschiedenen Verrottungszuständen um den Hals, die nach Schimmel und Moder rochen. Ich bat ihn, den Halsschmuck zum Abhören auszuziehen, und wurde darüber belehrt, dass er das nicht könne, weil seine Chakren sonst ungeschützt bloß lägen.

»Ich bin auf dem Herzweg und Buddhas Perlen beschützen mich.«

Ich war der Meinung, dass der Patient auf dem *Holzweg* war, aber das behielt ich für mich. Nach der Anamnese und

Untersuchung konnte ich lediglich einen abnorm hohen Alkoholgehalt im Blut feststellen. Mit 3,8 Promille noch so relativ sicher aufzutreten, war respektabel, aber bei erprobten Trinkern keine Seltenheit.

»Ich reiß dir die Eier ab, du Bastardarzt, wenn du mir nicht sofort was gegen die Schmerzen und die Entzündung gibst.« Der undankbare Junkie schien wohl nur auf einlullende Drogen aus zu sein. Nach dieser Ansage beruhigte er sich überraschend und verschwand auf dem Klo. »Pissen wird man wohl noch dürfen bei euch Pennern.«

Der Rauchmelder auf dem WC meldete sich laut und deutlich.

Rosa schien dieses nervige Gepiepe zum ersten Mal in ihrem Leben zu hören. Sie reagierte verstört und rief uns hinterher, als ich mit Xavier alarmiert an ihr vorbeirannte. »Was ist das für ein seltsames Geräusch? Da hinten stehen doch keine Überwachungsmaschinen?«

»Ich nehme an, die Toilette versucht rückwärts einzuparken«, scherzte ich.

Es stellte sich heraus, dass Monsieur Truffaut als Protestnote gegen die miese Behandlung den Papierspender auf der Toilette angezündet hatte. Ein beherzter Patient war uns zuvorgekommen und hatte den Brand erfolgreich mit dem Feuerlöscher bekämpft. Dabei hatte er den Brandstifter, der es sich auf dem geschlossenen Toilettensitz bequem gemacht hatte und eingenickt war, gleich mitgelöscht. Der Franzose hatte eine leichte Rauchvergiftung und gereizte Bindehäute. Wir überließen es dem Laminator, die Anzeige wegen Sachbeschädigung bei unserem Vorzeigepolizisten zu erstatten. Letzterer nahm den Randalierer nach der Behandlung mit. Wir brauchten dringend eine Arrestzelle für Betrunkene, schloss ich.

DANK DES VANDALEN war ich über eine Stunde zu spät dran. Tobi saß am Esstisch und machte Hausaufgaben. Salomé, die gestern bei einem Kampf mit einer der Hotelkatzen der Familie Delgado Schiller den linken oberen Eckzahn verloren hatte, lag quer über das Aufgabenheft ausgebreitet. Der Junge schrieb um die Katze herum. Mit dem grenzdebilen, schrägen Grinsen wegen des fehlenden Zahnes hatte sie endlich den Ausdruck, der zu ihrer intellektuellen Kapazität passte. Mit anderen Worten: Salomé sah mit dem Dauergrinsen selten dämlich aus.

»Sorry, dass ich so spät komme«, entschuldigte ich mich.

»Ich war nur eine Stunde in der Schule. Wir hatten früher frei, weil es kein Wasser gab.«

»Wie bist du nach Hause gekommen?«

»Der *Profe* hat uns gefahren.« Tobis Spanischlehrer wohnte in Puerto Viejo. In Costa Rica war es nicht ungewöhnlich, dass die Lehrer ihre Schüler im Auto mitnahmen.

»Was lernst du?«, fragte ich.

Mein Sohn raufte sich verzweifelt die Haare: »Ich weiß es nicht, Papa!«

»Kann ich dir helfen?«

Tobi hob Salomés linke Vorderpfote an, schrieb ein paar Zahlen und ließ die Pfote wieder fallen. »Nein, das brauchst du nicht. Ich schaffe das allein.«

»Soll ich uns was zu essen machen?«

»Keinen Hunger.«

Das war ein Wächtersatz, der mein Vaterherz aufhorchen ließ. Wenn mein Fleisch und Blut keinen Appetit hatte, stimmte etwas definitiv nicht. Ich setzte mich dazu und nahm ihn unter die Lupe. Die Skleren und Bindehäute waren auffällig gut durchblutet. Tobi sah aus, als hätte er geweint.

»Was ist los, *mi hijo?*«

»Nichts.«

»*Tobi! Ich bin dein Vater*«, versuchte ich Darth Vader zu imitieren und bekam keine Reaktion. »Ich halte so lange die Luft an, bis du mir sagst, was du hast.«

»Orr, Papa, kannst du dich nie wie ein Erwachsener benehmen?«

Ich schüttelte mit aufgeblasenen Backen den Kopf. »Mh, mh.«

»Okay, ich sage es dir. Die Jungs in der Klasse ärgern mich, weil ich Ballett tanze. Die sagen, ich wäre schwul, und sie wollen nichts mehr mit mir zu tun haben.«

»Aha, aha.« Das tat weh. Was tun in so einem Fall? Dem eigenen Kind erklären, dass man in der Kindheit selbst das Opfer von Mobbing gewesen war, oder den großen, unfehlbaren Helden mimen, der über allem steht und die Familie mutig verteidigt? Ich beschloss, Tobi nichts vorzuspielen, und berichtete ihm, dass sein Vater ein ähnliches Schicksal durchgemacht hatte.

Ich war ein stilles, zurückgezogenes Kind gewesen, das sich lieber mit Büchern und Musik als mit Fußballspielen die Zeit vertrieb. Mama sorgte mit ihren recht eigenwilligen Strickpullovern dafür, dass mein Bruder Björn und ich zuverlässig aus der Masse herausstachen, was wir überhaupt nicht wollten. Wir wollten dazugehören. Unserer kreativen Mutter war nicht zu vermitteln, dass ausgefallene, bunte Oberbekleidung andere Jungs dazu verleitete, einen uncool zu finden. Ich bekam fast wöchentlich die Unterhose in den Schlitz gezogen oder meinen Schulranzen geklaut. Ranzen und Inhalt fanden sich in einem Abfalleimer am Schulhofgelände wieder. Oft fehlten Hefte, Mäppchen, Bücher oder mein Pausenbrot. Weil ich daheim nicht zugeben wollte, wie übel man mir in der Schule zusetzte, erklärte ich die fehlenden Gegenstände als verloren und bekam auch noch Ärger mit meinen Eltern deswegen.

Als Jugendlicher weigerte ich mich, in albernen Strickpullovern rumzulaufen. Dafür hatte mich die Pubertät voll im Griff. Zu meinem androgynen, schmächtigen Körperbau schenkte mir das Karma unzählige Pickel, eine im Verhältnis zum schmalen Gesicht überproportional große Nase und abstehende Ohren. Eine Zahnspange komplettierte das Bild eines *Opfers. Pickeldumbo* war mein Spitzname, erfunden von Oliver Bechthold, einem Bully aus der Nachbarklasse.

Oliver überragte mich um einen Kopf und hatte mit dreizehn bereits einen dünnen Flaum auf der Oberlippe. Er war der Einzige, der seine Sackhaare in der Umkleidekabine nicht verlegen zu verstecken versuchte, sondern damit prahlte. Der Spacko hatte hypermobile Gelenke und gab in den großen Pausen Vorstellungen, in denen er seine Finger ganz nach hinten bog, um sie nach vorne schnellen zu lassen. Oliver wohnte zu meinem Pech in der gleichen Straße wie ich und fand Spaß daran, mich auf dem gemeinsamen Schulweg mit seinen Freunden so lange zu piesacken, bis ich heulte. Zu allem Überfluss neigte ich zu leichtem Stottern, wenn ich aufgewühlt war. Ich war George McFly und Oliver war Biff Tannen in dem Zeit-Raum-Kontinuum, in dem Marty noch nicht zurück in die Zukunft gereist war.

Als Kleinkind hatte mich Oma Ruth verteidigt, wenn ich schluchzend vom Kindergarten oder dem Spielplatz in die Bäckerei gekommen war. Den kleinen Benny an der Hand hinter sich her schleppend, den nächst greifbaren Gegenstand in der anderen Hand, zog Ruth Revenge an den Schauplatz, an dem das Unrecht geschehen war. Sie drohte meinen Peinigern sehr eindrucksvoll Schläge an, wenn sie mich nicht in Ruhe ließen.

Als Schüler konnte man eine Großmutter, die mit einem Kochlöffel bewaffnet für Recht und Ordnung sorgte, nicht mehr einsetzen, wenn man nicht noch tiefer in der Achtung der

Altersgenossen sinken wollte. Meine Mutter war zu sehr mit ihrem Laden, ihrer verkorksten Ehe und der Versorgung von zwei Söhnen beschäftigt, als dass sie mir hätte helfen können. Mein Vater fand mich immer schon merkwürdig und überließ seinen Erstgeborenen der natürlichen Auslese. Richtige Freunde hatte ich in den ersten Jahren auf dem Gymnasium nicht. Ich war in der Pubertät verzweifelt und auf mich allein gestellt.

Meine Mutter hatte mir als Kind erklärt, ich müsste mich nicht fürchten, es gebe unter dem Bett und in den Schränken keine Monster. Sie hätte mir lieber sagen sollen, dass die wahren Monster draußen auf der Straße auf mich lauerten.

Zum Glück hatte mein Großvater mütterlicherseits, der gestandene schwäbische Bäcker und alte Pragmatiker, zwei Eingebungen, die mir das weitere Leben ungemein erleichterten: »*Ruth, dem Bua muass ma d'Ohre ahlege lasse. Sag des doinr Tochtr!*« Und zu mir: »*Woisch, Kerle, dua muasch lerne, di selbscht zu wehre! I han in Kriegskamerad, dem soin Bua isch Karatelehrer. Do gangsch num un guggsch dir des mol a.*«

»Tobi, weißt du, auch wenn ich auf dem Weg zum erwachsenen Mann viel dazugelernt habe, bin ich weit weg davon, jemals auch nur annähernd so pragmatisch wie mein Opa Hans zu werden. In meinem Kopf haben Worte, Tagträumereien und Melodien immer noch einen größeren Stellenwert als Fakten und Zahlen. Alter, Kleidergröße, Haarfarbe, Gewicht, Namen, welchen Sport man macht oder ein falsches Lächeln machen keinen Menschen wirklich aus. Das sind Äußerlichkeiten. Die ändern sich im Laufe des Lebens. Man nimmt zu, die Haare werden grau oder fallen aus. Irgendwann möchte man kein Fußball mehr spielen, sondern vielleicht lieber Volleyball oder Schach. Freunde kommen und gehen auch wieder. Was bleibt und einem keiner nehmen kann, sind Wissen, Erfahrungen, Emotionen und Liebe. Die Bücher, die man gelesen hat, was man sagt und was in einem verschlossen bleibt, die Lieder, die man singt, die Orte, die man besucht hat, und der Schmerz, den man hinter einem Lächeln zu verbergen sucht, das gibt einem Tiefe. Leider sind nicht alle Menschen so. Die Sonne spiegelt sich in einer Pfütze genauso wider wie im Ozean – nur hält die Pfütze das nicht lange aus. Lass dich nicht von oberflächlichen Menschen fremdbestimmen und tyrannisieren und von deinem Weg abbringen.«

Tobi hatte mir aufmerksam zugehört. Selbst Salomé, die als Schönheit getarnte Einfalt, schien meinen Worten zu lauschen. Ich beschloss, nach all dem Schöngeistigen doch ein wenig schwäbischen Pragmatismus auszuprobieren: »Willst du auch Karateunterricht nehmen, Tobi?«

Er überlegte kurz, die Stirn in Falten gelegt. »Nein, ich brauch das nicht. Papa, denen muss nicht gefallen, was ich mache. Hauptsache, mir und euch gefällt es.«

Das machte mich ungemein stolz. Ich war ein chaotischer Vater, der nur wenige Grundsätze bei der Erziehung hatte. Eines aber war mir von Anfang an wichtig gewesen: Ich würde niemals versuchen meine Kinder am Boden zu halten aus Angst, sie stürzen ab. Ich wollte beständig der Wind unter ihren Flügeln sein, der hilft, dass sie abheben und ihre Welt aus einer neuen Perspektive sehen können.

Ein Kurzgedicht der US-amerikanischen Poetin Erin Hanson drückte aus, was ich fühlte: *There is freedom waiting for you, on the breezes of the sky. And you ask: »What if I fall?« Oh, but my darling, what if you fly?*

Mütter und Väter

Mein Mütterlein weilte seit einer Woche bei uns und unsere Küchenhexe war deshalb auf einem längeren *Kurzurlaub,* besser gesagt auf einer *Kreuzfahrt* mit dem Dienstwagen zu ihren vier Söhnen, die über die Provinzen Alajuela, Cartago, Guanacaste und Heredia verteilt lebten.

»Wie lange bleibt diese Frau?«, fragten die anderthalb Meter Misstrauen auf Beinen bei der Routenplanung.

»Diese Frau, die mir das Leben geschenkt hat, bleibt exakt drei Wochen.«

»*¡Madre de Dios!* Das sollte ich mich mal trauen, einem meiner Kinder so lange zur Last zu fallen!« Sie hängte ein neues Amulett, das dem heiligen Nikolaus geweiht war, an die dünne Goldkette um den Hals meiner Tochter. »Der Schutzpatron der Kinder und Reisenden.« Sie betete, dass das *Blut Christi* uns bedecken möge und machte sich auf die lange Reise, um Mama Brandstätter aus dem Weg zu gehen.

»Aha, aha«, murmelte ich und holte Letztere in Puerto Limón am Flughafen ab.

Meine Mutter war katholisch getauft und bezweifelte, dass Yoanis *abergläubischer Hokuspokus* zu etwas nütze war. Sie selbst hatte Romy eine Bernsteinkette mitgebracht, die beim Zahnen half. Frauenlogik. Die Nachwuchskaiserin sah mit dem ganzen Geprange am Hals aus wie ein Vaudeville-Star aus den Zwanzigerjahren. Ich sah das Ganze sehr skeptisch. Auch wenn die Ketten sehr dünn waren und ein Gummiband hatten, damit Romy sich nicht versehentlich strangulierte, bestand immer die Gefahr, dass das Kind die Kleinteile verschluckte oder diese ihr im Hals stecken blieben. Maria, die selbst unter dem persönlichen Schutz diverser Heiliger aufgewachsen war und von deren weiblichen Verwandten nicht wenige als Nonnen in orthodoxen Klöstern gelandet waren, sah das Ganze eher gelassen. Romy war stolz auf ihren Schmuck und lutschte intermittierend an dem Heiligen und dem Bernstein. Tobi verlor alle seine Schutzpatrone zuverlässig.

MEIN SOHN UND seine Großmutter waren schon immer ein Herz und eine Seele gewesen. Die Krämernatur meiner Mutter sowie ihr Geschäftssinn hatten eine Generation übersprungen und sich dafür in ihrem Enkel umso hartnäckiger manifestiert. Die beiden brüteten stundenlang über der Weiterentwicklung von Tobis Spieleidee. *Altrupoly* sollte ein Verkaufsschlager werden.

Es gab nur einen wunden Punkt, der ihren geizigen Enkel beschäftigte. »Oma meint, wir müssten uns das Geld teilen, weil sie ja mitgearbeitet hat. Dann bekomme ich nur die Hälfte von allem«, meinte er betrübt, als er ihn morgens zur Schule fuhr.

»Wenn ihr Millionen verdient, ist das doch nicht so schlimm.«

»Schon Papa, aber für dein Boot und Yoanis neuen Wagen reicht mir das dann nicht mehr. Ich werde sparen müssen. Ich habe eine neue Geschenkeliste. Willst du mal hören?« Gelegentlich kamen doch Kias akademische Wurzeln durch. Unser gemeinsames Kind ging sehr systematisch und analytisch vor. Er holte das Notizbuch, ohne das er keinen Schritt machte, aus seinem Rucksack und blätterte in die Mitte.

»Also. Für dich Haarwachs. Für Maria bleibt's bei der Haarspange. Für Yoani ein Haarnetz, damit nicht immer Haare in der Suppe sind. Barbra schenke ich einen Gutschein zum Schneiden. Mama und Oma werden sich selbst was kaufen müssen, die haben ja eigenes Geld. Romy schenke ich Haargummis mit so kindischen Figuren drauf. Die klaut Salomé ja immer und bringt sie nicht zurück.«

»Sehr pragmatisch.«

»Nicht altruistisch?«

»Nicht mehr wirklich.«

»Ist das besser als altruistisch?«

»Kommt auf den Standpunkt an. Warum sind das eigentlich alles Dinge rund um Haare?«

»Ich sitze jetzt in der Schule neben Sabina, der ihrer Mutter gehört der Schönheitssalon in Puerto Viejo und die haben eine Aktionswoche. Sie hat mir gestern einen Prospekt mit Sonderangeboten gegeben.« Das Schwabenkind fischte aus seinem Rucksack einen DIN-A5- Flyer raus und hielt ihn mir hin. »Ich bekomme alles zum Freundschaftspreis mit Prozenten.«

Der Spieleerfinder überlegte und machte nach einer kurzen Pause einen Eintrag in seinem Notizbuch. »*Prag-ma-po-ly*«, sprach er beim Schreiben langsam mit. »Das wird dann das nächste Spiel.«

Romy beobachtete ihre *Oma Satzi* lieber aus sicherer Entfernung und fragte täglich nach »*Ani?*« – womit sie Yoani meinte.

Salomé, die Einfalt im Fell, schien durch den Besuch ebenfalls völlig verstört. Sie beäugte meine Mutter sehr unentspannt vom Bücherregal im Wohnzimmer und rannte an ihr vorbei, als wäre sie der Teufel in Person. Ich wachte am dritten Morgen auf, weil meine Füße nass waren.

»*Shit*, Oly. Entweder habe ich mich heute Nacht eingenässt oder diese bekloppte Katze hat ins Bett gepinkelt«, informierte ich meine Gefährtin.

Maria blinzelte mich schlaftrunken an. »Wo ist es denn nass? Ich kann nichts sehen.«

»Meine Füße!«

Maria stöhnte laut und drehte mir den Rücken zu. »Meine Güte! Männer und ihre gestörte Selbstwahrnehmung.« Sie hielt eine Handspanne hoch und meinte: »Klar, wenn man glaubt, das sind dreißig Zentimeter.«

»Du bist keine nette Frau, Oly. Zur Strafe musst du das Bett neu beziehen«, antwortete ich und ging duschen. »Und aus diesem Vieh mache ich ein Rheumafell, sobald ich es finde.«

Sigrid Brandstätter hatte zwei Söhne zur Welt gebracht und beiden das Startguthaben für ein Leben als erfolgreiche Erwachsene gegeben, auch wenn es bei ihrem Erstgeborenen lange Zeit nicht danach aussah, dass außer einem begabten Mediziner und Sänger je etwas Vernünftiges aus ihm werden würde. Björn war schon immer das Kind mit den besseren Zukunftsaussichten gewesen, vor allem in den Augen unseres Vaters. Dass Benny, das Problemkind, aus dem später ein Problemerwachsener geworden war, nun ein Haus und eine beneidenswerte Familie an einem der wunderbarsten Plätze der Welt besaß, erfüllte meine Mutter sichtbar mit Stolz. Sie war ständig damit beschäftigt, Fotos zu machen und per WhatsApp an ihre Freundinnen, Schwestern und einige ausgewählte Kundinnen zu schicken.

Björn, ihr Zweitgeborener, war unverschuldet in Schieflage geraten. Bei meinem kleinen Bruder, der aus dem beschaulichen Laden von Dr. Schneider in Stuttgart eine florierende Praxis für Allgemeinmedizin gemacht hatte, und Tanja stand die Scheidung vor der Tür. Meine Schwägerin hatte einen neuen, besseren Mann gefunden und lebte mit den Zwillingen mit einem Bühnenbildner von der Stuttgarter Oper zusammen.

»Ich sehe Björns Kinder kaum noch und deine noch seltener«, klagte mir Mama ihr Leid, als wir nach dem Abendessen bei einem Glas Wein im Wohnzimmer saßen. »Morgen muss ich schon wieder zurück. Die drei Wochen sind wie im Flug vergangen.«

Jede Wette, dass Yoani das völlig anders sah.

Maria machte Romy bettfertig und Tobi lernte in seinem Zimmer für eine Schularbeit. Meine Mutter hatte an ihrem letzten Abend bei uns Linsen mit Spätzle gekocht, die mir schwer im Magen lagen. Die Filder-Linsen hatte sie extra im Handgepäck aus der Heimat mitgebracht. Schließlich erzählte sie die ganze Geschichte um Björn und sein Elend als Single mit Praxis an der Backe. Der Kontakt zu meinem Bruder war eingeschlafen, nachdem ich aus dem Plan, eine Praxis in Stuttgart-Mitte gemeinsam zu übernehmen, ausgestiegen war. Björn war immer noch sauer darüber, dass ich ihn hatte hängen lassen, obwohl ich damals meine guten Gründe gehabt hatte, aus Deutschland wegzugehen und wieder ganz in Costa Rica zu leben. Meine alte Heimat war mir fremd geworden. Ich musste festellen, mir war *pura vida* in Fleisch und Blut übergegangen. Der geregelte Job in einer allgemeinmedizinischen Praxis engte mich ein und die Vorstellung, dies bis ans Ende meiner Tage zu tun, bedrückte mich bereits nach kurzer Zeit. Aber das Schlimmste war, über allem schwebte das Damoklesschwert, dass mir Kia unseren gemeinsamen Sohn wegnehmen würde. In Deutschland wäre das ein Leichtes gewesen, in Costa Rica kannte ich Menschen, die das verhindern konnten.

»Wer hätte gedacht, dass du mal derjenige meiner Söhne sein wirst, der ein geregeltes Leben führt und um den ich mir keine Sorgen mehr machen muss«, unterbrach meine Mutter meine Gedankengänge und schenkte sich von dem chilenischen Shiraz nach.

Ich wusste nicht, was ich darauf antworten sollte. Es fiel mir schwer, Mama meine Gefühle mitzuteilen. Ich war schon als Kind der Überzeugung gewesen, dass ich für meine Sorgen und Nöte selbst zuständig war. Für Björn waren seine Eltern und sein großer Bruder immer Ansprechpartner gewesen. Meine Mutter hatte noch nicht mal annähernd eine Ahnung, wie kompliziert und hoffnungslos mein Leben manchmal gewesen war und wo die Tretminen und Dämonen versteckt waren.

Seit heute früh spukte der Song *The Living Years* der Gruppe Mike and the Mechanics durch meine Gedanken. »*I wasn't there that morning, when my father passed away. I didn't get to tell him, all the things I had to say. I think I caught his spirit later that same year. I'm sure I heard his echo in my baby's new born tears. I just wish I could have told him in the living years. Say it loud, say it clear, you can listen as well as you hear. It's too late, when we die to admit we don't see eye to eye.*«

Ich war leider dabei gewesen, als mein Vater gestorben war. Gerade deswegen musste ich gelegentlich, wenn ich eines meiner eigenen drei Kinder betrachtete, an diesen Mann denken, den ich lieblos *Erzeuger* genannt und zu dem ich nie ein gutes Verhältnis gehabt hatte. Unser letztes Treffen, ein gemeinsames Abendessen, endete im Streit und mit Vorwürfen an ihn. Danach habe ich Georg erst wieder nach seinem Suizid in seinem Urin und Erbrochenen auf einem Hotelbett liegen sehen. Die Reanimation verlief erfolglos. Mein Vater, den ich abgelehnt hatte und den ich nicht mehr in meiner Nähe ertragen konnte, weil ich mich fürchtete, genauso zu werden wie er, war verstorben, ohne dass wir uns hatten aussöhnen können. Jeder Blick in den Spiegel war danach schmerzhaft gewesen – ich war das Ebenbild meines Erzeugers. Ricky hatte mir einen Weg gezeigt, weit weg von den eingetretenen Pfaden des ungeliebten Dr. jur. Georg Brandstätter. Sie hatte es geschafft, dass ich mein Spiegelbild wieder betrachten konnte, ohne dass mich das Gefühl überkam, dieses zerschlagen zu müssen.

Nach Rickys Tod hatte ich wieder einen falschen Weg eingeschlagen. Ich lebte haltlos und ohne Rücksicht auf die Gefühle der Frauen meine promiskuitive Veranlagung aus und entwickelte empathisch schwere Defizite. Sex statt Liebe, bis Tobi mich sprichwörtlich an der Hand genommen und zu Maria geführt hatte. Je weiter ich mich von dem Vorbild meines Vaters entfernte, umso zufriedener wurde ich mit mir selbst. Oscar Wilde war der Meister im Dinge auf den Punkt bringen.

Man ist nicht immer glücklich, wenn man gut
ist –
aber man ist gut, wenn man glücklich ist.

Vor dem Haus blitzte zwischen den Palmen kurz ein Licht auf. Das Display eines Smartphones. Die Hängematte schwang sanft zwischen den beiden Palmen hin und her. Da lag eines meiner größten Geheimnisse und hörte aus der Entfernung zu, was ihr Vater und ihre Großmutter zu bereden hatten. Ich sah Madalena im fahlen Licht des Vollmonds aufstehen und sich leise davonschleichen. Mama plapperte im Hintergrund weiter und erzählte von ihren beiden Enkelinnen in Stuttgart und deren schulischen Erfolgen. Meine Stimmung kippte und mir war danach, etwas an die Wand zu werfen. Seit jeher die Ultima Ratio, wenn ich nicht mehr weiterwusste.

Ich wollte mich schon umdrehen, als ich Madalena schnell zurückrennen sah. »Ben! Tobi! Maria! Kommt! Schnell! Die kleinen Schildkröten schlüpfen!«

Wir halfen den winzigen Wesen dabei, den langen, beschwerlichen Weg über den Sand abzukürzen, und trugen so viele wie möglich an die Brandungslinie.

Es war nicht das erste Mal, dass ich den Reptilien zusah, wie sie aus den Nestern in ihre neue Heimat, das offene Meer, krabbelten. Aber es war das erste Mal, dass alle meine Kinder, meine Frau und meine Mutter bei diesem berührenden Naturschauspiel dabei waren. Die Pfützchen in meinen Augen liefen über. *¡Pura vida!*

Unterwelt und Überdruss

Wir hatten gerade das Abendessen beendet. Meist aßen wir das, was Yoani uns zauberte, oder der Herr des Hauses stellte sich an den Herd. Heute hatte Maria ausnahmsweise gekocht – streng nach Rezept. Kochen nach Zahlen, wie ich sie gelegentlich aufzog. Romy saß in ihrem Stühlchen und lutschte an einer Auberginenscheibe – das Einzige, was ihr aus dem Moussaka geschmeckt hatte –, während sie mit der anderen Hand ihr Lieblingsstofftier fest an die Wange drückte. In Romys sehr beschränkter Gourmetwelt fiel alles außer Spaghetti, Pommes mit Ketchup, Löffelbiskuits und Hundetrockenfutter unter *Tödliches Gift*.

Unser Baby war hundemüde und gehörte ins Bett. Ich stand auf, um den Tisch abzuräumen, für Maria ein eindeutiges Zeichen, dass ich die Küche machte und sie mit pampern und baden dran war. Ich liebte meine Tochter über alles, aber nachdem ich gute drei Jahre Tobis Windeln gewechselt hatte, drückte ich mich bei ihr, wann immer ich konnte, vor dieser Aufgabe.

Tobi hatte den kritischen Zustand seiner Schwester bereits bemängelt: »Sie stinkt mal wieder zum Himmel!«

Von der Straße näherte sich ein Wagen mit großem Hubraum – die offene Bauweise des Hauses war besser als jede Alarmanlage.

Das aufmerksame Kind hatte das Motorengeräusch ebenfalls gehört. »Besuch!« Tobi rannte zur Eingangstür und sah nach, wer uns so spät am Abend noch die Ehre gab. »Papa, das ist für dich!« Die massige Gestalt von Diego, Rodriguez Chens Leibwächter, versperrte den Durchgang.

»Entschuldigen Sie die Störung, Doktor, aber der Chef müsste Sie dringend sprechen.«

Ich stellte den Teller, den ich eben abgespült hatte, in die Maschine und schloss die Tür.

»Darf ich fragen, um was es geht?«

»Tut mir leid, ich weiß es auch nicht. Ich weiß nur, dass es sehr dringend ist und Señor Chen Sie bittet, bei ihm vorbeizukommen.« Diego stand breitbeinig da, die Hände ineinander verschränkt. Geschätzte hundertdreißig Kilogramm Muskeln und gut verteilte Fettmasse.

Der *tico* mit den chinesischen Wurzeln war so was wie der Anführer der hiesigen High Society – der Obergangster im Haifischbecken von Puerto Limón, dessen Kriminalitätsrate extrem hoch war. In der kleinen Wäscherei wurde mit Sicherheit mehr Drogengeld gewaschen als schmutzige Wäsche. Ich hatte vor Jahren seine damalige Sekretärin nach einem Krampfanfall in Rainers Hotel behandelt und genoss seitdem so etwas wie Immunität in den Augen des dekadenten Kriminellen. Seine Enkelin und mein Sohn hatten eine Zeit lang gemeinsam Ballettunterricht gehabt, bis die kleine Shenmi keinen Gefallen mehr an klassischen Tanzstunden hatte. Ihre Großmutter finanzierte die Mini-Tanzschule dennoch weiter – wahrscheinlich eine gute Gelegenheit, sich einen seriösen Anstrich zu geben.

Rodriguez Chen und seine Familie ließen sich wie jeder Normalbürger im Health Post behandeln und bestanden darauf, dass wir eine richtige Rechnung schrieben und nicht nur die übliche Pauschale berechneten. Der Clanchef, der seinen Lebensunterhalt mit dubiosen Geschäften verdiente, besaß zweifellos Ehre und Anstand sowie eine soziale Ader. Ich packte meinen Notfallkoffer.

»Ich komme mit, helfen, Papa!«, verkündete mein neugieriger Sprössling.

Der Blick, den der Bodyguard ihm zuwarf, schüchterte meinen Sohn nicht ein – seinen Erzeuger dafür umso mehr. »Nein, Tobi. Da haben Kinder nichts verloren. Außerdem musst du morgen früh raus, es ist Schule.«

»Schule! Schule! Ich höre nichts als Schule! Ich dachte, ich soll was fürs Leben lernen!«, motzte die Frucht meiner Lenden und verdrückte sich in ihr Zimmer, um am Schlagzeug ihren Frust abzulassen.

Ich erklärte Maria kurz die Situation und küsste sie und Romy zum Abschied. Meine frühreife Tochter knutschte seit einem Monat grundsätzlich mit Zunge.

»Sei vorsichtig, Benny!«

»Bin ich doch immer, Oly.«

Die Familie Chen wohnte direkt über der Reinigung in einem nicht besonders luxuriösen Teil von Puerto Limón. Diego führte mich durch den Laden in die dahinter liegenden Büroräume. Der Geruch von Tetrachlorethen lag in der Luft und reizte meine Atemwege. Ich musste niesen. Die Reihen der in Plastikhüllen verpackten Kleidungsstücke glänzten im trüben Licht der Notbeleuchtung. Mich gruselte es und ich fühlte mich in das Szenario eines Horrorfilms versetzt.

Im Vorzimmer saß die derzeitige *Sekretärin* namens Grace zusammengekauert auf einem grünen, abgewetzten Plüschsessel, eine Fleecedecke bis an die Nasenspitze hochgezogen. Sie sah nicht auf, als wir in das Büro ihres Chefs/Liebhabers weitergingen. Señor Chen trug einen hellbeigen Anzug aus allerfeinster Wolle mit weinrotem Seidenschal und dem passenden Einstecktuch. Der costaricanische Mafioso erhob sich und reichte mir eine fleischige Hand über den Schreibtisch.

»Danke, dass Sie gekommen sind, Dr. Brandstätter. Bitte nehmen Sie Platz. Darf ich Ihnen etwas anbieten?«

Ich verneinte dankend und unser dekadenter *Chinaman* winkte Diego zur Tür hinaus.

»Ich möchte nicht lange um den heißen Brei herumreden. Zeit ist für uns alle kostbar. Sie kennen meine sexuellen Präferenzen?«

Ich nickte. Der Gentleman wohnte mit Vorliebe sogenannten *Ladyboys* bei, die er der Einfachheit halber in seinem Vorzimmer parkte, bis sie ihm zu alt oder lästig wurden und dann gegen ein neueres Modell ausgetauscht wurden.

»Gut. Ich war mit Grace heute Nachmittag in Puerto Limón in einem Etablissement. Wir hatten ein Separee und einen …«, er schien kurz nachzudenken und spielte an einem seiner goldenen Manschettenknöpfe – ein kleiner Löwe mit wilder Mähne – rum, »… nennen wir ihn mal *Gast*. Es war in gegenseitigem Einvernehmen und wir haben Kondome benutzt. Leider war Grace, während ich kurz die Waschräume aufgesucht hatte, so unvorsichtig und hat den Herrn ungeschützt oral befriedigt und danach mit mir …« Señor Chen machte eine vage Geste mit der linken Hand und überließ das Satzende meiner Fantasie. Seine Ausdrucksweise war im Gegensatz zu seinen außerehelichen Aktivitäten stets sehr distinguiert.

»Jetzt haben Sie Angst, sich mit HIV infiziert zu haben?« Es war mittlerweile nach zehn Uhr abends und ich hatte am nächsten Tag Frühdienst, der dank unseres neuen Leiters nicht mehr um neun Uhr begann, sondern bereits um 7.30 Uhr.

253

»So ist es. Ich habe mich erkundigt und weiß, dass es vorbeugende Maßnahmen gibt. Dürfte ich Sie bitten, uns entsprechend zu behandeln.«

Das war nicht als Frage aufzufassen, sondern als Aufforderung. Ich überlegte – grundsätzlich wäre in diesem Falle eine Postexpositionsprophylaxe kein Problem gewesen. Ich hatte in der Margarinenklinik den Grundsatz beigebracht bekommen: Wer meint, er brauche sie, und die schweineteuren Medikamente bezahlen konnte, der bekam sie auch. Zudem war Señor Chen ein Zeitgenosse, mit dem ich nicht über Sinn und Unsinn von Behandlungen diskutieren wollte. Ich würde den Großkriminellen auch wegen Menstruationsbeschwerden behandeln, wenn er der Meinung war, darunter zu leiden. Man sollte die vierwöchige antivirale Therapie, die aus zwei Medikamenten bestand, so früh wie möglich beginnen – was hier wohl gegeben war.

»Ich vermute, dass weder Sie noch Grace namentlich in den Patientenakten aufgeführt werden wollen?«

»Davon und dass meine Frau nichts davon erfährt, gehe ich aus, Doktor«, meinte Señor Chen.

Daraufhin legte ich dem Wäschereibesitzer in knappen Sätzen dar, warum es seit Remo Feindles Regime nicht mehr ganz so einfach war, im Health Post Dinge unterm Deckel zu halten und *pura vida* zu leben. Ich ging etwas umfassender auf die nicht unerheblichen Risiken und Nebenwirkungen ein und setzte den *Capo* der hiesigen Unterwelt davon in Kenntnis, dass die Behandlung nicht gerade billig war.

Señor Chen nickte bedächtig. »Ich verstehe und danke Ihnen für die deutlichen Worte. Ich denke, wir finden gemeinsam eine Lösung für dieses Problem.«

»Wir könnten die Mittel über die Apotheke in Puerto Viejo beziehen – wenn Sie Wert drauf legen unter einem anderen Namen.«

»Das würde auch für die HIV-Tests gelten?«

»Auch dabei kann ich Sie heraushalten. Allerdings gibt es eine diagnostische Lücke von sechs Wochen. Das heißt, ein HIV-Test macht erst in zwei Monaten einen Sinn. Es sei denn, Sie wollen wissen, ob Sie vor dem Kontakt bereits HIV-positiv waren.«

»Das wird nicht nötig sein.«

Gustavo Zuela, unser Apotheker, stellte tatsächlich keinerlei überflüssige Fragen, als ich die Medikamente am Morgen bei ihm auf den Namen Frédéric-Fabian Becker und Elisa Wondracek bestellte und sie am nächsten Tag abholte, um sie mittels Diego als Kurier überbringen zu lassen.

EINE WOCHE NACH meinem nächtlichen Hausbesuch parkte Diegos Wagen wieder unangemeldet vor unserer Haustür. Dieses Mal war Señor Chen mit an Bord. Er bat mich, ihn auf einem Strandspaziergang zu begleiten.

»Ich möchte mich persönlich bei Ihnen bedanken für die unbürokratische Hilfe, die Sie geleistet haben.« Er holte einen Umschlag aus der Brusttasche seines Anzuges und gab ihn mir. »Ich hoffe, das reicht, um Sie für Ihre Bemühungen zu entschädigen.«

Ich bedankte mich und steckte den Umschlag weg, ohne hineingesehen zu haben. Was immer Señor Chen für richtig hielt, würde passen.

»Darüber hinaus schulde ich Ihnen einen Gefallen.«

Ich musste nicht lange nachdenken, worum ich Rodriguez Chen bitten wollte. »Wenn Sie mir versprechen, die Ballettschule nicht dichtzumachen, auch wenn am Schluss nur noch Tobi übrig ist, sind wir quitt.«

»Ich habe schon gehört, dass der Junge sehr talentiert ist. Außergewöhnlich. Es bleibt abzuwarten, ob er auch einmal etwas mehr für sein eigenes Geschlecht übrighaben wird.«

Das bezweifelte ich schwer. Tobi war im Kindergarten während unserer Zeit in Stuttgart bereits fest mit Genoveva Schwan liiert gewesen – der geborenen Prinzessin. Ich hatte an das rätselhafte Mädchen seit Jahren nicht mehr denken müssen – was wohl aus Lilly-Perdita, meiner Enkelin, geworden war? Wahrscheinlich auf dem Flohmarkt für einen Euro vertickt. Aktuell gab es Sabina, die Tochter der Inhaberin von *Juanita's Beauty Parlor*. Tobi hatte schon zusammen die heilige Messe mit ihr besucht, in Costa Rica ein sehr beliebter Event für ein Date.

Der kleine Gentleman achtete sogar darauf, auf der Straßenseite zu laufen, wenn er mit seiner Angebeteten spazieren ging. »Ich muss die beschützen, Papa. Na ja, ich glaube ja nicht, dass es ihr viel hilft, wenn ein Auto erst mich überfährt und dann sie. Aber sie will das so.«

Rodriguez Chen reichte mir die Hand. »Versprochen. Ich werde die Ballettstunden Ihres Sohnes weiterhin fördern.«

»Danke, das ist sehr großzügig von Ihnen.«

»¡*Con gusto!*«

Wir waren an der umgestürzten Palme angekommen, von der es nur noch wenige Schritte bis zum eigentlichen Ort Manzanillo waren. Im Augenwinkel konnte ich an den Stellen, an denen Strand und Straße nicht weit voneinander lagen, erkennen, dass Diego uns in einem Mercedes G-Klasse gefolgt war. Der Wagen stoppte und fuhr über den Sand ein Stück auf uns zu.

»Ich hatte bei meinem Hilfsangebot zwar eher an den neuen Chef der Missionsstation gedacht …« Der Großkriminelle ließ das Ende des Satzes offen und fuhr fort: »Wenn ich Sie neulich richtig verstanden habe, ist der *tipo* ein stetes Ärgernis.«

Wie weit ging die Macht des *tico* mit den chinesischen Wurzeln? Würde wie im Film ein Wort genügen, um Remo Feindle ein für alle Mal auszuschalten? Ich wollte es nicht ausprobieren und versuchte abzuwiegeln: »Noch funktioniert ja alles weitgehend. Fakt ist aber, dass er der Station nicht gut-tut. Mehr noch, unser CEO sucht nach einer Möglichkeit, sie zu schließen und dafür zahlungskräftige Patienten mit Homöopathie zu heilen.«

»Das wäre eine Schande, nicht?«

»Ja, das wäre es allerdings. Weil der Posten zum einen für die Einheimischen ein Gewinn ist und ich zum anderen arbeitslos wäre. Aber was wollen wir machen? Dem Orden gehört der Laden nun mal. Wir versuchen, die Angelegenheit auszusitzen und eine Lösung zu finden.«

»Wenn ich helfen kann: Ein Anruf genügt!«

»Na ja, ich bin Anästhesist und für mich wäre es ein Leichtes, es wie eine natürliche Todesursache aussehen zu lassen, aber man will ja im legalen Rahmen bleiben. Wegen des reinen Gewissens. Sie verstehen?«

»Ich verstehe durchaus. Aber lassen Sie mich nachdenken, vielleicht finde ich einen Weg. Die Klinik liegt mir sehr am Herzen.«

Mir kam ein fieser Gedanke: »Einen Wunsch hätte ich noch. Unser größenwahnsinniger Chef hat eine neue Orgel bestellt und Sonntag ist Einweihung mit Orgelkonzert. Könnten Sie dafür sorgen, dass er vor leeren Reihen spielt?«

»Kein Problem. Soll ich die Gottesdienste auch bestreiken lassen?«

»Ich hätte Sie nicht darum bitten wollen …«

»Das geht beides in einem Aufwasch. Die Kirche in der Station ist ab sofort tabu.«

Dann ging der beleibte Mann erstaunlich leichtfüßig das kurze Stück durch die Palmen zum Wagen und stieg ein. Ich lief am Strand zurück und wurde vorm Haus von Gomez mit einem Stück Treibholz im Maul freudig begrüßt. Wir spielten Hol-das-Stöckchen, bis mich Maria rief. Sie hatte Kunden und ich musste auf Romy aufpassen. *¡Pura vida!*

Road Kill und rote Reiter

Benny Elvis Brandstätter und Maria Olympia Pavlidis hatten die vergangene Nacht wie freie Menschen verbracht. Sie hatten nach dem gemeinsamen Abendessen spontan und ausgiebig miteinander Unzucht getrieben, ohne mit einem Ohr ständig darauf zu hören, ob eines der kleinen Monster eigene Zeitfenster und Bedürfnisse über den Geschlechtstrieb seiner Erzeuger stellte.

Tobi war über Nacht auf eine Pyjamaparty bei seiner Freundin eingeladen und Yoani entführte Romy regelmäßig, damit wir unsere Ruhe hatten. Dafür konnte ein Paar, bei dem die Leidenschaft füreinander noch nicht versiegt war, nicht dankbar genug sein. Herrn Dr. Brandstätter und seiner Gefährtin war der Sex miteinander nach wie vor sehr wichtig. Leider kam gerade dieser wichtige und wunderschöne Aspekt unserer Beziehung extrem zu kurz.

Barbra lebte seit Beginn ihrer Chemotherapie sehr zurückgezogen und war oft auch über Nacht mit dem VW-Bus unterwegs. Sie meinte, sie wolle noch einmal all die schönen Flecken Costa Ricas genießen.

Was fast noch schöner war als der ungestörte Geschlechtsverkehr, war die Tatsache, dass wir durchschlafen konnten, ohne auf die Launen der Nachwuchskaiserin Rücksicht nehmen zu müssen. Für Romy war die Nacht neuerdings gegen

5.30 Uhr zu Ende, weil ihr Magen um diese Uhrzeit laut und deutlich »*Frühstück!*« vermeldete. Nach einer ausgiebigen Mahlzeit mit anregendem Geplapper, das man wach überstehen musste, machte Klein-Romy noch ein kurzes Nickerchen bis sieben Uhr. Anschließend war sie fit für den Tag. Ihre Erziehungsberechtigten dagegen waren physisch am Ende. Da sich unser Biorhythmus Romys perverser Zeiteinteilung aus Notwehr angepasst hatte, wurden wir beide auch heute zu dieser unchristlichen Uhrzeit wach. Wir nutzten die Gelegenheit für wunderbaren, verschlafenen Löffelchen-Morgensex mit geschlossenen Augen.

Maria musste nicht aufstehen und murmelte Unverständliches, als ich um sieben aus den Federn krabbelte.

AN DIESEM MORGEN hatte Remo Sprechstunde, was bedeutete, ich würde der einzige richtige Arzt im Health Post sein. Die ersten Patienten gehörten ungefiltert mir. Ab neun Uhr fing Rosa damit an, die roten und blauen Reiter zu verteilen. Ich sah auf die Uhr. Es war kurz vor zehn, die Anmeldung war nicht besetzt und unser Naturheiler konnte jeden Moment auftauchen. Ich sah mir die Akten der wartenden Patienten an und korrigierte Rosas Triage zu meinen Gunsten. Remos erster Patient war ein alter Bekannter. Der siebenundvierzigjährige gebürtige Westsamoaner, den alle an der Karibikküste unter dem Spitznamen *Road Kill* kannten, kam alle paar Wochen, um sich neue Thrombosestrümpfe zu holen. Ich tauschte den roten Reiter seiner Patientenakte gegen einen blauen aus und rief ihn auf: »*Mister* Wilhelm, *please*.«

Solofa Jackson Wilhelm sah hoch, stemmte seinen Zweihundert-Kilo-Körper schwer ächzend vom Stuhl und kam breitbeinig watschelnd auf mich zu. Der Wohnsitzlose war ein optisches Highlight in der an optischen Highlights nicht gerade armen Region. Die Füße des Markenfetischisten zierten heute hellgraue Nike-Trekkingsandalen. Anhand der vielen pinken Details und der Tatsache, dass Solofas Zehen vorne um gute anderthalb Zentimeter überstanden, schloss ich, dass es sich um Damenschuhe handeln musste. Die obligatorische Baseballmütze trug er wie üblich mit dem Schild im feisten Nacken. Darunter kamen zwei dünne geflochtene Zöpfe zum Vorschein, die bis in die nicht vorhandene Taille gingen. Die marineblauen Ralph-Lauren-Boxershorts mit dem typischen Polo-Reiter-Emblem waren ebenfalls eine Nummer zu klein ausgefallen. Das Vintage-Shirt mit der kubanischen Flagge auf der Brust passte zwar an Schultern und Bauch, war aber insgesamt zu kurz. Man konnte einen unvergesslichen Blick auf das *Pe'a* werfen, das sich vom Bauchnabel bis knapp unter die Knie erstreckte – das traditionelle *Tatau* eines männlichen Samoaners. Ich vermutete, das Tattoo war gestochen worden, als sein Träger noch wesentlich weniger gewogen hatte. Die Linien und streng geometrischen Muster waren übel aus der Form geraten. Die Fettschürze, die zwischen Hosenbund und T-Shirt herausquoll, sah auf den ersten Blick aus wie ein umgeschnallter Bauchbeutel aus dunklem Netzstoff. Bei dem Schwergewicht fraß nicht nur der Arsch die Hose, sondern auch der Bauch. Solofas Oberschenkel zierten ein paar korallenrote Strumpfbänder mit Rüschen und Schleifen, die die ausgeleierten, schmutziggrauen Thrombosestrümpfe halten sollten.

Solofa Jackson Wilhelm war der Ururenkel eines deutschen Diplomaten, der, während Westsamoa deutsches Kolonialgebiet gewesen war, eine einheimische Schönheit geehelicht und mit ihr fünf Söhne gezeugt hatte. Road Kills Cousin Mataafa war ein bekannter Wrestler, der in den USA mit seiner Kampfkunst richtig Schotter machte. Solofa hatte es nicht so gut erwischt. Er hatte zuletzt als Schiffskoch auf einem, unter philippinischer Flagge fahrenden, Containerschiff angeheuert und schnell gemerkt, dass er weder kochen noch sehr lange schmerzfrei an einem Herd stehen konnte. Mr. Wilhelm litt unter einer idiopathischen Varikose, sprich, er hatte üble Krampfadern. Er war vor zehn Jahren in Puerto Limón von Bord gegangen und hier hängen geblieben.

Road Kill war vor gut einem Jahr im Health Post erschienen, weil ihn permanente Schmerzen am After plagten und er Schleim, Stuhl und Blut in den Boxershorts fand. Nach der operativen Entfernung der Hämorrhoide blieb der Patient zwei Tage stationär bei uns und eroberte schnell die Herzen des ganzen Teams mit seinen aberwitzigen Anekdoten aus einem bewegten Weltenbummlerleben. Solofa hatte als Lateraleffekt bemerkt, dass seine Beine schmerzfrei waren, solange er die Thrombosestrümpfe trug. Das Schwergewicht lief seitdem mit den weißen, unkleidsamen Teilen Tag und Nacht herum. Wenn die medizinischen Strümpfe zerschlissen waren, kam er vorbei, um sich frische zu holen. Vor Remos Erscheinen trug die Station die Kosten für die medizinische Beinbekleidung. Seitdem jede Ausgabe belegt werden musste, übernahmen wir Ärzte die fünfundzwanzig Dollar.

»*Wassup, man?*«, begrüßte er mich und gab mir *High five.* Ich schlug ein. »*How's it hanging?*«

»*Long and loose and full of juice, man!*«

Wir lachten und ich fragte, was ihn zu uns führe. Außer einem neuen Paar Strümpfe nichts, meinte er. Eigentlich hätte das auch Rosa an der Anmeldung erledigen können, aber wir nutzten Solafas Besuche, um den Mann durchzuchecken. Der schwere, trockene Raucherhusten, der sich jetzt aus seinen Bronchien quälte und feucht im Abgang war, ließ mich präventiv die Lunge abhören. Der Patient hatte zudem ein systolisches Herzgeräusch unklarer Ursache. Solafa war prädestiniert für einen Myokardinfarkt.

»Interessiert an einer Flasche *St-Rémy Napoléon XO?* Ich würde sie dir zum Freundschaftspreis überlassen. Fünf Dollar.«

»Klar. Her damit!«

Der Samoaner verdiente sich etwas Bargeld, indem er am Flughafen die Mülleimer durchwühlte. Seitdem Behältnisse, die mehr als hundert Milliliter Flüssigkeit fassten, Feuerzeuge und scharfe Gegenstände, verboten waren, war die Ausbeute recht ergiebig. Der Geschäftsmann mixte munter Alkoholika und Kosmetika unterschiedlichster Provenienz zusammen. Selten fand sich darin, was das Etikett versprach. Touristen fielen oft auf die vermeintlichen Schnäppchen herein. Ich kaufte ihm auch regelmäßig etwas ab, um den Obdachlosen zu unterstützen, der keine Geschenke annahm, und entsorgte die Flaschen samt ihrem dubiosen Inhalt im Müll. Mit der soeben erstandenen Alkoholmischung hatte ich einen besonderen Plan.

»Wie laufen die Geschäfte am Flughafen?«

»Miserabel, Mann! Ich habe Konkurrenz bekommen. Neuerdings treibt sich ein Opfer von Inzucht aus Cartago rum und greift die besten Sachen ab. Der rennt in dunkelblauer Fantasieuniform durch die Abflughalle, kontrolliert die Pässe der Touristen und verlangt eine Gebühr dafür, dass er ihnen einen *Check*-Stempel reinmacht. Die Idioten zahlen auch noch für einen nichtsnutzigen Stempel in Grün.«

»Krass.« Mir kam ein spontaner Gedanke. »Sag mal, bist du eigentlich getauft?«

»Römisch-katholisch. Ich war sogar Ministrant. Bis ich rausgeflogen bin, weil ich mit meinem Cousin Wellington die Hostien gegen LSD-Blotter ausgetauscht hatte. Mann, das war ein Spaß. Die ganze Gemeinde Sonntagnachmittag auf einem Trip.« Road Kill lachte herzhaft und löste damit einen neuerlichen Hustenanfall aus.

»Hast du Lust auf einen Minijob im klerikalen Bereich? Du kannst dabei auch gerne ein Nickerchen machen und es gibt was zu essen.«

Im Gegensatz zu Pater Frieso, der seine bescheidenen Privaträume selbst gepflegt und im Hort mitgegessen hatte, brauchte der Kleingeistliche eine Hausangestellte. Wir hatten Philippa, Yoanis *prima hermana,* also ihre Cousine ersten Grades, eingeschleust und waren seitdem über jeden Schritt und Tritt, den der Laminator in seinen vier Wänden unternahm, unterrichtet. Um die seit Señor Chens Intervention leeren Reihen bei seinen Gottesdiensten zu füllen, hatte Remo sich Aktionen ausgedacht, um die Gläubigen wieder anzulocken, und *Treuekreuze* eingeführt. Bei fünf Besuchen gab es nach dem Amt eine Einladung zu Kaffee und Kuchen im Speisesaal des Kinderhorts.

Ich heuerte den Samoaner an, für fünf Dollar die Woche regelmäßig an Remos Gottesdiensten teilzunehmen, die Beichte abzulegen und die heilige Kommunion zu empfangen. Den schrägen Obdachlosen als einzigen Zuhörer und Gast bei seiner Kaffeestunde zu haben, würde den Laminator noch mehr ärgern, als vor leeren Bänken zu predigen. Warren war von meinem Einfall ebenfalls begeistert und beteiligte sich an den Kosten.

AUF DER HEIMFAHRT sang Beth Hart von *California* und ihrer großen Liebe. »*I have made you suffer left you waiting in the rain. While I was chasing demons in the deserts of my pain. You know me better than the poison in my veins. So my love remember when God forgets my name. For you and you alone I'll lay my monsters down.*«

Ricky hatte mir geholfen, die Monster, die in meiner dunklen, abgrundtiefen Seele hausten, zu besiegen und die Dämonen zu vertreiben, die mich tagein, tagaus jagten. Mit Remo war ein neuer Dämon in meinem direkten Umfeld aufgetaucht. Ricarda Brandstätter, die versierte Geisterjägerin, hätte sicher auch dieses Unwesen aus unserem Leben vertrieben.

»Scheiße, Priscilla. Ich wünsche mir manchmal so sehr, dass wir mehr Zeit miteinander gehabt hätten. Und wenn es nur ein einziger Tag gewesen wäre.«

Schlechtes und Schönes

Heute gab es *Casado* zum Mittagessen. Die costaricanische Version von *Gaisburger Marsch* bestand aus Reis mit Bohnen und Rindfleisch. Laut unserer einheimischen Köchin gehörten *plátanos* zu jedem anständigen Essen, demnach stand auch heute eine Schüssel mit gebratenen Kochbananen auf dem Tisch. In der schwäbischen Heimat bestand das vergleichbare Gericht aus Kartoffeln, Spätzle und Schweinefleisch mit einem Klecks saurem Rahm als Sahnehäubchen. Ich beschloss, demnächst mal wieder selbst zu kochen.

Maria brachte Romy nach dem Essen zu Bett, ich blieb mit Tobi am Tisch sitzen, um ihm bei den Mathehausaufgaben zu helfen. Der Junge hatte das Ausnahmetalent seiner Mutter definitiv nicht geerbt und ich war noch nie die hellste Birne im Algebrakronleuchter gewesen. Tobi sollte auf einem Blatt, das eine gezeichnete Unterwasserwelt darstellte, Zahlenreihen fortsetzen. Die Bäuche der Fische und der Rumpf des U-Boots bestanden aus Quadraten, in die die richtigen Lösungen eingesetzt werden mussten. Alles *Ladifari,* um es mit Tobis Worten zu sagen.

»Was ist kleiner als 665?«, fragte mich dieser und raufte sich mit beiden Händen das Haar. »Und was ist größer, bitte schön?

Da gibt es doch so viele Zahlen, woher soll ich denn wissen, welche richtig sind? Ich kann doch nicht hellsehen.«

Die Patiotür ging auf. Madalena stand mit feuchtem Haar vor uns, die Augen ängstlich aufgerissen. Sie biss sich auf die Unterlippe. Mein Notarztgehirn spulte sämtliche erlernten Prozesse ab. Ich konnte jedoch auf den ersten Blick keine äußeren Verletzungen erkennen.

»Was ist los, Madalena?«

»Ich habe mich vorhin auf dem Brett im Wasser bestimmt verletzt. Ich blute.«

Ich fühlte, wie sich meine Haare auf dem Unterarm aufstellten. »Wo blutest du?«

»In mir drin.«

»Zeigst du mir mal genau, wo es dir wehtut.«

Unsere Küchenhexe war in den Durchgang gekommen, sie trocknete den großen Topf ab, in dem sie den Reis kochte.

Madalena verzog das Gesicht und deutete auf ihren Bauch. »Es läuft aus mir heraus, da wo ich Pipi mache. Meine Badehose war ganz rot. Ich habe ein paar Kleenex genommen, ehe ich hier herübergelaufen bin.«

»Wo ist deine Mama, *muchacha?*«, mischte sich Yoani ein.

»Die ist mit Fernando in San José und Papa ist in Puerto Limón, Gäste abholen.«

»Und sie hat nie mit dir darüber gesprochen, was das bedeutet, wenn man als Frau blutet?«

Madalena schüttelte den Kopf. »Es tut auch weh. Ich habe mich bestimmt am Board gestoßen.«

»*Ey, ey, ey!* Das ist kein Fall für einen Arzt, *hija!* Komm mit mir mit, wir gehen zusammen ins Bad.« Yoani nahm meine Tochter am Arm und reichte mir den Kochtopf im Vorbeigehen.

»Was war das, Papa? Musst du Madalena nicht verbinden, wenn sie blutet?«, wollte Tobi wissen.

»Frauenprobleme. Da können wir nicht mitreden. Yoani und Maria erledigen das schon. 655 ist kleiner und passt in die Zehnerreihe«, lenkte ich ab, damit Tobi nicht ins Bad stürzte, um nachzusehen, was los war.

MEINE BEIDEN FRAUEN versorgten das verstörte Mädchen mit Monatsbinden und Informationen, legten sie in unser Ehebett, gaben ihr eine Wärmflasche für den Bauch und Streicheleinheiten für die Seele.

Die resolute *tica* stellte sich zu uns, nachdem sie frischen Pfefferminztee ins Schlafzimmer gebracht hatte. »Maria kümmert sich jetzt um die *niña*. Dazu habe ich genau zwei Worte zu sagen: Diese *puta boliviana* ist keine Mutter!«

»Das sind genau sechs Worte, Yoani«, kam mir mein Sohn zuvor und hob entsprechend viele Finger hoch. Bis zehn schien er immerhin keinerlei Probleme mit Kopfrechnen zu haben.

La Criada ignorierte Tobis Rechenkünste. »Rede mit dieser verantwortungslosen Person, Ben! Warum schwängerst du nur gestörte Weiber? He?«

Im Prinzip musste ich meiner Perle recht geben, meine Spermien suchten sich nicht gerade die allerstabilsten weiblichen Chromosomenpakete aus. Kia hatte direkt nach der Geburt eine postpartale Depression entwickelt und nie ein richtiges Mutter-Kind-Verhältnis zu ihrem Sohn aufgebaut. Raya besaß eine ausgeprägte egozentrische Ader und vernachlässigte ihre Tochter emotional – nach der Geburt des Hotelerben noch mehr. Es gab aber auch die berühmte Ausnahme. »Ich dachte, du magst Maria.«

»¡Idiota! Hast du mal genau hingesehen? Das Kind kann niemals von dir sein!«

»Aha, aha.« Ehe ich nachfragen konnte, wie meine Haushaltsdespotin zu dieser Vermutung kam, redete sie weiter.

»Keinerlei Ähnlichkeit. Wo ist das Grübchen im Kinn, das all die anderen haben? He?«

»Du weißt schon, dass *ER* mithört?« Ich deutete mit den Augen auf Tobi.

Die Ahnenforscherin kapierte meinen subtilen Hinweis nicht. »Gott? Der Allmächtige? Vor dem *Herrn* habe ich nichts zu verbergen, merk dir das! Mein Gewissen ist rein.«

Das Gewissen unserer Küchenhexe war deswegen rein, weil sie es selten benutzte.

»Nein, schlimmer als Gott!« Mein Einwand kam zu spät.

»Papa, was bedeutet *dejar embarazada?*« Meinem Nachkommen war das spanische Wort für *schwängern* anscheinend nicht geläufig.

Ich seufzte und schilderte Tobi in der nächsten halben Stunde unter zahlreichen Auslassungen, wie seine kleine Schwester entstanden war. Währenddessen klapperte Yoani in der Küche und Maria tröstete im Schlafzimmer seine große Schwester, die ihre erste Monatsblutung hatte.

»Heißt das, ihr habt Romy hier in *unserem* Haus selbst gemacht?«

»Jupp.« Leugnen war zwecklos.

»In *eurem* Zimmer?«

»Sehr wahrscheinlich.« Geschlechtsverkehr außerhalb dieses Refugiums, das wenigstens ab und zu eine halbe Stunde uns gehörte, war praktisch unmöglich.

»Warum war ich da nicht dabei?« Tobi erinnerte manchmal an einen Inquisitor zu Zeiten der Hexenverfolgung. »Ich bin doch sonst bei allen wichtigen Dingen dabei!«

»Das musst du Maria fragen. Die hatte es damals sehr eilig und wollte nicht warten, bis du von der Schule zu Hause warst.« Ich war insgeheim sehr stolz auf diese salomonische Antwort.

»Das erledige ich gleich.« Tobi war im Begriff aufzustehen. »Maria!«

Ich hielt ihn am T-Shirt fest. »Um Himmels willen! Jetzt doch nicht! Ein Mann mischt sich niemals ein, wenn er an seinem Leben hängt und Frauen unter sich sind.«

ICH MACHTE MIT Tobi und den Pferden einen spontanen Ausflug am Strand Richtung Panama, um im flachen Wasser zwischen den Mangrovenwurzeln Katzenwelse zu harpunieren. Die Viecher waren so träge, dass man sie fast mit der Hand packen konnte. Eine Horde Kapuzineräffchen, die nach Muscheln gefischt hatte, verzog sich, aufgebracht schreiend, von Ast zu Ast hüpfend, tiefer in den Regenwald.

Tobi spielte an einer Liane Tarzan und fischte eine Muschel aus dem flachen Wasser. »Wie machen die Affen die ohne Messer auf, Papa?«

»Du musst sie so lange auf Äste oder Steine klopfen, bis der Schließmuskel nachgibt, dann geht es ganz einfach.«

Mein Sohn war in der evolutionären Entwicklung zu weit fortgeschritten und machte sich Sorgen um die Gesundheit der Muscheln. »Wenn ich die auf was draufhaue, bekommen die doch eine Gehirnerschütterung. Das ist Tierquälerei, Papa. Ich sammle die so auf und wir kochen sie zu Hause.«

Die Frage, ob lebendig in kochenden Weißweinsud geworfen zu werden, die bessere Art und Weise war, aus dem Leben zu scheiden, als mit Gehirnerschütterung ins Jenseits zu dümpeln, stellte sich Tobi nicht.

»Muscheln haben kein Hirn«, klugscheißerte ich.

»Orr Papa, wie sollen die denn sonst denken?«

ALS DIE ERSTEN Paare roter Aras auf dem Weg zu ihren Schlafbäumen kreischend über uns hinwegflogen – ein Zeichen dafür, dass die Sonne bald untergehen würde – machten wir uns auf den Heimweg. Mein perfider Plan schien funktioniert zu haben. Als wir mit reicher Beute zurückkamen, waren

Madalena und Yoani verschwunden. Tobi ging an den Strand und nahm unseren Fang aus. Die Innereien würden mit der Flut im Atlantik verschwinden und als Fischfutter dienen.

Maria zerdrückte unter lautem Stöhnen gekochte Karotten und Kartoffeln in einer Schüssel.

»Breichen für die Nachwuchskaiserin?«, heuchelte ich Interesse.

»Für uns alle. Dazu gibt es Schweinebraten und Soße.«

»Aha, aha.« Ich probierte mit einem Löffel von dem Stampfgemüse. »Mh, Maria, du kochst so gnadenlos gut, warum machst du kein Restaurant auf?«, zog ich meine Gefährtin auf, die ungern und mit wenig Gespür Mahlzeiten zubereitete.

Frau Pavlidis hatte, seitdem sie in Costa Rica ständig der Sonne ausgesetzt war, ein paar ausgeprägte Sommersprossen auf dem *Os zygomaticum* bekommen, die der braven Juristin etwas kindlich Freches gaben. »Ich blase auch gnadenlos gut und mache trotzdem keinen Puff auf.«

»*Touché!* Eins zu null für die charmante Griechin mit der gewählten Ausdrucksweise«, gab ich zu. »Wie geht es Madalena?«

Maria dachte einen Moment nach, ehe sie antwortete. »Dieses Mädchen ist dir nicht nur wie aus dem Gesicht geschnitten, sie ist dir auch im Wesen so unglaublich ähnlich. Sie saugt Wissen wie ein Schwamm auf und ist für jedes bisschen Input dankbar. Es ist unvorstellbar, wie wenig sie vom Leben weiß. Sie verkümmert in diesem Hotel, Benny. Warum lassen die Ignoranten sie nicht wenigstens auf eine Schule gehen?«

Madalena wurde von Anfang an von Privatlehrern unterrichtet. Meine Ex-Geliebte fand ihren Nachwuchs zu besonders, als dass er mit gewöhnlichen Kindern zusammen in einer Klasse lernen sollte. Dass dabei die Bildung zu kurz kam, war dieser Egozentrikerin mit dem Kontrollwahn egal. »Was soll ich machen? Raya spricht keinen Ton mit mir. Ich bin so hilflos, was Madalena angeht.«

»Keine Sorge, Yoani und ich kümmern uns darum. Sobald Señora Delgado Schiller mit dem kleinen Prinzen aus dem Florida-Urlaub zurück ist, reden wir ein ernstes Wort mit ihr.« Maria stand auf, drehte sich an der Tür noch mal um und meinte: »Ach, was ich noch sagen wollte: Wenn du noch ein einziges Mal deinem Sohn gegenüber behauptest, ich sei schuld daran, dass er nicht an der Zeugung seiner Schwester beteiligt sein konnte, kannst du es dir ganz lange alleine machen!«

Anscheinend war ich nicht der Einzige in dieser Familie, der *Columbo* kannte.

WENN ICH AN DIE kurze Zeit mit Raya zurückdenke, kann ich diese mit einem Spruch von Erich Kästner zusammenfassen:

> *Wer das Schöne nicht sieht, wird schlecht.*
> *Wer das Schlechte nicht sieht, wird dumm.*

Ich habe Rayas Schönheit bemerkt, aber ich habe das Schlechte in ihr nicht gleich erkannt. Das hat mich tatsächlich eine Zeit lang furchtbar dumm gemacht.

Glasaugen und Gemeinsamkeiten

Yoani hatte am Morgen Chili gekocht und war früher gegangen, weil sie neuerdings Mitglied in einer Bibellesegruppe war, die sich dem aktiven Kampf gegen Satan verschworen hatte. Meinen Einwurf, ob sie schon mal darüber nachgedacht hatte, dass es kein Zufall sein konnte, dass der Unterschied zwischen *Satan* und *Santa* nur die Reihenfolge der Buchstaben war, ignorierte die *tica*. Sie machte mit dem Daumen das Kreuzzeichen auf Romys Stirn und ließ mich mit einem teuflisch scharfen Chili zurück.

Ich deckte den Tisch, fütterte Gomez und Salomé, die wie üblich aus einem Napf fraßen und dann einen gemeinsamen Mittagsschlaf hinter der Couch hielten. Danach setzte ich Romy in ihren Kinderstuhl und begann mit der schwierigen Aufgabe, Nahrung in das Kind reinzubekommen, ohne dass einer von uns beiden in Tränen ausbrach. Unsere Perle hatte einen Brei aus Kochbananen und gelben Linsen gemacht, der meiner Meinung nach genial schmeckte. Romys Gesichtsausdruck nach zu urteilen, musste die Masse nach bitterer Galle schmecken. Sie drehte und wendete den Kopf und kniff die Lippen zusammen, um dem Löffel zu entgehen. Ich gab nach dem dritten Versuch auf, machte eine Portion Süßkartoffel-Pommes im Backofen und stellte sie, nachdem sie abgekühlt waren, mit einem großen Klecks Ketchup vor meine Tochter. Zum Dank schenkte sie mir ein seliges Lächeln, tunkte jeden Kartoffelstift sorgfältig in die rote Soße und schminkte sich damit die Lippen, ehe sie ihn andächtig verspeiste. Yoani und Maria hätten mich gelyncht, wären sie dabei gewesen. Ich löffelte den leckeren Bananen-Linsenbrei in mich hinein und war zufrieden mit meinem Lösungsansatz und der Gesamtsituation.

Die Haustür ging, das Geräusch, das ein Schulranzen macht, wenn man ihn ein paar Meter über gefliesten Boden schlittern lässt, war zu hören und Tobi stand Sekunden später im Wohnzimmer. »Was gibt's zu essen, Papa?«

»Chili oder wahlweise Bananen-Linsenbrei.«

»Dann Chili.« Tobi holte sich selbst einen Teller und ein Glas Wasser und setzte sich zu uns. Er sah seine Schwester einen Moment an und stellte die rhetorische Frage: »Boah, wie isst die denn schon wieder? Und warum bekomme ich keine Pommes?« Er begann das Chili in sich reinzuschaufeln und mit gefüllten Backen zu erzählen. Früher hätte ich ihn ermahnt, nicht mit vollem Mund zu sprechen. Nach all den Jahren als Erziehungsverpflichteter war mir das gleich.

»Papa, du glaubst nicht, wen ich im Bus getroffen habe. Leandro. Der den tollen elektrischen Rollstuhl hat. Der war im Krankenhaus und nicht in der Schule, weil sein Auge geplatzt ist. *Kabumm!* Cool, oder? Willst du wissen, wie das passiert ist?«

Ich fand das zwar nicht ganz so cool, wollte aber definitiv wissen, wie der Sohn der Tierärztin ein Auge verloren hatte. »Klar.«

»Also, pass auf, ich erkläre es dir. Leandro hat ein Korsett und Beinschienen wegen seiner *Gläserknochen,* sonst kracht der zusammen. *Schepper!* Auf jeden Fall muss er wegen dieser Knochen regelmäßig zum *Emmertee* und wird untersucht.

272

Warum das was mit Tee zu tun hat, weiß ich nicht, aber egal. Mit dieser Teemaschine kann man in Menschen reingucken. Das hat was mit Magneten zu tun. Der Teemagnet ist tausendmal stärker als die Erdanziehungskraft.«

»Bist du dir sicher, dass er zum *Emmertee* musste und keinen Termin bei *Kerstin Tomografie* zum *Zehtee* hatte?«, zog ich meinen Sohn auf.

Der legte die Stirn in Denkerfalten und meinte misstrauisch: »Papa, verarschst du mich gerade wieder?«

Ich zwinkerte ihm zu. »*Hijo,* ich verarsche dich nicht. Ich härte dich fürs Leben ab.«

Früher hatte Kia die Aufgabe übernommen, unserem Kind Begriffe zu erklären, die es nicht verstand. Seitdem Mutter und Sohn kaum noch Kontakt hatten, musste ich das übernehmen. Ich klärte meinen Sprössling über die Abkürzungen MRT und CT und den Unterschied zwischen Magnetresonanz- und Kernspintomografie auf. Die Computertomografie arbeitet mit Röntgenstrahlen, bei der MRT werden mit Magnetfeldern und Radiowellen Schichtaufnahmen des Körpers gemacht.

Romy hatte unterdessen beschlossen, dass sie auch ihre Augenbrauen mit Ketchup betonen musste. Ich fand, prätentiös war eine Eigenschaft, die mein Baby mehr als zutreffend beschrieb, und sah ihre Zukunft darin, dass sie auf YouTube mit Schminktutorials Unmengen Geld verdiente.

»Auf jeden Fall haben die den in diese Magnetmaschine geschoben. Dann ist ihm schlecht geworden und seine Mutter wollte ihm helfen. Die hat aber nicht dran gedacht, dass sie den Autoschlüssel in der Hosentasche hatte. Und dann ist es passiert. *Crash, boom, bang!* Der Schlüssel ist voll in Leandros Gesicht geklatscht. *Kabumm!* Jetzt trägt er eine Augenklappe wie ein Pirat und bekommt ein Glasauge. Saucool, oder?«

Ich hatte ein Kind gezeugt, das sich darüber Sorgen machte, dass Muscheln Kopfschmerzen bekamen, wenn man sie auf

Steine schlug, es dagegen cool fand, wenn ein menschliches Wesen ein Auge verlor. Meinem anderen Kind war ein perfekter Look wichtiger als Nahrungsaufnahme. Ich war verflucht.

»Ich weiß nicht, ob Leandro und seine Mutter das genauso cool finden«, gab ich zu bedenken.

»Doch, voll. Er hat mir erzählt, dass er seine braunen Augen sowieso langweilig findet und auch zweifarbige möchte. Jetzt kriegt er ein blaues dazu.«

»Aha, aha.« Mir fiel die Iris-Heterochromie, die Tobi von seiner Mutter geerbt hatte, schon lange nicht mehr auf. Dass es für andere Kinder nachahmenswert war, war mir bislang noch nie in den Sinn gekommen.

»Auf jeden Fall sind wir jetzt Freunde. Ich hole mir noch was. Schmeckt saulecker. Sie schmiert sich den Ketchup übrigens in die Haare.«

Ich warf erst einen Blick auf meine Tochter, die aussah wie die Hauptdarstellerin in einem Splattermovie, und dann auf die Uhrzeit. Noch eine halbe Stunde, bis mit der Kindsmutter zu rechnen war. Höchste Zeit die verräterischen Spuren einer ungesunden Mahlzeit vom Kindersitz und dem Kind selbst zu beseitigen.

Ich schnappte Romy, warf sie ein Stück in die Luft und trug sie ins Bad. »Komm, Baby, wir machen ein Baderchen, ehe deine Mama heimkommt und uns die Hölle heißmacht. Der Countdown läuft.«

Nach Tobis Ankündigung rollte Leandro tatsächlich regelmäßig durch unser Haus. Seine kontaktscheue Mutter setzte ihn vor der Haustür ab und teilte uns in knappen Worten mit, wann sie ihren Sohn wieder abzuholen gedachte. Mirian Ruiz widersetzte sich sämtlichen Versuchen, sie ins Haus zu locken und mit unserer Gastfreundschaft und Neugier zu überschütten.

Leandros Mutter war unergründlich, gab einem nie die Hand und vermied jeglichen Augenkontakt.

Yoani, der streitbaren Kämpferin gegen unchristliches Übel und die Unterwelt, war dieses Verhalten suspekt. Sie traute der schweigsamen Tierärztin, die so wenig von sich preisgab, nicht über den Weg. »Diese Frau trägt zwar ein Kruzifix um den Hals. Aber mich kann sie nicht täuschen. Sie hat den Teufel in sich stecken! Deswegen ist das Kind verflucht«, warnte sie uns und besprengte Leandro und seinen Rollstuhl ausgiebig mit Weihwasser, das sie stets in einem Flakon mit sich trug.

Mich inspirierte Tobis neuer Freund dazu, mir mal wieder einen meiner Lieblingsfilme anzusehen. »*Run, Forrest! Run!*«

Text und Tod

Auf der Heimfahrt vom Dienst hatte ich einen Umweg über den Flughafen gemacht. Mama hatte mir einen Karton mit meinen Kinderbüchern geschickt, den ich am Luftfrachtschalter abholte. Ich wollte Tobi meine Abenteuerromane, die ich als Kind und Jugendlicher verschlungen hatte, zum Lesen geben. Die Comics, die er sich kaufte, waren meist in Englisch, in der Schule las er spanisch und ich fand es wichtig, dass meine Kinder Deutsch nicht nur vom Hören kannten.

Ich war als Kind und Jugendlicher in den Fantasiewelten meiner Bücher versunken. Wobei ich die Klassiker bevorzugte. Karl Mays wilder Westen, das Frankreich der drei Musketiere oder die tiefen englischen Wälder, in denen Robin Hood sich versteckt hielt, waren mir an den meisten Tagen vertrauter und lieber als die schwäbische Provinz. Das machte mich in meiner Familie zum Sonderling. Niemand außer mir las. Mein Vater war mit seinem Fernsehsessel verheiratet gewesen, mein Bruder fand Autos, die im Kreis fuhren, wesentlich interessanter als gedruckte Worte und das Einzige, in dem meine Mutter blätterte, waren Tapetenbücher und Strickanleitungen.

Als ich die Tür aufschloss und mit dem komplett mit Packband verklebten Karton hereinkam, klapperte Geschirr in der Küche. Ich stellte das schwere Paket im Flur ab und lief ins Wohnzimmer, wo eine sehr kleine, sehr zierliche, mir unbekannte Frau mit asiatischen Zügen neben Salomé saß.

Die geschätzt Fünfzigjährige lächelte mich freundlich an und winkte mir zu. »*Hello!*«

»*Hello!*«, antwortete ich und machte mir Gedanken, wie und woher die Frau auf meine Couch kam.

In der Region waren chinesische Gesichter keine Seltenheit, die Nachkommen der Arbeiter, die die Bahnstrecke Puerto Limón – San José gebaut hatten, waren fast alle sesshaft geworden und geblieben. Es gab sogar eine *Colonia Chino* auf dem hiesigen Friedhof. Ungewöhnlich für die Gegend war die muslimisch angehauchte Kleidung der Frau: lange Hose, eine langärmlige Bluse und ein dünnes Tuch um Kopf und Hals geschlungen. Der einzige Schmuck war eine zierliche Jaeger-LeCoultre am Handgelenk und silbern glänzende Pailletten, die auf den Rand des *Hijab* genäht waren. Die zierlichen Füße steckten in pinkfarbenen Seidenballerinas. Neben ihr lag ein schwarzer Regenschirm. Der Tag war bislang heiter und wolkenlos gewesen. Mit Niederschlägen war nicht zu rechnen.

In diesem Moment kam Tobi mit einem vollen Tablett aus der Küche. »Ah, Papa, du bist ja da. Möchtest du mit Jamila und mir eine Tasse Tee trinken?« Er stellte das Tablett auf dem Couchtisch ab, verteilte geschäftig das Geschirr, Löffel sowie eine Zuckerdose und verschwand wieder in der Küche.

Ich entschuldigte mich bei Jamila, die noch immer nichts sagte, aber beständig mit seitlich geneigtem Kopf lächelte, und ging nach nebenan. Tobi goss Wasser in unsere Teekanne. Eine Tätigkeit, bei der ich ihn noch nie gesehen hatte. Auf einem Teller waren selbst gebackene Kekse geschichtet.

»Ist es erlaubt zu fragen, wer dein werter Gast ist und wie du dazu kommst, eine Teestunde mit einer wildfremden Dame in diesem bescheidenen Domizil abzuhalten? Wo es eigentlich strikt verboten ist, unbekannte Personen mit ins Haus zu nehmen, wenn kein Erwachsener anwesend ist, *hijo?*«

»Jamila kommt aus *Koala Lumpnur*. Ich habe sie vorhin mit dem Regenschirm am Strand entlanglaufen sehen und gedacht, die ist verwirrt und findet nicht mehr heim. Es hat ja nirgends geregnet.«

»Aha, aha. Und sie ist nicht verwirrt?«

»Nee, nee, die hat nur Angst wegen ihrer empfindlichen Haut, dass die verbrennt. Sie wohnt bei Madalena im Hotel und war spazieren. Die kann super Englisch. Ihr Mann hat in Puerto Limón bei Señor Chen zu tun und den kennen wir ja gut, oder? Also ist sie keine Fremde, Papa. Ich habe sie eingeladen, weil ihr langweilig war.« Tobi packte das Tablett mit Teekanne und Keksteller und ging an mir vorbei zurück ins Wohnzimmer. »Wenn du mittrinken möchtest, nimm dir eine Tasse mit. Es gibt Malventee.« Tobi war ein ganz reizender, aufmerksamer Gastgeber, schenkte ein und reichte Gebäck an.

Ich war noch unentschlossen, ob ich an der Zeremonie teilnehmen oder die beiden alleine lassen sollte. Mein Blick fiel auf die herzförmigen Kekse, von denen Jamila gerade einen geziert anknabberte, ehe sie einen Schluck Tee nahm. Ich stutzte. »Woher hast du die, Tobi?«, fragte ich auf Englisch, weil ich seinem Gast gegenüber nicht unhöflich sein wollte.

»Habe ich ganz oben im Küchenschrank in einer Tupperdose gefunden. Es gibt ja sonst nichts in diesem Haus, was man einem Gast anbieten kann.« Er rollte mit den Augen und nahm sich eines der selbst gebackenen Teile und stopfte es sich in den Mund. Ich entschuldigte mich abermals bei unserem Gast: »Sorry, die Kekse sind schon weit über dem Verfallsdatum. Tobi konnte das nicht wissen.« Ich nahm den Teller in eine Hand und zog Tobi mit der anderen hinter mir her in die Küche. Ich stellte ihn an die Spüle. »*Ausspucke! Abr elles!*«

»Zu spät Papa, hab's schon geschluckt. Müssen Jamila und ich jetzt sterben?«

Mussten sie nicht. Dafür musste ich die nächsten zwei Stunden mit zwei albern kichernden Wesen verbringen, eines davon eine mir völlig fremde Frau, und ihre Reaktion auf den Wirkstoff Tetrahydrocannabinol überwachen. Tobi bekam einen Heißhungeranfall und Jamila plapperte wie ein Wasserfall über ihre Heimat Malaysia, ihre Tochter und ihren Enkel in Kuala Lumpur und wie glücklich sie sei, so schnell Freunde in Costa Rica gefunden zu haben. Die schüchterne Frau lachte nach jedem Satz hinter vorgehaltener Hand.

Tobi versicherte wiederholt, dass er Jamila sehr, sehr, sehr gern habe und mich und Salomé und Gomez und Barbra und Yoani und Maria und Romy und Sabina und Oma und Mama und Madalena natürlich auch. Ihm fiel alle paar Minuten jemand ein, den er in seiner Aufzählung vergessen hatte.

Nebenbei erzählte er Witze, deren Pointen er allesamt versaute.

»Was ist weiter weg, Jamila? *Koala Lumpnur* oder der Mond?«

»Der Mond natürlich.«

»*Hello?!* Kannst du den Mond von hier aus jetzt sehen, Jamila?«

»Kuala Lumpur sehe ich auch nicht.«

»Ach so, ja, stimmt. Papa, wie geht der Witz noch mal?«

Als sich das Verhalten der Bekifften einigermaßen normalisiert hatte, brachte ich unsere Besucherin ins Hotel zurück. Sie bedankte sich tausendmal und betonte, dass sie seit ihrer Heirat nicht mehr so einen amüsanten Nachmittag erlebt hatte. Tobi war mittlerweile auf der Couch eingeschlafen und röchelte vor sich hin. Ich räumte die Überreste der Orgie weg, versteckte die Kekse besser und holte den Karton aus dem Flur.

Meine Mutter hatte sich beim Einpacken selbst über-troffen und ich kam erst nach mühevoller Kleinarbeit an den Inhalt. Obenauf lag *Pippi in Taka-Tuka-Land* und daneben eine sehr schöne Schmuckausgabe von *Anne of Green Gables* neben Malibu-Barbie in einem roten Badeanzug, wie man ihn aus *Baywatch* kannte. Mama hatte offensichtlich den fal-schen Karton mit Kinderbüchern geschickt. Waren das die Devotionalien meines Bruders Björn? Ich konnte mich nicht er-innern, dass er je eine Barbiepuppe besessen oder Kinderbücher gelesen hatte.

Ich nahm einen der zerlesenen Bände, schlug ihn auf und hatte ein schmerzhaftes Déjà-vu. Ich hatte Ricky einmal gefragt, warum sie in alle Bücher ihren Namen reinkritzeln musste, bevor sie mit Lesen anfing.

»Hase, ein Buch, auf dem dein Name steht, macht dich unsterblich. Wenn man selbst nicht schreiben kann, bleibt einem, den eigenen Namen in die Bücher, die man besitzt, zu schreiben. So besteht die Hoffnung, dass es eines Tages nach deinem Tod jemand anderem in die Hände fällt. Dieser Mensch schlägt das Buch auf, liest deinen Namen und für diesen einen, flüchtigen Moment hast du den Tod besiegt. Dein Name, vor-gelesen von einer lebenden Person, lässt dich jedes Mal wieder für wenige Sekunden selbst lebendig werden.«

Ich flüsterte: »Ricarda Koch, Klasse 4b.«

Unter Malibu-Barbie kam ein Notizbuch mit vergilb-ten Seiten und Stoffeinband mit asiatischen Motiven zum Vorschein. Im Deckel des Heftes stand *Ricarda Koch,* eine Jahreszahl und darunter ein Spruch von Albert Schweitzer:

Das einzig Wichtige im Leben,
sind die Spuren der Liebe,
die wir hinterlassen, wenn wir gehen.

Ich rechnete nach. Geschrieben, als Ricky sechzehn Jahre alt war, in ihrer unverwechselbaren Klaue, damals noch winzige, dicht beieinanderstehende Buchstaben. Je älter sie wurde und je mehr sich ihre schillernde Persönlichkeit entwickelte, umso raumgreifender, grafischer und unleserlicher wurde ihre Schrift. Ricky hatte in meinem Leben nicht nur Spuren hinterlassen, sondern eine sechsspurige Autobahn mit Standstreifen, Rast- und Tankstelle.

In diesem Moment ging die Haustür auf. Maria kam mit Romy an der Hand laut lachend herein. Tobi schlug die Augen neben mir auf und gähnte. Wenige Sekunden später lungerten alle neugierig um den Karton herum. Tobi nahm Rickys Ausgabe von Pippi Langstrumpf in die Hand und blätterte darin. Romy packte Malibu-Barbie an den langen blonden Haaren und kaute auf dem Puppenkopf herum.

Maria fragte grinsend: »Hat Klein-Benny früher mit Barbie gespielt?«

Ich riss Tobi wütend das Buch aus der Hand und nahm meiner Tochter die Puppe ab. Ich legte alles in den Karton zurück und blaffte meine Familie zornig an: »Müsst ihr immer alles angrapschen und könnt ihr mich nicht eine Minute alleine lassen!« Ich flüchtete mit Rickys Besitztümern vor drei verblüfft dreinschauenden Augenpaaren und Romys Frage »Papa aua?« ins Büro in den ersten Stock, das einzige Zimmer, das eine Tür hatte, die man hinter sich abschließen konnte.

Ich kramte mein Handy heraus, stöpselte die AirPods ein und ließ Sir Elton John bei voller Lautstärke singen, um auch das kleinste störende Geräusch auszublenden. »*And I think it's gonna be a long long time 'till touch down brings me round again to find. I'm not the man they think I am at home. Oh no no no I'm a rocket man. Rocket man burning out his fuse up here alone.*« Ich wollte mit meinem Schmerz und meinen Erinnerungen alleine sein und legte mich auf die kleine Couch.

ICH MUSSTE EINGENICKT sein. Draußen war es mittlerweile dunkel. An der Decke umgarnte Gernot laut keckernd eine seiner Gespielinnen. Vor der geschlossenen Tür lag ein Blatt Papier. Ich nahm es hoch. Tobi hatte ein Bild mit einem blutroten Herz gemalt und es unter dem Türblatt durchgeschoben.

Sei bitte nicht böse. Wir wollten dich nicht ärgern, Papa. Das Blatt war offiziell unterzeichnet mit *Deine Kinder, Tobias Magnus Mortensen und –* neben dem *und* war ein roter, verschmierter Fleck. Mir war zum Heulen.

MARIA LAG AUF der Couch und las einen Roman von Jodi Picoult, *Small Great Things,* das ich ihr empfohlen hatte. Ich kniete mich vor die Couch, vergrub meinen Kopf in ihrem Bauch und sog ihren warmen Sandelholzduft ein. »Es tut mir sehr leid.«

»Kann es dir auch. Die Kinder sind im Bett.«

»Ich habe einen Brief von Tobi bekommen.«

»Ich weiß. Er wollte einen Lippenstift von mir und hat Romy geschminkt, damit sie einen Kussmund draufdrücken kann.«

»Bitte verzeih mir, dass ich so überreagiert habe. Bitte.« Ich erzählte Maria stotternd, wie mich der Inhalt des Kartons ohne Vorwarnung aus den Angeln gehoben hatte. »Mich frisst manchmal das schlechte Gewissen. Weil Ricky tot ist und ich lebe und all das habe, was sie sich immer für uns gewünscht hat.«

»Wenn Ricky dich wirklich geliebt hat, dann gönnt sie dir das, Benny. Das und noch viel mehr.« Ich spürte ihre Finger in meinem Haar. »Genauso, wie ich dir die Erinnerungen an Ricky gönne, ohne zu sehr eifersüchtig zu sein. Es ist nicht immer leicht, permanent die Vorgängerin an einer Kette um den Hals des Mannes, mit dem man zusammensein möchte, vor Augen zu haben. Ich habe das Gefühl, ich muss mit einer unsterblichen Legende konkurrieren, die schon vor ihrem Tod ein Diamant war. Und ich werde immer und ewig ein Klostein sein. Ich bin mir auch nicht wirklich sicher, ob *du* dich für mich entschieden hast oder ob du nur mit mir zusammen bist, weil Tobi sich so gut mit mir verstanden hat. Du interessierst dich so wenig für mein Geschäft, das mir so viel bedeutet, Benny, und in dem mein ganzes Geld und mein Herzblut stecken. Das war mein Traum und er ist wahr geworden und ich habe niemand, mit dem ich die Freude teilen kann. Du hörst nur zu, wenn es dich interessiert, was ich zu sagen habe, aber das ist nicht Sinn und Zwecke einer Partnerschaft. Es gibt Situationen, da fühle ich mich einsam an deiner Seite. Du und die Kinder seid alles, was mir geblieben ist, und du bist so wenig präsent. Du scheinst noch nicht angekommen zu sein bei uns, bei deiner Familie. Wir sind deine Gegenwart und hoffentlich auch deine Zukunft. Ricky ist Vergangenheit.«

Maria machte eine kurze Pause und ihr nächster Satz, den sie leise hinhauchte, war ein Glassplitter mitten ins Herz: »Ich verblasse und werde immer leiser an deiner Seite, Benny. Ich habe Angst davor, in unserer Beziehung ganz zu verstummen.«

Ich holte tief Luft und murmelte die Worte, die längst überfällig gewesen waren, in Marias Bauch. »Ich liebe dich, Oly«, und bekam nach einer unendlich langen Sekunde die Antwort, auf die ich gehofft hatte.

Prediger und Philister

AUS DEN LAUTSPRECHERN des Bentley triefte eine sozialkritische Ballade von Peter Sarstedt, die ich als Vorbereitung auf den heutigen Sonntagsausflug in meine *Praylist* aufgenommen hatte. »… *you sip your Napoleon Brandy, but you never get your lips wet. But where do you go to my lovely, when you're alone in your bed. Tell me the thoughts that surround you. I want to look inside your head, yes I do.*«

»*Eidu, eidu, eidu!*« Romy gluckste in ihrem Kindersitz freudig mit.

Tobi hatte sich mit Ohrstöpseln abgeschottet und trommelte einen Takt auf seinen Schenkeln und meiner Rückenlehne. Unsere Perle, die auf dem Beifahrersitz thronte und mit ihrem schicken Ausgehhütchen an die verstorbene Queen Mum erinnerte, drehte die Lautstärke hinunter. Sie äußerte den Verdacht, dass der englische Text mit tödlicher Sicherheit blasphemische Passagen enthielte und es dem *Herrn* sicher nicht gefallen würde, wenn wir mit Ohren, die voller Obszönitäten waren, *sein* Haus betraten. *Suciedad blasfema en los oídos* – auf Spanisch klang alles blumiger.

»Wo denkst du hin, Yoani, das ist meine *Sonntagspraylist* mit ausschließlich biblischem Bezug.« Ich drehte die Lautstärke wieder höher. Das nächste Stück hatte schon angefangen. »*I've been a liar, been a thief, been a lover, been a cheat. All my sins need holy water, feel it washing over me.«*

Tobi nahm seine Ohrhörer raus, bemerkte: »*Cool, M&M*« und rappte Eminems Passagen für meinen Geschmack zu überzeugend mit. »*Cause she loves danger, psychopath and you don't fuck with no man's girl, even I know that.*«

Ich warf ihm im Rückspiegel einen fragenden Blick zu, den er mit grinsen und Schultern hochziehen beantwortete. Mein kleiner Sohn schien ein geheimes Leben zu führen.

La Criada schien ebenfalls verunsichert und klammerte sich an der Handtasche auf ihrem Schoß fest. Ein Bollwerk aus Leder und Krimskrams gegen Heiden und Ungläubige.

Als wir auf den Parkplatz der Missionsstation rollten, grölten die Jungs von Kreator: »*There'll come a day, when no man shall survive in this graveyard of desire. In due time you'll realize Satan is real. Satan is real. Horror for tyranny. Human catastrophe!*«

DER LAMINATOR HATTE vergangene Woche ein Dekret erlassen, dass alle seine Schäfchen aus der Station mit Ausnahme der beiden Köchinnen, die für die nachgottesdienstliche Verköstigung zuständig waren, zu der feierlichen Einweihung der neuen Orgel gefälligst zu erscheinen hatten.

Warren hatte konfessionelle Interferenzen vorgetäuscht. Ich wollte zuerst auch streiken und mich auf fortgeschrittenen Atheismus berufen, hatte jedoch kurzfristig meine Pläne geändert, Yoani eingeladen und mein Geschenk mitgenommen. Maria wollte lieber mit Barbra in San José auf Shoppingtour gehen. Die Ladys brauchten *Cityflair,* wie sie meinten. Maria tat alles, um die Freundin von ihrer Krankheit abzulenken. Die beiden unterschiedlichen Frauen hatten sich zu meiner Freude von Anfang an sehr gut verstanden.

Pater Remo begrüßte im Festornat alle Besucher persönlich an der Eingangstür. Tobi überreichte unser Einweihungspräsent, die Flasche *St-Rémy Napoléon,* die ich Road Kill abgekauft hatte.

Mein Sohn spulte seinen auswendig gelernten Text runter: »Es tut mir sehr leid, dass die Flasche angebrochen ist. Ich habe im Auto am Verschluss herumgespielt, aber nichts davon getrunken. Ich schwöre auf die Bibel und so wahr mir Gott helfe.«

Im Weitergehen fragte er mich: »Gut so?«

»Das mit auf die Bibel schwören war nicht ausgemacht.«

»Das habe ich mir vorhin ausgedacht, weil es besser ist, wenn man auf die Bibel schwört. Du musst auch nichts extra dafür zahlen.«

Wir setzten uns zu Xavier in die erste Reihe und ich reichte Tobi einen Zehn-Dollar-Schein aus meinem Geldbündel.

Yoani schüttelte mit zusammengekniffenen Lippen den Kopf und murmelte: »Ihr kommt alle in die Hölle! Alle! Einen Geistlichen belügen und einen falschen Eid in *Seinem* Haus schwören! Pah!« Der weibliche Gottesdienstprofi bekreuzigte sich und holte einen Rosenkranz aus der Handtasche.

Auf der gegenüberliegenden Seite saß Rosa mit ihrer Familie – einem Mann, vier Töchtern, sechs Enkeln und einem Schwiegersohn. Pablo hatte ich in der letzten Reihe gesichtet. Alle anderen Plätze waren leer. Señor Chen hielt, was er versprach.

Ich musste feststellen, dass nicht nur die Orgel neu war, unser CEO hatte in ein Kruzifix über dem Altar investiert. Das schlichte Holzkreuz war durch ein doppelt so großes Bronzekreuz mit einer sehr abstrakten Christusfigur ersetzt worden, die an zu lange gebackenes Stockbrot erinnerte.

Tobi hatte das Kreuz wohl auch bemerkt. »Papa, warum hat Jesus sich das gefallen lassen mit dem ganzen Mobbing und *Bashing* von den Menschen, und denen auch noch vergeben?

Wenn mein Vater, also du, allmächtig wäre, würde ich denen was erzählen! *Eat my shorts, Peiniger!*«

»Stimmt, ich hätte wahrscheinlich am Kreuz auch eher gesagt: ›*Wartet, bis meine Oma Ruth das erfährt*‹, als: ›*Vater, vergib ihnen, denn sie wissen nicht, was sie tun*‹.«

»Wenn Jesus eine Pumpgun gehabt hätte, hätte er die Römer alle plattgemacht.« Tobi ahmte das typische Durchziehen und Repetiergeräusch einer selbst ladenden Flinte erschreckend realistisch nach.

Ich fügte die Überlegung, woher er sich so gut mit Schnellladewaffen auskannte, zu dem Fragenkatalog über seine erstaunliche Textsicherheit bei nicht ganz kindgerechten Rap-Lyrics hinzu. Mein Kind, das unbekannte Wesen.

»Stimmt, Tobi, dann könnten Eltern seit über zweitausend Jahren jede Menge Geld sparen. Kein Weihnachten, kein Ostern, keine teuren Geschenke zur Kommunion, und ich könnte jetzt draußen auf dem Meer sein, statt hier in der Hitze zu brüten.«

»*¡Madre de Dios!* Ist euch nichts heilig?« Yoani verdrehte die Augen und hielt Romy auf ihrem Schoß die Ohren zu, woraufhin diese mit lautem Geheule reagierte, in dem Pater Remos blumige Begrüßungsworte untergingen.

Alles achtete auf die Nachwuchskaiserin und ihr neues Mantra. »*Maddadio! Maddadio! Maddadio!*«

»Warum sind hier so wenige Leute?« Tobi kniete rücklings auf seinem Stuhl und sah sich um.

»Setz dich anständig hin im Haus des Herrn!«, tadelte ihn die reaktionäre Kirchgängerin.

»*¡Qué chiva!* Da kommt Leandro mit seiner Mutter!«

Ich sah über meine Schulter. Obwohl so viele Plätze frei waren, suchte sich Señora Ruiz einen Platz in der vorletzten Reihe direkt am Gang. Leandro parkte seinen Rollstuhl daneben und winkte uns freundlich zu.

»Kann ich bitte bei Leandro sitzen?« Tobi sah mich an.

»Jupp.«

»Nein!«

»Papa hat mehr zu sagen, wenn es um meine Erziehung geht, Yoani! *He! He! He!*«, verkündete *El Tobo* und lief nach hinten.

»Klare Ansage, nenn mich *El Jefe*«, meinte ich breit grinsend.

»Pah!« *La Criada* war eine schlechte Verliererin. Sie ließ die Rosenkranzperlen durch ihre Finger gleiten und murmelte vor sich hin. Romy mischte mit ihren kleinen Pfötchen mit.

Im Gang klackerten Schuhe und in der Reihe hinter uns bewegte sich etwas. Road Kill war gekommen. Irgendwoher hatte er ein schwarzes, sackförmiges Damenkleid ergattert, das in Kombination mit den strahlend weißen Thrombosestrümpfen und abgewetzten, knallroten Adidas-Nemeziz-Fußballschuhen sprichwörtlich ein Anblick für Götter war.

Remo zuckte auf der Kanzel zusammen, als er den neuen Gottesdienstbesucher erspähte, räusperte sich und begann mit seiner Predigt vor fast leeren Rängen.

»Paulus schreibt in seinem Brief an die Korinther: *Der Gnade Gottes entsprechend, die mir geschenkt wurde, habe ich wie ein guter Baumeister den Grund gelegt.* So stehen wir heute noch an einem Ort, der nichts von der Größe und der Glorie Gottes erahnen lässt. Blicken wir uns um, so lässt uns diese Umgebung die wunderbare Gnade Gottes nicht einmal erahnen. Doch hat es Gott gefallen, mich hier als seinen Baumeister einzusetzen, um seine Größe zu bekunden. Hinweg mit der Finsternis, hinweg mit all dem Schmutz, hinweg mit all dem Elend und lasst uns Gott lobpreisen! Lasst uns Zeugnis ablegen von seinem Glanz. Nutzen wir die Gaben und den Reichtum, den er uns in seiner Güte geschenkt hat, um ihn zu feiern. Lasst uns Bauwerke errichten, die seiner würdig sind. Lasst uns Messen feiern, die in ihrer Schönheit die Größe Gottes zelebrieren. Lasst uns die majestätischen Klänge dieser Orgel nutzen, um Gott zu lobpreisen. Die Schönheit ihrer Klänge soll das Göttliche in der Schöpfung offenbaren. Lasst uns nicht das Elend beweinen, sondern lasst uns Gott feiern, auf dass er mit Wohlgefallen auf uns schaut und uns seine Gnade schenkt.«

Der Laminator legte an dieser Stelle eine Kunstpause ein, sah sich um und fuhr fort: »Paulus schreibt: *Als Diener Christi soll man uns betrachten und als Verwalter von Geheimnissen Gottes.* Und was für viele ein Geheimnis bleiben mag, das hat der *Herr* den Auserwählten doch offenbart. So teilt Gott mit seinen treuen Dienern die Geheimnisse der Natur, denn Gottes Schöpfung wirkt in allem, das er geschaffen hat. In der Natur sehen wir stets das Antlitz und das Wirken unseres Gottes. So ist die Naturheilkunde eine göttliche Form der Heilung, ein von Gott gesandter Segen, anders als die kalte Medizin der von Menschenhand geschaffenen Maschinen. Wer mit dem *Herrn* im Einklang lebt, der lebt mit der Natur in Einklang. Und er wird die Heilung als Gnade Gottes aus der Natur empfangen.«

Ich hörte Solafa auf Englisch flüstern: »Ausgerechnet Paulus. Der scheinheilige Sack war doch stockschwul. Der hatte bestimmt eine verengte Vorhaut. Genau wie Hitler. Hätten die Spinner alle mal anständig einen weggesteckt, wäre der Menschheit viel Leid erspart geblieben.«

»Wer Gott lobpreist, auf den wird der *Herr* mit Gnade schauen. Doch wer sich nicht ohne Zweifel und Zauder Gott hingibt, der wird verdammt sein, von falschen Propheten geführt zu werden. Es sind falsche Propheten, die euch Heilung versprechen, wo Gottes Schöpfung nicht ist. Wer glaubt, Heilung aus Menschenhand erfahren zu können, der ist wie die Israeliten, die um das goldene Kalb tanzen.«

Ich drehte mich um. »Nette Theorie. Aber Paulus war Jude, da ist nichts mit Fimose, die waren schon damals alle beschnitten.«

»So lasset uns beten: *Herr, wir danken Dir für Deine Gnade: Wir danken Dir, dass Du uns mit Deinem Licht erleuchtest. Und wir beten für die, die im Dunkel stehen. Mögen sie Dein Licht sehen und mögest Du uns vor denen beschützen, die Dein Licht nicht sehen wollen, auf dass sie die Dunkelheit nicht verbreiten und uns nicht daran hindern, Dich in Taten und Werken zu lobpreisen. Herr, wir danken Dir für das Geschenk Deiner Gnade und beten für die Erlösung derer in der Dunkelheit.* Amen.«

»Amen«, wiederholte die Gemeinde.

Romy war entzückt. Ein neues Wort in ihrem Sprachschatz: »Aaah! Mehn! Aaah! Mehn! Aaah! Mehn!«

Remo verließ die Kanzel und das festliche Orgelkonzert begann. Solafa begann laut zu schnarchen und meine musikalische Tochter dirigierte alle Stücke mit. Der Kleingeistliche war ein Arschloch, aber ein erstaunlich guter Organist. Ich kannte keines der feierlichen Werke, die zu Gottes Lobpreis geschrieben worden waren, und genoß diesen Teil der Veranstaltung wirklich.

Ich dachte an Oma Ruth, die Björn und mich sonntags oft zu den Gottesdiensten mitgeschleift hatte. »*Woisch, Benny, du bisch in jedm Stückle Wald und in jedm ahschtändige Garte dem Herrgott näher als in dr prächtigschte Kirch.*«

»Warum müssen wir dann immer herkommen?«, maulte ich. In die Kirche gehen, hieß früh aufstehen, und das war mit meinen Schlafgewohnheiten nicht besonders gut vereinbar, aber meine Großmutter kannte keine Gnade.

»*Wo soll i sonschd Sonndags nagange un d'noie Kloidr unds Pelzjäckle zoige? Doin Opa Hans goht doh it mäh ausm Haus.*« Der Kreuzgang als Laufsteg in der Provinz.

Mein Großvater war in keine Kirche zu bekommen, außer eine seiner Töchter heiratete oder einer seiner Enkel wurde getauft. Ansonsten verbreitete er einen Spruch frei nach Albert Schweitzer: »*Du bisch do' koin Chrischt it, bloß weil in d'Kirch gohsch. Du bisch ja au koi Auto it, wenn d' in d' Garasch nei gohsch.*«

Nach dem Vaterunser als Schlussgebet war geplant, die Veranstaltung zu verlassen und den Empfang im Speisesaal des Kinderhorts mit Abwesenheit zu strafen. Joey, unser texanischer Bäcker, feierte seinen Geburtstag und wir waren eingeladen.

Tobi hatte andere Pläne: »Ich würde gerne mit Leandro hierbleiben.«

Yoani schien auch mehr an Apfelschorle und Empanadas interessiert zu sein als an geräuchertem Fleisch und Bier. »Ich passe auf den *chico* auf.«

»Und wie kommt ihr heim?«

Die schüchterne Tierärztin bot freundlicherweise an, beide nach Ende der Veranstaltung bei uns zu Hause abzuliefern. So fuhr ich alleine mit der Nachwuchskaiserin zum nächsten Tagesordnungspunkt.

Das Geburtstagskind hatte ein Spanferkel in seinem Smoker gegart. Dazu gab es selbst gebackenes Kartoffelbrot mit *Coleslaw* und frische Maiskolben.

Als Barbra und Maria spät am Abend zu der Gesellschaft stießen, war keiner über achtzehn mehr nüchtern. Barbra sah erschöpft, aber glücklich aus und aß von dem frischen Brot und dem Krautsalat. Maria war glücklich, aber erschöpft und futterte alles, was von dem Schwein noch übrig war.

Sie hielt Romy ein Stück knuspriger Schwarte hin und erklärte die Herkunft des Fleisches in kindgerechten Worten: »Oink! Oink! Oink!«

Woraufhin die Nachwuchskaiserin lächelnd auf mich zeigte: »Papa! Papa! Papa!«

Alles lachte auf meine Kosten und ich entschloss mich, doch einen Vaterschaftstest machen zu lassen.

»Wie wäre es mit etwas Musik, Jungs?«, fragte ich in die Runde und konnte Dobro und Joey dazu bewegen, ihre Instrumente zu holen.

Ich wartete, bis die Geige und die Gitarre einsatzbereit waren, und sang solange für meine Lebensgefährtin à capella: *Ich bin ein Mädchen aus Piräus und liebe den Hafen, die Schiffe und das Meer. Ich lieb das Lachen der Matrosen, ich lieb jeden Kuss, der nach Salz schmeckt und nach Teer. Wie alle Mädchen in Piräus, so stehe ich Abend für Abend hier am Kai. Und warte auf die fremden Schiffe, aus Hongkong, aus Java, aus Chile und Shanghai. Ein Schiff wird kommen, und das bringt mir den einen, den ich so lieb wie keinen, und der mich glücklich macht. Ein Schiff wird kommen und meinen Traum erfüllen und meine Sehnsucht stillen, die Sehnsucht mancher Nacht.*«

Das Lied war mir spontan eingefallen und ich ärgerte mich, dass ich es damals nicht parat hatte, als Maria mit Captain Porno verbandelt gewesen war. Ich fragte mich, ob sie noch ab und zu an den englischen Bootsbesitzer dachte, der sie betrogen, belogen und mit einer anderen ein Kind gezeugt hatte und dessentwegen sie beinahe versehentlich im Jenseits gelandet wäre.

»Du hast es erkannt, Elvis. Du bist mit einer illegitimen Onassis verbandelt. Wenn ich alle Papiere zusammen und mein rechtmäßiges Erbe kassiert habe, kaufe ich den ganzen Küstenabschnitt und dann möchte ich gefälligst mit Queen Mary angesprochen werden«, rief sie munter und öffnete eine Flasche *Dobro's Dope Draught – Cinnamon Wheat* mit feiner Zimtnote. Ich blieb beim *Pilsen* aus der Dose.

Wir sangen und spielten uns quer durch die Pop- und Rockgeschichte. Barbra und Tobi trommelten auf Holzkisten mit. Xavier, unser Nachwuchsmediziner, bastelte sich aus zwei Löffeln eine Kastagnette und machte ebenfalls Stimmung.

Mir war zum Abschluss nach einem Song, mit dem Depeche Mode seit Ewigkeiten ihre Livekonzerte beendeten.

Ein Lied, das meine Zerrissenheit und Widersprüchlichkeit widerspiegelte. Ich hatte die sehnsuchtsvolle Ballade, die mich durch meine Jugend begleitete, das letzte Mal mit Ricky und achtzigtausend anderen im Olympiastadion in München mitgesungen. »*I want somebody to share share the rest of my life. Share my innermost thoughts, know my intimate details. Someone who'll stand by my side and give me support and in return she'll get my support ...*«

Ich sah Maria an, die unser schlafendes Baby im Arm hielt und mit geschlossenen Augen zuhörte. Die Pfützchen in meinen Augen liefen über – konnte sich ein Mann ein schöneres Bild als dieses vorstellen?

»*I don't want to be tied to anyone's strings. I'm carefully trying to steer clear of those things. But when I'm asleep I want somebody who will put their arms around me and kiss me tenderly. Though things like this make me sick in a case like this I'll get away with it ...*«

Offensichtlich hatte ich diesen bestimmten Menschen, mit dem ich den Rest meines Lebens teilen wollte, zum zweiten Mal in meinem Leben gefunden. Als ich den letzten Ton gesungen hatte, das Publikum zu klatschen anfing und Maria ihren Blick hob und mich zärtlich anlächelte, wurde mir bewusst, ich ließ zu, dass meine verstorbene Liebe zum bedrohlichen Dämon wurde. Das hatte Ricky nicht verdient. Das hatte Maria nicht verdient.

ELVIS UND OLYMPIA

DIE OFFIZIELLE WÄHRUNG Costa Ricas ist der Colón oder Mehrzahl, die Colones. Die Bezeichung ist abgeleitet von der spanischen Schreibweise Christoph Kolumbus'. Fünfhundert Colones entsprechen dabei etwa einem Euro. In den meisten Touristenorten konnte man bequem mit US-Dollar bezahlen. Lebensmittel und andere Verbrauchsgüter waren ähnlich teuer wie in Europa und den USA, aber der Lohnspiegel lag weit unter europäischen oder US-amerikanischen Verhältnissen.

Mein Gehalt im Health Post war den hiesigen Verhältnissen angepasst. Ich arbeitete einen ganzen Monat halbtags für eine Summe, die ich in Deutschland für zwei Tage Notarztdienst bekommen hätte. Maria verdiente mit ihrem Tauchboot regelmäßig dazu – plus der Mieteinnahmen für meine Wohnung in Stuttgart reichte das im Land des *pura vida* für ein lockeres Leben.

Man brauchte weit weniger Kleidung als im kalten Heimatland. Einige T-Shirts, ein weißes Hemd für offizielle Anlässe, Shorts und ein Paar Jeans. Weder in Wintermäntel noch in gefütterte Stiefel musste Geld investiert werden. Maria und Tobi waren zum Glück keine *Fashion Victims*. Lediglich die Nachwuchskaiserin stellte sich in jungen Jahren schon als äußerst anspruchsvoll dar. Romy hatte kurz nach ihrem ersten

Geburtstag beschlossen, dass alle Klamotten, die nicht pink oder lilablassblau waren, sich wie kratzende Schurwolle auf der Haut anfühlten, und zerrte und riss so lange an dem Kleidungsstück, bis sie es ausgezogen hatte oder jemand anderes es für sie tat. Zu Yoanis großer Freude fuhr unsere Tochter auf mittelamerikanische Kindermode in pudrigen Bonbonfarben mit Blümchen und Rüschen ab. Das pastellfarbene Kind wirkte inmitten der auf *casual understatement* eingeschworenen, in gedeckten Tönen gekleideten Restfamilie wie ein Fremdkörper.

La Criada, die selbst auf Wurstpellen mit floralem Design stand, sah das anders: »Endlich mal jemand mit Geschmack in dieser Familie!« Wir waren mittlerweile sicher, dass sie Romy heimlich mit Halluzinogenen füttern musste.

Kurzum: Wir hatten von allem mehr als genug und der Strand und das Meer entschädigten uns für das, was wir uns nicht kaufen konnten. Umso mehr wunderte es mich, dass mich Tobi eines Morgens in *finanzierten Angelegenheiten* alleine sprechen wollte.

»Papa, sei mal ehrlich, sind wir reich?«

»Wir nicht. Ich schon.« Das war zwar gelogen, aber ein wunderbarer Gag.

»Gut, dann brauche ich einen Kredit von dir.«

»Aha, aha. Um wie viel handelt es sich denn?«

»Moment, ich muss mal nachschauen.« Er wischte auf seinem iPad herum. »Fünfzehntausendsiebenhundertfünfzig. Ganz schön viel, oder?«

»Tobi, dazu brauchst du keinen Kredit, so viel hast du locker in deinem Sparschwein.«

»Ah, okay. Sehr gut. Könnte ich das bitte über dich bestellen, weil die wollen eine Kreditkarte haben.« Mein Sohn schob das iPad rüber und ich staunte nicht schlecht über seinen noblen Geschmack. Das Kind war auf der Online-Seite von Tiffany's gelandet und hatte sich für ein juwelenbesetztes Bettelarmband entschieden, das bereits in seinem Warenkorb lag.

»Das ist ein Geschäft in den USA. Da ist der Preis in US-Dollar ausgezeichnet und nicht in Colones, und das ist extrem viel. Das wirst du dir nicht leisten können.«

»Hm.« Die dramatische Geste, wie mein Ableger in Krisen seine Ellbogen auf den Tisch auflegte und mit beiden Händen sein volles Haar raufte, bis er aussah wie Pumuckl in Blond, erwärmte mein Innerstes, seit es Tobi gab. »Kannst *du* dir das leisten?«

Ich machte im Kopf eine kurze Überschlagsrechnung über meine liquiden Mittel und lenkte ab: »Für wen brauchst du so ein teures Geschenk überhaupt? Willst du dich mit Sabina verloben?«

»Nein, nicht für die. Für Maria. Die hat doch nächste Woche Geburtstag und ich wollte ihr ein neues Armband schenken, weil sie das alte doch verloren hat. Das sieht genauso aus wie ihres.«

Maria kam nicht nur mit dem Verlust ihrer Eltern und ihres Bruders nicht klar, sie trauerte allem hinterher, was ihr jemals abhandengekommen war. Die Geschichte, wie sie mit vierzehn bei einem Schulausflug ins Elsass ihr Bettelarmband verloren hatte, erzählte sie stets, wenn sie melancholischer Stimmung und leicht angetrunken war. Das Thema kam vorgestern beim Abendessen wieder auf den Tisch – samt unersetzlichem Anhänger mit Jaguarkopf, dessen rote Augen echte Rubine waren.

»Oly, warum beschäftigt dich das nach so langer Zeit noch?«, wollte ich wissen.

»Ich habe als Kind so wenig besessen und das musste ich meist noch mit Stavros teilen. Ich habe zwanghaft alles aufgehoben und bin sparsam damit umgegangen. Mein erster

Post-it-Block hat so lange gehalten, bis die Dinger nicht mehr geklebt haben.«

Das stimmte allerdings. Im Flechtkorb, in dem Maria ihre Schminksachen aufbewahrt, vegetierte ein Lidschattendöschen vor sich hin, das nur noch am Rande rudimentäre Spuren silbernen Puders hatte. Das rote Schlecker-Preisschild war abgegriffen, aber *3,99 DM* war immer noch zu erkennen.

»Ich bin eben die Hüterin der Schätze.« An ihrem warmen Blick erkannte ich, dass sie damit nicht nur weltliche Güter meinte.

Maria gab kein Lebewesen jemals auf. Sie war diejenige, die Salomé, die dem Tod näher gewesen war als dem Leben, als Gwen sie angeschleift hatte, stündlich fütterte. Die kleine Katze konnte nicht mehr selbst trinken und musste permanent minimale Mengen an nährstoffreicher, mit Vitaminpaste versetzter Katzenmilch mittels einer Pipette eingeflößt bekommen. Als Salomé nach zwei Tagen das erste Mal die Augen öffnete und aus der Flasche trank, war ihre Retterin so müde, dass sie beim Essen am Tisch einschlief.

Fräulein Pavlidis war permanenter Körperkontakt sehr wichtig, so als hätte sie Angst, ich könnte ihr entgleiten, wenn sie mich nicht spürte. Sie hielt meine Hand, kraulte meinen Nacken beim Autofahren, streichelte in Gedanken meinen Unterarm, wenn wir zusammen auf der Couch lagen, und konnte nicht ohne meine Hand, die sie an ihre Stirn gepresst hielt, einschlafen. Seltsamerweise störte mich das nicht und ich empfand es nicht als einengend. Im Gegenteil, diese Frau war wie ein externer Körperteil von mir geworden, den ich vermisste, wenn er nicht da war. Wenn sie mich nicht physisch berühren konnte, berührte sie mich mit Worten.

Ich hatte das Gespräch schon fast wieder vergessen, mein empathischer Sprössling nahm es zum Anlass zu handeln.

»Meinst du, Oma oder Mama leihen mir das Geld? Ich zahle es dann von meinem Taschengeld zurück und du legst den Rest drauf, wenn es nicht reicht. Oder hast du schon ein Geschenk für Maria?«

Nein, das hatte ich nicht. Ich hatte tatsächlich vergessen, dass der Geburtstag meiner Lebensgefährtin bereits nächste Woche sein würde. Mich überkam das schlechte Gewissen wie eine Flutwelle. Die Geschichte mit Señorita Díaz und dass ich beinahe schwach geworden wäre nagte in stillen Stunden immer noch an mir. Wäre Barbra nicht aufgetaucht, hätte Benny B. höchstwahrscheinlich zumindest einen Teil der Nacht mit und in einer anderen Frau verbracht. In mir klangen Marias Worte nach, dass sie Angst hatte, an meiner Seite zu verblassen und zu verstummen. Sie verlangte so wenig von mir und gab selbst so viel. Es war Zeit, ihr etwas zurückzugeben und Dämonen zu bekämpfen.

»Komm, wir suchen nach einem ähnlichen Armband, das du dir leisten kannst.«

Anstatt in 24 Karat Weißgold fanden wir ein Passendes in 925er Silber ohne Diamanten. Zu seinem Bedauern gab es keinen Jaguarkopf, aber dafür Anhänger in Herzform, auf die man Wunschnamen gravieren lassen konnte. Wir orderten: Romy, Tobi, Benny und Oly. Die Lieferung war bis nächste Woche garantiert.

Tobi war so aufgeregt, dass er um kurz nach sieben Uhr am Morgen mit dem eingepackten Armband neben Maria auf der Matratze kniete, sie ungeschickt umarmte und ihr alles Gute zum Geburtstag wünschte.

Ich drückte mich von hinten an ihren Rücken. »Spürst du meine Liebe, Oly?«, murmelte ich verschlafen in ihr volles Haar und wurde ignoriert.

Dafür wurde Tobis Geschenk, das mit meiner Amex-Karte bezahlt worden war, sofort angezogen und über den grünen Klee gelobt. Der kleine Schwabe hatte großzügig angeboten, die Versand- und Verpackungskosten zu übernehmen und den Rest bei Gelegenheit abzuzahlen. Mit anderen Worten, ich hatte das Armband komplett bezahlt.

»Ich geh in die Küche und mache Tee für dich. Du brauchst heute gar nichts zu machen, du wirst verwöhnt«, kündigte mein Sohn an und ich kam so wenigstens dazu, mit dem Geburtstagskind etwas zu knutschen – was meinem Wunsch, ihr meine Liebe zu beweisen, nur mehr Auftrieb gab.

Das herzlose Wesen stand auf, duschte, zog sich an und stellte sich fordernd vor unser Bett. »Wo ist mein Geschenk?«

Ich deutete auf meine Unterhose. »Hier drin verborgen. Mach dich mal auf die Suche!«

»Meinst du nicht, ich hätte nach all den Jahren mal ein wirklich großes Geschenk verdient?«, verhöhnte mich meine Gefährtin und ging in die Küche.

Ich zog Shorts und ein T-Shirt über und schlurfte hinterher. Tobi hatte mit Barbra in der Nacht heimlich eine glänzende Girlande mit HAPPY BIRTHDAY aufgehängt. Yoani hatte sich in aller Herrgottsfrühe hereingeschlichen und ein Frühstücksbüfett vom Feinsten aufgebaut. Den Champagner hatte ich am Abend zuvor in Barbras Kühlschrank deponiert. Für Tobi und Romy gab es Apfelsaftschorle.

»¡A tu saludad querida!«, prosteten wir dem Geburtstagskind zu.

Die ganze Familie frühstückte am Esstisch und bewunderte das neue Armband. Nur Romy war sauer, weil sie es nicht anziehen durfte.

Weil sich Maria noch immer nicht bereit zeigte, in meiner Unterhose zu wühlen, holte ich mein Geschenk für sie

aus meiner Wäscheschublade und drückte es ihr in aller
Öffentlichkeit in die Hand. »Ta-dah!«

Sie wog den 76 x 76 mm großen Würfel in der Hand, ehe
sie eine Schere holte und das Päckchen vorsichtig aufschnitt.
»Eines muss man dir lassen, Benny, keiner wählt so liebevoll
Geschenkpapier aus wie du.«

Ich war unbestritten ein wahrer Meister des Recyclings
und der kreativen Innovationen auf diesem Gebiet. Marias
Präsent war in zwei Lagen extra reißfestem Küchenpapier mit
Regenbogen und Einhorn gewickelt. Zwei überkreuz ange-
brachte, durchsichtige Kabelbinder gaben dem ganzen Halt
und einen männlichen Touch.

Maria war alles andere als ein Pokerface und ich liebte
sie dafür. Dieser Ausdruck, als sie den Post-it-Würfel mit der
Zeichnung einer drolligen französischen Bulldogge in der linken unteren Ecke betrachtete, war jeden Colón der insgesamt
dreitausendfünfhundert, die ich dafür ausgegeben hatte, wert.

»Ich bin sprachlos«, konstatierte sie.

»Nichts zu danken. Das ist eine Investition in unsere
Zukunft. Vierhundertfünfzig Blatt. Das hält ein Leben lang,
Oly. Sieh es als Zeichen.«

»Aha, aha«, machte sie mich nach. »Doch so viel.«

Ich sah auf die Uhr. Außer Tobis Ungeduld gab es noch
einen Grund, warum Marias Überraschungsparty so früh statt-
finden musste. Es konnte jeden Moment so weit sein. Ich war
nervös.

Romy war glücklich, als sie ein Blatt von den Haftnotizen
bekam. »Hund! Hund! Hund!«, bemerkte sie sehr klug.

Tobi zerstörte mal wieder alles und brachte seine Schwester
völlig durcheinander. »Ein Hund bellt so: Wau! Wau! Wau!«

Mein Baby stellte daraufhin die Konversation ein und
kaute nachdenklich auf dem Blatt herum. Über uns war
der Rotorenlärm eines Helikopters zu hören. Kein seltenes

Geräusch, seitdem Rainer einen Shuttle-Service für seine exklusivsten Gäste anbot. Bei Ebbe-Niedrigstand war es möglich, dass ein Hubschrauber am Strand landete.

Tobi rannte hinaus und zog Maria mit sich. »Komm, wir schauen nach, wen die abholen.«

»Ja, geh mal nachschauen, Oly.« Ich zwinkerte Barbra zu, die heute sehr blass und müde aussah. Sie verlor jedoch nie ein Wort über ihren Zustand und es war unmöglich, an sie heranzukommen. Es schien, als würde der Krebs nicht nur innerlich an ihr nagen, sondern hätte die früher so offene Frau in einen harten Chitinpanzer gezwängt. Sie war so selten bei uns und wenn sie da war, hatte man das Gefühl, sie war mental an einem ganz anderen Ort.

Yoani wartete schon mit den zwei gepackten Rucksäcken hinter mir. »Viel Spaß! Ich passe auf eure Augensterne und auf Barbra auf! Erholt euch gut!«

WENIGE MINUTEN SPÄTER flogen wir in Manuels Heli quer übers Land an die Pazifikküste. Maria, die Helikopterjungfrau, hielt meine Hand fest in ihrer und betrachtete aufmerksam die sattgrüne, hügelige Landschaft unter uns. Von Manzanillo auf die pazifische Seite zu kommen, war mit dem Auto eine halbe Tagesreise. In der Luft verging die Zeit wie im Flug, sprichwörtlich. Manuel hatte schon wieder einen neuen Piloten. Damian war Weißrusse mit Vierkantschraubenkopf und litt unter der *Camp-David-Krankheit* – mein persönlicher Ausdruck für das Markenfetischistensyndrom. Er trug das dichte Haar zu einem Pferdeschwanz zusammengebunden, die Pilotenbrille war von Ray-Ban, die Shorts von Billabong, das Hemd von Camp David, die Rolex Datejust wahrscheinlich aus Hongkong. Seine behaarte Brust zierte eine massive silberne Kette, an der eine Mini-Mundharmonika hing.

Er verbreitete seine Lebensgeschichte in ambitioniertem Spanisch über die Sprechanlage direkt und ungefiltert in unsere Ohren. Aktuell beschäftigte ihn die Partnersuche. »*Ihch bihn Zihngle. Ihch suhchäh guhtäh Frauh. Muhss nihcht erohtisch seihn. Ihch brauhchäh keihnäh grohßäh Kohnfehssiohn!*«

Maria fragte nach, was es mit der *großen Konfession* auf sich habe und wurde aufgeklärt: »*Nihchts grohsähr Busähn! Eihn Hahndvohll reihcht!*«

Aha, aha. Ich erzählte im Gegenzug von meinem Urgroßvater Eugen Brandstätter, der im Russlandfeldzug in der Hohen Tatra gefallen war und da immer noch wo liegen musste. Daraufhin verfiel unser Pilot in eisiges Schweigen.

Costa Rica verbindet zwei Kontinente und trennt zwei Ozeane. Es verdankt seiner Entstehung zwei Kontinentalplatten, die sich übereinandergeschoben haben. Aus einer Kette von Vulkaninseln wurde im Laufe der Jahrmillionen eine Landmasse, die den Durchgang vom Pazifik zum Atlantik verstopfte und dadurch ermöglichte, dass sich Flora und Fauna der beiden Amerikas vermischten.

Das fortschrittlichste Land Lateinamerikas, mit einer stabilen Demokratie seit den Fünfzigerjahren, leistete sich einen vorbildlichen Naturschutz – fast dreißig Prozent der Fläche waren ausgewiesene Schutzgebiete. Ich hatte selbst noch nicht alles gesehen und entführte meine Gefährtin für ein paar Tage in den Nationalpark Corcovado auf der pazifischen Seite.

Die erste Nacht verbrachten wir in einem Hotel in Puerto Jiménez wie stinknormale Touristen. Das Hotel lag direkt am Strand mit Blick auf die Mangrovenwälder, in denen es Krokodile gab. Wir nutzten den Luxus eines abgeschlossenen, kindersicheren Raumes. Maria meinte, wir müssten uns bei den Bewohnern der Nachbarzimmer entschuldigen. Da mein Plan vorsah, dass wir ganz früh aufstanden, um das weitere

Programm abzuwickeln, war dafür keine Gelegenheit. Wir gingen Hand in Hand am Strand entlang, der grau und verlassen im Morgendunst lag. Die ersten Aras kamen kreischend in Paaren aus ihren Nachtquartieren geflogen. Bei der Rückkehr ins Hotel spazierte zu Marias Freude ein Tapir direkt vor unserer Nase vorbei und verschwand im Dickicht. Wir packten unsere Rucksäcke und flogen mit einer kleinen Maschine zur Rangerstation La Sirena. Maria war wieder aufgeregt wie ein kleines Mädchen, hielt permanent meine Hand und rührte mit ihrer Begeisterungsfähigkeit mein Herz.

PROFESSOR DOKTOR ALMA NORTE AZUERO holte uns mit ihrem Wagen direkt am Rollfeld ab. Die siebenundfünfzigjährige Biologin war fast eins achtzig, breitschultrig und trug ihr schlohweißes Haar in praktischen *Cornrows* nach hinten geflochten. Auch ohne die strenge Brillenfassung, das Holzfällerhemd und die olivgrünen Cargoshorts wäre die attraktive Frau sehr maskulin rübergekommen. Auf den ersten Blick wirkte die Señora schroff und unnahbar, wäre da nicht der feine Zug um den Mund gewesen, der auf Humor schließen ließ. Die forsche Wissenschaftlerin begrüßte uns mit Handschlag, packte Marias Rucksack und beförderte ihn schwungvoll in den Kofferraum des schwarzen Defenders.

Da ich Maria gegenüber kein Wort darüber verloren hatte, dass uns im Naturpark ein Sonderprogramm erwartete, klärten wir sie während der Fahrt darüber auf, wie Señora Azuero und ich uns kennengelernt hatten.

Kurz nach unserer Rückkehr nach Costa Rica hatte ich mich mit Kia in New York getroffen, um mit Hilfe von Manuels Anwälten eine Regelung zu finden, die mir für Tobi das alleinige Aufenthaltsbestimmungsrecht übertrug. Meine frühere Freundin verscherbelte ihren Sohn für einen hoch dotierten Managementposten in einem weltweiten Obstkonzern.

Anscheinend ist im Leben doch alles und jeder käuflich, es kommt letztlich nur auf die Höhe der Summe an.

Auf dem Rückflug nach San José bot ich meiner Sitznachbarin aus Höflichkeit von der belgischen Pralinenmischung an, die ich am JFK-Airport im *Duty-free-Shop* erstanden hatte. Gute Schokolade war in Costa Rica Mangelware. Woraufhin die Dame unkontrolliert zu schluchzen begann und aufgelöst ihren Rucksack nach Taschentüchern durchwühlte.

»Aha, aha.« Es war nichts Ungewöhnliches, wenn weibliche Wesen meinetwegen in Tränen ausbrachen, aber in dem Fall war mir nicht bewusst, was ich falsch gemacht hatte.

»Entschuldigung, dass ich mich so habe gehen lassen. Sind da Nüsse drin?«, fragte sie und schneuzte sich.

»Wahrscheinlich. Aber ich bin Arzt, ich könnte einen Luftröhrenschnitt machen, sollte es zu allergischen Reaktionen kommen.«

»Mit was denn? Man darf doch nichts Scharfes mit an Bord bringen«, kam der Einwand.

»Stimmt auch wieder.«

Bis kurz vor der Landung unterhielten wir uns über den Grund ihres Weinkrampfes. Señora Azueros Vater war wenige Tage vor ihrem sechzehnten Geburtstag an Lungenkrebs gestorben und hatte verfügt, dass seine Tochter jedes Jahr zu ihrem Geburtstag eine Schachtel belgische Trüffel bekommen solle. Das war vor vierzig Jahren gewesen. Seitdem verbrachte die promovierte Biologin jeden Geburtstag bei ihrer Mutter in New York. Sie bekam den Gruß aus dem Jenseits durch eine kleine *Chocolaterie* in der Nachbarschaft überbracht. Dieses Jahr war eine Karte der Besitzerin dabei, die erklärte, dass sie den Laden im nächsten Monat aus Altersgründen schließen würde und es nicht mehr möglich sei, das Vermächtnis des Vaters weiter auszuführen.

»Damit ist mein Vater zum zweiten Mal gestorben. Ihre lieb gemeinte Geste hat alles wieder aufgewühlt.«

»Tut mir leid, das wusste ich nicht.« Ich hätte zu dem Thema Tod und Trauer sehr viel beitragen können, aber ich war blockiert.

Meine Sitznachbarin reichte mir ihre Visitenkarte nach der Landung und meinte: »Wenn Sie mal eine Spezialtour durch den Naturpark Corcovado machen möchten, einfach melden.«

NACH UNSERER ERZÄHLUNG hatte Maria, die nah am Wasser gebaut hatte, Pfützchen in den Augen, die sich im Laufe der nächsten Tage beständig wieder füllten.

Die Professorin betreute ein Projekt im Naturpark und nahm uns auf eine dreitägige Wanderung mit. Sie kannte den Park wie ihre Westentasche und führte uns auf abgelegenen Pfaden, die kein Tourist je ging. Sie wollte kein Geld für ihre Begleitung annehmen, ich sollte nur einen Flakon *Obsession for Men* von Calvin Klein und etwas Hochprozentiges zum Schlucken besorgen. Ich versicherte mich nochmals, ob es tatsächlich die Ausgabe für den Mann sein musste, und hatte schließlich zwei Flakons des Duftwässerchens plus eine Flasche Ardbeg im Gepäck.

Wir übernachteten in provisorischen Camps, die die Parkverwaltung für Wissenschaftler angelegt hatte. Wir lebten von Trockenobst, Keksen und *charqui,* also getrocknetem Rindfleisch, und verbrauchten zwei Sprühdosen Insektenschutz gegen Moskitos und Zecken.

Das Wasser in den Bachläufen war so rein, dass wir unsere Trinkflaschen auffüllen konnten. Ich startete eine Diskussion darüber, warum Verdurstende in Hollywood-Filmen immer ihre Trinkflasche wegwarfen, wenn sie leer war. Das war so idiotisch, als würde man sein Pferd erschießen, bloß weil man den Sattel verloren hatte.

Corcovado war der letzte intakte Primärregenwald Zentralamerikas. Wir sahen Aras, Tapire, Ameisenbären, Brüllaffen, Totenkopfaffen, jede Menge Schlangen, Rehe, Vögel, Spinnen und Echsen. Die Geräuschkulisse in einem Tropenwald ist unglaublich intensiv und an manchen Stellen fast physisch spürbar. Frösche, Insekten und Vögel überboten sich gegenseitig darin, wer den größten Lärm erzeugen konnte. In New York mitten am Times Square schlief man ruhiger als hier.

Als unser Trail ein Stück am Strand entlangging und wir eine Zwangspause einlegen mussten, weil der Wasserstand noch zu hoch und die Brandung zu stark war, um zu passieren, lief in der Ferne eine große braune Katze federnd über den Sand.

»Ihr habt Glück«, meinte unsere Führerin, »selbst ich habe noch sehr wenige Pumas gesehen.«

Maria heulte daraufhin wie ein Schulmädchen los und klammerte sich schluchzend an mich. Die Professorin warf mir einen peinlich berührten Blick zu. Für Außenstehende mochte diese Reaktion überzogen sein, aber wusste man, welche Verluste und Niederlagen die sensible Hüterin der Schätze in ihrem bisherigen Leben wegstecken musste, verstand man, warum sie manches mehr bewegte als andere Menschen.

Wir konnten endlich das Strandstück überqueren und wateten wenig später durch einen flachen Flusslauf, bei dem wir auf Krokodile achten sollten. Das Laufen am Strand war sehr mühsam und kostete Kraft, weil wir ständig im Sand versanken. An einer Stelle kamen wir an einer angefressenen Meeresschildkröte vorbei, der Panzer war auf den Rücken gedreht, der Kopf und sämtliche Beine fehlten.

»Wer tut so was?« Maria war fassungslos und hatte schon wieder Tränen in den Augen.

Ich wusste die Antwort, ehe die Wissenschaftlerin antwortete.

»Jaguare. Eine bedrohte Art frisst die andere. Wir haben in Corcovado etwa siebzig Tiere. Mehr als in jedem anderen Naturschutzgebiet in Zentralamerika. Darauf sind wir sehr stolz.«

Wir verließen den Strand und gingen zurück in den Wald, der plötzlich nach Zwiebeln stank.

Unsere Führerin warnte uns: »Pekaris. Sollten wir ihnen begegnen, einfach still stehen bleiben, nicht in Panik verfallen und auf keinen Fall weglaufen. Dann lassen sie uns in Ruhe. Wenn nicht, nichts wie rauf auf den nächsten Baum.«

Zu unserer Erleichterung begegneten wir keinem der kleinen, gemeinen Wildschweine, die sich in großen Rotten rumtreiben. Kurz vor Einbruch der Dämmerung waren wir an unserem Ziel angekommen, einem Baumhaus mitten im Regenwald. Wir kletterten die Strickleiter hoch und packten unsere Vorräte aus. Die Biologin holte zu meiner Verwunderung nach dem Essen einen der Parfümflakons aus dem Rucksack und meinte, sie sei gleich wieder da. Wir beobachteten ihr Treiben von oben.

»Diese Lesben haben schon merkwürdige Gewohnheiten«, raunte Maria mir zu.

»Du meinst, Alma ist homosexuell?«

»Schau dir doch nur mal die Klamotten an. Und warum ausgerechnet *Obsession* für den Herrn? Außerdem sabbert sie mich an und nicht wie sonst üblich bei Frauen, denen wir begegnen, dich. Ich bitte dich, das musst sogar du Honk merken!«

Fräulein Pavlidis bot mir eine Wette um eine Woche Romy wickeln an. Ich schlug ein. Ich hatte in meinem Leben noch nie eine Wette verloren und war zu allem bereit, um keine verschissenen Windeln wechseln zu müssen.

Alma versprühte den Herrenduft großzügig auf einer lichten Stelle und kam wieder hoch. »Der einzige Stoff, der Jaguare anlockt. Fragt mich aber nicht warum. Nun heißt es: Leise sein und warten.«

Die Wissenschaftlerin erklärte uns flüsternd, dass sie und ihr Team mithilfe des Duftes Jaguare zu den Fotostellen lockten und sie so fotografieren und ihre Wanderbewegungen nachvollziehen konnten. »Jedes Tier hat ein unverwechselbares Fellmuster.«

Wir rochen die Großkatze, ehe wir sie sahen. Das Männchen hatte den Baum, auf dem unser Unterschlupf war, markiert und schnüffelte interessiert an der Stelle, die unsere Führerin eingesprüht hatte. Wir trauten uns kaum zu atmen. Die Gelegenheit, einen frei lebenden Jaguar in Ruhe beobachten zu können, war wohl nicht vielen Menschen gegeben.

Maria drückte meine Hand und flüsterte mir zu, als das wunderschöne Tier nach wenigen Minuten wieder im Dickicht verschwunden war. »Vergiss die Wette! Dafür wickle ich Romy bis an mein Lebensende und, wenn es sein muss, dich mit.«

»Windelsex? Versprochen?«

»Versprochen!«

Alma brachte uns am nächsten Tag zum kleinen Rollfeld und wartete mit uns, bis der Flieger aus Puerto Jiménez kam. Wir verabschiedeten uns herzlich mit einer Gegeneinladung und wurden Zeugen, wie die Biologin eine sehr attraktive, sehr junge Blondine, die aus der Maschine gestiegen war, mit einem sehr leidenschaftlichen Zungenkuss begrüßte.

»Verdammt! Ich hätte die Wette gewonnen!«, fluchte Maria.

Ich grinste breit und zufrieden und hinterließ auf der Toilette der kleinen Rangerstation einen Spruch:

To be is to do. (Sokrates)
To do is to be. (Sartre)
Do be do be do. (Sinatra)

Schwätzer und Stossgebete

Rosa erschien in der Tür zum Büro und hielt einen leeren Urinbecher in der Hand.

»Versuchst du mal wieder Pipi für einen Drogenscreen zu erschleichen?« Ich war im Vorfeld leicht genervt.

»Nein, heute nicht. Das ist der Becher von Señorita Juarez.«

»Benita Juarez? Die sollte den aber voll abgeben. Sie hat vermutlich einen Harnwegsinfekt vom …« Ich verschluckte meinen Verdacht, dass die Cystitis der jungen Frau vom Pimpern herrührte, wie bei vielen sexuell aktiven Frauen. Seit dem Rosa von Remo zur *Beauftragten für sexuelle Belästigung am Arbeitsplatz* ernannt worden war, musste man mit solch flapsigen Bemerkungen aufpassen. Rosa nahm ihr neues Amt sehr ernst.

Pablo war erst letzten Monat in ihrem Bericht aufgetaucht, weil er ein T-Shirt mit der Aufschrift: *The Invention of the Word: Boob (B = top view/oo = front view/b = side view)* getragen hatte, das Geschenk eines Surfers, den er nach der Behandlung einer Platzwunde am Jochbein an den Flughafen gefahren hatte. Das T-Shirt durfte laut schriftlichem Dekret nicht mehr auf dem Gelände der Missionsstation getragen werden. Pablo hatte sich bei mir beschwert, weil es ein gutes Markenshirt sei und er nicht die Welt verdienen würde, um sich ständig neue Arbeitsklamotten zu kaufen. Ich riet ihm, mit einem Permanentmarker das »b« mit einem »t« zu übermalen. Unserer Frauenbeauftragten erklärte ich, dass gegen das englische Wort für Stiefel in keiner Hinsicht etwas einzuwenden sei.

Rosa erwiderte auf meinen unvollendeten Satz: »Das habe ich ihr auch gesagt, als ich sie damit auf die Toilette geschickt habe. Sie hat es aber zurückgebracht und gemeint, sie fände es unhygienisch, den Becher selbst zu füllen. Ich soll das übernehmen.«

»Aha, aha. Wie darf ich das bitte verstehen? Was hält die Dame davon ab, in den Becher zu pinkeln, wie schon eine Million Patienten in der Geschichte der Urologie vor ihr?«

»Sie dachte, sie muss in die Kloschüssel strullern und mit dem Becher dann die Probe abschöpfen.« Rosa verdrehte die Augen, bis fast nur noch das Weiße zu sehen war.

Mein Handy vibrierte. Pablo hatte mir eine Nachricht geschickt.

15.12 Nachricht von Pablo Garcia

Kannst Du in meine Werkstatt kommen?

Bald? Ich muss Dir was zeigen. Importante para ti.

»Dann zeichne ihr eine Anleitung, wie man es richtig macht, oder zeige es ihr meinetwegen persönlich. Sie soll in der Zwischenzeit einen Liter Zirbenholzwasser trinken. Ich brauche eine Urinprobe, sonst kann ich ihr kein Antibiotikum verschreiben.« Ich rief die nächste Patientin auf und überlegte, ob ich bei der anstehenden Personalbesprechung vorschlagen sollte, ein Videotutorial über das bestimmungsgemäße Befüllen eines Urinbechers drehen zu lassen. Die kontroversen Anmerkungen von Remo und Warren würden sicher für Erheiterung sorgen.

Im Anschluss behandelte ich Ursula Mendez Allende, eine sechsundzwanzigjährige, adipöse Venezolanerin, die neuerdings *Halluzinationen* hatte, obwohl sie weder Alkohol trinke noch bewusstseinsverändernde Substanzen zu sich nehme und sich rein vegetarisch ernähre. Sie sehe Doppelbilder, höre ein Rauschen und der Fußboden würde sich ab und zu wölben. Nach dem Sex trete ein anhaltendes Blitzen im Auge auf. Auf meine Frage, ob das nicht der Traum eines jeden sexuell aktiven Menschen sei, dass man nach dem Geschlechtsverkehr Sterne sieht, reagierte die Lady mit Unverständnis. Ich war schlichtweg zu romantisch für diesen Beruf.

»Ich habe außerdem permanente Kopfschmerzen, die immer schlimmer werden, obwohl ich täglich eine halbe Stunde bewusst Yogaübungen gegen Kopfschmerzen mache.«

Was wiederum meine These, dass Yoga nicht gesund sein konnte, bestärkte. Vieles von der Anamnese deutete auf einen erhöhten Hirndruck hin. Bei der weiteren Untersuchung stellte ich eine Vergrößerung des blinden Flecks fest. Ich erinnerte mich an einen Fall während des Studiums, Prüfung Neurologie, bei dem die Patientin einen *Pseudotumor cerebri* hatte. Dieses Krankheitsbild tritt häufig bei jungen Frauen auf, wobei Übergewicht neben Hormonstörungen und Eisenmangel der größte Risikofaktor ist. Da war eine etwas mopsige Vegetarierin Mitte zwanzig die ideale Kandidatin. Ich überwies Señora Allende ins Hospital, um mittels MRT und Liquorentnahme zügig abklären zu lassen, ob die Patientin tatsächlich eine Raumforderung im Schädel hatte oder eventuell eine idiopathische intrakranielle Hypertension die Ursache für ihre Beschwerden war.

Nach getaner Arbeit holte ich zwei *Heineken* aus dem Kühlschrank und schlenderte zu Pablos Holzhütte am Rand des Missionsgeländes hinüber.

Pablo stand mit glimmender Kippe zwischen den Lippen an seiner Werkbank und schraubte an einer Bürolampe herum. Als er mich hereinkommen hörte, nickte er mir zu, legte den Schraubenzieher weg, drückte die Zigarette in einem übervollen Aschenbecher aus und nahm die Bierdose ab, die ich ihm entgegenstreckte.

»¡*Salud!*«, meinte ich.

»¡*Por ti!*«, entgegnete Pablo und ich aspirierte vor Schreck beinahe den Schluck Bier in meinem Mund. Weder ich noch jemand, den ich kannte, hatte Pablo jemals ein Wort sprechen hören. Es ging das Gerücht um, er wäre als Kind vom Baum gefallen und hätte sich dabei die Zunge abgebissen. Tatsächlich klang seine Aussprache sehr merkwürdig. Hätte er zuvor normal gesprochen, hätte ich Aphasie aufgrund einer Läsion in der linken Hemisphäre vermutet.

Ich sah unseren Hausmeister verblüfft an: »Pablo?«

Er deutete zur Antwort auf die Tür, die in sein Allerheiligstes führte. Auch hier war noch kein Mensch zuvor gewesen.

»¡*Paisano?*«, fragte ich mit einem merkwürdigen Gefühl im Bauch. Wer weiß, vielleicht war doch ab und zu schon jemand in dem hinteren Teil des Bretterverschlages gewesen und hatte diesen nur nicht wieder lebend verlassen. Pablo besaß bei aller dörflichen Hemdsärmeligkeit, die er bei der Arbeit ausstrahlte, etwas Unergründliches, das immer dann zum Vorschein kam, wenn er in seiner Freizeit im schwarzen Nadelstreifenanzug zu den Hahnenkämpfen fuhr. Bei diesen Gelegenheiten paffte unser Hausmeister auch keine billigen, selbst gedrehten Zigaretten, sondern fein riechende, bleistiftdünne Zigarillos.

»*Confía en mí por tu bien.*« Pablo senkte den Blick und ging mir voraus.

Ich beschloss, dem kleinen, ausgemergelten Mann mit den vielen Zahnlücken zu vertrauen, und betrat den fensterlosen, abgedunkelten Raum hinter der Werkstatt. Pablo schloss die

Tür, machte aber kein Licht an. Mir schlug ein männliches Duftgemisch aus Tabak und gegerbtem Leder entgegen. Meine Augen hatten sich schnell an die Finsternis gewöhnt. Ich registrierte auf einem langen Tisch an der linken Wand zwei überdimensionale Monitore. Einer war aus, auf dem anderen lief ein Bildschirmschoner, der in langsamer Reihenfolge Fotos von Pablos erfolgreichsten Kampfhähnen zeigte. Der *tico* setzte sich auf den Drehstuhl vor den Bildschirmen und deutete mit der Hand auf einen wackeligen Klapphocker neben sich.

»Nimm Platz, mein Freund!« Pablos Stimme klang heiser und ungeübt und er sprach mit einem ausgeprägten *Sigmatismus lateralis,* der sein Spanisch für mich schwer verständlich machte.

Ich setzte mich und beobachtete, wie das Faktotum der Station den zweiten Bildschirm anmachte und auf einer Tastatur herumtippte, bis auf dem Display die Windows-Benutzeroberfläche zu sehen war.

»Ich zeige dir etwas, das ich dir nur einmal zeigen werde. Du wirst die Datei später auf deinem privaten Mailaccount finden. Von einem unbekannten Absender geschickt, dem du nicht antworten kannst. Pass gut darauf auf, ich werde es kein zweites Mal schicken.« Pablo zündete sich nebenbei einen Zigarillo an. Die Rauchwolke, die er ausstieß, schimmerte silbern im Widerschein der Monitorbeleuchtung. »Hast du das verstanden?«, hakte er nach.

»Du sprichst ja klar und deutlich«, stichelte ich.

»Ich bin nicht vom Baum oder sonst wie auf den Kopf gefallen. Ich bin im falschen Barrio aufgewachsen und habe eine Messerstecherei als Jugendlicher knapp überlebt. Die Zunge musste genäht werden und die wulstige Narbe macht sie unbeweglich.«

»Aha, aha.« Ich nickte erneut und zeigte auf die feine Rauchware. »Kann ich auch eine haben?« Ich hatte seit Romys

Geburt keine Zigarette mehr geraucht, aber momentan brauchte ich etwas, an dem ich mich festhalten konnte.

»Willst du einen Zigarillo oder etwas zur Beruhigung für die Nerven?«

»Nein, lieber nichts Illegales, wir wollen doch dem Laminator nicht in die Hände spielen.«

Pablo lachte und erwiderte: »Es wäre in unserem gegenseitigen Interesse, wenn er nie etwas von deinem Besuch hier erfährt.« Er reichte mir einen Zigarillo aus einer Holzschachtel. »Kostet drei Dollar sechzig das Stück. Wird in der Region Puriscal an den Berghängen angebaut. In über tausend Meter Höhe und auf vulkanischem Boden. Alles von Hand geerntet und dann drei Jahre trocknen und reifen lassen. Da haben die Huetar-Indianer schon ihren Tabak angebaut.«

»Drei Dollar sechzig?«, bemerkte ich anerkennend und nahm einen Zug. Der rauchige Tabakgeschmack füllte in Sekundenschnelle den Gaumen und legte sich wie ein samtener Mantel über die Zunge. »Nicht schlecht für einen *bedel*. Ich habe wohl den falschen Beruf gewählt.«

Ich betrachtete Pablos verwaschenes T-Shirt, heute mit dem schwarz-rot-goldenen Logo des *Imperial*-Bieres, und die halbhohen Gummistiefel, die an den Spitzen stumpf und abgestoßen waren. Ich persönlich hätte das Geld für dritte Zähne ausgegeben.

Pablo schien meine Gedanken gelesen zu haben. »Man soll nie ein Buch nach seinem Umschlag bewerten, *hermano*. Bist du bereit?«

Ich nickte zum dritten Mal. Für viele Worte war mir die Situation zu suspekt. Pablo klickte mit der Maus einen Icon auf dem Display an, der *Veterinaria* als Titel hatte. Was ich sah, verblüffte mich fast noch mehr, als dass unser stummer Hausmeister sprechen konnte. Es war der Behandlungsraum der Tierarztpraxis in Cahuita zu sehen.

Die Tierärztin kam ins Bild, wischte den Behandlungstisch summend ab und setzte sich einen Moment an den Bildschirm, in dem offensichtlich die Kamera installiert war. Das blasse Gesicht der rothaarigen Frau füllte das ganze Bild. Auf der langen, schmalen Nase und unter den Augen waren zahlreiche kleine Sommersprossen verstreut. Mirian tippte konzentriert auf der Tastatur, stoppte kurz, horchte in den Raum, setzte ein zauberhaftes Lächeln auf und rannte zur Tür, die leider nicht im Aufnahmewinkel der Kamera war. Mir war immer noch schleierhaft, worum es hier ging und warum Pablo mir diese Aufnahmen so dringend zeigen musste. In der Aufzeichnung trat Mirian gefolgt von niemand Geringerem als unserem scheinheiligen Vorgesetzten, Poppaea an der Leine, in die Mitte des Raumes, wo der Behandlungstisch stand. Remo ließ die Hündin frei, woraufhin diese in eine Ecke des großen Zimmers lief und aus einem Napf Trockenfutter schlabberte.

Die Veterinärin und Remo standen sich gegenüber, sahen sich einen Moment an und fielen dann wortlos übereinander her. Ich sah gebannt zu, wie der krumme Penis unseres Vorzeigepriesters wiederholt gegen sein zölibatäres Gelübde im wahrsten Sinne des Wortes verstieß. Yoani lag völlig falsch mit ihrer Einschätzung, dass in Mirian der Teufel steckte – im Gegenteil, es steckte wohl eher einer der irdischen Vertreter des *Himmidaddi* in der Lady.

Nun überzog ein zauberhaftes Lächeln mein Antlitz. Ich stürzte den Rest aus meiner Bierdose hinunter und lachte ungläubig vor mich hin. »*¡Tío, oh tío, esto es bueno!*«

Pablo lachte heiser. »Ich wusste, es würde dir gefallen. Das geht noch eine halbe Stunde so weiter. Die beiden sind echte Genießer. Aber genug jetzt. Ich schicke es an deine Adresse und lösche es dann von meinem Rechner.« Mit wenigen Mausklicks setzte er seine Worte in Taten um und zündete sich erneut einen

Zigarillo an. »Deine Entscheidung, was du damit tust. Ich habe das nie gesehen und es interessiert mich auch nicht mehr.«

Ich holte tief Luft und versenkte die Kippe in einem Pappbecher mit abgestandenem Wasser, in den ich zuvor die Asche geschnippt hatte. »Das will gut überlegt sein. Erzählst du mir, wie du darangekommen bist?«

Pablo zog die Schultern hoch. »Kein Kunststück. Ich habe den Computer der Señora gehackt. Da sie den Laptop ständig offen hat, habe ich mich der Kamera bedient. Wir hatten Glück, dass der *padre* sich nicht traut, sie in ihren privaten Räumen im Obergeschoss zu bespringen, da steht nichts, was ich hätte verwenden können.«

»Ich kenne dich seit vielen Jahren als Mann fürs Grobe, der stumm wie ein Geist die Sachen der Missionsstation in Schuss hält. Wann hat diese Verwandlung zum sprechenden Hacker angefangen? Und warum?«

Pablo sah mich lange abschätzend an, die Augen wegen des Rauchs zusammengekniffen. »Möchtest du auch ein Glas Rum?«, fragte er schließlich.

»Es ist zwar noch früh am Tag, aber nach dem, was ich in der letzten halben Stunde gesehen und gehört habe, kann es nicht schaden.«

Pablo verschwand in der Werkstatt und kam mit einer Flasche Flor de Caña und zwei milchigen Gläsern zurück. »Eis habe ich keines.«

»Egal. Erzähl!«

»Frag mich lieber, wann die Verwandlung zum Hausmeister begonnen hat«, meinte Pablo, während er die Gläser zwei Finger breit füllte. »Sagt dir der Begriff Cali-Kartell etwas?«

»Klar!« Ich hatte mit Begeisterung alle Folgen der Netflixserie *Narcos* gesehen.

»Ich war bis zur Verhaftung der Orejuela-Brüder ein wichtiger Teil der *seguridad*. Danach musste ich aus Kolumbien verschwinden und mir eine neue Heimat und Identität suchen. Die DEA war mir auf den Fersen und ich fand schließlich hier Unterschlupf und Arbeit. Mein Sprachfehler war in den Akten vermerkt und deswegen hielt ich es für ratsam, gar nicht mehr zu sprechen.«

Es war unglaublich, ich saß einem ehemaligen Mitglied eines der brutalsten kolumbianischen Drogenkartelle gegenüber. Mehr noch, ich arbeitete seit Jahren an seiner Seite. Eines beschäftigte mich noch: »Warum tust du das?«

»Für uns. Für mich. Ich möchte, dass wieder Ruhe einkehrt. Ich mag das Leben als Hausmeister. Kein Stress. Keiner versucht dich einzusperren oder umzubringen. Ich habe genug Zeit für meine Hähne. *Pura vida.*« Pablo trank einen Schluck, zog die Oberlippe über den Zähnen hoch wie eine flehende Katze und sprach weiter. »Außerdem hatte ich das Gefühl, dass jemand Pater Frieso rächen musste. Der hat uns alle immer gut behandelt und so eine fiese Abschiebung über Nacht nicht verdient.«

Ich nickte zustimmend. Jeder, der von Friesos übereiltem Abschied gehört hatte, war fassungslos und traurig. Der warmherzige Priester hätte es verdient gehabt, dass die Emigrantenrunde noch mal ausgiebig mit ihm im Pub feierte. Wir hatten regen Kontakt per Mail. Er schrieb nie etwas Negatives, aber ich konnte zwischen den Zeilen lesen, dass es ihm an seinem neuen Arbeitsplatz alles andere als gut gefiel.

»Mein guter Freund, Señor Chen, hat nach einem Kampf ein Glas mit mir getrunken und wir haben uns unterhalten über dich und darüber, dass er dir einen Gefallen schuldet.«

»Aha, aha.« Da lag der Chinese also begraben.

Pablo sah mir tief in die Augen. »Ich muss nicht extra erwähnen, dass es dir nicht guttun würde, das, was wir hier besprechen, einer dritten Person mitzuteilen. Egal, wie nahe sie dir steht.«

317

Ich stand auf. »Nein, das musst du nicht.« Mir reichte es, im Visier eines rachsüchtigen katholischen Seelenhirten zu stehen, da musste ich mir nicht auch noch den Unmut eines kolumbianischen Drogenexperten einhandeln.

»Dann ist es gut, *hermano*. Du gehst jetzt besser und ich bin ab sofort wieder das besenschwingende Faktotum.« Der Kolumbianer mit der lustigen Aussprache, der eine überhaupt nicht lustige Vergangenheit hatte, legte einen Zeigefinger auf die geschlossenen Lippen, stand auf, öffnete die Tür und ließ mich ohne Verabschiedung gehen.

Wie Detective Columbo in seinen besten Zeiten drehte ich mich im Türrahmen um. »Eine letzte Frage musst du mir noch beantworten. Wenn du offensichtlich über genug Geld verfügst, um dir teure Zigarillos zu leisten, warum lässt du dir nicht die Zähne richten? Wir hatten doch bis vor Kurzem täglich einen kompetenten Zahnarzt hier.«

»Damit der die auffällige Zunge bemerkt, meinen Zahnstatus dokumentiert und die DEA die Röntgenaufnahmen zugespielt bekommt? *¡Justo por encima de mi cadáver!*«

Ich fühlte mich in einen Film von Quentin Tarantino versetzt. Santa Esmeralda sangen in meinem Kopf: »*I'm just a soul who's intentions are good. Oh Lord, please don't let me be misunderstood.*«

ICH WARTETE AM Abend, bis alle im Bett waren und schliefen, setzte mich mit einem Glas Bruichladdich an den Esszimmertisch und öffnete meinen Mailaccount. *Trabalenguas48* hatte mir um 16.53 Uhr eine Mail mit Anhang geschickt. Ich musste lächeln. Humor hatte er, unser Hausmeister. *Trabalenguas* war das spanische Wort für Zungenbrecher. Gomez kam von seinem Plätzchen hinter der Couch und rollte sich vor meinen Füßen zusammen. Seitdem Gwen nicht mehr da war, war der Labradormischling sehr häuslich geworden.

Pablo hatte bei meinem Besuch den Mitschnitt der nachmittäglichen Begegnung zwischen unserem Heiligen und unserer Tierärztin nach wenigen Minuten abgebrochen. Beim Ansehen des ganzen Videos wurde ich Zeuge, wie der Kleingeistliche seine Sexualpartnerin für die Lust und die Hingabe, die sie während des Beischlafs empfunden hatte, züchtigte. Der entartete *padre* forderte die vor ihm knieende Frau auf, ihm Sonntag in der Kirche alles zu beichten. Dabei hatte er ganz genaue Vorstellungen, was sie an oder besser gesagt in ihrem Körper tragen solle.

»Du kleiner, fieser Schweinepriester«, flüsterte ich vor mich hin, sah mir das Video noch mal ohne Ton an und speicherte es unter neuem Namen *Catholic Veterinarians – Spanking Inferno* ab.

Danach schenkte ich mir ein zweites Glas ein und stellte mich an die Patiotür. Der Mond war über dem Atlantik aufgegangen, dessen Wellen sich heute für seine Verhältnisse recht gemächlich und leise am Strand brachen. Das Mondlicht wurde von einer dünnen Schleierwolke gedimmt. Ich ließ die rauchige Flüssigkeit genüsslich auf meiner Zunge zergehen und dachte darüber nach, was ich mit meinem Wissen anfangen sollte. Hinter mir war das vertraute Tapsen bloßer Füße zu hören. Ich wusste ohne hinzusehen, dass Maria barfuß durch das Wohnzimmer lief. Ihr Gang war wesentlich langsamer als der von Tobi. Die Schritte näherten sich, ein vom Schlaf warmer Körper drückte sich von hinten an meinen und zwei Arme umfingen mich zärtlich.

»Kannst du wieder nicht schlafen, Benny?«, murmelte es in meinem Rücken.

»Ich wäre gleich gekommen, Oly.«

»Ich mache mir Sorgen um dich.«

»Musst du nicht. Alles in bester Ordnung.« Ich drehte mich um und nahm Maria in die Arme. Ich hatte mich in Costa

Rica daran gewöhnen müssen, dass alle Menschen einen feinen Schweißfilm auf der Haut hatten. Maria roch leicht nach Sandelholz. Ich war süchtig nach diesem Duft und inhalierte ihn tief.

»Lüg mich nicht an. Dich bedrückt die Situation mit dem Health Post und diesem *inglourious basterd* mehr, als du zugeben möchtest.«

»Ich lüge nie, Oly. Ich präsentiere höchstens alternative Fakten.« Ich küsste sie aufs Haar, vergrub mein Gesicht darin und schwieg. Mir war nicht nach reden. Ich wollte schweigend kuscheln und verstand in dem Moment, warum Pablo nicht mehr sprach.

»Weißt du eigentlich, dass die Musik und die Poesie aus deinem Kopf verschwunden sind?«

»Wie meinst du das?«

»Ich vermisse diese magischen Momente, wenn du Liedzeilen zitierst und mich zum Weinen bringst damit. Ich möchte meinen Benny wiederhaben, der erzählt, dass Wein aus Erdbeeren, Kirschen und dem Kuss eines Engels im Frühling gemacht wird. Du bist kein Roman-Tiger mehr.«

»Stimmt nicht, gerade heute Mittag ist mir was von Santa Esmeralda eingefallen.«

»Was denn?«

»*Oh Lord, don't let me be misunderstood.*«

Maria löste sich von mir, legte ihre Handflächen auf meine nackte Brust und sah mir zornig in die Augen. »Diese beschissene Missionsstation und ihr unseliger Leiter. Benny, bitte hör auf, dort zu arbeiten. Ich verdiene genug mit dem Boot. Zusammen mit den Mieteinnahmen aus Stuttgart reicht es uns doch gut zum Leben, bis du etwas anderes gefunden hast.«

»Stimmt. Ich könnte im Pub auftreten und den Hut rumgehen lassen. In ein paar Jahren können wir Tobi zur Ananasernte auf die Felder schicken, der liegt doch so gerne rum. Da kann er sein Hobby zum Beruf machen. Romy kann mit ihren kleinen Fingerchen Pailletten auf Versace-T-Shirts nähen und Yoani schicken wir in Rente.«

Maria lachte. »Dass du nie ernst sein kannst, du Clown!«

»Die Geschichte mit Onassis ist noch in der Schwebe. Sobald ich an Genmaterial herankomme, wird das getestet.«

»Vergiss es. Wenn du denkst, ich bleibe bei dir und deinen nervigen Gören, wenn mir ein halbes Reederimperium gehört, dann hast du dich geschnitten. Ich bin schneller in London, teure Orangenmarmelade und echte Prada-Taschen kaufen, als du *Summer Wine* sagen kannst.«

»Maria, ich kann die anderen nicht im Stich lassen. Wir haben so viel Energie und Manuel auch Geld in den Health Post gesteckt. Ich will verdammt sein, wenn ich den kampflos aufgebe. Außerdem habe ich vor Warren Angst, der hat was gegen Deserteure.«

»Das ist ein Kampf gegen Windmühlen, den verliert ihr.«

»Glaube ich nicht. Komm mit, wir schauen uns einen Porno an, damit wir auf andere Gedanken kommen.«

»Benny, du weißt doch, dass ich so einen Mist nicht gucke. Reicht das nicht mehr?« Sie hob ihr T-Shirt hoch und präsentierte augenrollend ihre perfekten Brüste, die sich hell von der ansonsten dunkel gebräunten Haut abhoben.

»Nein, habe ich zu oft gesehen. Lässt mich kalt«, log ich. »Hast du jemals einen Porno bis zum Ende angeguckt?«

»Nein!«, kam es sehr entrüstet.

»Siehst du, du Dummerchen, dann kannst du auch nicht wissen, dass die am Ende immer heiraten und, wenn sie nicht gestorben sind, glücklich bis an ihr Ende leben. Wie im Märchen. Vertrau mir, Weib, und lass dich mit meinem neuen Fetisch bekannt machen.«

Ich hätte Marias Mimik aufnehmen sollen, während sie sich das Video ansah. Ihr fachmännischer beziehungsweise fachfraulicher Kommentar war: »Bombenschwanz!« Nachdem die Vorführung zu Ende war, lächelte mich die kritische Filmbetrachterin sehr breit an, fiel vor mir auf die Knie und flehte mich händeringend an: »Bestrafe mich, Pater Benedict! Hier und jetzt! Ich habe sündige Gedanken.«

Ich war drauf und dran, ihrem Wunsch nachzukommen, als eine verschlafene Stimme hinter uns fragte: »Was macht ihr da?«

Die feige Frau vor meinen Füßen ließ sich lachend auf den Boden sinken und überließ mal wieder den schwierigen Teil der Erziehung mir.

»Ähm, wir üben für ein Krippenspiel! Ich bin Josef und Maria ist Maria.«

»Wo ist das Jesuskind?« Mein Sprössling war, dank Gottes irdischer Gesandter in unserem Haushalt, in religiösen Fragen umseitig gebildet.

»Wir sind noch an der Stelle mit der unbefleckten Empfängnis.«

»Gut, dann bin ich der Heilige Geist, was soll ich machen?«

Mir fiel nur eine einzige Möglichkeit ein, die Situation zu entschärfen. »Der Boden ist Lava!« Tobi stürmte zur Couch und Gomez, der sich über die Aktion zur ungewohnten Stunde freute, jaulend hinterher. Wir lieferten uns ein wildes Gerangel, bis alle lachend und keuchend aufgaben und Gomez uns vollgesabbert hatte.

Beim Einschlafen kam mir ein Song der Gruppe Pur in den Sinn, den ich viele Jahre nicht mehr gehört hatte. Ich sang leise mit geschlossenen Augen. *»Und ein kleiner Junge nimmt mich an der Hand. Er winkt mir zu und grinst: Komm hier weg, komm hier raus. Komm, ich zeig dir was, das du verlernt hast, vor lauter*

Verstand! Komm mit. Komm mit mir ins Abenteuerland. Auf deine eigene Reise.«

Maria trat mich unter der Decke ans Schienbein. »Hör auf!«

»Was denn? Die Poesie in meinem Kopf ist zurück! *Ta-dah!*«

»Anscheinend ist sie kaputt. *Pur.* Ich bitte dich!«

»Für diesen lästerlichen Spruch über eine Ikone der schwäbischen Musikszene muss ich dich wirklich bestrafen! Du kannst wählen, bin ja kein Unmensch. Was willst du? Peitsche, Reitgerte oder den Gürtel?«

»Hast du kein Paddel im Angebot?« An der heiseren Stimmfarbe konnte ich erkennen, das Fräulein Pavlidis erregt war.

»*Shit,* Maria, du stehst auf so was?«

»Nur auf den *dirty talk* darüber.«

»Dafür gehörst du tatsächlich übers Knie gelegt.«

»Befiehl es mir!«, hauchte Maria in mein Ohr.

Ich sandte ein Stoßgebet gen Himmel, dass unsere Kinder die nächste Stunde in ihren Zimmern blieben und ihren untervögelten Eltern die Chance gaben, eine ganz neue Seite ihrer Partnerschaft auszuprobieren.

Pizza und Peinlichkeiten

Die Bänke an der Anmeldung waren an diesem Morgen bis auf den letzten Platz belegt. Die Kinder saßen auf dem Boden oder den Schößen ihrer Mütter. Eine Denguefieber-Epidemie hatte unseren Küstenabschnitt seit Wochen im Griff und wir mussten Doppelschichten fahren. Nach all den Jahren im Health Post war unser Starchirurg wesentlich sicherer im Umgang mit internistischen und endokrinologischen Beschwerden. Trotzdem war ich froh, heute Xavier an meiner Seite zu haben. Aus dem ängstlichen Berufsanfänger war recht schnell ein selbstsicherer Arzt geworden. Das hatte seine Vorteile, aber den Nachteil, dass er Bertha Müller nicht mehr ohne zu murren behandelte. Wir losten bei jedem Besuch der hypochondrisch veranlagten Deutschen jedes Mal neu mit Streichhölzern aus, wer die Ehre hatte, sich ihre eingebildeten Krankheitsgeschichten anzuhören.

Heute hatte sie über Kurzatmigkeit beim Treppenlaufen geklagt. Also ordnete ich die volle Breitseite Labordiagnostik, Lungenröntgen und EKG an, fand aber erwartungsgemäß keine organische Ursache.

»Ich habe schlechte Nachrichten für Sie, Frau Müller. Sie sind kerngesund.«

»Aber, aber Herr Doktor, das sind doch gute Nachrichten. Sie mit Ihren Scherzen!« Bertha lachte glucksend und alle Fettschichten bebten im Takt mit unter den weiten Gewändern.

Die *Sexpertin* trug heute Leopardenmuster. Im Prinzip hatte ich nichts gegen Animal-Prints, nur sollte meiner Meinung nach die Trägerin nicht unwesentlich größer sein als der unfreiwillige, possierliche Fellspender selbst.

Mir war danach, mich unbeliebt zu machen. »Ich würde allerdings dringend zu einer Gewichtsreduktion raten.«

»Sie meinen, ich muss abnehmen?« Miss Marples volle Lippen, die heute mokkabraun angemalt waren, formten ein rundes, überraschtes O. Das Doppelkinn hatte seit ihrem letzten Besuch eine neue Schicht dazubekommen und war neuerdings ein Triplekinn.

Was an dieser Tatsache überraschend war, wenn man seit Jahren Kleidergröße XXL trug, war mir nicht ganz klar. »Na ja, theoretisch könnten Sie auch noch wachsen, das wäre der gleiche Effekt.«

»Sie Scherzkeks!« Bertha schlug mir mit ihrem knuffigen Patschehändchen spielerisch auf den Unterarm. »Ob Sie es glauben oder nicht. Ich habe meine Essgewohnheiten total geändert. Ich habe mich praktisch um 360 Grad gedreht.«

Wobei wir wieder in der Ausgangsposition wären. Kein Wunder, dass die geänderte Nahrungszufuhr sich nicht positiv niederschlug. Angesichts des übervollen Wartebereichs hatte ich weder Zeit noch Lust, mit der Rheinländerin zu argumentieren. Ich passte mich aus Notwehr dem Niveau der Patientin an. »Meine Oma pflegte stets zu sagen: Sorgen sind wie Nudeln, man macht sich immer zu viel davon!«

»Ich ernähre mich völlig frei von Kohlehydraten.« Es folgte der Satz, den ich als Mediziner nicht mehr hören konnte. »Das müssen die Drüsen sein.«

Die Patientin wollte zum Abschied noch ein Rezept für ihre Betablocker. Wir gingen zusammen an den Empfang. Ich diktierte Rosa den Namen des Medikaments, sie tippte es in den Computer und startete den Druckvorgang. Das leise Surren, das der Drucker, der in meinem Rücken stand, von sich gab, hatte ich seit Jahren nicht mehr gehört. Ich sah erstaunt hin. Da stand tatsächlich der uralte Tintenstrahldrucker, den ich schon auf dem Gerätefriedhof geglaubt hatte.

Ich war irritiert: »Wo ist der Farbdrucker? Kaputt?«

Rosa schob die Brille auf der Nase hoch und meinte: »Den hat Pablo gestern gegen den hier ausgetauscht. Der *padre* braucht das schnellere Gerät dringender als wir.« Sie verdrehte die Augäpfel gen Himmel.

Ich unterschrieb das Rezept, reichte es kopfschüttelnd Frau Müller und rief den nächsten Patienten auf.

Gegen fünfzehn Uhr war das meiste geschafft. Ich legte eine kleine Pause ein und aß im Labor mit Xavier illegale Sandwiches, die Xynthia vor einer Stunde aus der Küche herübergeschmuggelt hatte. Ich genehmigte mir eine Dose *Heineken 0.0,* die ich im Kühlschrank gefunden hatte, der Kollege trank eine Pepsi light.

»*Du* weißt schon, dass die Dose Bier mir gehört?«, fragte der junge Internist.

»*Du* weißt schon, dass man in diesem Kühlschrank keine Lebensmittel und Getränke für den Eigenbedarf lagern darf? Ich bin nur dabei behilflich, verbotene Substanzen zu vernichten. Außerdem alkoholfreies Bier? Was stimmt mit dir nicht, Dr. Kuballa?«

Durch die offene Tür sah ich unseren Anstaltsleiter in seiner schwarzen Tracht vorbeihumpeln. Ich stand auf und lief kauend hinter ihm her.

»*¡Padre, un momento!*« Weil ich wusste, wie schwer sich unser Vorzeigepater mit der hiesigen Landessprache tat, sprach ich konsequent spanisch mit ihm. Man hatte schließlich einen Bildungsauftrag gegenüber religiösen Minderheiten.

Der Angesprochene stoppte und drehte sich um. »Dr. Brandstätter?«

»Darf ich mal wissen, warum man uns den Farbdrucker genommen hat, den wir mit von uns mühsam erbettelten Mitteln meines guten Freundes Manuel Higuera erworben haben?«

Die Antwort kam auf Deutsch. »Sie müssen das systemisch betrachten. Diese Institution gehört nun mal dem Orden in Rom, den ich vertrete, und das gilt für alles, was darin steht. Welche Passiva aktiviert wurden, ist letztlich gleich. Das Eigentum geht trotzdem über. Außerdem ist das Gerät nicht vom Gelände verschwunden, es steht nun nur in einem anderen Gebäude. Ich muss weiter, ich habe zu tun. Wenn Sie mich entschuldigen.«

Ich entschuldigte nicht und mir war danach, dem Laminator die Fresse zu polieren, um es ganz profan auszudrücken. Altersmilde geworden, wählte ich statt schnöder Gewalt eine friedlichere Form des Widerstandes. Ghandi wäre stolz auf mich gewesen. Ich intonierte einen deutschen *Protestsong* aus den frühen Achtzigern: »*Flieg nicht so hoch, mein kleiner Freund. Die Sonne brennt dort oben heiß. Wer so hoch hinaus will, der ist in Gefahr. Flieg nicht so hoch, mein kleiner Freund. Glaub mir, ich mein es gut mit dir. Keiner hilft dir dann, ich weiß es ja, wie's damals bei mir war.*«

Remo stoppte, drehte sich um, hinkte zu mir zurück und baute sich drohend vor mir auf. Immerhin überragte er mich um gute zehn Zentimeter. Der ausgestreckte Zeigefinger vor meiner Nase ließ mich kalt. Seitdem ich eine Haushaltshilfe hatte, deren scharfe Kochmachete fast täglich drohend vor meinem Antlitz schwebte, reagierte ich null auf stumpfe Gegenstände.

»Ich bin nicht Ihr kleiner Freund! Ich weiß sehr wohl, dass Sie den Farbdrucker benutzen, um gefälschte Aufkleber für Kondome anzufertigen.«

»Stimmt, Sie sind mein großer Feindle.« Ich fand mein Wortspiel sehr gelungen, mein Gegenüber anscheinend nicht.

»Ich verbiete Ihnen, in diesen Räumen zu singen!«

»Ich bin entsetzt. Selbst den Sklaven auf den Baumwollfeldern in den Südstaaten hat man diese letzte Form, ihrem Schöpfer zu huldigen und ihre Misere kundzutun, gelassen. Das ist jetzt sehr unchristlich, *padre*.« Ich ahmte einen tiefen Bass nach: »*Nobody knows the trouble I have seen, nobody knows but Jesus.*«

»Wissen Sie was? Ich terminiere Ihren Vertrag! Ich habe die Nase voll von Ihren Subordinationsstörungen.«

»Hm, ich werde mal im ICD-10-Schlüssel nachschauen, ob ich einen Code für diese Art der Störung finde. Den können Sie dann in meine Personalakte eintragen.«

Xavier war hinter dem Pater aufgetaucht und deutete mir mit einer eindeutigen Geste an, ich solle die Klappe halten.

Ich war der Überzeugung, ich hatte lange genug geschwiegen. »Wahrscheinlich wird das in der gleichen Kategorie erfasst wie ein Vergehen gegen das Zölibat, *padre!*« Ich stimmte das Lied über Selbstfindung einer holländischen Sängerin an, das mir zu dem Thema eingefallen war, und sang voller Überzeugung: »*Took the hand of a preacher man and we made love in the sun. But I ran out of places and friendly faces because I had to be free. I've been to paradise, but I've never been to me.*«

Remos Augen waren schmale Schlitze mit unordentlichen Brauen darüber. Er zischte: »Wir nehmen die Thematik jetzt *offline*. Packen Sie Ihr Zeugs und verschwinden Sie von hier! Auf der Stelle! Sie hören von unserer Rechtsabteilung!«

»Zu Befehl, *Massa Bwana!* Ich weiche, weil der Klügere immer nachgibt. Was bedauerlich ist, weil so die Dummen die Oberhand gewinnen. So viel zu meiner Unfähigkeit zur Subordination! Wenn man das bitte auch in der Personalakte vermerken könnte!«

Die Auseinandersetzung war zwar auf Deutsch vonstattengegangen, aber in Ton und Lautstärke unmissverständlich gewesen. Im Gehen verfolgte mich das erstaunte Geraune der Patienten im Warteraum.

Ehe ich ging, hinterließ ich einen letzten Spruch am *Wailingboard:*

> *So mancher Bumerang kommt nicht zurück:*
> *Er wählt die Freiheit!*

Im Auto sah ich auf die Uhr. Maria war heute mit einer russischen Touristengruppe am Riff draußen und würde erst am späten Abend wieder da sein. Tobi war bei Sabina und Yoani mit Romy nach Puerto Limón in den Supermarkt gefahren. Mir war nicht nach Einsamkeit, sondern nach Bier und billigster Konversation.

Dobros Garagenbrauerei lag am Ortseingang von Puerto Viejo direkt an der Playa Negra. Der graue Wohnbus stand verschlossen auf seinem Standplatz. Von Elisa und den Kindern war nichts zu hören und zu sehen. Herbert, der aus Bamberg importierte Braugehilfe, rauchte neben der Eingangstür zu der Garage einen Joint und tippte auf seinem Handy herum. Als er mein Auto kommen hörte, sah er hoch und hob grüßend eine Hand. Ich parkte den Jeep neben einem Stapel leerer Bierkisten und stieg aus.

»Der Chef ist drin. Wir fangen gleich an zu kochen.«

Der Schnauzbartträger sah aus wie ein in die Jahre gekommener Pornostar aus den Siebzigern und trug anscheinend auch die Klamotten von damals auf. Von Unterwäsche schien er nicht viel zu halten. Die grauen Shorts waren dermaßen eng und kurz, dass ich erkennen konnte, dass nicht nur sein Haupthaar ergraut war.

Mein alter Kumpel aus Stuttgart zerstampfte in einer großen Edelstahlschüssel Bananen. Der süßliche Geruch des Breis vermischte sich mit dem würzigen Duft der Weizenmaische, die in einem weiteren Edelstahlbehälter bei konstanter Temperatur vor sich hin gärte. Im Hintergrund lief die legendäre Aufnahme eines Livekonzerts von Deep Purple. Japan 1972. Meine Mutter hatte mir bei ihrem letzten Besuch nach anderthalb Flaschen Rotwein in einer mitteilsamen Stunde gestanden, dass ich exakt zu diesem Album auf einer Futonmatratze in einer Berliner Studentenbude gezeugt worden war. Bei *Child in Time* wäre es schließlich passiert.

»Die Leidenschaft war groß, das Geld knapp und die Kondome alle«, meinte meine Mutter und lächelte versonnen. »Damals in Berlin, da haben dein Vater und ich noch ein ganzes Livealbum lang Liebe miteinander gemacht.« Mama seufzte. »Bei Björn kamen wir spätnachts von der Weihnachtsfeier beim Daimler zurück, und da hat uns *Heart of Glass* gereicht.«

Der Song der Gruppe Blondie dauerte exakt drei Minuten und einundvierzig Sekunden – das Deep-Purple-Konzert ging über anderthalb Stunden. Wie sich die Zeiten doch ändern und die ersten Sekunden im Leben derart wegweisend sein können.

»*Sweet child in time you'll see the line. The line that's drawn between good and bad.*«

Dobro hatte mich bemerkt: »Hey, *Dude!* Ich kann gerade nicht aufhören. Nimm dir 'ne Flasche aus dem Kühlschrank und entertaine mich.«

Der begeisterte *Crafter* hatte immer mal wieder versucht, mich mit dem Brauprozess vertraut zu machen. Aber bis auf Begriffe wie Haupt- und Nachguss, Weizen- und Eiweißrast, ober- und untergärig war nichts hängen geblieben. Das, was in der Garage vorging, bis das Weizen-Craft-Bier in Flaschen oder Fässer gefüllt wurde, war ein Buch mit sieben Siegeln für mich.

Auf Dobros rotem T-Shirt stand mit weißer Aufschrift: *Cereal Killer!* In dem großen Kühlschrank mit dem Löwenlogo des Bavaria-Bieres drauf gab es heute nur eine Sorte. Ich sah mir das Etikett an. Als Zutaten waren neben Weizen, Hopfen und Hefe zusätzlich noch Kakao und Kokosnuss aufgeführt. Mich schüttelte es, aber ich hatte Durst.

»Schmeckt es, Brudi?« Der Selfmadebraumeister war stolz auf seine abartigen Bierkreationen. Was war falsch am guten alten deutschen Reinheitsgebot?

»Jupp.« Eiskalt getrunken war das meiste doch genießbar. Ich stand in Dobros Rücken und konnte das neue Tattoo in seinem Nacken bewundern. *Think ⌘ Tank.* Der Bierbrauer war eine beschriftete menschliche Wundertüte.

»Das nächste wird ein *oldfashioned* Bananenweizen«, verkündete er.

»Wie in den guten alten Zeiten, was?«

In unserer Stuttgarter Stammkneipe hatte der Landschaftsgärtner uns bereits mit Weizenbier, in das er Kirsch- oder Bananensaft geschüttet haben wollte, gequält. Vor allen Dingen, wenn man danach längere Zeit mit ihm verbrachte. Sein Gasausstoß war nicht unerheblich und alles andere als geruchsneutral. Eine olfaktorische Grenzerfahrung, die ich absolut nicht mehr haben musste.

»Und dann mache ich mal Ananas.«

»Wenn einer Anna nass macht, dann ich.« Ein uralter Joke aus einem Werner-Cartoon.

Dobro war zu jung, um den Film zu kennen, und manchmal etwas schwer von Begriff. »*Nicenstein,* Alter! Gehst jetzt auch unter die *Crafter?*«

Herbert lief an uns vorbei auf die überschaubare Toilette im hinteren Bereich der Garage. »Muss mal eben die Aggregate leeren, ehe ich mit Brauen anfange«, verkündete er lauthals.

»Gib alles!«, forderte ihn sein Arbeitgeber auf.

Mir war nicht nach fäkalen Themen. »Ich bin seit einer Stunde arbeitslos und habe Frau und Kinder. Was bleibt mir anderes übrig?« *Wer nichts wird, wird Wirt!*, pflegte meine Oma Ruth stets zu sagen.

»Alter, kannst du mal *clear talken?*«

»Mich liebt nicht nur Jesús nicht, sondern auch Gottes irdischer Gesandter aus Rom. Scheint eine Verschwörung unter gläubigen Christenmenschen zu sein.«

»Der Spast ist einfach eine Margherita.«

»Was haben seine Essgewohnheiten damit zu tun, dass er ein Spast ist?«

»*Ist,* nicht *isst.* Pizza Margherita – hat nichts drauf. *Verschtosch?*«

»Aha, aha.«

»Zum Thema: Komme mir langsam vor wie Jesus *himself,* obwohl ich krasser Atheist bin.«

»Wie kommt's?« Nicht, dass es mich wirklich interessierte, aber ich brauchte anspruchslose Unterhaltung zur Ablenkung.

»Der *Bro* hat Wasser zu Wein verwandelt. Ich mache aus Wasser Bier.«

»Dann bist ein Biertheist.«

»Bunny, immer einen Scherz auf den vollen Lippen.« Dobro wiegte langsam den Kopf. Die Resthaare waren zu einem lässigen, schütteren Dutt, der die Glatze verdeckte, auf dem Oberkopf zusammengebunden.

Den Satz, dass ich aus Bier Urin machen konnte, verkniff ich mir, um das Niveau nicht noch mehr sinken zu lassen. Aber ich hatte die Rechnung ohne Herbert gemacht.

Dieser war mittlerweile fertig mit seinem Geschäft und maß die Temperatur der Würzmaische. »Geht doch nichts über einen anständigen Bierschiss, wenn ihr mich fragt.«

Ich lachte leise vor mich hin und ignorierte die Tatsache, dass der Braumeister sich die Pfoten nicht gewaschen hatte.

Dobro spülte den Stampfer unter fließendem Wasser ab und meinte: »Stimmt. Das vereint uns alle. Der finale *Equalizer*. *Think* mal, Dr. Caruso. Du bist zweifach mit einer außergewöhnlichen Begabung gesegnet. Halbgott in Weiß plus göttliche Stimme und trotzdem gehst auch du ganz profan kacken.«

Das Einzige, was mir spontan zum Thema *Exkremente* einfiel, war ein Klospruch, den ich auf die Garagenwand pinselte:

You can't polish a turd.

Das folgende Schweigen und der unübersehbare Einsatz des *Musculus frontalis* bei den zwei Bierbrauern ließ mich seufzend die Flasche in einem Zug austrinken und mich verabschieden. Ich wollte nicht wissen, was die soeben eingeleiteten Denkprozesse des *Think Tank* als Ergebnis zutage bringen würden. Es war Zeit für ein niveauvolles Gespräch unter studierten und promovierten Medizinern.

ICH WAR NOCH nie zuvor bei Warren zu Hause gewesen, wusste aber, dass er in Cahuita direkt am Eingang zum Nationalpark wohnte. Am Straßenrand der Sackgasse stand zu meiner Überraschung Barbras auffällig bemalter VW-Bus. Sie hatte wohl den freien Tag genutzt, um den pittoresken Weg durch den tropischen Regenwald am Wasser entlangzulaufen. Egal wie oft man die Strecke ging, man entdeckte bei jedem Besuch neue Flora und Fauna. Die Stelle, an der man den eisenhaltigen, flachen Flusslauf durchqueren musste, war ihr Lieblingsplatz in Costa Rica, hatte sie mir erst neulich gestanden, als wir zusammen einen Ausflug mit den Pferden in den Park unternommen hatten.

»Könntest du hier meine Asche verstreuen und dabei *Ashes to Ashes* von Bowie singen, wenn mich der Krebs besiegt hat?« Barbra hatte Pfützchen in den Augen, als wir in der Furt standen und die Tiere trinken ließen.

»Kann ich nicht, weil du mich überleben wirst«, stotterte ich und trieb Ismael an.

Am gegenüberliegenden Ufer wartete ich auf meine Begleiterin und sah einem roten Erdbeerfrosch zu, wie er in der Mitte einer mit Wasser gefüllten Bromelie badete. In so einfachen paradiesischen Verhältnissen hätten wir alle seit Anbeginn der Zeit leben können, hätte Eva einem Apfel und einer Schlange widerstanden. Heutzutage hätte die Schlange sich mehr Mühe geben müssen und entweder eine Handtasche, Schuhe oder ein Smartphone der neuesten Generation in die Bäume hängen müssen. Für einen läppischen Apfel tat die moderne, selfiebewusste Frau keinen Handstreich mehr. Außerdem *aß* man keine Äpfel mehr, man *trank* sie in einem Smoothie.

Ich parkte den Wagen direkt hinter dem Bulli und fragte an einer Hotelrezeption, ob sie wüssten, wo ich den sportlichen Arzt aus den USA finden konnte. Auf der Theke lag eine rot getigerte Katze und streckte sich wohlig in die Länge, als ich sie streichelte.

»Ah! *¿El ciclista chiflado?*«, fragte die Señora hinterm Tresen und schenkte mir ein warmes Lächeln. Sie hatte sehr krauses Haar und benutzte anscheinend die gleiche Haartönung wie die Katze.

»*¡Sí!*« Zugegeben, ganz normal war der plastische Chirurg wirklich nicht.

Straßennamen und Hausnummern waren in Costa Rica eine Seltenheit. Ich versuchte, mir die Wegbeschreibung der netten Señora mit der Schamhaarfrisur zu merken. Ich musste zurück zum Eckhaus, in dem ihre Tante Vera vor fünf Tagen gestorben war und an dessen Eingangstür ein *En Alquiler*-Schild hing.

Ob ich Interesse hätte, sie würde mir mit der Miete auch entgegenkommen. »Du kannst auch das ganze Inventar haben. Wir haben nur die Erinnerungsstücke und Fotos herausgenommen. Die Möbel sind zum Teil erst ein Jahr alt. *Tía* Vera ist überraschend von uns gegangen.« Sie bekreuzigte sich und küsste danach die Fingerspitzen.

Ich verneinte dankend und merkte mir die weiteren Anweisungen. Beim besagten Eckhaus rechts abbiegen, bis das Appartementhaus mit den orangefarben gestrichenen Geländern und Türen kam. Warren wohnte im ersten Stock.

Ich klopfte und es dauerte eine halbe Ewigkeit, bis die Tür geöffnet wurde. Wäre das Rennrad nicht am Balkongeländer angekettet gewesen, wäre ich wieder gegangen. Mein Kollege trug einen seidenen, lichtgrauen Kimono und dunkelblaue Birkenstocksandalen und sah mich mit gerunzelter Stirn an.

»Ich muss mit dir reden, Warren.«

»Hat das nicht Zeit bis morgen? *I am in the middle of something.*«

»Mir egal, in wessen Mitte du gerade steckst, komm da raus!«, scherzte ich und bekam keine Reaktion. »Ich bin soeben im Post rausgeflogen.«

»Wegen?«

»Weil Remo eine Margherita und keine Quattro Staggioni ist. Deswegen. Kann ich reinkommen, oder kommst du raus? Ich gehe nicht weg, ehe wir die Sache geklärt haben.«

Man sah es dem Chirurgen an, dass er hart mit sich kämpfte, ehe er zur Seite trat und mich in das Allerheiligste ließ. Das geräumige Einzimmerappartement war erwartungsgemäß sehr spartanisch eingerichtet. Der Chirurg schien nie Besuch zu bekommen. Es gab nur einen Stuhl am Schreibtisch sowie einen

Korbsessel, auf den der Hausherr nun zeigte: »Nimm Platz!« Er selbst holte sich den Stuhl heran und setzte sich mir gegenüber. Mir blieb die Luft weg. Die zweiten männlichen Eier, die ich heute unfreiwillig bewundern durfte, auch wenn diese säuberlich enthaart waren.

»Warren, bitte! Falls du es vergessen haben solltest, du trägst nichts unter dem Kaftan!« War mein Tag nicht schon so schwer genug gewesen?

Er wandte den Blick sehr langsam zwischen seine Beine und schlug diese noch langsamer übereinander. Ich betrachtete die farbigen Pin-up-Zeichnungen aus den Fünfzigerjahren. Die künstlichen Posen und das aufgesetzte Lächeln der Ladys erinnerten mich an unsere Katze. Mir stellte sich die interessante Frage: Ist Salomé die Reinkarnation eines Pin-up-Girls? Die gerahmten Bilder waren der einzige Schmuck in dem ansonsten kahlen Raum. Der plastische Chirurg betrachtete offensichtlich gerne Frauen, die zu einer anderen Zeit ein Schönheitsideal gewesen waren.

»Interessanter Wandschmuck, Warren. Hätte gedacht, dass du privat eher auf Bambi stehst als auf Brüste.«

»Das sind alles Vorlagen für perfekt geformte Körper, nach denen ich früher gearbeitet habe. Außerdem hatte Bambis Erfinder lange vor der Geschichte über ein putziges Rehkitz einen bekannten Roman über eine Wiener Prostituierte geschrieben. Sagt dir Josefine Mutzenbacher was?«

Auch wenn der US-Amerikaner den Namen der berühmten Dirne äußerst kreativ aussprach, musste ich nicht googeln. Ich war in den Achtzigerjahren in Deutschland in die Pubertät gekommen und die Mutzenbacher war mir keine Unbekannte. Sätze wie »Ich versteh nix von Vögeln!« waren Klassiker auf dem Schulhof gewesen.

Das war immerhin ein gelungener Einstieg für das, was ich Warren zeigen wollte. »Wenn wir schon mal beim Thema sind und einer von uns halbnackt – wie findest du dieses postmo-derne pornografische Werk?« Ich öffnete auf meinem Handy den Mailaccount und rief *Catholic Veterinarians – Spanking Inferno* auf. »Nur auf den Pfeil drücken. Bitte nicht draufsab-bern und keine Spermaflecken. Ich gehe so lange an die frische Luft.«

Das abgedunkelte, beengte Zimmer ohne Ausblick mit den sich lasziv räkelnden Frauen an den Wänden war an sich schon schwer erträglich für mich. Dem Kollegen zuzusehen, wie er Pater Remo beim Poppen zusah, war einen Gang zu hoch für diesen turbulenten Tag.

An der Tür drehte ich mich noch mal um und fragte in Columbo-Manier, die ich mittlerweile beinahe so gut wie das Original draufhatte: »Ich dachte, es sei so wichtig, dass man morgens das Bett macht.« Warrens Appartement war peinlichst aufgeräumt und sauber, nur das Bettzeug schien hastig und schlampig zusammengelegt.

»Ich wollte es gerade neu beziehen.«

»Aha, aha.«

Ich besorgte mir an einem Kiosk am Strand eine Dose *Mountain Dew*, ein Feuerzeug und eine Packung Zigaretten und lehnte mich an einen Palmenstamm. Der prüfende Blick nach oben, ob reife Nüsse über mir hingen, ging automatisch vonstat-ten. In den Tropen kamen mehr Menschen durch herabfallende Früchte der Kokospalme ums Leben als durch Haiangriffe.

An der Küstenlinie zog ein Trupp Braunpelikane vorbei. Ein Fischadler kreiste eine Weile über dem flachen Wasser, stürzte blitzschnell herunter und flog mit einem fetten Fisch in den Klauen in die Krone eines abgestorbenen Baums. In der Goldfruchtpalme hinter mir raschelte ein Grauhörnchen und ließ angenagte Früchte in den Sand fallen, die sofort von Wespen angeflogen wurden. Die ganze Welt schien ein einziges großes Fressen zu sein. Ich selbst war zu aufgewühlt, um Hunger zu verspüren.

Es dauerte fast eine Dreiviertelstunde, ehe Warren in Shorts und weißem Poloshirt zu mir stieß. Er nahm neben mir im Sand Platz, gab mir mein Handy zurück und meinte: »Harter Tobak. Ich musste die Erfahrung machen, dass selbst noch so aufgeschlossene und erregte Frauen einen hysterischen Anfall bekommen, wenn Sperma im Haar landet. Die Kollegin aus der Veterinärmedizin ist hart im Nehmen, sprichwörtlich.«

»Ich habe deshalb Duschhauben verteilt, ehe ich den Damen beigewohnt habe.«

Warren ging nicht auf meinen Scherz ein. »Bringt es was, wenn ich frage, woher du die Aufzeichnungen hast?«

»*Nope*. Ich habe ein Schweigegelübde ablegen müssen.«

»Ich würde sagen, unsere Probleme sind ein für alle Mal gelöst.«

Über dem Fischadler, der auf einem Ast saß und seine Beute festgekrallt hielt und kleine Stückchen mit dem Schnabel herausriss, kreisten zwei hungrige Truthahngeier.

»Was fangen wir genau mit unserem Wissensvorsprung an?«

»Wir machen eine Intervention. Wie damals bei Señor Trochez. Du erinnerst dich? Wir brauchen nur einen Farbdrucker, um aktuelle Beweisfotos zu bekommen.«

»Ich weiß, wo einer steht.«

»Dann lass uns den Stationsvorsteher ein wenig Respekt lehren.«

Mir kam ein Spruch meines Karatelehrers in den Sinn: »Wir werden ihm nur ein wenig mit dem Finger drohen! – sagte er und legte den Finger an den Abzug.«

Barbras Bus parkte immer noch hinter meinem Jeep. »Schwester Kowalski ist wohl auf Dschungeltour«, bemerkte ich und bekam als Antwort nur ein kurzes Nicken von dem Chirurgen.

REMOS SUV STAND in dem nagelneuen Carport, der letzte Woche errichtet worden war, damit der empfindliche Herr nicht in ein von der Sonne aufgeheiztes Auto einsteigen musste. Ich parkte den Laredo so, dass der Pater nicht wegfahren konnte. Der Kinderhort war um diese späte Stunde menschenleer. Wir gingen, ohne jemandem zu begegnen, die breite Treppe in den ersten Stock hoch. Die Tür zu Remos Büro stand auf. Wie üblich roch man den Kleingeistlichen, ehe man ihn sah.

»Klopf, klopf!«, bemerkte ich munter, als Warren und ich im Türrahmen standen.

Poppaea lag neben dem Schreibtischmonster und blinzelte freundlich. Bordeaux Doggen waren extrem miese Wachhunde. Remo sah auf. Seiner Mimik merkte man an, dass es seiner Meinung nach für ein Wiedersehen zwischen uns beiden noch zu früh war. »Ich habe mich wohl nicht deutlich genug ausgedrückt. Sie sind vom Dienst suspendiert und auf diesem Gelände nicht mehr geduldet.«

Darauf konnten mein Begleiter und ich keine Rücksicht nehmen – wir betraten das Büro und schlossen die Tür hinter uns.

Remo bekam einen unsicheren Gesichtsausdruck, der ihm erstaunlich gut stand. »Haben Sie mich nicht gehört?«

»Doch, der Kollege hat Sie gehört und auch verstanden. Ist ein helles Köpfchen, wenn auch etwas eigensinnig«, verteidigte Warren mich.

Ich war gerührt. »Absolut. Ich habe alles gehört, ich bin ja nicht blind.«

Remo stand jetzt auf. »Ich habe keine Zeit für solche Albernheiten.«

Dr. Chandler sprang ein: »Um es auf den Punkt zu bringen, Dr. Brandstätter braucht eine Referenz, damit er sich woanders bewerben kann. Er hat immerhin Familie und unzählige uneheliche Kinder, die müssen ja von etwas leben. Ich habe mir erlaubt, eine zu verfassen. Wenn ich es auf dem Laserdrucker ausdrucken dürfte. Der alte Tintenstrahldrucker kleckst so. Was hinterlässt das für einen Eindruck vom Health Post bei Dritten? Das wollen wir doch nicht, oder?« Er hob einen USB-Stick hoch.

»Selbstverständlich.« Remo ging zur Seite und überließ dem US-Amerikaner den Schreibtisch samt Laptop. Er hinkte hinüber zum Fenster und setzte sich mit bewusst lässiger Geste auf die Brüstung. Poppaea verfolgte ihr Herrchen mit den Augen.

Die paar Seiten waren schnell gedruckt und Warren stapelte sie ordentlich, wie er nun mal war, auf der Schreibtischunterlage. »Fertig. Sie müssten nur noch unterschreiben.«

Remo lief mit misstrauischem Seitenblick zurück, nahm die Papiere hoch und las die oberste Seite. »Das ist keine Empfehlung für Dr. Brandstätter, das ist ein Anstellungsvertrag für eine Barbra Kowalski.«

»Richtig. Lies weiter, du Wichser!« In Stresssituationen kamen bei dem Arzt, der in den Bergen von Kentucky aufgewachsen war, seine bäuerlichen Wurzeln durch.

»*Language, Sir!*«, mahnte ich.

»Ach ja, richtig. Er ist ja kein Wichser, sondern ein Frauenschänder und Triebtäter.«

»Ich muss doch sehr bitten! Sie verlassen sofort beide dieses Büro oder ich rufe die Polizei.«

»Unser Dorfpolizist interessiert sich nicht sonderlich für Hetenpornos«, klärte ich den Kleingeistlichen auf.

Remo sah sich nebenbei die restlichen Seiten durch und schluckte nervös.

»Du unterschreibst Barbras Anstellungsvertrag, nimmst die Kündigung für meinen geschätzten Kollegen zurück und sorgst dafür, dass der Drucker innerhalb der nächsten Stunde wieder an seinem angestammten Platz steht. Wenn ich morgen Dienst habe, verhandeln wir drei über die Zukunft dieses Health Post. Wir haben nicht nur Fotos, sondern eine satte halbe Stunde Schweinkram mit Ton.« Warrens Tick war ausgeprägter denn je. »Ich nehme mal an, dass die Ordensleitung sehr daran interessiert wäre, die nackte Wahrheit über ihren Abgesandten zu erfahren.«

AUF DER RÜCKFAHRT schwieg der Amerikaner, die Kiefer fest aufeinandergepresst.

»Wir sind ein unschlagbares Team, wenn es darum geht, chauvinistische Männerträume zu zerstören«, lobte ich ihn, um die unheimliche Stille zu unterbrechen.

»Ben, wusstest du, dass Mutter Teresa über fünf Millionen Dollar Spenden eingenommen und für die Klinik und die Patienten nur etwa dreihunderttausend Dollar verwendet hat? Der Rest verschwand in den Geldspeichern des Vatikans. Die haben Kanülen so oft wiederverwendet, bis sie völlig stumpf waren. Die haben gespendete Schmerzmittel angehäuft und bewusst den Patienten vorenthalten. Schmerz bringt angeblich den Kranken Gott näher! Da dreht sich jedem Mediziner der Magen um. Seit damals träume ich davon, der katholischen Kirche eines auszuwischen, und ich habe erst damit angefangen. Das kannst du mir glauben.«

Aus dem Mund des Ex-Seals klang das wie die Aufforderung zum totalen Krieg.

TEIL 4

DESILLUSION UND DENGUEFIEBER

Ein schwacher Verstand
ist wie ein Mikroskop,
das Kleinigkeiten vergrößert
und große Dinge nicht erfasst.
(Philip Dormer Stanhope)

Pädiatrie und Pinguine

Warren hatte mich gegen Ende einer OP aus dem Saal geworfen, weil ich mir einen Scherz über seine gemächliche Nahttechnik erlaubt hatte. Ich hatte bei der Ganglionentfernung am Handgelenk einer sechzigjährigen Hausfrau den Arm betäubt und sonst nichts zu tun, als dem Starchirurgen zuzusehen.

»Diese Nahttechnik nennt man in Deutschland Segelboottechnik.«

»Was bedeutet das? Dass ich so geschmeidig nähe, wie ein Segelboot durchs Wasser gleitet?«

»*Nope,* du machst genau wie ein Segelboot nicht mehr als zehn Knoten die Stunde. Der abgehende Notruf ist in so einem Fall nicht *SOS,* sondern *SMS.* Also nicht *Save Our Souls,* sondern *Slow Motion Surgeon«.* Ich grinste zufrieden über meine Wortschöpfung, der humorlose Starchirurg war beleidigt.

»*Get out of here!*«

Barbra stand seit Monatsanfang endlich wieder mit am Tisch und Remo fand selten außerhalb seiner Sprechzeiten den Weg aus seinem Büro in den Health Post. Er hatte nach unserer Intervention eine schriftliche Eingabe bei der Missionsleitung in Rom gemacht, dass er es für sinnvoll halte, den Health Post weiterzubetreiben und den Neubau der Kirche erst mal auf unbestimmte Zeit zu verschieben. Er hatte eine Planstelle für einen weiteren Schulmediziner beantragt. Die Grundversorgung der *ticos* war gewährleistet und die Arbeit machte wieder mehr Spaß.

Xavier war auf einem spontanen Kurzurlaub bei seiner Familie, Rosa war an der Anmeldung beschäftigt und Lucinda hatte frei. Es wartete kein Patient mehr und ich hätte nach Hause gehen können, hätte der Kleingeistliche Warren und mich nicht für 15.30 Uhr zu einer internen Besprechung gebeten.

Die Zeiten rücksichtslos oktroyierter Termine waren passé – wir bekamen nun stets eine nette schriftliche Einladung. Die laminierte Mitteilung, dass der Kühlschrank nur für medizinische Zwecke genutzt werden durfte, war durch zahlreiche bunte Sticker fast unleserlich geworden. Der Bierkönig machte ab und zu einen Abstecher und ließ ein paar Flaschen seines aktuellen Gebräus zurück. Heute gab es *Honey-Cardamom-Wheat.*

Ich warf einen Blick auf die WetterApp meines Handys. Es zeigte eine Temperatur von 16 Grad für Puerto Limón an. Ein für hiesige Verhältnisse sehr kühler Tag. Über dem Atlantik baute sich eine dicke Wolkenwand auf, gegen die die Sonne keine Chance mehr hatte. Ich zog einen Pullover über und trat mit der Bierflasche auf die überdachte Veranda vorm Eingang. Aus dem angrenzenden Barrio schwappte die vertraute Geräuschkulisse spielender Kinder, gackernder Hühner und bellender Hunde herüber. Der Schulbus hatte gerade gehalten und die ersten Kinder, die den Nachmittag bei uns verbrachten, liefen in ihren an Operettenuniformen erinnernden hellblauen Schuluniformen die Stufen zum Hort hoch. Ich setzte mich in einen der beiden Rollstühle, rollte ein Stück vor, legte die Füße auf das Geländer und nickte kurz weg. Das Kratzen der Krallen zweier kämpfender Leguane, die roten Kehllappen ausgeklappt, weckte mich. Ich sah den beiden Männchen zu, die um ihr Revier kämpften. Immer das gleiche Spiel unter meinen Geschlechtsgenossen, egal ob Echse oder Homo sapiens – ein

Schwanzvergleich musste sein. Als Barbra sich in den zweiten Stuhl plumpsen ließ, sprangen beide Tiere mit einem gewagten Satz in die Büsche vor der Veranda.

»Schwester Kowalski, ich habe vorhin vermisst, dass du mir zur Seite stehst und mir im Kampf gegen den Starchirurgen hilfst. Der Gag mit dem Segelboot war doch mega, oder?«

»Ich bin noch nicht in Übung. Lass mir noch ein paar Tage Zeit, dann wird das wieder.« Sie rollte den Stuhl neben meinen und legte ihre zierlichen, nackten Füße über Kreuz auf das Geländer. Die Nägel waren grellorange lackiert. Die einzige Reminiszenz an ihre knallbunte Vergangenheit.

»Ich bin auf jeden Fall froh, dass du wieder da bist. Trotz deiner Anlaufstörungen.«

Die Australierin hatte stark abgenommen und trank keinen Tropfen Alkohol. Sie nahm einen Schluck aus einer mitgebrachten Thermoskanne.

»Auch wenn du dich langsam, aber stetig auch in ein Chamäleon zu verwandeln scheinst – du wirst mir unheimlich, *Lady*.«

»Ich bin auch froh, wieder da zu sein. Wer hätte das Anfang des Jahres gedacht, dass wir wieder zusammensitzen und unsere berühmten sinnfreien Gespräche führen würden.«

»*Und dann muss man ja auch noch Zeit haben, einfach dazusitzen und vor sich hin zu schauen*«, zitierte ich Astrid Lindgren. »Ich habe dir doch gesagt, dass wir mit allen Arschlöchern bislang fertiggeworden sind. Und ich hatte mal wieder recht. Was ist das eigentlich für ein geheimnisvolles Gebräu, das du ständig in dich reinschüttest?«

»*Aqua dulce.* Eine Empfehlung von Warren.«

»Der Rohkostfanatiker hat dir empfohlen, Zuckerrohrsirup mit heißem Wasser zu trinken?«

Draußen fielen die ersten Tropfen und färbten den grauen, staubigen Asphalt schwarz glänzend. Es kühlte noch etwas ab.

»Ist ein Naturprodukt.« Barbra fröstelte und warf mir einen begehrlichen Seitenblick zu. »Ein richtiger Gentleman hätte mir längst seinen Pullover angeboten.«

»Ich leihe dir meinen Pullover nicht. Du beulst den an den falschen Stellen aus.«

Endlich lachte Barbra laut und herzhaft. »Du bist so bescheuert, *Pumpkin*.«

»Gib es zu, das magst du doch.«

»Ich liebe es sogar. Ich habe es so vermisst. Die Zeit bei Wagner in Rio war schwierig.« Das war das erste Mal, dass Barbra über ihren verflossenen brasilianischen Freund redete. »Der Mann hat mich erdrückt mit seinen Zwängen.«

»Na ja, wenn man schon mit Vornamen Wagner heißt …« Ich ließ das Ende des Satzes offen.

»Weißt du, was mir den Rest gegeben hat?«

»*Nope!*« Ich hatte Wagner Partegal nie persönlich getroffen. Ich wusste nur, dass er Doktor der Chemie war, Klarinette spielte und er und Barbra sich in Shanes Pub kennengelernt hatten.

»Er hat mich in der Speisekammer eine Dose Tomaten holen lassen. Er kochte und es sollte *Arroz de tomate* geben.«

»Richtig! So was würde ich mir als Frau auch nicht bieten lassen. Niedere Dienste. Da würde ich sofort weglaufen.«

»Das war nicht der Knackpunkt. Ich koche nicht gerne, das weißt du, und Wagner hatte es echt drauf. Der Clou war, dass ich die Dose anschließend in der Datei auf seinem Laptop als *Abgang* austragen sollte. Wie kann man einer simplen Konservendose so viel Raum in seinem Leben geben, dass man sie in einer Excel-Datei erfasst?«

»Eine meiner Ex-Freundinnen besaß einen Fusselrasierer für ihre Kaschmirpullover. Die war Zahnärztin. Ihr Lachen klang wie der Brunftschrei eines Kamels. Das war auch nicht einfach wegzustecken.« Ich zog den Pullover aus und reichte ihn Barbra, die reinschlüpfte und anschließend die Arme um den Oberkörper schlang. Was wohl aus Sarah Bender geworden war? Von Veronika, Tobis Milchkuh, die bei Sarahs Tante im Allgäu auf dem Hof stand, bekamen wir jede Weihnacht ein Foto geschickt, zum Beweis, dass sie noch lebte. Schließlich kostete mich der Unterhalt des lieben Viehs jedes Quartal zweihundertfünfzig Euro. So viele weibliche Wesen, die mir mal nahestanden, waren in der Bedeutungslosigkeit versunken.

Über den Hof kam ein sehr großer Mann Mitte dreißig gerannt, die breiten Schultern wegen des Regens eingezogen. Auf dem Kopf trug er eine hellgraue Schiebermütze. Er kam ein paar Stufen hoch, bis er unter dem schützenden Dach stand. Mister *Ich-spiele-für-Kanada-in-der-Eishockey-Nationalmannschaft* stellte den schweren Rucksack ab und sah uns mit wachen Augen an. »*Hi, folks!* Wo finde ich Pater Remo?« Sein Englisch hatte einen lustigen Akzent. Ich tippte auf eine skandinavische Eishockeymannschaft.

»Unser Anstaltsheiliger ist derzeit nicht verfügbar. Das *Wichsmobil* steht nicht da, also ist er wohl unterwegs, unser guter Hirte, Schafe oder Seelen retten«, klärte ich den jungen Mann auf.

Ich hatte den deutschen Spitznamen für den Montenero verwendet und sah ein kurzes Aufleuchten in Mr. Bigs Augen, der inzwischen die Mütze abgenommen hatte. Das feine, blonde Haar war nur wenige Millimeter lang und verdeckte die frische, wulstige Narbe über dem Stirn- und Scheitelbein kaum. »Okay, kann ich irgendwo warten? Vielleicht wo es einen Kaffee gibt? Ich bin seit fast vierundzwanzig Stunden unterwegs. Gestern um die Zeit war ich noch in Helsinki.«

Aha, aha. Blondie war ein finnischer Staatsbürger, wenn auch nicht ganz so niedlich wie der Vorzeigefinne der Gruppe Sunrise Avenue. Ricky hatte mich gezwungen, jede Folge von *The Voice of Germany* mit Samu Haber mit ihr anzusehen, weil er so *süß* war, der *Samenhaber,* wie Ricky und ich ihn liebevoll genannt hatten.

Die Patientin, der Warren vorhin das Ganglion entfernt hatte, kam mit einer streckseitig angelegten Handgelenksschiene zur Tür heraus und sah sich um. Der Regen fiel mittlerweile in Sturzbächen vom Himmel. Dank fehlender Regenrinnen am Dach saßen wir auf der Veranda wie hinter einem Wasserfall.

»An diesem heiligen Ort gibt's keinen Kaffee mehr. Zu ungesund für gläubige Christenmenschen. Der Körper ist ein Tempel und so weiter.«

»Hier geht's anscheinend sehr lustig zu«, mischte sich die Patientin ein.

»Der Schein trügt. Wir haben eine wirkungsvolle Spaßbremse. Und wenn man vom Teufel spricht, dann kommt er.«

Der Laminator parkte seinen SUV im Carport und stieg mit Poppaea aus. Die Hündin sah zu uns herüber und wedelte mit dem Schwanz. Der Besucher bedankte sich, setzte die Mütze wieder auf und rannte durch den Regen zu Remo hinüber. Die beiden begrüßten sich mit Handschlag und gingen dann ins Gebäude. Die frisch operierte Frau hatte beschlossen, im Innern zu warten, bis der Regen nachließ, weil sie erst gestern beim Friseur gewesen war und sich die Haare nicht ruinieren wollte.

»Boah, *Pumpkin,* hast du diese blauen Augen gesehen? *Absolutely fuckable.*«

»Mir ist nur die OP-Narbe aufgefallen. Wie kann man einen Menschen auf seine sexuelle Attraktivität beschränken? Pfui Spinne, Schwester Kowalski!«

»Schade, muss ich eben warten, bis die Haare nachgewachsen sind; ich wüsste sonst nicht, wo ich beim Sex hinfassen sollte.«

»Auf den Rücken, da hat der sicher jede Menge Haare. Lang und seidig.«

»Aus dir spricht der Neid auf den Nachwuchs. Wie ist das eigentlich mit der Libido in deinem fortgeschrittenen Alter?«

»Wir haben zwei kleine Kinder und Yoani, da ist regelmäßiger Geschlechtsverkehr sowieso nicht mehr möglich.« Ich öffnete den Chatverlauf mit Maria, scrollte ein Stück und zeigte es Barbra. »Schau. So tief sind wir gesunken.«

12.12 Nachricht an Oly Hippe

Mal wieder Lust auf 69, Oly?

12.34 Nachricht von Maria O.

Nicht schon wieder was vom Chinesen, Benny!

Rosa kam heraus und teilte mir mit, dass Remo überraschend Besuch bekommen habe und die Besprechung auf morgen früh zehn Uhr verschoben wurde. Sie hatte den Satz beendet, als Warren in einem neuen, honiggelben Raddress grußlos an uns vorbei die Treppe herunterlief und sein Fahrrad unter der Veranda hervorholte.

Wir sahen ihn durch den Regen verschwinden, blieben noch eine Weile sitzen und gingen dann zurück. Außer dem auf besseres Wetter wartenden Ganglion war der Wartebereich leer. Barbra zog sich um, packte ihre Sachen und bot der Patientin an, sie mitzunehmen. Ich erledigte noch ein paar Schreibarbeiten und verabschiedete mich dann von Rosa.

An der Stelle, wo die Abfahrt zur Missionsstation auf die Route 36 abbog, stand der Finne im strömenden Regen. Ich hielt den Jeep an. »Kann ich dich ein Stück mitnehmen? Ich fahre Richtung Süden.«

Ich hatte wegen der vielen Regenfälle zwar ständig das Hardtop auf dem Laredo, aber die Türen waren ausgehängt. Der junge Mann warf seinen Rucksack auf den Rücksitz und schwang sich auf den Beifahrersitz.

»*Cool car!*«, lobte er mein runderneuertes Gefährt aus den Achtzigerjahren des letzten Jahrhunderts.

»Danke. Wo musst du hin?«

»Ich brauche ein Bett für die Nacht und etwas Festes für das nächste halbe Jahr. Irgendeinen Tipp?«

»Hotel?«

»Für ein paar Tage schon, aber dann wird mir das zu teuer. Wüsstest du ein bezahlbares Zimmer?«

Ich hatte einen Geistesblitz. »Ja, da habe ich tatsächlich eine Idee. Wenn dir Cahuita passt.«

»Warum nicht? Morgen kommt mein Motorrad per Luftfracht an, dann bin ich mobil.«

»Du machst Langzeiturlaub? Surfen lernen?« Ich musste wegen einer Schweinemutter bremsen, die mit ihren drei Ferkeln und stolz geschwellter Brust die Fahrbahn überquerte.

»Sehr bäuerlich hier?«

»Bäuerlich, ärmlich, chaotisch, lebendig. *¡Pura vida!*«

»Das scheint das Landesmotto zu sein. Ich kann übrigens sehr gut Deutsch, meine Mutter ist aus Marburg. Das mit dem *Wichsmobil* war gut.« Bei dem ausgeprägten Akzent von sehr gutem Deutsch zu sprechen war dreist, aber ich wechselte gerne in meine Muttersprache.

»*Pura vida* ist mehr als ein Motto. Das ist eine Lebenseinstellung. Du wirst dich schnell dran gewöhnen.« Ich reichte die freie rechte Hand. »Benny Brandstätter.«

»Kimi Pekka.« Der Händedruck war warm, fest und trocken. »Ich fange übermorgen bei euch an. Ich habe mich für ein halbes Jahr freiwillig verpflichtet. Eigentlich wollte ich gegen Kost und Logis arbeiten, aber der Träger hat da nicht mitgespielt. Die wollten fast noch Geld dafür, dass ich hier Dienst leiste.«

Ich musste lachen. »Klar, die haben über zweitausend Jahre Tradition im Ausbeuten. Ich habe auch erst nach einiger Zeit Geld gesehen. Aber schön, dass wir Zuwachs bekommen. Was für eine Fachrichtung?« Damit war klar, worum es in der verschobenen Besprechung gehen sollte. Wir bekamen endlich einen weiteren Arzt.

»Pädiatrie«, war die Antwort. »Und du? Pfleger?«

Was stimmte eigentlich mit meinem Aussehen nicht? Warum tippte kein Mensch bei mir auf Arzt? Ich musste dringend mal über eine Typberatung nachdenken. »Diätassistent«. Der Finne hatte die Wahrheit nicht verdient.

»So was braucht man in einem Health Post in Mittelamerika?«

»In Entwicklungsländern auf jeden Fall. Da muss man die Kinder erst mal aufpäppeln und auf Normalgewicht bringen. Hier ist es eher so, dass die Kids oft übergewichtig und trotzdem mangelernährt sind, weil sie mit ungesundem Futter gemästet werden. Die Bewohner dieses Landstrichs sind meist Plantagenarbeiter, die ihren Kindern keine ausgewogene Reformhauskost bieten können. Wer es sich leisten kann, hat einen Ernährungsberater. Du wirst es selbst sehen.«

Wir unterhielten uns den Rest der Fahrt über die elende medizinische Situation in Drittweltländern. Normalerweise stellten die Regierungen ein festes Budget für die Gratisbehandlung der Bevölkerung zur Verfügung. Weil Korruption und Habgier an der Tagesordnung waren, zweigten die Gesundheitszentren oft jede Menge Mittel ab für *Dringliches, Bauliches* oder schlichtweg *Privates*. Während meiner Zeit in Gambia war die Situation manchmal so prekär gewesen, dass zu Beginn einer OP nicht genug Nahtmaterial vorhanden war, um den Eingriff beenden zu können.

Costa Rica war, was die medizinische und ärztliche Versorgung seiner Bewohner anging, ein Vorbild nicht nur in Lateinamerika. Der Standard in den öffentlichen Hospitälern und zahlreichen Privatkliniken ist ausgezeichnet. Dank der *Caja Costarricense de Seguro Social* – CCSS – sind alle *ticos* und jeder Ausländer mit Aufenthaltsgenehmigung ausreichend krankenversichert. Leider war die Region Limón in diesem Punkt das Schlusslicht im ganzen Land. Der Health Post war nicht nur eine beliebte Anlaufstelle für die ärmere Bevölkerungsschicht der Nachbarschaft, in der er lag, sondern für den ganzen Küstenabschnitt bis Manzanillo.

Ich informierte den neuen Kollegen schon mal darüber, was ihn erwartete: in vielerlei Hinsicht vernachlässigte Kinder. Sehr viele unehelich mit nur einem Elternteil, der arbeiten musste. Die Großmütter hielten viele der *chicos* über Wasser, aber mehr als die bloße Grundversorgung schafften die überforderten Frauen meist nicht.

AUF DER STRASSE, in der das Hotel in Cahuita stand, sah ich Barbras Bus wieder an fast der gleichen Stelle parken. Sie hatte beim Abschied vorhin kein Wort darüber verloren, dass sie in den Nationalpark gehen wollte. Der Regen hatte nachgelassen und überm Atlantik braute sich die nächste Wolkenfront dunkel und bedrohlich zusammen. Kein guter Tag für Spaziergänge im Regenwald. Eine Kolonie Blattschneiderameisen hatte sich neben der Eingangstür eine Hauptverkehrsader eingerichtet. Die Insekten trugen grellgelbe Blütenteile auf ihren Rücken in Richtung heimatlichem Nest.

Heute lag keine rotblonde Katze auf dem Empfangstresen. Die Angestellte mit der Schamhaarfrisur saß vor einem

Kosmetikspiegel und drückte Pickel aus. Auch das war *pura vida.*

»*¡Adiós, Señora!* Ich habe einen Gast für die Nacht und Interessenten für Tante Veras Wohnung, wenn das Angebot noch steht.« Abgelenkt durch Barbras Bus hatte ich ganz vergessen zu schauen, ob das *Zu Vermieten*-Schild noch da war.

»*¡Si!* Wir haben noch niemanden gefunden.«

»Dann sehe ich mir das doch gleich mal an«, meinte der Kollege.

»Brauchst du Hilfe?«

»Nein, ich bin schon selber groß. Danke fürs Bringen und den Tipp mit dem Zimmer. Wir sehen uns übermorgen am Arbeitsplatz. Bist du wirklich Diätassistent?«

»Anästhesist und Notfallmedizin.«

»Nur die Harten kommen in den Garten«, kam als Antwort. »Kann ich deine Telefonnummer haben, falls ich nicht mehr weiterweiß und einen kompetenten Rat brauche?«

»Klar. Gib mir deine zur Sicherheit auch mal.

Der blonde Arzt murmelte beim Eintippen vor sich hin. »Neuer Kontakt. Benny Brandstifter. *Check!*«

»Brandstätter«, korrigierte ich ihn und bekam ein freches Zwinkern als Antwort.

»*Whatever!* Dann probieren wir doch sicherheitshalber, ob du mir die richtige Nummer gegeben hast.«

»Tz! Sind alle Finnen so misstrauisch?« Es klingelte einmal auf meinem Handy. »Dann speichere ich das gleich mal ab. *Kimi P-E-C-K-E-R*«, las ich vor.

Der Kollege grinste breit. »Auf gute deutsch-finnische Zusammenarbeit.«

GERADE ALS ICH in den Wagen steigen wollte, lief Lemmy an mir vorbei. Barbras Hund begrüßte mich freundlich mit dem Schwanz wedelnd.

»Hey, Lemmy. Wo ist dein Frauchen? Kommt sie gleich nach?«

Der Mischling ignorierte meine gekonnte Gesprächseröffnung und lief die Straße weiter runter. Ich folgte ihm ein Stück, bis er um die Ecke verschwand und in dem Haus, in dem unser Starchirurg wohnte, die Treppe hoch rannte. Das treue Tier kratzte an der Tür des Appartements mit dem Fahrrad am Balkongeländer und bekam sofort aufgemacht. Barbra trug den lichtgrauen Kimono, den der plastische Chirurg bei meinem Besuch angehabt hatte. *Holy guacamoli*, um Dobros neuesten Lieblingsausdruck zu zitieren. Diese kleinen Geheimniskrämer. Von wegen trailen im Nationalpark. Die zerknautschte Mimik brachte ich spontan hin – mir fehlte nur der zerknitterte Mantel und die Columbo-Imitation wäre perfekt. Morgen würde ich ein gekochtes Ei dabeihaben und die beiden Turteltäubchen weiter beobachten, bis ich alle Beweise zusammenhatte.

Ich fuhr gut gelaunt nach Hause und sang im Wagen *Part Time Lover,* ein Stück von Stevie Wonder. »*We are undercover passion on the run, chasing love up against the sun. We are strangers by day, lovers by night, knowing it's so wrong, but feeling so right.*«

JANET GOLIGHTLY WAR eine rattenscharfe sechsundzwanzigjährige US-Amerikanerin aus Los Angeles, die von ihrem frisch angetrauten Ehegatten zur Hochzeit eine gemeinsame Weltreise geschenkt bekommen hatte. Ich hatte den Namen mit einigem Vergnügen auf der Patientenakte gelesen und konnte es mir nicht verkneifen, beim Aufrufen der Patientin Mickey Rooney in seiner berüchtigten Rolle als Mr. Yunioshi, den japanischen Nachbarn von Holly Golightly in dem Film *Frühstück bei Tiffany,* zu imitieren, und brüllte: »Misses Golightly!!!«

Im Warteraum saßen jedoch keine Cineasten und die junge Mrs. Golightly schien den Klassiker ebenfalls nicht zu kennen.

Mr. Golightly verdiente sein Geld mit Aktien und konnte bequem von jedem Bildschirmarbeitsplatz in der ganzen Welt aus arbeiten, wie er mir erklärte. Er reichte mir seine Visitenkarte. »Wenn Sie mal ein paar Cent übrig haben – ich gebe Ihnen gerne einen Tipp.«

Costa Rica war nach zwei Monaten die sechste Station auf der Reise. Janet klagte seit Wochen über Übelkeit, Erbrechen, Kopfschmerzen und Verstopfung, abgelöst durch üble Durchfallphasen. »Ich habe permanent ein Druckgefühl im Bauch und bin furchtbar müde und abgeschlagen. Ich habe die letzten Tage nach einer Kolik auch nichts mehr gegessen, nur getrunken, und fühle mich trotzdem voll. Am liebsten würde ich die Reise abbrechen.«

»Vielleicht bist du schon schwanger, *honey!*«, meinte der Ehemann und sah mich voller Hoffnung an.

Mir fiel bei der allgemeinen Untersuchung auf, dass die Mundschleimhäute sehr blass und die Skleren bläulich verfärbt waren. Beides Hinweise auf eine Anämie. Die Körpertemperatur war mit 37,9 Grad leicht erhöht. Ich ordnete ein großes Blutbild plus Schwangerschaftstest an und machte in der Zwischenzeit einen Ultraschall des Bauches.

Was sich im Dickdarm der Amerikanerin als wildes Gekröse darstellte, hatte ich so auch noch nie gesehen. Ich vergrößerte die Aufnahmen und googelte, um meine Verdachtsdiagnose bestätigt zu bekommen. *Diphyllobothrium latum.*

Die frisch Vermählte fiel doch tatsächlich in Ohnmacht, obwohl ich ihr möglichst schonend beizubringen versuchte, dass sie statt des erhofften Menschleins einen mehrere Meter langen Fischbandwurm beherbergte. Nachdem die Patientin wieder ansprechbar war, verschrieb ich Niclosamid und riet ihr, sich nach Beendigung der medikamentösen Therapie nochmals untersuchen zu lassen, ob der Parasit tatsächlich verschwunden war oder ob man nachbehandeln müsse. Fischbandwürmer wurden zwar sehr lang und konnten täglich bis zu fünfzehn Zentimeter wachsen, waren aber längst nicht so gefährlich wie zum Beispiel der gemeine Fuchsbandwurm.

Ich unterschrieb das Rezept an der Anmeldung und verabschiedete mich von Mrs. Golightly, die von der Diagnose immer noch geschockt schien und einen blutleeren Zombieblick draufhatte. Mr. Golightly nahm das Rezept entgegen und führte seine Gattin am Ellbogen heraus. Ich ging einen Schritt vor die Tür und sah die beiden in einen zu einem Campervan mit Aufstelldach umgebauten Ford Maverick steigen. Der Wagen war in Metallicmeerblau lackiert. Um den Wagen wand sich eine gelbe Riesenschlange, die genauso gut ein Bandwurm hätte sein können. Mich schüttelte es. Ich konnte mit blutenden Traumaopfern mit multiplen offenen Knochenbrüchen ohne mit der Wimper zu zucken umgehen – bei Parasiten und Schaben hörte die Abgebrühtheit auf.

Durch das Tor kam ein knallrotes *Bike* in einem Höllentempo in Richtung Parkplatz geschossen. Der Fahrer nutzte die Temposchwelle als Rampe und brachte das Motorrad nach einem kurzen Flug geschickt wieder auf die Straße. Er schien kein Anfänger zu sein. Angesichts des auffälligen Wehrmachthelms und der Camouflage-Uniformjacke der US-Army vermutete ich eine Invasion durch einen militärischen Spinner. Der Spinner zog den Nussschalenhelm ab und kam mit schwarzer Pilotenbrille, Springerstiefeln wiegenden Schrittes auf mich zugelaufen. Kimi Pekka zog im Gehen sehr effektvoll die Jacke aus und warf sie sich über die Schulter – das Ganze erinnerte an eine Szene aus dem Film *Top Gun* – allerdings ohne die Slowmotion. Unter der lässigen Bikerjacke kam ein babyblaues T-Shirt mit dem aufgedruckten Foto eines Pinguins zum Vorschein. Die Motorradkampftruppe hatte sich innerhalb einer Minute zum Besuch beim Kindergeburtstag verwandelt. Manche Menschen waren Wundertüten.

»Schickes Zweirad!«, begrüßte ich unseren nagelneuen Kinderarzt.

»Ducati Monster 1200 R. Hubraum 1.198,4 Kubikzentimeter. 152 PS. Drehmoment von 125 Newtonmeter bei 7.750 Umdrehungen pro Minute.«

»Gleich, wie viel Kubik, Promille oder Umdrehungen das Ding hat. Wenn dich unser Gesetzeshüter ohne den vorgeschriebenen Leuchtgurt erwischt, wird's teuer.«

»Danke für die Info.«

»*Con gusto.* Sehr martialisches T-Shirt übrigens. Ist das ein Kampfpinguin?«

Der Pädiater stand mittlerweile direkt neben mir und sah an sich herunter. »Im Gegenteil. Es ist unmöglich, wütend zu sein, wenn du einen Pinguin siehst. Das beruhigt sowohl Kinder als auch Erwachsene.« Er zwinkerte mir zu und salutierte: »Dr. Kimi Pekka meldet sich einsatzbereit.«

»Dann mal herzlich willkommen.« Ich zeigte Kimi das Arztzimmer und die Umkleidemöglichkeiten. »Wir treffen uns um dreiviertel neun an der Anmeldung, dann stelle ich dich dem Rest des Teams vor und zeige dir die Schlossklinik von innen.«

Kimi sah mich entgeistert an. »Hör auf mit dem Scheiß, ich habe keinen Taschenrechner dabei. Wie viel Uhr ist das in digital?«

Ich machte mit dem schrägen Kollegen um 8.45 Uhr eine Runde durchs Haus. Rosa war entzückt von dem Pinguin. Warren thronte hinter seinem Schreibtisch und betrachtete skeptisch das Deeskalations-Shirt des Kinderarztes.

Im Laufe des Tages begeisterte mich der Finne mit seinem trockenen Humor. Sein Eintrag bei *Besonderheiten* im Anamnesebogen eines Lastwagenfahrers aus Westfalia, der wegen Durchblutungsstörungen in den Beinen gekommen war,

war vielversprechend. »Der Patient ist verheiratet und trotzdem sexuell aktiv.«

AM SPÄTEN NACHMITTAG beehrte uns auch noch Bertha Müller, die sich beim Anheizen des Kamins am Brennholz einen Splitter eingezogen hatte. Bertha wollte eine Lokalanästhesie. Als ich ihr jedoch erklärte, dass die drei Spritzen in den Finger mehr Schmerzen bereiten würden, als der Splitter es je konnte, willigte sie einer *Operation bei lebendigem Leibe* ein.

»Kamin anheizen?«, fragte der Pädiater, während er den mikroskopischen Holzspan mit einer Splitterpinzette herauszog. »In der Karibik? Bei 25 Grad im Schatten?«

»Ich liebe Kaminfeuer und gönne mir dieses bisschen Erinnerung an meine alte, kalte Heimat.« Señora Müller witterte Frischfleisch und bekam einen lüsternen Blick. »Sie können gerne mal abends auf ein Gläschen Wein vorbeikommen. Ich wohne in Cahuita, direkt am Strand.«

»Ich wohne auch …« Ich stieß den unbedarften Arzt in die Seite, ehe er die fatale Anmerkung machen konnte, dass er auch in Cahuita direkt am Strand wohnte.

»Dr. Pekka wohnt auch an einem Strand, aber in einer ganz anderen Richtung«, meinte ich und fuhr fort: »Aber mit Kamin anheizen in unseren Breiten hat er recht, der Herr Kollege, das dürfte doch sehr warm werden.«

»Wo denken Sie hin? Ich mache selbstverständlich schon ein paar Stunden vorher die Klimaanlage an.« Die Umweltsünderin wandte ihre Aufmerksamkeit wieder ihrem neuen Opfer zu und meinte neckisch. »Wissen Sie, junger Mann, ich habe mich Zeit meines Lebens der Polyamorie verschrieben. Mein Herz ist groß und weit offen.« Miss Marple setzte einen neckischen Blick mit halb geschlossenen Lidern auf. »Und nicht nur das Herz!«

»Polyamorie?«, fragte mich Kimi, nachdem sich die Sexpertin mit dem unverlangten Versprechen, dass sie sich in

360

drei Tagen zur Kontrolle wieder einfinden würde, verabschiedet hatte. Die Rentnerin, die sich ihr respektables Strandhaus in Cahuita mit einer Telefon-Sexhotline in Deutschland verdient hatte, schaffte es von Besuch zu Besuch, ein paar Kilo zuzulegen. »Mein Deutsch ist nicht perfekt, aber meine Mutter hat solche Frauen Schlampen genannt«, schloss er.

Die Doktores Pekka und Brandstätter würden sehr viel Spaß haben, so viel stand jetzt schon fest.

Bremsen und Beschleunigung

Pedro Domingo Yermo war ein zweiundsiebzigjähriger *tico,* den ich noch nie zuvor in unserer Sprechstunde gesehen hatte. In seinem Aufnahmefragebogen stand, dass er wegen Schmerzen im Daumen zu uns kam. Ich nahm ihn mit in die Behandlungskabine und konnte nicht anders, als das ausgeprägte Rhinophym anzustarren. In Deutschland nannte man ein durch eine Hyperplasie der Talgdrüsen unförmig aufgetriebenes Riechorgan *Säufer-* oder *Kartoffelnase.* Ein solches Prachtexemplar, das das Philtrum fast bedeckte, hatte ich noch nie gesehen. Deswegen war der Patient jedoch nicht gekommen. Ihn plagten Schmerzen und Bewegungseinschränkungen im Daumengrundgelenk. Die Röntgenaufnahmen zeigten eine Rhizarthrose.

Im Flur kam mir der Laminator in Begleitung eines farbigen Jungen in Tobis Alter entgegen, den ich in den vergangenen Wochen schon öfter im Wartebereich bemerkt hatte. Er saß immer alleine, was in Costa Rica nichts Besonderes war, hier kamen Kinder oft selbstständig und ohne Begleitung in die Sprechstunde. Was mir aufstieß, war die Tatsache, dass er stets von Remo behandelt wurde. Mir fiel die schnelle, angestrengte Atmung auf. Ich beschloss, später einen Blick in die Patientenakte zu werfen.

Nachdem ich Señor Yermo mit einem Rezept für Diclofenac und einer Daumenorthese entlassen und ihm geraten hatte, wegen seiner Nase noch mal vorbeizukommen und den Rat unseres Schönheitschirurgen einzuholen, holte ich mein Handy heraus. Es hatte während der Behandlung des Patienten einige Male vibriert. Ich staunte nicht schlecht. Fünf Anrufe und sieben Textnachrichten.

Ehe ich nachsehen konnte, wer mich so dringend erreichen wollte, hörte ich Rosa rufen. »Ben! Telefon für dich! Es ist dringend. Jesús von der Polizeistation.«

»Ich nehme es im Arztzimmer an.«

Warren saß am Schreibtisch. Er hatte den Hörer bereits abgenommen und reichte ihn mir. Ich hörte mir mit einigem Erstaunen an, was mir unser Vorzeigepolizist berichtete, und las nebenbei eine Textnachricht von Alvarez, der auch mehrmals versucht hatte, anzurufen. Die zweite Anruferin war Maria gewesen.

12.12 Nachricht von Maria O.

Benny, der Bentley

wurde vorm Haus geklaut. ☹

»Aha, aha. Ich komme, so schnell es geht.« Ich legte auf und schüttelte ungläubig den Kopf.

»Willst du reden?«, fragte mich der Kollege.

»Keine Zeit. Ich muss meinen Sohn aus dem Gefängnis befreien.«

»Ich hoffe, es ist kein Kapitalverbrechen.«

Ich schüttelte abermals den Kopf. »*Nope*. Lenken eines Kraftfahrzeuges ohne gültige Fahrerlaubnis.«

»Sei froh, dass er nur auf einer Polizeistation ist. Müsstest du ihn im Hospital besuchen, wäre es schlimmer.«

Ich holte meine Autoschlüssel und fuhr ohne mich umzuziehen nach Cahuita. Von unterwegs schickte ich Maria eine Nachricht, dass der geklaute Bentley gefunden worden sei und ich mich drum kümmere. Ich schaffte die Strecke, für die ich normalerweise fünfundvierzig Minuten brauchte, in einer knappen halben Stunde. Mir ging die Frage durch den Kopf: Wie begrüßt man sein Kind, das eine heillose Dummheit begangen hat, durch die es sein und das Leben anderer hätte gefährden können, aber alles glimpflich ausgegangen ist? Ich fand keine Lösung, und dann nahm, wie so oft, alles seinen eigenen Lauf.

Der Bentley war direkt vor der Station geparkt und unbeschädigt. Tobi saß, ebenfalls ohne sichtbare Kratzer und Beulen, auf der schmalen Bank vor dem Tresen, hinter dem Jesús und sein Hilfssheriff Oscar an ihren Schreibtischen Papierkram erledigten. Er las konzentriert in einer Broschüre der costaricanischen Regierung, *Wege aus der Gewalt*, und trank Soda aus einer Plastiktüte, der landesüblichen Abfüllungsform.

Als er mich kommen hörte, sah er auf: »Papa, die legen einem gar keine Handschellen an oder werfen einen in die Zelle, wenn man was verbrochen hat.«

Jesús kam an den Tresen. »Dr. Brandstätter. Wir sehen von einer Anzeige wegen Verletzung der Aufsichtspflicht ab, aber wir müssen trotzdem einen Bericht über den Vorfall aufnehmen.«

»Maria hat schon auf mich aufgepasst, das habe ich denen erklärt. Sie hat nur nicht auf ihre Autoschlüssel aufgepasst«, meinte Tobi.

Jesús stöhnte vernehmlich und von Oscar kam ein unterdrücktes Lachen.

»Tobi, halt einfach die Klappe, bis ich dir erlaube, jemals wieder ein Wort zu sprechen«, entgegnete ich ihm.

»*Si Señor*. Gilt das auch für andere oder nur für sprechen mit dir?«

Ich warf meinem Ableger einen vernichtenden Blick zu.

»Okay, dann sage ich jetzt überhaupt nichts mehr. Aber nach den Ferien muss ich unbedingt wieder sprechen, sonst bekomme ich Probleme in der Schule.« Er setzte sich wieder auf die Bank und nahm erneut die Broschüre zur Hand.

Jesús winkte mich an seinen Schreibtisch und las mir Tobis Aussage vor.

»Mein Freund Leandro hat mir eine Nachricht geschickt, dass er nicht mehr mein Freund sein darf, weil seine Mutter das nicht mehr möchte. Weil ich das klären wollte, musste ich dringend nach Cahuita und mit ihr sprechen. Ein Bus ging gerade nicht und mit dem Taxi wollte ich nicht fahren, weil mir Papa das schon mal in Stuttgart verboten hat. Ich mache ja einen Fehler nicht zweimal. Außerdem ist Taxifahren ziemlich teuer. Maria hat Romy gefüttert und die hat geschrien. Ich habe gesagt, ich muss kurz weg. Maria meinte, ich soll zum Abendessen wieder da sein.

Dann habe ich den Autoschlüssel genommen. Ich habe immer zugesehen, wie das geht, und es ist nicht schwer. Weil ich nicht übers Lenkrad gucken konnte, habe ich meinen Kindersitz auf die Fahrerseite gemacht. Was aber blöd war, weil man beim Anzünden auf die Bremse treten muss und meine Beine waren zu kurz. Dann bin ich nach vorne gerutscht und habe mich ganz arg gestreckt. Hat funktioniert. Das mit der Automatik hat mir mein Papa erklärt: einfach den Schalter auf D wie Düsenantrieb stellen und los. Das mit dem Lenken ging wirklich einfach wegen der Hilfslenkung. Wenn ich was sehen wollte, kam ich nicht mehr ans Gaspedal. Das war ungeschickt, weil ich ja sehen musste, wo ich hinwill, und ich konnte deshalb nur langsam rollen und nicht schnell fahren. Darüber haben sich andere Autofahrer aufgeregt und gehupt und

wild mit den Händen gefuchtelt, als sie mich überholt haben. Das
fand ich sehr rücksichtslos. Ich bin ja noch ein Kind und muss
das erst noch lernen. Dann kam schließlich das Polizeiauto und
fuhr mit Sirene und Blaulicht neben mir her. Ich hatte die Scheibe
unten wegen der frischen Luft. Sie haben auch geschrien und woll-
ten, dass ich anhalte. Aber ich komme ja noch nicht an die Bremse.
Dann ist der eine Polizist aus dem Wagen gestiegen und neben mir
hergerannt. Er hat die Beifahrertür aufgerissen und sich auf den
Sitz geschmissen und für mich gebremst. Dann musste ich ausstei-
gen und wurde verhaftet.«

Ich wusste nicht, ob ich lachen oder weinen sollte, und
fragte Tobi, ob das alles so richtig sei. Es kam keine Antwort.
»Tobi!«, rief ich etwas lauter.

»Darf ich wieder reden?«

»Nur Ja oder Nein sagen.«

»*Si, Señor.*«

Ich unterschrieb als Erziehungsberechtigter die Aussage,
wurde von Jesús ausdrücklich darauf hingewiesen, dass er
unsere Familie im Auge behalten werde und, sollte es einen
weiteren Vorfall geben, er dies dem *Patronato Nacional de la
Infancia*, also dem Jugendamt, mitteilen müsse. Ich schluckte
und schwieg. Es hatte unendlich viel Überzeugungsarbeit, eine
mehrseitige schriftliche Übereinkunft sowie ein unwidersteh-
liches Angebot für einen hoch dotierten Managementposten
in Manuels Obstimperium gebraucht, bis Kia mir das alleinige Aufenthaltsbestimmungsrecht übertrug. Einer Adoption
stimmte sie nach wie vor nicht zu. Dass die *PANI* auf uns aufmerksam und Tobis Mutter alarmiert wurde, war alles andere
als wünschenswert.

»Ich werde den Fall an meinen Nachfolger weitergeben und
ihn darauf hinweisen, dass er ein Auge auf Sie haben soll. Das
ist mein letzter Monat im Dienst.«

Jesús erinnerte mich an eine Landschildkröte, die verfügte über ähnlich geringe mimische Ausdrucksmöglichkeiten. Dafür schnitten seine Worte wie eine Glasscherbe. Er reichte mir den Schlüssel für den Bentley.

»Wir werden Sie alle sehr vermissen, wenn Sie in Frührente gehen.« Ich konnte es nicht lassen, ich musste mich ein letztes Mal mit Jesús anlegen. »*Burn-out?*«

»Ich gehe nicht in Rente und ich bin auch nicht berufsunfähig – im Gegenteil: Ich wechsle in die Privatwirtschaft und übernehme den anspruchsvollen Posten eines Securitychefs bei einem internationalen Unternehmen.«

Sehr schön umschrieben, aber ich war auf Krawall gebürstet. »Wie kommt man denn zu so einem einträglichen Job? Besetzungscouch?«

Turtleface zuckte mit dem Mundwinkel. Volltreffer.

Ich setzte mein sardonischstes Grinsen auf. »Grüßen Sie Ihren neuen Arbeitgeber und die Mama schön von mir.« Ich zwinkerte und verließ mit meinem Sohn die Station.

Im Jeep schlug ich aufs Lenkrad. »Verdammt, Tobi, was ist nur in dich gefahren? Du hättest dich verletzen können und andere auch.«

»Darf ich wieder sprechen?«

»Ja, zum Teufel. Ich habe dir doch ausdrücklich verboten, alleine mit dem Auto zu fahren, als du mich neulich gefragt hast, ob das auch Kinder können.«

»Das habe ich nicht gehört, da habe ich bestimmt geredet.«

»Was könntest du alles in deinem Leben hören, würdest du nicht so viel reden.«

Tobi dachte einen Augenblick angestrengt nach. »Da hast du wahrscheinlich recht, Papa.«

»Das wird Konsequenzen haben«, drohte ich und wusste selbst nicht genau, welche. »Wie wolltest du den Wagen überhaupt anhalten?«

»Mit der Handbremse. Ich habe das im Fernsehen gesehen. Die muss man ganz schnell ziehen und dabei lenken, so kommt man in jede Parklücke. *Zack!*«

»Von wegen *zack*. Das können nur Stuntmen und du hast Hausarrest.«

»Orr, Papa. Wie lange?«

»Bis du volljährig bist.«

»Ich bin aber Sonntag mit Sabina verabredet. Die geht mit ihren Eltern zum Stierkampf und ich darf mit.«

Der Stierkampf war in Costa Rica zum Glück eine unblutige Angelegenheit, sonst hätte ich meinen sensiblen Sohn niemals zuschauen lassen.

»Ich bin so sauer auf dich. Ich habe keine Lust, mit dir zu verhandeln.«

Tobi schwieg, statt eine Antwort zu geben. Nach einer halben Ewigkeit meinte er sehr leise: »Ich bin auch sauer auf dich, Papa, und verhandle trotzdem mit dir.«

»Warum das denn?«

»Leandro hat gesagt, er darf mich nicht mehr sehen, weil du gemein zu seiner Mutter warst. Ich habe das bei der Polizei nicht gesagt, damit du keine Probleme mit Jesús bekommst, aber das ist so. Warum hast du Señora Ruiz überhaupt geärgert? Die hat dir doch nichts getan. Und Leandro hat doch nur mich als Freund. Wir wollten zusammen bei der Parade am Nationalfeiertag mitmarschieren. Wir haben uns so in der Schule angestrengt, damit wir mitmachen dürfen. Ich hätte ihn geschoben. Seine Mutter hat aber der Schule gesagt, er oder ich. Ihr Erwachsenen seid so gemein und euch ist es ganz egal, was Kinder wollen.«·

Wie sollte ich meinem Kind erklären, dass er seinen Freund nicht mehr sehen durfte, weil dessen Mutter mit meinem Arbeitgeber gevögelt hatte? Wie sollte ich Logik in etwas hineinbringen, das keine Logik in sich barg? Wie sollte ich einem Achtjährigen begreiflich machen, dass das größte Problem die katholische Kirche war, die so etwas Bescheuertes wie das Zölibat auf ihre Fahnen geschrieben hatte? Wie sollte ich eine Entschuldigung dafür finden, dass ich dieses Vergehen, das in meinen Augen keines war, für meine Zwecke und Absichten benutzte? Ich fand keine Lösung und so fuhren wir schweigend nach Manzanillo. Tobi ging freiwillig auf sein Zimmer und ich informierte Maria, die am Esstisch ihre Buchhaltung machte, darüber, wo ihr Wagen geblieben war.

Gomez lag mit Salomé zwischen den Vorderpfoten neben der Couch und kaute auf dem Kopf der Katze herum. Unsere Haustiere spielten fast täglich Kau-die-Katze. Beide schienen glücklich dabei und wir hatten aufgehört, uns Sorgen darüber zu machen, ob und wann Salomés Schädelknochen dabei zu Bruch gehen würde. Romy sah den beiden mit einem Gesichtsausdruck zu, der erfahrungsgemäß nichts Gutes verhieß. Ich ließ die drei vorsichtshalber nicht aus den Augen.

»Mirian hat Leandro verboten, weiter mit Tobi zu spielen, wegen der Geschichte mit dem Video. Deswegen wollte er hinfahren und selbst mit ihr sprechen.«

»So ein Mist. Immer Ärger mit den Weibchen«, meinte Maria. »Wenn wir schon beim Thema sind, ich war heute früh mit Yoani drüben bei Raya und wollte mit ihr wegen Madalena sprechen ...«

Sätze, die nicht zu Ende gesprochen wurden, machten mir seit ich denken konnte Angst. Zu Recht, wie sich wieder herausstellte. Ich holte tief Luft. »Und?«

»Na ja, sie war ganz reizend, hat uns Sandwiches und Kaffee hingestellt und uns dann lächelnd verkündet, dass sie furchtbar glücklich sei, weil sie Rainer endlich davon hatte überzeugen können, das Hotel zu verkaufen und mit ihr in Miami einen Neuanfang zu wagen. Die USA seien ihr Traumland und Fernando hätte da ganz andere Entwicklungsmöglichkeiten …«

Auch dieser Satz wurde nicht vollendet. Ich hielt mir zwei Finger an den Kopf und drückte ab.

»Was wirst du nun tun, Benny?«

Ich zuckte mit den Schultern, nahm meine Tochter hoch, die angefangen hatte, auf Gomez rechtem Ohr herumzukauen, und ging mit ihr an den Strand. Ich baute eine mit Zinnen bewehrte Sandburg um uns herum und brachte meinem Kind einen neuen deutschen Begriff bei: »Söne Seiße!«

AM NÄCHSTEN TAG fuhr ich in der Tierarztpraxis vorbei und klingelte. Die Hausherrin öffnete, sah mich kurz an und knallte mir die Tür vor der Nase zu.

Auf der Rückfahrt kam im Radio ein Lied von Shaggy. »*Honey came in and she caught me red-handed, creeping with the girl next door. Picture this we were both butt-naked banging on the bathroom floor …*« Ob Señora Ruiz den Text von *It wasn't me!* auch kannte?

Tobi saß alleine vor dem Couchtisch auf dem Boden und malte.

»Wo ist deine Aufsichtsperson?«, erkundigte ich mich.

»Die ist mit Romy und Yoani zu Walmart gefahren. Ich durfte ja nicht mit, weil ich Hausarrest habe. Dabei kann ich hier alleine mehr Unfug treiben als unter Bewachung im Supermarkt. Ihr habt das nicht richtig durchdacht mit der Bestrafung.«

»Entschuldige, nächstes Mal geben wir uns mehr Mühe. Was zeichnest du?«

»Eine Schatzkarte.«

»Wo liegt der Schatz begraben?«

370

»Auf Cocos Island. Das ist der Kirchenschatz von Lima. Wenn ich die Goldene Madonna finde, sind wir alle Sorgen los.«

Leider hat meine Lebenserfahrung gezeigt, dass es keine Rolle spielte, wie viel irdische Reichtümer man besaß. Man war nie alle Sorgen los, immer nur ein paar mehr oder weniger. Ich fand, es war an der Zeit, meinem Sprössling ein paar Sorgen zu nehmen und ein wenig Freude zu bereiten.

»Komm, steh auf. Wir packen unsere Sachen und machen einen Ausflug«, forderte ich den Schatzjäger auf, rief Maria auf dem Handy an und teilte ihr mit, dass ich mit Tobi ein paar Vater-Sohn-Ferientage verbringen wollte. Ich klopfte bei Barbra, die ausnahmsweise mal in ihrem Appartement war und sich nicht herumtrieb, und fragte, ob sie ihren VW-Bus für ein paar Tage gegen meinen Laredo eintauschen wolle.

Wir fuhren mit dem klapprigen Bulli in den Nationalpark Barra Honda auf die Halbinsel Nicoya, suchten eine Stelle zum Campen und spielten am Abend im Freien Karten mit zwei Backpackern aus Warnemünde, die mit einem Zelt unterwegs waren.

Beim Wandern in den tropischen Trockenwäldern des Parks stießen wir auf Brüllaffen, eine kleine Rotte Pekaris und zwei einsame Ameisenbären. Wir teilten unser Mittagessen mit neugierigen Nasenbären an einem kleinen Wasserfall, der sich in ein leuchtend türkisgrünes Becken ergoss.

Das Highlight hob ich mir für den letzten Tag auf. Ich hatte einen Führer engagiert, der uns zu den Karsthöhlen am Vulkan Irazú brachte. Es hatte mich einige Überzeugungsarbeit gekostet, dass ich ein Kind mitnehmen durfte. Der Abstieg über steile Leitern war nicht einfach, aber Tobi bekam ein Sicherheitsseil und hielt tapfer durch. Der Anblick der zahllosen Fledermäuse, die in einer der Höhlen hausten, und die imposanten Stalaktiten und Stalagmiten entschädigte uns für die Mühen.

El Tobo hatte sich schlau gemacht und im Internet eine Eselsbrücke gefunden, wie man sich merken konnte, welche Tropfsteine wie hießen, und grinste verschämt, als er es mir erklärte: »Titten hängen, Mieten steigen, Papa. *He, he, he.*«

Eine lebensgroße Stalagmitengruppe sah aus wie Heiligenfiguren und wir ließen uns für Yoani davor fotografieren.

Der Nachwuchsforscher fand einen winzigen Knochensplitter und durfte ihn sogar behalten. Auf der Heimfahrt beschäftigte ihn die Frage, ob es ein Tier- oder Menschenknochen war. Er hatte sich fortan der Paläontologie, Archäologie und Speläologie verschrieben und wünschte sich einen Helm und eine Grubenlampe zum Geburtstag.

Weil er sich die Begriffe nicht alle merken konnte, erzählte er seiner Freundin Sabina, dass er beabsichtige, *Speziologe* zu werden, mit allem, was dazugehörte. Sabina war, wie viele *chicas,* eher wertkonservativ und versprach, Tobis Forscherdrang dadurch zu unterstützen, dass sie in den jeweiligen Forschungscamps mit einer warmen Mahlzeit auf ihn warten werde. Tobi schien schon vor seinem zehnten Geburtstag die ideale Frau gefunden zu haben.

Wunden und Wunder

Die blutjunge Salsatänzerin, der beim nächtlichen Tanzvergnügen eine Freundin mit einem metallbewährten Pfennigabsatz auf den großen Zeh getreten hatte, kam mit einem Pflaster weg. Vor einigen Jahren hätte ich noch einiges getan, um die Telefonnummer der attraktiven *tica* zu ergattern. Aber der kleine Elvis schien zur Ruhe gekommen zu sein und sich mit dem abzufinden, was er jeden Tag zu Hause vorfand. Das machte das Leben des großen Elvis wesentlich gechillter. Mit Ausnahme der volltrunkenen Versuchung durch die sexy Schwanenhalslady ließ mich die Damenwelt Costa Ricas ziemlich unbeeindruckt. Die Backpackerinnen waren eindeutig zu jung für mich beziehungsweise ich zu alt für sie. Ich ließ die Patientin unbehelligt von dannen humpeln und rief den nächsten Fall auf.

Severino de Rocha Montez hieß zwar wie ein rassiger, vollmundiger spanischer Rotwein, sah aber aus wie ein Schluck Wasser in der Kurve und verhielt sich auch so. Der Neunundfünfzigjährige klagte über Atembeschwerden und hustete seinen Angaben nach weißlichen Schaum. Mir fiel gleich die bläuliche Verfärbung der Lippen auf. Die Zyanose deutete darauf hin, dass der Patient unter Sauerstoffmangel litt. Der Puls raste und bei der Auskultation der Lunge waren feuchte Rasselgeräusche zu hören. Ich tippte auf ein alveoläres Lungenödem und röntgte den Thorax. Auf den Aufnahmen waren die typischen Anzeichen eines Lungenödems zu sehen – eine homogene Trübung sowie ein fleckiges Muster der Lungenbläschen.

»Sie haben Wasser in der Lunge«, informierte ich den Zollbeamten, der mich daraufhin ungläubig ansah.

»Doktor, das kann doch gar nicht sein. Ich trinke nur Kaffee und Rum. Wo soll das Wasser herkommen?«

Ich verschluckte meine Erwiderung, dass es sich höchstwahrscheinlich um Wasser handelte, das aus dem Hohlraum in seinem Schädel, der normalerweise mit zum Denken geeigneter Hirnmasse gefüllt war, Richtung Lunge abgeflossen sein musste. »Ich meine damit auch nicht Trinkwasser, sondern Flüssigkeit, die aus den Lungenblutgefäßen ins Gewebe gedrungen ist, weil die Druckverhältnisse in Ihrer Lunge aus dem Gleichgewicht geraten sind.«

»Wie kann das sein, dass meine Lungen nicht in Ordnung sind? Ich rauche ja noch nicht mal.« Plötzlich kam Leben in den bis dahin phlegmatischen Herrn, was aber behandlungstechnisch kontraproduktiv war.

»Ich vermute eine kardiale Ursache. Möglicherweise eine Linksherzinsuffizienz. Um das aber mit Sicherheit feststellen zu können, müssen Sie ins Hospital und eine Echokardiografie des Herzens machen lassen. Wir bestellen einen Rettungswagen. Bleiben Sie so lange hier sitzen. Schwester Rosa kommt gleich und versorgt Sie mit Sauerstoff, damit Ihnen das Atmen leichter fällt. Ich werde Ihnen was zur Beruhigung geben. Die Ärzte im Hospital werden Sie je nach Befund weiterbehandeln.«

Der Fall erinnerte mich fatal an Aitana Trochez, die vor einigen Jahren während der Behandlung an einem Lungenödem verstorben war. Sie war sehr spät gekommen und ein Transport in das Hospital war wegen eines Betonlasters, der die Zufahrt zur Station versperrt hatte, nicht möglich gewesen. Aitana Trochez' Tod würde ich niemals vergessen können, weil ich ihn als persönliche Niederlage betrachtete.

Nachdem das Lungenödem ins Hospital abgeschoben worden war, war mein Dienst zu Ende. Ich ging in das kleine Büro, hinter dem sich der noch kleinere Umkleideraum befand.

Unser finnischer Pädiater saß am Schreibtisch, die Füße auf die Tischplatte über Kreuz gelegt, beide Arme hinterm Kopf verschränkt, die blauen Äuglein fest geschlossen. Vor Remos Regentschaft hatten wir die beiden Stationszimmer mit den Betten und den Behandlungsstuhl im Zahnarztzimmer zur Verfügung gehabt, um gelegentlich ein Nickerchen zu machen, aber die unbenutzten Räume waren jetzt abgeschlossen und der Laminator wachte über die Schlüssel.

»Was machst du noch hier?«, fragte ich auf Deutsch.

Kimi öffnete träge die Augen. »Ich denke nach.«

»Du simulierst doch.«

»Was hat mich verraten, *Brandstifter?*«

»Der grenzdebile Ausdruck, *Pecker.*« Ich ging in den Nebenraum und zog mich um.

Aus dem Augenwinkel sah ich, wie mein Kollege sein Handy herausfischte und sich darin musterte. Er machte Grimassen und strich sich über den jämmerlichen Versuch eines Dreitagebartes. »Ich finde, ich sehe hochintelligent aus.«

»Du findest auch, dass du einen Bart hast. Aber das ist kein Bart. Das ist ein Bart.« Ich stand in Straßenklamotten neben dem Schreibtisch und deutete auf meinen prachtvollen, grauen *Fünf*tagebart.

»Bei dem einen gehen die Wachstumshormone eben in die Körpergröße, der andere bekommt Haare. Obwohl ihr deutschen Nachkriegskinder seid ja tendenziell mangelernährt.« Kimi grinste vergnügt.

Der *Pädophile* hatte es zielgenau geschafft, auf meinen beiden wunden Punkten rumzureiten – meinem Alter und meiner Größe.

»Da, nimm dir von den Erdnüssen. Hochkalorisch. Jede Menge Vitamin B und E, Eisen, Phosphor, Magnesium, Calcium und essenzielle Aminosäure. Alles, was man so zum Wachsen braucht, *pieni mies*.« Er schob mir eine Glasschale mit ungeschälten Erdnüssen herüber. Die Hälfte war schon geknackt und die Schreibtischplatte übersät mit Schalenresten und den dünnen, trockenen Häutchen, die bitter schmeckten, wenn man sie mitaß.

»Apropos Kriegsverletzung. Wie hat man das Aneurysma entdeckt?«

»Woher weißt du, dass es ein Aneurysma war?«

»Schnittführung.« Ich lehnte mich an die Schreibtischkante und knackte eine Nuss.

»Guter Blick.«

»*Glernt isch halt glernt, woisch.*«

»Dein Deutsch ist furchtbar schlecht, *pieni mies*.«

Ich holte mein Handy hervor. »Wie schreibt man das? Buchstabier mal.«

»D-e-u-t-s-c-h.« Der Kinderarzt sah mich grinsend an.

Ich grinste hämisch zurück. »Sehr witzig.«

»P-ä-n-n-i-m-i-h-s.«

Ich gab das Wort bei einer Übersetzungsapp ein. »Dein Finnisch ist furchtbar schlecht. Das gibt es überhaupt nicht!«

»Mittelösterbottnischer Dialekt.«

»Du lügst doch!«

»Wie die Frage, so die Antwort.«

»Wer soll das denn verstehen? Hat dein blondes Hirn mal wieder mit letzter Kraft ein Sprichwort kreiert?«

»Für jede Lösung gibt es ein Problem.« Kimi hatte sich eine Handvoll Nüsse auf das T-Shirt gelegt. Er erinnerte an ein putziges Eichhörnchen, das vor dem Winterschlaf Notrationen anlegt. Die Bewegungen des Finnen waren noch langsamer als Warrens Nahttechnik.

»Weißt du eigentlich, wie wir hier die kleinstmögliche Arbeitseinheit bezeichnen, seitdem du da bist?«

»Keine Ahnung.«

»Ein Pekka!« Jetzt grinste ich breit.

»Sehr witzig. Das mit dem Aneurysma war übrigens Glück im allertiefsten Unglück. Meine Freundin hat an dem Abend mit mir Schluss gemacht. In unserer Stammkneipe. Nach dem Essen. Besser gesagt, nachdem ich die Rechnung gezahlt hatte. Zum Abschied meinte sie, ich solle nicht so komisch gucken, Pärchen trennen sich tagtäglich, die Welt würde deshalb nicht untergehen. Ich wusste nicht, was sie meinte, und habe mich im Spiegel der Toilette betrachtet. Eine Pupille war weit gestellt. Daraufhin habe ich mich vor dem Nachtdienst in meiner Klinik von einem befreundeten Neurologen untersuchen lassen. In der Angiografie stellte sich ein dreibäuchiges Aneurysma dar. Ich habe dem Clipping gleich zugestimmt.«

»Keine Komplikationen?«

»Keine physischen zumindest. Psychische nicht zu wenige. Deshalb bin ich bei euch gelandet. Ich habe die letzten Jahre auf der Überholspur gelebt und neben Studium und Job Motorradrennen gefahren. Superbike 1000. Um die 220 PS Leistung. Und jetzt werde ich Gutes tun und mein Karma aufbessern.«

Mir waren Männerspielzeuge wie Motorräder und Autos eigentlich wurscht, mit Ausnahme meines geliebten Laredo. Dabei wusste ich weder, wie viel PS die Karre hatte, noch wie viel Liter Hubraum. »Mit dem goldenen Schraubenzieher in der Hand geboren?«

Kimi beäugte mich nachdenklich. »Hey, du kannst das aber auch gut mit dem Verdrehen von Sprichwörtern. Respekt. Nein, eher im Gegenteil. Das war ein billiges Blechteil mit abgebrochenem Griff. Ich bin tatsächlich in der Region Mittelösterbotten geboren. In Kokkola, der Hauptstadt. Die liegt direkt am Meer. Total idyllisch. Du musst mal mit deiner Frau hinfahren, wenn die Venezianischen Nächte gefeiert werden. Da wird der ganze Küstenstreifen kilometerlang mit Fackeln, Feuerwerk und Lagerfeuern illuminiert. Ein unvergessliches Bild. Vor allen Dingen vom Wasser aus. Ich habe meine Unschuld verloren in so einer Nacht. In einer romantischen Hütte.« Kimi bekam einen verträumten Ausdruck.

»Vermutlich auf einem Rentierfell?«

»Woher weißt du das?«

»Du scheinst ein Klischeefinne zu sein.«

»Ich nicht, nur die Gegend, in der ich groß geworden bin. Es ist alles sehr ländlich und idyllisch. Überall rennen Kühe rum. In Kaustinen wird jährlich ein Volksmusikfestival abgehalten. Mein Zwillingsbruder und ich hatten das seltene Pech, in einer der wenigen ärmlichen Straßen aufgewachsen zu sein.«

»Zwillingsbruder? Bedeutet das, dich gibt es doppelt?«

»Sami ist mein eineiiger Zwilling. Seit der OP kann man uns sehr gut unterscheiden.«

»Ich bin traditionell gegen Familiennachzug, nur damit du Bescheid weißt.«

»Keine Sorge. Wir haben keinen Kontakt mehr miteinander.«

»Von der Mutter verlassen, vom Vater gegessen, äh, vergessen?«

»So ähnlich. Um es kurz zu machen. *Isä* hat sich täglich mit Alkohol zugeschüttet, mich und meine Mutter im Suff verprügelt. Sami und den Hund dagegen hat er gepflegt und gehätschelt. Mit sechzehn habe ich es nicht mehr ausgehalten und bin nach Helsinki abgehauen. Ich habe mich ein paar Tage am Bahnhof rumgetrieben, auf Bänken geschlafen, bis mich eine bildhübsche Prostituierte aufgelesen hat. Anni war neunzehn und mit allen Wassern gewaschen. Sie hat mich praktisch gezwungen, das Abitur zu machen und mit einem Studium anzufangen, sonst hätte sie mich wieder rausgeschmissen. Bei ihr habe ich gelebt, bis ich mit dem Medizinstudium fertig war.«

»Danach hast du sie nicht mehr gebraucht?«

»Du hast so eine kleine Seele, *pieni mieli.* Nein, ein Zervixkarzinom hat uns final getrennt. Nach der Diagnosestellung hat mein Schatz auf den Tag genau noch vier Monate gelebt.«

»Das tut mir sehr leid.«

Mich traf ein vorwurfsvoller Blick aus eisig blauen Augen. »Du kannst das alles nicht verstehen mit deiner perfekten, kleinen Familie.«

»Die gibt es noch nicht so lange, die kleine Familie, und sie ist ganz weit weg von perfekt. Vorher hatte ich es auch nicht wirklich einfach. Mich hat auch ein Aneurysma im Kopf hierher verschlagen.«

Der Kollege warf einen kritischen Blick auf mein Haupt. »Hm, man sieht gar nichts mehr. Super Job.«

»Nicht in *meinem* Kopf – in dem meiner Frau. Ricky. Sie ist lange vor Tobis Geburt gestorben. An einem wunderschönen Oktobertag. Ohne Vorwarnung.« Ich stotterte leicht. »Ich hatte keine vier Monate Zeit, um mich zu verabschieden. Hast du dir als Kind mal einen von diesen teuren Themenluftballons auf der Kirmes gewünscht und ihn nach langem Betteln endlich bekommen? Du hast das Teil voller Stolz mit dir rumgetragen, ständig hochgeguckt und dich tierisch gefreut darüber. Dann warst du einen Moment unachtsam und dieser einzigartige, wunderschöne Ballon ist dir davongeflogen? So ein Gefühl war das. Du siehst ihn immer kleiner werden und weißt, egal, was du tust, er wird nie wieder zurückkommen. Du wünschst dir nur noch, du könntest diese Sekunde, in der das Schicksal oder eine falsche Bewegung dir den Ballon aus der Hand gerissen hat, ungeschehen machen. Das ist ein traumatisches Erlebnis, weil du der Situation hilflos ausgeliefert bist.«

Der Kollege sah mich eindringlich an, ehe er zitierte: »Schönes Bild, beziehungsweise sehr trauriges Bild, *Brandstifter*. *Wir wissen niemals, dass wir gehen. Wir scherzen und schließen die Tür. Das Schicksal schiebt den Riegel zu. Ins Schweigen sinken wir.*«

»Finnische Weisheit?«

»*Ei*. Emily Dickinson.«

»Ich träume sehr oft von Ricky«, gab ich dem Finnen gegenüber zu und wusste nicht so recht, warum ich mit ihm über Rickys Tod sprach. Über diesen sonnigen Oktobertag und seine Folgen hatte ich bislang nur mit einer Handvoll Menschen reden wollen.

»*Alles, was man vergessen hat, schreit im Traum nach Hilfe.* Ich träume fast jede Nacht von Anni.«

»Von wem ist das jetzt wieder?« Kimi schien mehr Sprüche draufzuhaben als ein Abreißkalender.

»Keine Ahnung. Bin nicht Wikipedia.«

»Aha, aha. Ich habe Ricky nicht vergessen. Sie war nach Tobis Geburt und als ich später Maria kennengelernt habe nicht mehr so präsent. Damals schmerzten die Erinnerungen an Ricky nicht mehr, sondern haben eine wehmütige Stimmung hinterlassen. Wie die Erinnerung an einen schönen Urlaub an einem traumhaften Ort, den ich nie mehr wiedersehen werde. Das hat sich mit der Geburt meiner Tochter schlagartig geändert. Seitdem denke ich wieder sehr oft an meine Frau. So intensiv, dass ich manchmal glaube, nicht mehr atmen zu können. Ich fühle mich schuldig, weil ich ihr nicht helfen konnte, und noch schuldiger, weil es mir so gut geht, ohne sie. Ich habe sogar meine ganze Familie deswegen angepflaumt. Total schizophren.«

»*So what?* Ich habe bis zu meiner OP Schlägereien angefangen, wenn jemand das Wort *Nutte* gebraucht hat. Egal in welchem Zusammenhang. Ich fand das despektierlich und es hat meine Erinnerung an Anni beschmutzt. Dafür gab es was auf die Mütze.«

»Traumabewältigung hat viele Gesichter. Ricky hat damals mein Leben und meine Perspektiven nachhaltig zum Positiven verändert. Über den plötzlichen Verlust einer so wichtigen Person kommt man wohl nie richtig weg.«

Kimi nickte zustimmend und mümmelte wie ein Kaninchen auf einer Erdnuss herum. Langsam verstand ich, warum alle Frauen diesen großen, breitschultrigen Finnen, dessen Oberarme den Umfang meiner Oberschenkel hatten, niedlich fanden. Es lag nicht nur an dem Pinguin-T-Shirt.

»Ehe ich Ricky getroffen habe, musste ich jede freie Minute mit *Action* füllen. Mir hätte ja irgendwas entgehen können. Meine Pubertät schien endlos zu dauern. Danach wollte ich jede freie Minute mit dieser Frau verbringen und dann war sie weg. Für sie schien es keinen Ersatz zu geben. Ich habe keinen Menschen mehr an mich herangelassen und mich voll und ganz dem Schmerz hingegeben. Meine Verlustängste waren von da an gigantisch – bloß nie wieder Verantwortung übernehmen und sich nicht mehr an jemanden binden, der mich wieder alleinlassen kann. Erst lernst du zu lieben und dann sollst du wieder vergessen und dann wieder jemanden Neuen lieben. Mit Tobi hat alles eine neue Dimension bekommen. Kinder relativieren das eigene Ego und du kommst um die Verantwortung nur sehr schwer herum. Vor allen Dingen, wenn dich die Kindsmutter mit dem Nachwuchs alleinlässt.«

»Ich gebe zu, du hattest es auch nicht einfach, *vanha mies.*«

»Sag mal, du beleidigst mich doch ständig in deiner merkwürdigen Sprache.«

»Was sich liebt, das neckt sich. Altes deutsches Sprichwort.«
Er kratzte die leeren Schalen oberflächlich von seinem T-Shirt,
auf dem heute zwei Pinguinbabys miteinander kuschelten. Was
die Pranken des Riesen nicht gepackt hatten und wieder zurück
in der Schüssel gelandet war, lag nun auf dem Boden.

»Kenne ich anders. *Was sich liebt, das leckt sich.* Neueres
deutsches Sprichwort.« Ich deutete auf die Schalenreste auf und
vor dem Schreibtisch. »Wenn das der Klinikhygieniker sieht,
sind wir beide geliefert.«

»Altes finnisches Ritual: Die Götter müssen mitessen, wenn
man sie nicht erzürnen will.«

»Finnische Götter geben sich mit Schalen zufrieden?
Deutsche brauchen anscheinend die Füllung plus Nachtisch«,
bemerkte ich tiefgründig.

Die kleinstmögliche Arbeitseinheit trat ihren Dienst an
und ich fuhr nach Hause.

DIAGNOSEN UND PROGNOSEN

DER MORGEN IN der Praxis war eine Lehrstunde in US-amerikanischem Patriotismus gewesen. Roger Stevenson, ein siebenundvierzigjähriger Amerikaner, hatte von einer Tante eine einträgliche Erdbeerfarm geerbt und diese zu Geld gemacht. Mit dem neuen Reichtum leistete er sich eine Motorradreise, die *Panamericana* hinunter. Roger war aufgrund eines Reifenschadens mit seiner Harley gestürzt. Die Platzwunde am Jochbein sollte man nähen. Im Grunde nähte ich für mein Leben gern, aber aufgrund des großflächigen, wulstigen Narbengewebes über den ganzen linken Schädel des Patienten und den Hals bis in den Ausschnitt des T-Shirts beschloss ich, lieber unseren Schönheitschirurgen zurate zu ziehen.

»Wie ist das mit den Verbrennungen passiert?«, wollte ich wissen. Der Patient hatte diesen Teil seines Lebens in seinem umfassenden Bericht ausgelassen.

»Ich war beim Zweiten Irakkrieg im Einsatz.« Der Kriegsveteran sah mir in die Augen, verlor aber kein weiteres Wort über diese Zeit oder dazu, wie er zu den Brandverletzungen gekommen war.

»Aha, aha. Ich würde in dem Fall unseren plastischen Chirurgen hinzuziehen. Ist übrigens ein Landsmann von Ihnen. Warten Sie einen Moment.«

Warren war schon im Begriff, sich umzuziehen, und unterhielt sich mit Kimi im Arztzimmer.

»Kann ich mal kurz stören? Ich habe einen amerikanischen Kriegshelden mit einer Platzwunde im Narbengewebe. Ich traue mich da nicht ran.«

Warren nickte knapp und folgte mir. Er betrat die Behandlungskabine und reagierte für mich völlig unerwartet. Er salutierte vor dem Patienten und bedankte sich für dessen Einsatz für das Vaterland und schickte mich dann weg. Ich fühlte mich in den Schluss des Filmes *Der Soldat James Ryan* versetzt und ging nur widerstrebend aus der Behandlungskabine. Kein Platz für einen deutschen Wehrdienstverweigerer und ehemaligen Zivildienstleistenden unter freien und tapferen US-Bürgern, die ihr Land verteidigt haben.

Im Wartebereich sah ich den Jungen wieder, der mir vor einiger Zeit aufgefallen war, den ich aber wegen Tobis Straffälligkeit wieder vergessen hatte.

»Rosa, gib mir mal die Akte von dem *chico,* der da drüben sitzt.«

Die Patientenakte von Simeon Ortiz Martin war sehr dick.

»Warum ist da ein roter Reiter drauf? Wir haben doch heute früh einen in Kinderheilkunde extra ausgebildeten Arzt im Haus. Warum beschäftigen wir den nicht bestimmungsgemäß, liebste Rosa?«

Rosa schob ihre Brille auf der Nase hoch, öffnete wortlos den Aktendeckel und zeigte auf einen grünen Post-it. »*Patient IMMER mir zuteilen. Wurde von mir medikamentös eingestellt. RF*«.

»Aha, aha. Rosa, schau mal. Die verlosen gerade ein richtiges Auto in deiner Show. Da kann man anrufen! Auf was wartest du noch?«

Nach dem tiefen Fall unseres CEO waren wir alle zu unseren alten Gewohnheiten zurückgekehrt. Im TV-Gerät an der Anmeldung liefen wieder schwachsinnige Telenovelas und noch schwachsinnigere Quizsendungen. Ich nutzte den Moment der Unaufmerksamkeit, warf den zerknüllten Post-it in den Müll, steckte einen blauen Reiter auf die Akte, nahm sie mit ins Arztzimmer und las Remos Einträge. Das Kind war im vergangenen halben Jahr fast wöchentlich dagewesen. Simeon bekam wiederholt Fieberschübe, zum Teil über 39 Grad, klagte über Bauchschmerzen und hatte einen lokalen Abszess am Steißbein. Unser allwissender Naturheilkundler hatte Wachstumsschübe diagnostiziert beziehungsweise *geraten* und Belladonna-Globuli sowie seinen geliebten Kokossaft verabreicht. Die *Therapieblockade* bei dem Abszess hatte er mit Chlordioxid zu lösen versucht. Ich war kurz vorm Explodieren und holte das Kind in eine Kabine.

Der kleine Patient atmete nach wie vor sehr schwer. Seine Handflächen waren fast weiß – bei einem dunkelhäutigen Menschen nie ein gutes Zeichen. Beim Abtasten des Abdomens schien mir die Milz stark vergrößert. Ich sah mir den Abszess an, der kurz vorm Platzen war und den man längst hätte eröffnen müssen, um die Gefahr einer Sepsis zu vermeiden. Der Junge redete während der Untersuchung kein Wort und schien mir fast apathisch. Die Körpertemperatur war leicht erhöht.

Schließlich rief ich Kimi dazu. Der riesige Finne hatte mit der Unsitte angefangen, E-Zigaretten zu rauchen, und zog ständig eine süßliche Himbeerfahne hinter sich her. In Verbindung mit den hellblauen Pinguin-Shirts konnte man nicht anders, als Muttergefühle für ihn zu entwickeln.

Er untersuchte den Jungen nochmals selbst sehr genau, machte einen Ultraschall des Abdomens, entnahm Blut und meinte: »Wenn ich die Abstammung unseres Patienten berücksichtige, würde ich bei den Symptomen auf Sichelzellenanämie tippen.«

»Sehe ich ähnlich.« Diese autosomal-rezessive Erbkrankheit verändert die Form des Hämoglobins. Die sichelförmigen Zellen verstopfen die Kapillargefäße, wodurch die Haut und lebenswichtige Organe nicht mehr ausreichend versorgt werden. »Was schlägst du vor?«

»Ich versorge als Erstes den Abszess, leite eine symptomatische Therapie mit Antibiose und Analgetikum ein und warte die Labordiagnostik ab. Wenn der Befund da ist und wir mit unserer Verdachtsdiagnose recht haben, dann bitte ich darum, den Kollegen aus dem naturheilkundlichen Fach medikamentös einstellen zu dürfen.«

»Schade, das hätte ich gerne selbst gemacht.«

»Lass mal, *pieni mies!* Es reicht, dass du gefälschte Kondompackungen in Umlauf bringst. Ich habe auf so einem Teil sogar schon herumgekaut. Ich fand es witzig, dass es Gummibärchen in Kondomform gibt und wollte probieren, wie die schmecken. Kann doch kein Mensch ahnen, dass ihr hier Etikettenschwindel treibt.« Kimi lachte und stieß dabei eine Himbeerwolke aus.

»Das war eigentlich Warrens Idee«, belehrte ich ihn und erzählte von der filmreifen Szene heute Morgen zwischen dem Ex-Seal und *Soldat Roger Stevenson.*

»Weißt du was? Ihr habt hier alle einen Schatten«, meinte Kimi und holte die Medikamente für Simeon aus dem Apothekenschrank.

»Na ja, dann würde ich mich an deiner Stelle fragen, warum du Lichtgestalt so nahtlos hereinpasst.«

Ich übernahm den nächsten Patienten und bewunderte eine Stunde später auf dem *Wailingboard* einen neuen Satz in Kimis Handschrift:

Exklusiv in diesem OP:
Benny Brandstifter – die unsterbliche Legende.

386

Rollstuhl und Rollvenen

Ich trank meinen Aufwachkaffee heute bei Shane auf der Veranda. Señor Zuela, unserem Apotheker, machte sein Bandscheibenvorfall seit Tagen so große Probleme, dass er in keinen Autositz mehr reinkam. Ich hatte heute Morgen nach ihm gesehen und ihm die letzte von zehn Fellinger-Infusionen angehängt, um ihn fit für die lange Reise zu machen. Die Mixtur aus Infusionslösung, Tramal, Novalgin, Dexamethason und Vitamin B_{12} kannte ich aus meiner Zeit in der Margarinenklinik als Allheilmittel, wenn ein BSV nicht zu operieren war. Wegen des Cortisons musste ich Ranitidin als Schutz für den Magen vorspritzen.

Der alte Herr hatte gepackt und wartete auf die Möbelspedition, die ihn und seine Habseligkeiten zu seiner jüngeren Schwester nach San José bringen sollte.

»Clarissa ist auch alleinstehend und zu zweit erträgt sich die Mühsal des Alters leichter«, meinte er und man sah ihm an, dass ihm der Abschied von Puerto Viejo und seiner Apotheke nicht leichtfiel.

»Ich werde Sie und Ihren Kontrabass vermissen.«

»Ah, das sagen Sie nur so. Sie werden wohl öfter vorbeikommen, wenn Sie sehen, was für eine Schönheit meine

Nachfolgerin ist.« Gustavo schnalzte genüsslich mit der Zunge. Er konnte ja nicht ahnen, dass ich seine Nachfolgerin nicht nur bereits gesehen, sondern auch mit anderen Sinnen erkundet hatte. Mein Körper bekam bei der Erinnerung daran einen Höhenflug, mein Gewissen suchte sich ein Versteck in einem tiefen, dunklen Kellerverlies.

Es waren fast alle Tische besetzt. Shannon und Shane waren damit beschäftigt, ihre Gäste mit Heißgetränken und Frühstück zu versorgen. Auf dem großen Parkplatz vor dem Supermarkt hielt der Chevy Explorer, den unsere Tierärztin fuhr. Sie parkte, stieg aus, klappte die Rollstuhlrampe herunter und bugsierte unter sichtlicher Anstrengung Leandro herunter. Der kleinwüchsige Zwölfjährige war zwar kaum größer als ein Meter vierzig und wog höchstens vierzig Kilogramm, aber der elektrische Rollstuhl besaß auch ein nicht unerhebliches Gewicht, das gestemmt werden musste.

Mirian, die anscheinend nur das eine Laura-Ashley-Kleid besaß, ging in den Supermarkt und Leandro rollte in meine Richtung. Ich sah schon von Weitem die Augenklappe unter der Brille. Ich löffelte den verbliebenen Schaum aus meinem Latteglas heraus und bestellte mir noch einen weiteren, in dem ich das Glas einfach hochhielt, bis Shane aufmerksam wurde. Er nickte und lief zur Kaffeemaschine.

Leandro stoppte den Rollstuhl auf meiner Höhe und sah mich mit einem Auge an. »*¡Adiós, Doctor!* Wie geht es Tobi?«

»*¡Adiós!* Dem geht es gut.«

»*Muy bien.* Ich darf ihn ja nicht mehr besuchen.«

»Ich habe es gehört, Leandro, und finde es sehr schade. Ihr habt euch doch so gut verstanden.«

»Mama meint, er sei gefährlich für mich und Sie wären ein rücksichtsloser Egoist.«

»Tut mir leid, dass deine Mutter so schlecht von uns denkt.«

»Ich denke nicht schlecht von Ihnen und von Tobi. Ich kenne euch ja besser als Mama. Aber sie hat es nicht leicht mit anderen Menschen. Mama ist Savant und niemand kann sie im Schach schlagen. Sie hat alle anderen Online-Spieler besiegt. Aber sie hat keine wirklichen Freunde und erzieht mich ganz alleine. Ich brauche nun mal besondere Aufmerksamkeit und tue mir ständig was.« Er zeigte auf seine leere Augenhöhle. »Jetzt habe ich auch noch mein peripheres Sehvermögen verloren und stoße noch öfter wo an.«

Der traurige Ausdruck des kleinen Jungen, den ich als stets aufgewecktes und fröhliches Kerlchen in Erinnerung hatte, traf mich mitten ins Herz. Wie oft hatte ich als Notarzt erlebt, dass eine einzige Sekunde, in der etwas schiefging, über das lebenslange weitere Geschick eines Menschen entschied. »Das ist allerdings nicht schön. Darf ich dich einladen? Heiße Schokolade? Oder lieber was mit Alkohol?«

Leandro lachte. »Ich darf in keine Bars.«

»Dann komme ich eben raus zu dir.« Ich nahm den fertigen Latte vom Tresen, bestellte bei Shane einen Kakao mit extra Milchschaum *to go* und hockte mich auf die Treppe vor dem Pub.

Was war nur mit all den Müttern los, die so stabile Kinder in die Welt setzten und diese für all das büßen ließen, was bei ihnen selbst im Leben falsch gelaufen war?

Shannon brachte den Pappbecher vor die Tür und drückte ihn Leandro in die Hand. Auf der Straße fuhr langsam ein gepflegtes schwarzes Camaro Cabrio auf uns zu. Ein sehr seltener Anblick an diesem Küstenabschnitt, an dem Autos reine Mittel zum Zweck waren und dementsprechend schlecht behandelt wurden.

Die Schwanenhalslady am Steuer schob ihre Sonnenbrille auf die Stirn und grinste mich breit an. »*¡Adiós, cobarde!*«

»¡*Adiós, Señora farmacéutica …!*«, und zarteste Versuchung, seit es Apotheken gibt, ergänzte ich den Satz im Geiste und hob grüßend die Hand.

»Das ist doch diese *bitch,* die versucht hat, dich abzuschleppen. Warum nennt die dich Feigling, Ben, und was macht die schon wieder hier?« Shannon schien ein gutes Gedächtnis zu haben.

»Diese *bitch* ist die Nachfolgerin von Señor Zuela.« Auf die Sache mit dem Feigling ging ich nicht näher ein. Der Camaro bog in die Ladenstraße ein, in der die Apotheke lag.

»Nicht dein Ernst, Ben. Die passt nach Puerto Viejo wie eine Rose in einen Gemüseladen. Das muss ich sofort Shane erzählen.«

»Heißer fahrbarer Untersatz, viel besser als mein Rollstuhl.« Leandro trank einen Schluck. Er wischte sich das Milchbärtchen mit dem Unterarm weg und meinte: »*Muy delicioso.* Ich bekomme zu Hause keine Kuhmilch, keinen Zucker und keine Sahne. Weil ich davon Krebs bekommen kann und weil Zucker schlecht ist für meine Zähne. Es ist wissenschaftlich erwiesen, dass mehr Menschen an Zucker sterben als an Heroin, sagt meine Mutter.«

Leandro hatte *Osteogenesis imperfecta Typ III*. Um sitzen und atmen zu können, musste er ein Korsett tragen. Wie konnte man einem Kind, dessen Lebenserwartung höchstwahrscheinlich erheblich kürzer war als die der Durchschnittsbevölkerung, aus Angst vor Krankheiten im Alter auch nur ein winziges Stück Lebensfreude und Kindheit nehmen? Man sah auf den ersten Blick, dass er eine Zahnbildungsstörung hatte. Das geringe Risiko einer späteren Krebserkrankung war das kleinste von Leandros Problemen.

»Was macht dein Auge?«

»Die Maxilla muss noch heilen, dann bekomme ich ein Implantat. Ich habe mir überlegt, ich mache das wie bei Tobi. Der hat ja auch zwei unterschiedlich farbige Augen. Ich nehme eine blaue zu meiner braunen Iris dazu.« Leandro benutzte anatomische Fachbegriffe wie ein Profi.

»Super Idee. So bringst du etwas Farbe in dein Leben. Du kennst dich aber gut aus. Möchtest du auch mal was mit Medizin machen, wenn du erwachsen bist?« Ich verschluckte das *wenn du mal groß bist*, das mir auf der Zunge gelegen hatte. Leandro würde vieles werden können in seinem weiteren Leben, aber niemals groß im physischen Sinne.

»Nein, lieber Polizist.«

Ich musste ein Schmunzeln unterdrücken und stellte mir bildhaft vor, wie Leandro im Rollstuhl auf Verbrecherjagd ging: Die Bankräuber lieferten sich eine wilde Schießerei mit dem Cop auf Rädern. Weil er nur ein Auge hatte, traf ihr Verfolger alles, nur nicht das Ziel. Alle Geiseln fallen angeschossen um und die Übeltäter entkommen, weil die Bank, die sie überfallen hatten, nicht rollstuhlgerecht war. Stoff für eine wunderbare, schräge Komödie.

Leandro hatte seinen eigenen Film im Kopf. »Ich würde meine Fälle mit Überlegen und Nachdenken und Intelligenz lösen und so mein Handicap wettmachen. Wie Sherlock Holmes.«

»Aha, aha.« Ich fand mein Drehbuch für *Rolli Cops* besser – ich hatte in meiner Jugend sämtliche Folgen der legendären Krimiserie *Der Chef* mit dem coolen Robert T. Ironside im Rollstuhl mit Begeisterung verfolgt.

Im Augenwinkel sah ich die Mutter des Nachwuchs-Sherlock aus dem Supermarkt kommen und die Einkaufstüten im Van verstauen. Anschließend suchte sie die Straße mit dem Blick ab. Señora Ruiz hatte permanent ein leicht gehetztes

Auftreten, als würde sie von etwas verfolgt werden. Ihr veränderter Ausdruck, als sie Leandro erspäht hatte und mich daneben sitzen sah, war auch nicht viel besser. Die wütende Señora kam blitzschnell auf uns zugestürmt, schnappte sich den Kakaobecher, warf ihn mir in den Schoß und rollte ihren Sohn grußlos davon. Meine Hose zierte ein großer, dunkler Fleck.

Shannon war wieder herausgekommen und meinte feinfühlend: »Das trifft sich doch sehr gut. Du bekommst doch jetzt sicher Rabatt auf Inkontinenzwindeln in der Apotheke.« Dann fiel ihr Blick auf eine Stelle weit hinter mir. *Shit!* Ben! Shane, komm schnell, der Junge mit dem Rollstuhl ist von der Rampe gefallen.« Sie begann zu laufen.

Ich hatte das Bild sofort erfasst und rannte eine Sekunde später auch los. Leandro lag auf der Seite, der Rollstuhl über ihm. Seine Mutter stand starr vor Schreck daneben.

»Nichts passiert. Ich lebe noch.«

Ich stellte den Rollstuhl auf und Shane war im Begriff, das Kind hochzuheben.

»Vorsicht, Leandro hat Glasknochen!« Mirian war inzwischen auch wieder reagibel und griff hektisch nach den geschienten Beinen.

»Nicht! Lasst ihn liegen und den Kopf auf keinen Fall bewegen. Die Halswirbelsäule könnte was abgekriegt haben.«

»Alles in Ordnung?« Ich ging neben Leandro in die Hocke und sah mir seine Pupille an.

»Alles bestens.« Die Art und Weise, wie er den Kopf schräg hielt und mich ansah, ließ mich vermuten, dass doch nicht alles bestens war. »Könnte mir jemand bitte meine Brille geben, ich sehe sonst nichts.«

Ich hob das übel in Mitleidenschaft gezogene Gestell auf. »Da wird nicht mehr viel zu machen sein.«

Señora Ruiz riss mir das Teil unwirsch aus der Hand und gab es ihrem Sohn. »Wir werden besser gleich ins Hospital fahren.«

Sie hatte den starren, geschockten Ausdruck, den ich schon unzählige Male bei den Angehörigen von Traumaopfern gesehen hatte. Es wäre unverantwortlich gewesen, sie in diesem Zustand mit einem verletzten Kind im Wagen alleine losfahren zu lassen.

»Shannon, könntest du meinen Notfallkoffer aus dem Auto holen?«, bat ich und fuhr fort: »Ich lege dir zur Sicherheit eine Cervicalstütze an.«

»Ich habe nur ein wenig Kopfschmerzen, sonst fehlt mir nichts«, meinte Leandro und versuchte die verbogenen Bügel zu richten. Ohne Brille war die auffällige Halonierung der periorbitalen Region des intakten Auges deutlich zu erkennen.

»Ich kann meinen Sohn alleine ins Hospital bringen. Wir brauchen keine Hilfe.«

»*Bullshit!* Wir fahren mit!«, bestimmte ich. »Shane, übernimm du das Steuer. Señora Ruiz und ich kümmern uns um Leandro.«

»Das ist nicht nötig, wir kommen alleine zurecht.« Die Kollegin aus der Tiermedizin beharrte verbissen auf ihrer Meinung. Diese Frau konnte einem nicht ins Gesicht sehen.

Shannon stellte meine Tasche neben mir ab. »Danke.« Ich nahm die faltbare Stifneck-Halskrause heraus und zog sie Leandro vorsichtig an. »Keine Widerrede! Shane fährt und ich komme mit.«

Es war fast eine Stunde Weg bis zum Krankenhaus in Puerto Limón. Die Route 36 war vor Jahren mit einem neuen Fahrbahnbelag versehen worden, der bereits wieder zahlreiche große Schlaglöcher aufwies, die jeder Einheimische, der an seinem Wagen hing, kannte. Ich bezweifelte, dass die Tierärztin in ihrem aufgelösten Zustand diese sicher umfahren würde.

»Ui, die Kopfschmerzen sind ganz schön schlimm. Haben Sie Tabletten für mich?«, meldete sich der Gestürzte. »Mir ist auch etwas übel.«

»Klar habe ich was für dich. Ich lege dir auf der Fahrt einen Zugang, dann kann ich dir den richtigen Stoff geben.« Ich zwinkerte dem *chico* zu, der mit einem Auge zurückzwinkerte und sich dann übergab.

Mirian rückte schließlich den Wagenschlüssel raus und säuberte ihren Sohn, so gut es ging. Eine der Kassiererinnen vom Supermarkt hatte eine Rolle Küchenpapier und feuchte Reinigungstücher gebracht. Shane hatte die Rampe, die abgerutscht war, zwischenzeitlich gerichtet und fragte, ob er Leandro zum Transport in den Rollstuhl setzen solle.

»Nein, es ist besser, wenn er liegt«, meinte ich.

»Leandro ist in seinem Stuhl sicherer«, widersprach seine Mutter.

»Was, wenn er eintrübt? Wie soll ich ihn im Sitzen bebeuteln?«

»Spielen Sie doch nicht ständig den Notarzt. Warum soll er eintrüben?«

»Haben Sie während des Studiums bei Einblutungen nach Schädel-Hirn-Traumata geschlafen oder gibt es das Phänomen in der Tiermedizin nicht?«

Während wir uns vorm Wagen stritten, hatte Shane eine Decke vom Rücksitz genommen und Leandro daraufgelegt. »Können wir endlich los oder wollt ihr euch erst duellieren?«, brummte er und stieg vorne ein.

Eigentlich hätte der Junge überhaupt nicht mehr bewegt werden dürfen. Selbst bei Patienten ohne Glasknochenkrankheit konnte so ein Sturz zu Verletzungen der Wirbelsäule führen. Jetzt war es passiert und irgendwie hatten wir ihn in den Wagen bekommen müssen.

Während der Fahrt versuchte ich bei Leandro, der wegen seines schlechten Bindegewebes Rollvenen hatte, einen Zugang zu legen.

»Schon wieder eine geplatzt?«

Ich ging auf Mirians Provokation nicht ein. Dafür gab mir Leandro Tipps, wo am besten eine taugliche Vene zu finden war. Der vierte Versuch am Handrücken war erfolgreich. Nebenbei tröstete das umsichtige Kind seine Mutter und beteuerte wiederholt, dass der Unfall nicht ihre Schuld sei. Phonetik und Artikulation wurden von Minute zu Minute schlechter. Er trübte immer mehr ein, bis er keinerlei Schutzreflexe mehr hatte. Ein Puls war peripher kaum mehr zu fühlen.

»Ich muss intubieren«, warnte ich die Veterinärin vor, die mittlerweile nur noch ein zitterndes Häufchen Elend war. Das Haar von Mutter und Sohn hatte den gleichen warmen Kupferton, der die blasse Haut noch auffälliger machte, bemerkte ich.

»Ich kann Leandro nicht verlieren. Er ist das Einzige, was mir noch geblieben ist. Passen Sie auf, dass Sie seinen Kiefer nicht brechen!«

Das »Halt einfach die Klappe, *idiota!*« behielt ich für mich. Insgeheim ging mir der Arsch tatsächlich auf Grundeis bei der ganzen Aktion. Ich kannte und mochte den Jungen und dass seine Mutter wie ein Geier über uns kreiste und mich ständig anmachte, war nicht gerade hilfreich, meine Nervosität zu verringern. Der Stifneck würde mir die Beatmung zudem erheblich erschweren. Ich zog den Unterkiefer vorsichtig vor, drückte die Maske auf und begann zu bebeuteln, während ich betete, er möge vorhin doch alles erbrochen haben.

»Können Sie die Intubation vorbereiten?«, bat ich seine Mutter, der der Vorgang als Tierärztin auch geläufig sein müsste – die Unterschiede zwischen Tier und Mensch waren bei der Prozedur gering.

Sie nickte knapp und erledigte die Aufgabe sehr umständlich und mit fahrigen, unsicheren Bewegungen.

Ich führte das Laryngoskop ein und sah nichts. *Shit*, genau das hatte ich befürchtet. Ich musste einen alten Trick probieren, den mir mein Oberarzt in Tübingen gezeigt hatte. »Ich bräuchte den Foregger-Spatel.«

Mirian reichte mir den geraden Spatel wortlos an. Ich lud die Epiglottis auf und konnte nun wenigstens die Spitze der Stimmritze sehen. Ich hielt die Luft an, schob einen kleinlumigen Tubus ein und atmete erleichtert aus. Die Kollegin blockte, das heißt, sie blies den Ballon am Ende des Tubus auf, damit dieser nicht verrutschte und keine Flüssigkeit in die Luftröhre laufen konnte. Ich klebte den Tubus fest und steckte den Beutel auf. Beim Abhören zeigte sich, dass beide Lungenflügel gleichmäßig beatmet waren. Nach einer solch schwierigen Intubation stellte sich jedes Mal Erleichterung sowie ein Glücksgefühl ein, wenn man es geschafft hatte. Ich war klatschnass und wischte mir mit dem Ärmel den Schweiß von der Stirn.

Señora Ruiz saß mit zusammengekniffenen Lippen neben mir. Sie war auffällig agitiert und versuchte ungeschickt, die Brille zu richten. Der linke Bügel brach ab, woraufhin die Señora zu schluchzen begann. »Warum mussten Sie mein Glück mit Remo zerstören? Es hätte alles so schön sein können, hätten Sie sich nicht eingemischt. Haben Sie denn überhaupt keinen Respekt vor dem Privatleben anderer Menschen, Sie gewissenloser …?« Mirian fand anscheinend keinen passenden Ausdruck für mich. Ihre blassen blauen Augen schienen durch die vermehrte Tränenflüssigkeit fast durchsichtig. Dann legte sie nach und zischte: »Psychopath!«

Ich holte tief Luft und versuchte diesen verbalen Angriff an mir abperlen zu lassen, ehe ich antwortete. Ich war im Moment in erster Linie Arzt und versuchte professionell zu reagieren – die Situation war auch ohne Streit mit der Mutter des Patienten nicht gerade einfach. Ich wusste aus eigener Erfahrung, wie schwierig es war, ein Kind alleine großzuziehen, und dabei war Tobi nicht mit einer Krankheit behaftet, die seine Knochen bei der kleinsten falschen Belastung brechen ließen. »Es tut mir leid, aber ich kann nicht nachvollziehen, wie man in einer heimlichen Beziehung glücklich sein kann.«

»Er wollte den Orden verlassen und zu uns ziehen.«

»Und was hindert ihn letztlich daran, das zu tun?«

»Er wollte mit Anstand und fristgerecht sein Amt niederlegen. Aber dann haben Sie damit gedroht, ihn auffliegen zu lassen und ihn erpresst. *¡Cabrón!*«

Auch diese Beleidigung saß wie eine Ohrfeige. »*Bullshit.* Ich habe ihm nicht gedroht. Ich wollte lediglich weiter in der Station beschäftigt bleiben und habe eine Stelle für unsere frühere Krankenschwester ausgehandelt. Die haben wir dringend gebraucht. Mehr nicht. Warum er sich nicht mehr mit Ihnen trifft und die Pläne für eine gemeinsame Zukunft in die Tonne geworfen hat, weiß ich nicht und es geht mich auch nichts an.«

Der Laminator schien bei Mirian sämtliche Register gezogen und seiner Geliebten wohl das Blaue vom Himmel versprochen zu haben. Mich erstaunte immer wieder, wie selbst gebildete Frauen auf Blender und ihre leeren Versprechungen hereinfielen. Sogar Maria, die an sich *toughe* und versierte Anwältin, war einem windigen Kapitän ins Netz geraten, ehe wir uns kennen- und lieben gelernt hatten. Was zwischen ihr und dem dänischen Journalisten abging, war immer noch nicht ausdiskutiert. Meine Gefährtin weigerte sich, mit mir über das Thema zu sprechen. Ich wusste, die beiden hatten regen schriftlichen Kontakt – ob es da lediglich um die Fotoreportage über Marias Tauchboot ging oder ob da mehr war, wusste ich nicht. Ich hatte viele Fehler, aber ich schnüffelte meinen Partnerinnen niemals hinterher.

»Er hat Angst vor Ihnen und dem amerikanischen Arzt und fürchtet um seinen Ruf. Remo wollte sich zum Tierheilkundler weiterbilden und hätte dann bei mir in der Praxis mitgearbeitet. Sie haben ihm alle Chancen auf eine Zukunft außerhalb des Ordens verbaut.«

Ich sah die aufgebrachte Lady einen Moment an. Langsam hatte ich die Faxen dicke und keine Lust mehr, der Sündenbock zu sein. Ich spürte, wie der Ärger heiß in mir hochkochte. »Wir wollen einfach nur unsere Arbeit in Ruhe machen und den Health Post weiter betreiben. Das wäre doch eine wunderbare Gelegenheit für Ihren heimlichen Liebhaber, den Job aufzugeben und sich öffentlich zu Ihnen zu bekennen, oder? Warum er sich stattdessen nicht mehr mit Ihnen trifft, liegt doch auf der Hand. Der Mann ist karrieregeil und das Letzte, wofür der seine Position und sein Kaiserreich aufgeben würde, ist eine Frau mit Kind am Bein und eine popelige Praxis in der Provinz. Der brauchte den Kick, etwas Verbotenes zu tun und regelmäßig einen wegzustecken.«

Kampfsporterprobt sah ich die zur Ohrfeige ausholende Hand schnell genug. Da ich aber beide Hände für Leandros Beatmung brauchte, und nicht ausweichen konnte, war ich chancenlos. Ich versuchte auf den Schlag nicht weiter zu reagieren, den Tinnitus und die brennende Stelle auf der Wange zu ignorieren und meine Wut herunterzuschlucken.

»Übernehmen Sie!«, forderte ich Mirian schließlich auf.

»Warum? Wollen Sie Leandro nicht mehr helfen? Nur weil ich Ihnen gezeigt habe, was ich von Ihnen halte? Was ist mit Ihrem hippokratischen Eid?«

»Ich will den Patienten telefonisch im Hospital anmelden, damit die vorgewarnt sind und keine Zeit verloren geht«, presste ich zwischen zusammengebissenen Zähnen heraus.

»Ich möchte nicht, dass Sie uns in der Klinik weiter begleiten«, giftete Mirian zurück, nachdem ich ihr gezeigt hatte, wie sie mit zwei Fingern den Tubus fixieren und mit der anderen Hand bebeuteln musste.

Den Rest der Fahrt verbrachten wir in eisigem Schweigen – lediglich das gleichmäßige pneumatische Geräusch des Beatmungsbeutels war zu hören.

SHANE BETRACHTETE MEINE rote Wange und den nassen Fleck auf meiner Hose, nachdem wir Leandro an das Klinikteam übergeben hatten. »Die *Señora* scheint 'ne harte Rechte zu haben. Hast du dir in die Hose gepinkelt vor Angst?«

»Ich habe nur die Wahrheit gesagt, aber die will anscheinend kein Mensch hören.« Ich schäumte vor unterdrückter Wut.

Der Ire und ich nahmen ein gemeinsames Taxi zurück. Ich stieg in der Missionsstation aus und ließ Xavier einen Blick in mein Ohr werfen, denn der Tinnitus war inzwischen zur Symphonie mutiert.

»Das Trommelfell ist gerissen. Kein Wunder, dass du dich eingenässt hast. Wie sieht der Gegner aus?«

»Das ist verschütteter Kakao und es war kein fairer Zweikampf. Ich wurde beim Bebeuteln attackiert und war wehrlos.«

»*¡Si, claro!*«

NACH EINEM ANRUF im Hospital erfuhr ich, dass Leandro ein epidurales Hämatom hatte und bereits im OP war.

»Gut, dass Sie vor Ort gleich intubieren konnten. Ob der Junge den Transport überlebt hätte, eingetrübt, wie er war, bezweifle ich«, meinte der zuständige Kollege. Er hatte mir die CT-Aufnahmen per Mail geschickt. An der Diagnose gab es keinen Zweifel, das Hämatom war deutlich zu erkennen und hatte bereits zu einer leichten Mittellinienverlagerung der Hirnhälften geführt.

DEN MITTLERWEILE EINGETROCKNETEN, aber trotzdem sehr auffälligen Fleck auf meiner Hose kommentierte meine Familie unterschiedlichst. Romy meinte: »Papa Pipi! Papa Pipi! Papa Pipi.« Yoani jammerte, weil sie gerade keine Wäsche in der Farbe hatte und eine Extra-Maschine laufen lassen müsse, bei den Wasser- und Strompreisen, ¡Madre de Dios! Maria machte eine launige Bemerkung über Blasenschwäche im Alter.

Tobi schoss ein Beweisfoto mit seinem Handy und glaubte jetzt mit Sicherheit zu wissen, warum Romy das mit dem Töpfchen nicht kapierte. »Ich möchte nicht wissen, was ich zu hören bekommen hätte, wäre mir das passiert.«

DA ES SONST niemand tat, belohnte ich mich selbst für meine Rettungsaktion und verbrachte einen unbeschwerten Tag mit meiner Familie auf der *Alexa*. Ich sah zu, wie Tobi und Maria in der Tiefe verschwanden und kümmerte mich um meine wasserscheue Tochter. Tauchen würde für mich mit der perforierten Myrinx eine ganze Weile nicht mehr infrage kommen. Aus dem Lautsprecher machten sich Alan Parsons Project philosophische Gedanken darüber, ob es sich lohne, ein Wunderwerk zu bauen, wenn eh alles von Anfang an dem Untergang geweiht war. Wenn alles sterblich und vergänglich sei, würde noch nicht mal eine Pyramide ewig stehen.

Mein Baby dirigierte begeistert mit. Mein Glück war wesentlich zerbrechlicher als eine Pyramide, weil es aus drei sterblichen, fragilen Menschen bestand. Jede Sekunde konnte es vorbei sein, dieses Glück. Vielleicht sah ich das mit dem Glück auch viel zu prosaisch und hatte zu hohe Ansprüche. Mein pragmatischer Opa Hans hatte seine eigene Definition gehabt: »*Glück ischt, wenn di do kratze kosch, wo's no juckt, Benny!*«

In einiger Entfernung sah ich die Rückenflossen einer größeren Schule Delfine, die es ziemlich eilig hatten. Gut ein Viertel waren Jungtiere.

Über uns schwebte eine einzelne, flauschige Schönwetterwolke. Ein Zeichen?

Ich hob meine Bierflasche gen Himmel. »*Here's to you, Priscilla my girl!* Ich weiß, du bist stolz auf das, was dein Elvis aus seinem Leben gemacht hat.«

FRUCHT UND FINALE

MARIA UND DIE Nachwuchskaiserin schliefen noch tief und fest. Für Tobi gab es zum Frühstück Pancakes mit *bananas*. Ich selbst hatte noch keinen Appetit, nachdem mich die vergangenen Tage ein Virus mit hohem Fieber und Muskelschmerzen geplagt hatte. Denguefieber, wie ich vermutete. Die Temperatur war fast auf Normalwert zurück. Ich hatte Novalgin eingeworfen und kurzfristig beschlossen, ein paar Stunden Dienst abzuleisten, um Kimi und Barbra zu entlasten. Xavier hatte fünf Tage durchgearbeitet und würde für einen freien Tag dankbar sein. Warren stand nicht zur Verfügung, weil er am *Iron Man* in Panama City in seiner alten Heimat teilnahm. Für einen Arzt allein war das Patientenaufkommen momentan nicht zu schaffen.

Tobi las einen *Peanuts*-Comic, nippte gelegentlich an seinem Tee und hatte das Essen kaum angerührt.

Ich pickte ein Stück des übel zerpflückten Pfannkuchens vom Teller und schob es mir in den Mund.

Sofort traf mich ein zorniger Blick: »Hey! Das war meins!« Manchmal merkte man sehr deutlich, dass der Junge den Genpool raffgieriger dänischer Freibeuter und sparsamer schwäbischer Handwerker in sich trug.

Ich trank meine Tasse Kaffee leer und stand auf. »Auf geht's, *Hopalong*, wir müssen los.« Ich fuhr durch Tobis feines, aber sehr dichtes Haar, das immer noch strohblond war.

»Papa! Ich bin nicht Hopalong, ich bin *Butch Cassidy!*«

Das Kind war in seinem wilden Herzen ein Westernheld, genau wie sein Vater. Auch wenn ich mehr Richtung Italowestern und Clint Eastwood tendierte und mein Sohn zu den klassischen amerikanischen Revolverhelden. Er hatte gestern eine alte DVD im Regal gefunden. *Butch Cassidy and the Sundance Kid – Zwei Banditen* – eine Westernkomödie aus dem Jahr 1969 mit Robert Redford und Paul Newman in den Hauptrollen. Tobi entwickelte sich zum Cineasten. Ich lud Mr. Cassidy an seiner Schule ab und fuhr weiter zum Health Post. Mein Kopf war wie in Watte gepackt und ich schwitzte bei der kleinsten Anstrengung.

VIEL ZEIT FÜR Small Talk war nicht an diesem Morgen. Der erste Patient war ein völlig zugedröhnter und rotzeblauer Student aus San José, der mit seinen Freunden übers verlängerte Wochenende eine Sauftour an die Karibikküste gemacht hatte. Die Jungs hatten bis in den frühen Morgen am Strand gefeiert. Beim Fußballspielen hatte Ángel den Ball voll in die eigenen Bälle bekommen und saß nun, eine Kühlpackung zwischen den Beinen, vor mir. Das Skrotum war blau und dick geschwollen. Der Patient mit üblem Mundgeruch, verkotztem Hemd und intellektueller Leere in den Augen prahlte, dass er eine Granate im Bett sei. Ihn quälte die Ungewissheit, ob er nach diesem Tiefschlag in sein kostbarstes Teil die Damenwelt nach wie vor beglücken konnte.

Das war genau das, was ich an diesem Tag nicht brauchen konnte: nervende, stinkende Patienten. Mir stand der Schweiß auf der Stirn und beim Geruch des eingetrockneten Erbrochenen wurde mir leicht übel. Wäre ich doch nur in die

Fußstapfen meines Erzeugers getreten und hätte mir einen Job in der heimischen Automobilindustrie besorgt. Ich hätte auch die Bäckerei meiner Großeltern übernehmen können und besäße mit ziemlicher Sicherheit jetzt fünf Mietshäuser in der Provinz, immer den neuesten Benz in der Doppelgarage und ein gepflegtes Wohlstandsbäuchlein. Deutsche Handwerker werden nie krank, wusste ich aus Erfahrung, und wenn, dann bekommen sie mit ziemlicher Sicherheit keine Tropenkrankheit wie Denguefieber. Ich wischte mit dem Ärmel des Kittels über meine Stirn, auf der der kalte Schweiß stand.

Ich murmelte in meiner Muttersprache: »Wer mich heute ankotzt, stirbt!« Die Hautfarbe des Geschenks Gottes für die Frauen hatte sich bedenklich ins Grünliche verfärbt. Auf Spanisch meinte ich: »Du hast ein ordentliches Hämatom. Das bildet sich aber im Laufe der Zeit zurück und du kannst den Ladys bald wieder beiwohnen. Viel machen kann man da nicht. Ein Schmerzmittel, weiter kühlen und nicht so viel rumlaufen.«

»Kann man nicht testen, ob die kleinen Soldaten den Schlag überlebt haben? Ich möchte später auf jeden Fall Kinder haben.«

Ich wollte ansetzen und dem misslungenen genetischen Experiment vor mir erklären, dass es höchstwahrscheinlich ein Segen für die Menschheit wäre, wenn die evolutionäre Versuchsreihe bei ihm endete, als Barbra in den Behandlungsraum kam.

»Ben, Flor Isidro ist da. Die Wehen haben eingesetzt. Sie meinte, du hättest ihr versprochen, sie kann hier entbinden.«

Hatte ich definitiv nicht. Wir waren dank Remos eisernem Sparkurs nicht mehr auf Geburten eingestellt. Unsere Gynäkologin kam nur noch an einem Tag die Woche zu Routineuntersuchungen.

»Steht die Blase noch?«

»Ja, tut sie.«

»Gut, ich schau es mir gleich an und schicke sie anschließend ins Hospital.«

»Sie sagt, sie geht hier nicht mehr weg. Sie ist wohl extra von San José hergekommen.«

»Das werden wir ja mal sehen. Versuch bitte zur Sicherheit, ob du Dakota erreichst, und frag, ob sie verfügbar ist.« Im Health Post befand sich an diesem Morgen kein einziger Mensch, der in Geburtshilfe ausgebildet war. Wir waren zwar schon alle bei Geburten dabei gewesen und ich hatte einige Erfahrung als Anästhesist in Kreißsälen und bei Kaiserschnitten sowie einer Meergeburt gesammelt, aber ein Kind verantwortlich zur Welt zu bringen, das war eine ganz andere Baustelle. Selbst unser Pädiater war erst für den Einsatz am neugeborenen Leben zuständig.

»*Roger that*«, meinte Barbra und verließ den Raum. Seit ihrer Krebstherapie hatte sie sich nicht nur optisch unserem Starchirurgen beängstigend angepasst. Ich musste die Tage unbedingt mal nachhaken, warum sie Lemmy die Tür zu Warrens Appartement im Kimono geöffnet hatte.

»Sorry, ich habe einen richtigen Notfall!«, fertigte ich das Hodenopfer ab und entließ ihn mit einem Schmerzmittel.

FLOR STAND BREITBEINIG und schwer atmend im Gyn-Raum, eine Hand in der Hüfte. Ein junger Mann tippte neben ihr mit beiden Daumen auf seinem Handy. Flor hatte einen Volltreffer gelandet. Ihr Freund war einer dieser selbstverliebten *ticos,* wie sie der mittelamerikanische Staat massenhaft hervorbrachte. Als männlicher Nachwuchs von den Eltern und Großeltern verhätschelt und verwöhnt, wurde diese Spezies auf die Restwelt und vor allen Dingen auf Frauen losgelassen.

»Sie sind der Arzt? Wir warten schon ewig«, machte er mich an, als er kurz von seinem Telefon hochsah. Seine Brustbehaarung ging übergangslos in den Bart über und dieser in die Nasenhaare; wie der Rücken aussah, wollte ich gar nicht wissen. Er erinnerte an die Monchhichi-Puppen meiner Jugend, war aber mit diesem feindseligen Gesichtsausdruck lange nicht annähernd so niedlich.

»Der bin ich tatsächlich. Musste noch kurz Lahme zum Gehen bringen. Wer von euch beiden bekommt das Kind?« Meine humorvolle Einlage war mal wieder Perlen vor die *ticos.*

»Ich bin Javier Ramos Iniesta, Flors Verlobter. Was das Kind angeht: *¡Soy mantequilla!* Ich habe Flor nur abgeliefert. Den Rest müsst ihr erledigen.«

Die Redewendung, dass sie Butter seien, wenn ihnen alles egal war, fand ich persönlich daneben. Die deutsche Version, ihnen sei das Wurst, hätte wesentlich besser ins Land der zwanghaft fleischfressenden Menschen gepasst.

»Geh nicht, Javi!«, heulte Flor. Vergeblich. Javi war schon verschwunden.

»Mach dich bitte unten frei und leg dich auf den Stuhl. Ich möchte nachsehen, wie weit der Muttermund schon offen ist.« Ich war wütend auf Flor, die zu keiner einzigen Vorsorgeuntersuchung gekommen war, sonst hätte sie gewusst, dass sie nicht bei uns entbinden kann. Wenn wir Dakota nicht erreichten, hatten wir ein Problem. Hätte man mich nicht aus der WhatsApp-Gruppe *Meergeburt* entfernt, hätte ich Juh-Tah kurzfristig den Fall übergeben können.

Ich zog mir Handschuhe über, rollte mit dem Hocker ganz nach vorne und wollte mit der Untersuchung anfangen, als mir ein Schwall körperwarmes Fruchtwasser entgegenkam. Ich fluchte innerlich. Meine Hosen waren ab dem Knie nass. In meinen Crocs stand ebenfalls die Flüssigkeit aus Flors Gebärmutter.

»Was war das?«, wollte Flor wissen. »Ist das Baby schon da?«

»Nein, wäre schön, wenn es so einfach wäre. Die Fruchtblase ist geplatzt.« Das Fruchtwasser war farblos, aber die Menge schien mir sehr viel. Selten ein gutes Zeichen.

406

»Oh, ist das schlimm?«

Ich fasste es nicht. Wie konnte man neun Monate schwanger sein und sich überhaupt nicht mit der Materie befassen? Dank YouTube, Wikipedia und Google gab es doch keine Mysterien mehr, die man nicht aus sicherem Abstand beobachten konnte. Jegliche Information war innerhalb von Sekunden abrufbar. In meiner Jugend musste man zu solchen Themen noch in die Bücherei gehen oder Zugriff auf die *BRAVO* haben.

»Nein, ist es nicht. Das ist ganz normal. Meist geht es danach mit der Geburt schneller.«

Bei der vaginalen Untersuchung zeigte sich der Muttermund bereits fünf Zentimeter offen. Das Gewebe war weich.

Flor verkrampfte sich plötzlich und stieß einen lauten Schrei aus. »Diese Schmerzen! Bitte geben Sie mir was dagegen. Ich halte das nicht aus.« Ich wusste nicht, wie lange ich Flors aufgesetzt kindlichen, bettelnden Tonfall noch aushalten konnte.

Barbra kam herein und stellte sich hinter mich. »Dakota ist auf dem Weg. Sie dürfte in einer halben Stunde hier sein.« Die versierte Schwester hatte die Pfütze und meine durchnässte Hose mit einem Blick erfasst.

»Wie beruhigend, wir werden wohl doch hier entbinden müssen.«

Flor mischte sich wieder ein. »Ich möchte nirgends anders hin. Bitte schicken Sie mich nicht fort, Dr. Ben!« Flor hatte während der Schwangerschaft kaum zugenommen. Ihr hübsches Gesicht war nun sehr hager und die Wangenknochen traten kantig hervor. Der Babybauch stand zwischen dem sehr schmalen, fast noch kindlichen Becken vor wie ein Medizinball. Die Schwangerschaftsstreifen waren rot unterlaufen. Ich befürchtete, dass uns das enge Becken noch Schwierigkeiten bereiten würde.

»Ich werde das Kind auch hierlassen und Sie suchen gute Eltern für ihn. Bitte, Dr. Ben«, legte Flor nach.

»Dafür ist es jetzt zu spät.« Es war auch zu spät, der werdenden Mutter Vorwürfe zu machen. Ich schloss für einen Moment die Augen. Mir war schwindelig – der Kreislauf. Ich musste dringend frische Sachen anziehen und etwas trinken. »Bringen wir das Ganze erst mal hinter uns. Du kannst wieder von dem Stuhl herunterkommen. Die Schwester wird dir einen Einlauf machen. Danach kannst du es dir auf dem Gebärstuhl bequem machen.«

»Einlauf? Muss das sein? Das ist doch unangenehm. Ich war heute früh auf der Toilette.«

»Das muss sein. Der Enddarm sollte leer sein, sonst wird es für alle noch unangenehmer.« Flor würde bald merken, dass eine Geburt wesentlich mehr als *unangenehm* war. Eine natürliche Geburt war keine würdevolle Angelegenheit. Eine Niederkunft war eine ziemliche Schweinerei mit jeder Menge frei fließender Säfte, Sekrete und Exkrete. Kinder werden in Lust und Liebe gezeugt und mit Schmerz und Gestank empfangen, hatte mir ein erfahrener Gynäkologe während meines Praktischen Jahres erklärt. Ganz so schlimm war es zwar nicht immer, aber vorher wusste man das nie.

»Dann bleiben Sie bei mir, Dr. Ben!«

»Das geht leider nicht, Flor. Die Sprechstunde ist völlig überlaufen. Die Gynäkologin wird gleich hier sein und ich bin immer in der Nähe. Die Schwester schaut so lange nach dir.«

Rosa hatte Barbra abgelöst, den Boden aufgewischt und stand einsatzbereit, mit dem Klysmaset in der Hand, neben mir. Ich legte noch einen intravenösen Zugang, um später schneller reagieren zu können. Kimi sah kurz herein, verschwand aber gleich wieder, als er sah, dass es noch nichts zu tun gab.

»Geben Sie mir endlich etwas gegen die Schmerzen, bitte.« Flor war gerade in einer Phase ohne Wehen. Ihre Augen waren vor Angst weit aufgerissen. »Ich halte das nicht noch einmal aus.«

Der nachfolgende Verzweiflungsschrei war großes Kino, aber eben Kino. Die Töne, die Frauen in den Wehen von sich gaben, waren wesentlich authentischer und animalischer, wusste ich aus Erfahrung.

»Erst sollte dich die Frauenärztin ansehen und dann schauen wir, was wir machen können.« Ich hätte meinen Laredo verwetten können, dass Flor zu den Frauen gehörte, die bei der Geburt völlig hohldrehen würden.

»¡Dios ayúdanos!« Rosa sah das wohl ähnlich.

Die feuchte Hose klebte unangenehm an meinen Beinen und führte dazu, dass mir noch kälter wurde, als mir ohnehin war. Ich ging mit quietschenden Schuhen, in denen das Fruchtwasser schmatzte, ins Arztzimmer, um mich umzuziehen.

Der finnische Kollege saß am Schreibtisch und sah kurz vom Bildschirm auf. »Lass mich raten: angepinkelt?«

»Nein. Fruchtwassertaufe.«

»Shit tapahtuu!«

»Ebbe!«

DANN LENKTE MICH Barnabà Juarez Basilia ab. Der achtundfünfzigjährige Postbote, der in direkter Nachbarschaft wohnte und regelmäßig zur Kontrolle zu uns kam, besaß nur noch eine funktionierende Niere, die langsam auch ihre Funktion einstellte. Seine Temperatur war leicht erhöht. Ich ordnete ein großes Blutbild an und rief die nächste Patientin auf. Die sechsundvierzigjährige Prostituierte schien nicht viel von Körperpflege zu halten. Die Geruchsmischung, die sie und ihre ungewaschene Kleidung ausströmten, erinnerte mich an ein Leberwurstbrot, das einen Nachmittag in der Sommersonne verbracht hatte. Das würzige Röstzwiebelaroma, das ihr Unterleib ausströmte, nachdem sie sich ausgezogen hatte und zur Untersuchung hingelegt hatte, komplettierte die überlagerten Leberwurstausdünstungen. Ich setzte einen Mundschutz auf, den ich mit ein paar Tropfen Pfefferminzöl beträufelt hatte, und kämpfte gegen eine neue Welle Übelkeit an. Ich war immer noch nicht dazu gekommen, etwas zu trinken.

Nerrasita Plata Ortiz klagte über Fieber und Kopfschmerzen, ihre Lymphknoten waren geschwollen, sie hatte weiße Knötchen auf den Schleimhäuten und nässende Papeln im Genitalbereich. *Condylomata lata* wie aus dem Lehrbuch. Eigentlich war damit alles klar. Trotzdem musste auch dieser Patientin Blut abgenommen werden, um zur Diagnosestellung den serologischen Nachweis von Syphilis-Antikörpern zu bekommen.

Ich nahm den Mundschutz nicht ab, sondern trug ihn weiter um den Hals. Heute musste ich mich vor olfaktorischen Sensationen schützen. Mein Allgemeinzustand war nicht der beste.

»Gibt's Kaffee?«, fragte ich voller Hoffnung an der Anmeldung – ich hatte meine Thermoskanne zu Hause vergessen, brauchte aber dringend Koffein.

Flors animalische Schreie, die mittlerweile sehr authentisch klangen, waren im ganzen Gebäude zu hören. In Costa Rica waren Baustoffe teuer, man sparte, wo man konnte, und hörte in den meisten Gebäuden die Flöhe im Nachbarraum husten. Die Frauen im Wartebereich, die alle mindestens ein Kind selbst geboren hatten, wiegten wissend die Köpfe. Selbst die Kinder, die in der Ecke spielten, schienen sich von dem Geschrei nicht stören zu lassen. Lediglich ein Touristenpaar, beide aus welchen Gründen auch immer nur in bunte Badetücher gewickelt, sah verstört aus der Wäsche.

Es war Zeit, mal wieder ein ernstes Wort mit unserem kaufmännischen Leiter zu sprechen. Wir brauchten anstatt der Holzkugel wieder eine Kaffeemaschine. Remo hatte sich mit Poppaea in seinem Büro vergraben und kam nur noch zu den festgelegten Sprechstunden rüber, wofür wir alle dankbar waren.

Ich sah aus dem Augenwinkel Dakota auf mich zukommen. »Ben, lass uns mal ins Labor gehen«, meinte sie auf Englisch und ging mir voraus. »Die Frucht ist übertragen und ich habe keine Herztöne«, kam die knappe Ansage. »Der Wehenschreiber funktioniert auch nicht. Keine Ahnung, was da defekt ist. Es ist ein Jammer, dass hier alles verkommt. Der Health Post war so gut eingefahren.«

»Ach du Schande!« Ich nutzte die unfreiwillige Pause und suchte im Kühlschrank nach einer Dose Cola. Ich brauchte dringend Koffein. Negativ. Ich öffnete stattdessen eine Flasche Wasser. Die kühle Flüssigkeit rann wohltuend die Speiseröhre herunter. So musste sich ein Verdurstender nach vier Tagen in der Wüste fühlen. Ich schluckte noch zwei Novalgin gegen die Kopf- und Gliederschmerzen, die im Lauf der letzten Stunden eher zu- als abgenommen hatten, und trank die halbe Flasche in einem Zug leer.

»Du sagst es.«

»Weiß Flor es schon?«

»Nein, ich denke, wir sedieren sie erst mal leicht und sagen es ihr dann. Das Mädchen scheint sehr instabil zu sein. Warum ist niemand bei ihr? Wie sieht das aus mit der Behandlung? Sie ist ja noch minderjährig.«

»Der Verlobte sitzt draußen im Auto. Er ist nicht der Kindsvater und möchte nichts mit der Geburt zu tun haben. Flors Mutter ist auf dem Straßenstrich und hat sich noch nie um die Tochter gekümmert. Die Einzige, die jemals auf sie aufgepasst hat, war ihre Oma. Aber die liegt meiner Kenntnis nach mit einem Pankreaskarzinom im Endstadium im Hospiz. Da ist kein Erwachsener mehr, der sich drum schert, was wir mit ihr machen. Ich gebe ihr gleich Depidolan.«

»Ich werde dann wohl dableiben müssen«, bot die Gynäkologin an.

»Das wäre hilfreich. Rosa hat alle Hände mit Flor zu tun und fehlt an allen Ecken und Enden und Barbra läuft wie ein

Duracellhäschen durch die Gegend. Dabei ist sie eigentlich noch nicht voll einsatzfähig.«

»Ich werde die Infektionsparameter checken. Wer weiß, wie lange die Frucht schon tot ist.« Dakota sah sich suchend um. »Gibt's hier immer noch keinen Kaffee?«

»Nein, wir sind arm wie die Kirchenmäuse – wobei die bei uns gar nicht so arm sind. Die haben wenigstens eine neue Orgel und täglich eine Stunde Livemusik vom Feinsten beziehungsweise *Feindlesten*.«

Die Kollegin seufzte. »Kannst du eine PDA stechen? Sie steigert sich immer mehr in ihren Schmerz hinein. Anstatt in die Wehen reinzuatmen, sperrt sie sich und schreit.«

»*Nope*. Dank Remo aus Tirol haben wir nicht nur keine Kaffeemaschine mehr, sondern auch keine PDA-Sets.« Nach einer Periduralanästhesie war die Kreißende zwar schmerzfrei, aber ganz risikofrei war das Verfahren nicht. Zudem konnte die PDA die Wehen schwächen und den Geburtsvorgang verlängern. Uns blieb nur eine Schmerzlinderung, die die Wehen nicht unterdrückte. »Wir haben uns ja der Heilmedizin verschrieben. Wir brauchen keine teuren Geräte wie einen Wehenschreiber. Wir arbeiten mit natürlichen Methoden – ohne Stecker.« Ich wog die Zirbenholzkugel prüfend in der Hand und steckte sie ein. »Ich nehme mal die magische Kugel mit und checke, ob sie hilft. Wenn's nicht wirkt, probieren wir eine medikamentöse Analgesie nach den Regeln der Schulmedizin.«

»Ich sage es dir gleich, Ben, ich weigere mich, in dem Fall und hier eine Sectio zu machen – das Risiko ist mir zu groß. Außer es bleibt uns überhaupt keine andere Wahl mehr.«

»*Roger that.*« Mir war danach, einfach den Reiter auf der Patientenakte durch einen roten zu ersetzen und den Naturheilkundlichen mit dem Schlamassel alleine zu lassen.

FLOR LAG AUF dem Gebärstuhl und hatte gerade wieder eine akute Wehe. Sie pustete in kurzen Abständen vor sich hin und hyperventilierte. Rosa stand daneben und sprach beruhigend auf sie ein. Als die Patientin uns in den Raum kommen sah, drehte sie richtig auf. »Bitte! Ich möchte das Kind nicht so bekommen. Ich habe unerträgliche Schmerzen! Ich will einen Kaiserschnitt und eine Vollnarkose. *Al instante.* Wenn mein Verlobter mitbekommt, wie Sie mich quälen, zeigt der Sie an.«

Ersteres wäre mir momentan auch recht gewesen, aber ich musste Flor den Wunsch abschlagen. »Das können wir nicht machen. Wir haben keinen Chirurgen im Haus, der den Kaiserschnitt durchführen könnte. Und eine natürliche Geburt unter Vollnarkose funktioniert leider nicht.« Dass Dakota eine Notsectio machen konnte, behielt ich für mich.

»Dann soll Javi kommen und mich ins Hospital bringen.«

Was mir momentan am allerliebsten gewesen wäre, aber das Leben war kein Wunschkonzert. »Dazu bist du schon zu weit. Dein Baby könnte auf der Fahrt im Auto zur Welt kommen. Das kann man nicht riskieren. Ich gebe dir diese homöopathische Energiekugel, etwas gegen die Schmerzen und danach dürfte es dir besser gehen.«

Die nächste Wehe kam. Flor krallte ihre Finger in die Kugel und schrie: »Jaaaaviiii!«

Ich zog Dormicum und Ketamin auf, ließ Rosa Kochsalzlösung und Buscopan anhängen, um den Muttermund zu lockern, und lauschte nebenbei Barbras Bericht. »Señor Basilia hat einen Kreatininwert von 8.«

»Sauber!«, sagte ich und injizierte Flor die Medikamente über den Zugang.

Die Nierenwerte unseres Postboten waren bedenklich und er musste dringend ins Hospital. Normalerweise lag der Kreatininwert bei einem Mann seines Alters um die 1 – ein derart hoher Krea-Wert war ein Hinweis auf akutes Nierenversagen.

413

Dem Patienten musste wahrscheinlich operativ eine Schiene eingelegt werden, um die Niere zu entlasten.

»Ich komme gleich rüber zu euch.«

Barbra sah mich misstrauisch an.

»Stimmt was nicht?«, fragte ich.

»Du bist so blass. Fast durchscheinend. Und diese dunklen Augenringe stehen dir nicht.«

»Ist mir auch schon aufgefallen«, mischte sich Dakota ein.

»Die Denguefieberinfektion macht mir immer noch zu schaffen.«

Jetzt kam neues Leben in Flor. »Denguefieber? *¡Dios!* Wenn ich mich anstecke und das Kind stirbt!«

»Denguefieber ist nicht von Mensch zu Mensch übertragbar«, beruhigte ich sie.

Die Gynäkologin übernahm bei der Gelegenheit die unangenehme Aufgabe, Flor zu erklären, dass das Baby bereits verstorben war und sie es trotzdem auf natürlichem Wege gebären musste.

»*¡Mi pequeño bebe!*«, schluchzte die verhinderte Mutter.

Die zynische Bemerkung, dass sie sich nun wenigstens keine Gedanken mehr drüber machen musste, wer ihren Nachwuchs nach der Geburt für sie versorgte, steckte mir im Hals wie eine fette, schleimige Kröte, die sich nicht schlucken ließ. Woher kamen diese plötzlichen Muttergefühle? Ich schloss die Augen wieder für einen Moment. Alles drehte sich um mich. Mir tat jeder Knochen weh. Die Akren fühlten sich eiskalt an. Eine Messung mit dem Innenohrthermometer hatte gezeigt, dass ich Untertemperatur hatte. 35,7 Grad. Ich gehörte selbst dringend ins Bett, aber es wäre unverantwortlich gewesen, die Kollegin mit Flor allein zu lassen.

An der Anmeldung pflaumte ich Rosa an: »Wir brauchen unbedingt Kaffee. So kann ich nicht arbeiten. Ruf drüben in der Küche an und sag, die sollen eine Kanne aufbrühen und rüberbringen. Wenn keiner sonst Zeit hat, soll es der Oberhirte machen, der tut ja sonst nicht viel, außer Orgel spielen ...« Und Rom anzünden, vollendete ich den Satz im Geiste. Nero, Remo – wo war da der große Unterschied? Wahrscheinlich hatte er seine Hündin aus gutem Grund Poppaea genannt. Vielleicht war der Kleingeistliche in einem früheren Leben tatsächlich römischer Imperator gewesen. Diese gruseligen Augenbrauen mussten etwas bedeuten.

Javi hatte nach zwei Stunden im Wagen warten ebenfalls die Nase voll. Er wurde an der Anmeldung frech und beschwerte sich darüber, dass hier nur Idioten arbeiteten, die nicht in der Lage seien, ein Kind zügig auf die Welt zu bringen. Er sei schließlich *empresario* und seine Zeit sei viel, viel Geld. Zum Glück hatte der Health Post seit Kurzem einen Kinderarzt mit Erfahrung als Rausschmeißer im Rotlichtmilieu. Der Unternehmer hatte daraufhin seine Handynummer hinterlassen und sich vom Acker gemacht.

Ich hatte leider keine Wahl, ich musste bleiben. Zwischen der Versorgung der ambulanten Patienten sah ich regelmäßig bei Flor rein, die mittlerweile tobte wie eine Furie. Als Anästhesist neigte man dazu, so eine hysterisch agierende Kreißende in Vollnarkose zu versetzen und das Kind per Kaiserschnitt holen zu lassen, aber dazu brauchte man einen Chirurgen oder Gynäkologen, der mitspielte. Dr. Miller hatte ihr Okay immer noch nicht gegeben und zwischenzeitlich steckte der Fötus in dem sehr engen Geburtskanal fest.

In dem fensterlosen Raum stank es nach Schweiß und den Ausdünstungen bei Hitze schwer arbeitender Menschen. Da versagte jedes noch so gute 48-h-Deo. Ich konnte das Zimmer nur noch mit angelegtem Mundschutz betreten. So übel war mir seit meiner Kindheit nicht mehr gewesen. Ich hatte damals den Großteil einer uralten Packung *Edle Tropfen in Nuss* verputzt, die ich bei Oma Ruth im Wohnzimmerschrank gefunden hatte. Die Pralinen waren, für mich unsichtbar, im Innern mit einer Schimmelschicht überzogen gewesen. Klein-Benny hatte daraufhin einen Tag lang gekotzt und eine halbe Woche todkrank im Bett gelegen.

»Ich habe keine Kraft mehr!«, antwortete Flor ganz leise auf Dakotas Aufforderung, durch die Wehen zu atmen, und weinte.

»Wir sind fast fertig, der Kopf ist schon zu sehen. Bei der nächsten Wehe kräftig mitpressen, dann hast du es geschafft.«

Ich warf einen Blick in Remos Wunderschrank, in dem seine homöopathischen Mittelchen in alphabetischer Reihenfolge und nach Potenzen sortiert standen. Ich glaubte meinen Augen nicht zu trauen, was ich da unter C fand. *Coffea arabica.* Auf Deutsch: Kaffee! In sämtlichen Potenzen von D3 bis D12. Der Heilkundige hatte hinter die Döschen die jeweiligen Anwendungsgebiete laminiert aufgestellt. Ich las: *Hauptanwendungen: Schlaflosigkeit, Unruhe, Zahnschmerzen. Anwendungsgebiete: Geräuschempfindlichkeit, Herzrasen, Häufiges Wasserlassen, Migräne, Nervosität, Nervöse Herzbeschwerden, Schmerzempfindlichkeit, Wechseljahrsbeschwerden* und, man glaubt es nicht: *Wehenschmerzen.* Sobald ich wieder fit war, würde ich den kleingeistlichen Heilpraktiker ganz langsam und unter Schmerzen töten. Der scheinheilige Sack untersagte den Konsum von Kaffee in diesen Räumen, hatte aber ein ganzes Regal voller Zuckerkügelchen mit heilbringendem Kaffeebohnenextrakt darin. Wobei in diesem Fall das beschriftete Etikett den größten Kaffeeanteil haben dürfte. Ich packte die Dosen mit beiden Händen und beförderte die Globuli wütend in den nächsten Mülleimer.

Ich hatte die Nase gestrichen voll vom Health Post und dem Irrsinn, der seit Monaten hier herrschte, und wollte nicht Zeuge sein, wie der kleine tote Wurm geboren wurde. Ich verzog mich ins Büro, legte die Arme auf die Schreibtischplatte und ruhte

416

meinen Kopf darauf aus. Ich brauchte ein paar Minuten Stille und Dunkelheit und nickte ein.

Mein Powernap hatte gerade zehn Minuten gedauert. Flor hatte mit Schreien aufgehört und lag leise schluchzend auf dem Gebärstuhl auf der Seite, die alberne Holzkugel mit beiden Händen immer noch fest umklammert. Die verabreichten Schmerz- und Beruhigungsmittel taten ihre Wirkung. Alle warteten auf die Nachgeburt. Rosa hatte den grauen, wächsernen Fötus in einer Schale aus dem Raum getragen. Mir war kalt und ich schwitzte abwechselnd. Meine Augen brannten und mein Kreislauf war am Boden. Aus den geplanten zwei Stunden Dienst waren dank der ungeplanten Geburt fünf geworden, etwas zu viel bei einer nicht auskurierten Virusinfektion. Ich war hundemüde und mich überkam eine plötzliche Welle der Übelkeit. Ich hätte mehr trinken sollen. Außer der Tasse Kaffee heute früh und den paar Schluck Wasser hatte ich keine Flüssigkeit zu mir genommen.

Statt dem üblichen, erleichterten Lachen nach einer Entbindung war die Stimmung im Kreißsaal gedrückt. Ich erinnerte mich an eine Geburt, bei der ich als Anästhesist anwesend gewesen war. Der Vater war gläubiger Muslim und hatte uns, als es dem Ende zuging, gebeten, nichts mehr zu sagen, ehe er seinem Sohn das Glaubensbekenntnis ins Ohr geflüstert hatte. Es war ihm wichtig, dass die *Schahada,* der Tradition folgend, die ersten Worte sein sollten, die der frische Erdenbürger hörte. Dieses bewusste Schweigen war nicht annähernd so bedrückend gewesen wie Flors leises Wimmern und die Stille, die nur durch die wenigen Geräusche der Behandlung unterbrochen wurden.

Ich hatte das Glück, dass alle meine drei Kinder gesund geboren wurden, auch wenn Madalena eine Notsectio war, weil sich die Plazenta gelöst hatte. Ich war nicht gläubig, hatte aber jedem meiner drei Kinder mein ureigenes, bei Leonard Cohen geklautes, Glaubensbekenntnis ins Ohr flüstern können: »*Dedudadamdam, dedudamdam.*« Beim Gedanken an diese kurzen, aber bedeutenden Momente überkam mich eine tiefe Wehmut. Neugeborenen wohnte ein Zauber inne – in meinen Augen war da mehr als nur die Verschmelzung zweier Genpools am Werke. Hatte Alejandra recht und eine alte Seele bekam einen neuen Körper?

Das Bedrückendste an Krankenhäusern waren die Kühlschränke im Keller, in denen die Totgeburten und direkt nach der Geburt verstorbenen Säuglinge lagen. In einer perfekten Welt müsste es solche Kühlschränke nicht geben. In einer perfekten Welt hätte Manuel das Baby adoptiert. Die Mutter wäre regelmäßig zu den Vorsorgeuntersuchungen gekommen. Man hätte die zweifach um den Hals des Fötus gewickelte Nabelschnur rechtzeitig bemerken und das Kind geplant per Kaiserschnitt holen können.

Dakota sprach mich an. »Ben, alles in Ordnung mit dir? Ich habe dich was gefragt. Wo bist du gerade?«

Das Bild der Kollegin verschwamm vor meinen Augen, ich versuchte mich zu konzentrieren. »Was hast du gefragt?«

»Die Plazenta hat sich nicht ganz gelöst. Ich muss nachkürettieren. Wir haben eine starke Vaginalblutung. Du musst eine Narkose einleiten. Flor weigert sich, sich weiter behandeln zu lassen. Sie möchte weg.«

Die angespannte Stimmung im Raum war fast physisch greifbar, der Sauerstoff in der Atemluft schien knapp zu werden. Ich hatte Mühe zu atmen. Vollnarkosen bei Gebärenden waren tricky. Meist war der Rachenraum geschwollen und deshalb die Intubation extrem erschwert. Aus Flors Scheide rann ein stetiger Blutstrom. Die Unterlage war vollgesogen und glänzte dunkelrot. Ich schätzte, dass Flor mittlerweile schon über anderthalb Liter verloren hatte. Der metallene Geruch des Blutes vermischte sich mit dem von Schweiß und dem typischen Geruch nach einer Überdosis Vagina, den ich mit Geburten verband. Genau aus diesem Grund hatte ich zu meinen aktiven Zeiten als Anästhesist stets versucht, mich vor dem Dienst im Kreißsaal zu drücken – weibliche Unterkörper waren mein Hobby gewesen, nie meine Berufung.

Kimi war hereingekommen. »*Stillborn*«, bestätigte er nochmals das, was wir alle wussten. Eine Totgeburt.

»Barbra, hol mir bitte einen 6er und 6,5er Tubus.« Das Zittern und der Brechreiz kamen gleichzeitig. Ich sah mich nach einer Schale um, um mich nicht auf den Boden übergeben zu müssen.

»Ben!?«, rief Barbra plötzlich sehr laut.

FIEBER UND FANTASIEN

»Was?«, fragte ich, bekam aber erneut keine Antwort. »Was?«, fragte ich noch einmal ins Leere. Alle schienen gegangen zu sein. Die Stille war beängstigend.

Plötzlich hörte ich Jesús sagen: »Wer hätte auch so eine Missgeburt aus den Barrios haben wollen? Manuel und ich bestimmt nicht! Wir werden ein eigenes Kind machen! Mit unseren Genen.«

Mein Puls raste vor Wut. Ich drehte mich blitzschnell um und versetzte ihm aus der Drehung heraus einen gezielten Tritt aufs Brustbein. Der Polizist fiel nach hinten und schlug schwer auf den Fliesen auf. Ich hörte, wie der Schädelknochen knackte. Ich fror erbärmlich und tastete nach der Wolldecke, die mir meine Mutter vor Jahren gestrickt hatte. Der Raum war viel zu dunkel, um etwas erkennen zu können.

»¡Idiota! Die haben doch die Motten schon lange gefressen«, klärte mich Yoani aus der Finsternis heraus auf.

»Aha, aha.« Meine Zähne schlugen klappernd aufeinander.

»Benny! Aufwachen!« Kimis Stimme klang seltsam, so als hätte ich Flüssigkeit im Innenohr. »Dass ihr Anästhesisten auch so zarte Pflänzchen seid. Bei einer Geburt umkippen. *Come on!* Ich sage dir auch, was *pieni mies* heißt, *Brandstifter.*«

Ich spürte den Einstich einer Nadel auf meinem Handrücken und es war wieder still um mich. Zum Glück war auch die Kälte weg, bis Xavier meinte: »Denguefieber-Schock-Syndrom.«

Ich machte mir nun ernsthaft Sorgen. Der Virus konnte zu einem plötzlichen Blutdruckabfall führen. Die Herzfrequenz stieg stark an und trotzdem wurden lebenswichtige Organe nicht mehr ausreichend mit Sauerstoff versorgt. Dieser Zustand war lebensbedrohlich – der Patient gehörte auf die Intensivstation und es musste umgehend eine Rehydration begonnen werden. Ich wollte wissen, wen es erwischt hatte, wurde jedoch von den Umstehenden ignoriert. Es war immer noch dunkel im Raum, aber ich konnte jeden an der Stimme erkennen. »Licht bitte!« Keiner tat mir den Gefallen.

»*Se parakalo min me afineis moni!*«, flehte mich eine unsichtbare Maria an.

Ich imitierte die Sprecherstimme aus der Sendung mit der Maus: »Das war Griechisch! Könnte das bitte mal jemand übersetzen für mich?«

»Ich habe mir in San José diese teure Spitzenunterwäsche gekauft und wochenlang heimlich Striptease geübt nach *You Can Leave Your Hat on*«, flüsterte Maria in mein Ohr. »Das sollte eine Überraschung zu deinem Geburtstag werden.«

Madalena fuhr mit mir im Laredo am Strand entlang. Das lange, braune Haar wehte ihr ins Gesicht, das ich wegen der Dunkelheit nur schemenhaft erkennen konnte.

»Was ist ein Kuckuckskind, Papa?«, fragte meine Tochter in akzentfreiem Deutsch.

»Woher weißt du es?«, wollte ich wissen.

»Du bist mein Spiegelbild.«

Mein ganzer Körper zitterte vor Kälte und ich tastete blind mit den Händen nach einer Decke. Plötzlich ging ein blendend heller Scheinwerfer an. Madalena war verschwunden. Ich sah Tobi im rosa Tutu am Strand ein paar Hebefiguren mit Romy tanzen. Meine Tochter trug ebenfalls einen Ballettrock und winzige Spitzenschuhe aus Satin.

Sie gluckste vor Vergnügen. »Omy und Obi!«

Ein Anblick, der mich unsagbar stolz machte. Ich lächelte wie noch nie in meinem Leben.

ICH WAR DRAUSSEN auf dem offenen Meer und lag mit geschlossenen Augen auf dem Vordeck meiner Jacht in der wärmenden Sonne. Ich wusste, Ricky war an meiner Seite, weil ich diesen unverwechselbaren Rickyduft in der Nase hatte. Nach all den Jahren hatte ich ihn nicht vergessen. »Ich habe dich so vermisst, Priscilla. Aber Maria hat mich glücklich gemacht und ich liebe sie und die Kinder so sehr«, wisperte ich und öffnete langsam die Augen.

»Das ist gut, dass du dein Glück und eine neue Liebe gefunden hast, Elvis.«

Ricky saß im Lotossitz direkt neben mir. Sie war braun gebrannt und die Sonne verfing sich in den goldenen Sprenkeln ihrer olivgrünen Augen. Die Liebe meines Lebens beugte sich über mich und fuhr mit dem Daumen zärtlich über die Narbe auf meiner Stirn.

Sie sang ganz leise, mit Pfützchen in den Augen eine Liedzeile von Shakespears Sister: *La, la, la, life is a strange thing. Just when you think you learned how to use it, it's ...*

... g o n e ...

DANK UND GEDANKEN

DER EIGENTLICHE VORGANG des Schreibens ist eine sehr einsame, fast autistische Angelegenheit. Ich brauche dafür absolute Ruhe – Tür zu, Musik aus, alle Telefone auf stumm und dann die bunten Bilder im Kopf zum Laufen bringen und flüchtige Hirngespinste in bleibende Worte fassen, die den Leser begeistern und fesseln sollen.

Ernest Hemingway hat den Zustand so beschrieben:

There is nothing to writing. All you do is sit down at a typewriter and bleed.

Dafür ist all das, was ich im Vorfeld tue, um Figuren, Schauplätze, Handlungen und Dialoge zu entwickeln, umso geselliger und lustiger – leider empfindet das das zuständige Finanzamt nicht auch als so notwendig für meine Arbeit, wie ich das tue.

Jedes Benny-Brandstätter-Buch ist auch das Ergebnis unzähliger Stunden, die ich mit Freunden, Familie und Bekannten im Dialog an reichlich gedeckten Tischen, auf Sofas, am Strand oder in den Bergen, in Bars, Kneipen, Kantinen und Cafés verbringen durfte.

Auch wenn ich nicht jeden Einzelnen hier namentlich aufführe: Ich danke Euch allen dafür, dass es Euch in meinem Leben gibt – ohne Euch wäre das alles nicht möglich gewesen.

Für diesen vierten Band um Benny Brandstätter möchte ich mich im Besonderen bei folgenden Personen bedanken, die mir ihre Zeit geopfert haben, um Benny und sein Umfeld realistisch erscheinen zu lassen:

Allen voran die wunderbare Dr. Johanna Bayer, die mir mit ganz viel Herz, Klugheit, Sachverstand, Überlebenspaketen und ihren unschlagbaren Verbindungen in den vergangenen Monaten mehr war als nur ein Hoffnungsschimmer. Wenn man Sternschnuppen sehen möchte, muss man den Himmel beobachten.

Die unermüdliche Ruth Tränkle, die von Anfang an mit Begeisterung dabei war und dem ersten Buch ein Gesicht gegeben hat.

Tim Schweizer, dem strahlend hellen familiären Licht am Ende des Tunnels, begnadeten Hobbykoch und Geschichtenerzähler in Gin-geschwängerten Nächten.

Barbara Steger, die mich am idyllischen Ende der bewohnbaren Welt ganz traditionell auf der Eckbank im Herrgottswinkel mit Speckknödeln und Informationen gemästet hat, und ihr zuckersüßer Enkel Manuel, der mir Vorbild für Romy war und den Begriff *Himmidaddi* beigebracht hat.

Am Uniklinikum Tübingen gilt mein spezieller Dank:

Dr. Andreas Manger, dem kreativsten Anästhesisten ever für Paul, Philosophie, Plots und *Pörsentipps*.

Der leitenden Hebamme Helen Horvarth für ein unvergessliches Weihnachten mit PDA, Plätzchen, Pizza und Plazenta.

Lidia Uhlemann und ihrer Familie für viel mehr als Tortellini und Tee im Turm.

Unbedinkten Dang schulte ich Rainer Schöttle und Diana Schaumlöffel, die mich sehr clever & smart und mit viel

Humor & Einfühlungsvermögen über vier Bücher hinweg vor peinlichsten Fehlern bewahrt haben.

Es wird auch allerhöchste Zeit, Lena Woitkowiak, der geduldigsten Editorin aller Zeiten, zu danken, die von Tag eins an für jedes Autorenwehwehchen ein Pflaster hat und ohne die es die Benny-Brandstätter-Reihe nie gegeben hätte.

Mit dem Dank ins abgrundtiefe Abseits für *den,* mit dem alles begann und nichts endete, schließe ich dieses Buch und ein unvergessliches Kapitel in meinem Leben. *Spannend und prägend?* Aha, aha…

We are two lost souls swimming in a fish bowl year after year.

Rafael Eigner im August 2018

Zeitfracht Medien GmbH
Ferdinand-Jühlke-Straße 7
99095 Erfurt, Deutschland
produktsicherheit@kolibri360.de

Druck:
CPI Druckdienstleistungen GmbH
im Auftrag der
Zeitfracht Medien GmbH
Ein Unternehmen der Zeitfracht - Gruppe
Ferdinand-Jühlke-Str. 7
99095 Erfurt